U0519513

鲸歌

张莉 主编

望云而行

2021年
中国短篇小说
20家

四川人民出版社

图书在版编目（CIP）数据

望云而行：2021年中国短篇小说20家/张莉主编. —成都：
四川人民出版社，2022.6
ISBN 978-7-220-12699-4

Ⅰ.①望… Ⅱ.①张… Ⅲ.①短篇小说-小说集-中
国-当代 Ⅳ.①I247.7

中国版本图书馆 CIP 数据核字（2022）第 068889 号

WANGYUN ERXING 2021NIAN ZHONGGUO DUANPIAN XIAOSHUO 20JIA
望云而行：2021 年中国短篇小说 20 家

张　莉　主编

出 版 人	黄立新
策划组稿	张春晓
责任编辑	张　丹
版式设计	戴雨虹
封面设计	李其飞
责任印制	祝　健
出版发行	四川人民出版社（成都市三色路 238 号）
网　　址	http://www.scpph.com
E-mail	scrmcbs@sina.com
新浪微博	@四川人民出版社
微信公众号	四川人民出版社
发行部业务电话	（028）86361653　86361656
防盗版举报电话	（028）86361653
照　　排	四川胜翔数码印务设计有限公司
印　　刷	成都东江印务有限公司
成品尺寸	145mm×210mm
印　　张	10.5
字　　数	323 千
版　　次	2022 年 6 月第 1 版
印　　次	2022 年 6 月第 1 次印刷
书　　号	ISBN 978-7-220-12699-4
定　　价	68.00 元

张莉 北京师范大学文学院教授，博士生导师。北京师范大学第五届最受研究生欢迎十佳教师。著有《中国现代女性写作的发生》《小说风景》《持微火者》等。主编《人生有所思》《2021中国女性文学选》《生活风格：2020年中国短篇小说20家》《即使雪落满舱：2020年中国散文20家》《我认出了风暴》等。获唐弢青年文学研究奖，中国女性文学研究优秀成果奖。中国作家协会散文委员会副主任，茅盾文学奖评委。

小说里的新词与旧词

——《望云而行：2021年中国短篇小说20家》序言

张　莉

新词的出现

编选《望云而行：2021年中国短篇小说20家》时，我常常想到我们时代的"新词"问题，意识到层出不穷的新词已经席卷了我们的生活，比如新冠、核检阴性、流调；比如居家隔离、健康监测、防疫；等等。这些新词一经出现便成为我们的常用语（甚至我们都意识不到它是新词）。

每个时代的小说家都会选用新词注入自己的小说，我们时代也不例外。比如石一枫的《半张脸》，为什么会起名"半张脸"？因为戴口罩的生活便是"半张脸"的生活，这已经成为我们的新常态。"这当然也不奇怪，这是今天世界的常态。在来时的大巴上，一车人只有半张脸；在民宿的前台，茶几背后端坐着半张脸；在载歌载舞的表演现场，篝火照亮的都是披金戴银的半张脸。防疫举措不能停，佩戴口罩常洗手。已经有多久了？身边的人们习惯了除去吃和睡，仅以半张脸示人，尤其是面对陌生人。也正是在诸如此类的不懈努力下，他这样的异乡来客才有机会离开半张脸的城市，登上半张脸的飞机，降落在半张脸的古城。"因为都是"半张脸"，所以男主人公和女主人公觉得彼此认识，但因为是"半张脸"，又好像不认识，在似曾相识之间，故事得以行进——"半张脸"是作家对新词的捕捉与使用，是对当代生活方式的注视，是故事的隐形推动力。新词也出现在索南才让的《找信号》中，作家所写的是远在青海的生活，在"三个沙窝"，不容易找到信号，——找信号意味着所在地方的网络不好，信息不畅，隐含着人内在的不安和焦灼。

有意识地吸纳新词是写作者的本领。我想到鲁迅的《故乡》里关于杨二嫂的比喻，"我吃了一吓，赶忙抬起头，却见一个凸颧骨，薄嘴唇，五十岁上下的女人站在我面前，两手搭在髀间，没有系裙，张着两脚，正像一个画图仪器里细脚伶仃的圆规。"以"画图仪器里细脚伶仃的圆规"比喻杨二嫂固然是形象而贴切的，但也有一定的风险性——在当时，"圆规"是一个新词，刚刚传到中国不久，如果圆规后来没有成为日常词语，那么这一比喻的"成色"便会打折扣。

这也让人想到，写作者对新词要敏感，但也要保持警惕，他需要判断哪些新词可以拥有长久的生命力哪些不能，哪些词只是短暂性出现哪些不是。而事实上正如我们所知，很多新词是"一过性"的，也会随风而逝。一如前几年流行的"香菇蓝瘦"，今年早已没有人提起，那么，如果小说家在行文中使用了这个词，作品就会变得夹生——当作品主人公说"香菇蓝瘦"时，这个词下面必得有一个注释才能让后来的读者明白其中含义。有时候，新词也涉及偏见和歧视，比如"小鲜肉"，比如"剩女"，这些词是对人的价值的物化，换言之，面对新词，作家要有他的主体性——他能以"不使用"的方式来表示对某一新词的不认同，进而迫使它成为"一过性"的新词。

刷新日常词语

汉语是我们的词语基金库。作为写作者，最大的工作并不是吸取新词而是使那些常用词语焕发出新的光泽。《望云而行：2021年中国短篇小说20家》中，许多作者致力于拓展词语的意蕴。比如弋舟的《化学》。"化学"已经是我们今天的常用词了，它有基本用法和固定语意。小说主人公是小有成就的化学家，"化学"不只是她的知识背景，也是她认识世界的抓手。这位刚刚离异的女性要开始她的新生活了。一个独自跑步的夜晚，她看到了年轻女孩子们的另一种情感生活，这促使她思索何为化学反应："俨然是一场化学反应，她知道新的物质产生了，依据化学键理论，就是说，旧键已经断裂，新键已经生成。"与此同时，那个夜晚她也看到"道法自然"的石碑，她意识到自己对化学有了新理解，"作为沟通微观与宏观物质世界的重要桥梁，化学是人类认识和改造物质世界的主要方法与手段。但她最终没有开口，因为她真的意识到了，此刻自己所经历着的，俨然是一个非物质的、纯然精神性的时刻。"在此处，化学与我们通常理解的"化学"有了不同，也就是说，在这里，"化学"已经不再是"化学"，它还象征着一种精神意义上的裂变。

路内的《跳马》使用了"跳马"这个词，故事发生在抗日战争时期，"大队长摸摸小孩的头，问说，跳马练得如何？小孩说，报告司令，矮一点的木箱能跳过去。大队长说，你记得我说的话，练好体育，等你长大，去参加奥林匹克运动会，日本人的跳马水平很高，不要输给他们。小孩说，司令，都打仗了，还参加什么运动会，开运动会也是跟日本人拼刺刀罢了。大队长说，体育和读书写字一样，让你学会做人，亡国奴才是没有资格上赛场的。""大队长"是体育教员，所以鼓励小孩去参加奥运会便顺理成章。小说结尾则写了小孩的梦，"小孩沿着跑道奔跑，那木箱却越来越远。小孩转头去看大队长，他已经变成一个体育教员，穿运动背心，脖子上挂着铜哨，四面全是哨声，催促他往前跑。"从梦中醒来是残酷的，大队长牺牲了，于是，"司令都不知道我能跳过木箱了"便成了小孩最大的遗憾。在这里，"跳马"是愿景，是对胜利与和平的向往，它是实际意义上的跳马，但又不只是跳马这个运动项目本身——"跳马"一词，凝结了战时军民的期待、奉献和牺牲。

乔叶捕捉到的是"合影"这个词。《合影为什么是留念》里，全家福是重要的，深具意蕴，"在老人们陆续去世的过程中，他们又照过几次全家照。照着照着，老人少了，孩子多了。照着照着，老人又少了，孩子又多了。就是这样，人少，人多，人多，人少。让她惊叹的是全家这个词的弹性：可以那么大，也可以那么小。可以人多，也可以人少——好像就是人少人多加剧着照全家照的必要性。在世的活色生香，于镜头里皆得见。去世的沉默寂静，于镜头的空白处也皆得见。"对合影的热爱，使得女主人公迷恋相机，"等到手里宽松了一些，她就补偿似的，前前后后买了好几个相机。带胶卷的老式相机就换过三个，淘汰掉后，就是卡片机，单反，微单，都有。"作为母亲的女主人公，热衷于搜集儿子的照片，"她建了好多个文件夹，收藏着宝发来的所有照片。他的录取通知书，他租住的房间，他去谷歌参观时的临时通行证，他和朋友们去看 NBA 总决赛，偌大的球场。他去中餐馆吃饭，点了凉皮和肉夹馍，一次还点了'左宗棠的鸡'。他去哈佛比赛，嫌酒店既远且贵，就在草坪上过夜，买了个小帐篷，照片里的他从帐篷拉链里探出了黑黝黝的脑袋……她统统都分门别类地收藏起来。有空就看，有空就看。"对照片的收藏，是母亲对儿子成长时光的留存，更是对儿子长久的挂牵。

为什么如此迷恋合影？小说主人公在努力寻找答案，"比如，因为视频和语音都是需要播放的，都是流动的。流逝流逝，流动就会逝去，当然不宜留念。可是照片，只要你按下了快门，就能将近在眼前的这一刻，凝固且被保鲜为绵长光阴。这薄薄的存在啊，就是被截取下来的瞬间真实，就是在无尽岁月里可以被反复验证的瞬间真实，就是有能力打败强大时间的瞬间真实，就是将所有稍纵即逝的珍贵的一切储存下来以便反哺和抚慰孱弱人心的，瞬间真实。"这便是小说起名为"合影为什么是留念"的原因了——合影是照片，是对光阴的定格，对情意的珍念。

召唤历史深处的"旧词"

小说家拥有让词语复活的能力。一些词沉积在历史中，沉积在我们的记忆里，仿佛已经睡去。这些词语本来黯淡了，但经过作家的打磨会焕发光泽。比如"人面桃花"，它长在唐诗中，当格非使用这个词作为小说题目时，意味着他打捞起了一个旧词，并且重新赋予其当代性；比如"推拿"，这个词以前只是按摩动作，但是在毕飞宇那里有了多重意味；还比如"废都"，比如"生死疲劳"……这些生长在历史深处的词语都经由作家的打磨而拥有了新意义。

《信使》中，铁凝所做的便是召唤历史深处的"旧词"。以往，日常生活中的"信使"帮助我们建立与他人的关系，是我们与远方之人维系情感的重要纽带。而现在，我们与朋友的关系已不再倚重"送信人"，只要敲敲键盘或者用手指点击，便可以直接将心意传达出去。在今天，依赖"信使"的时代早已逝去。《信使》中，年轻的陆婧和李花开是无话不谈的好姐妹，她们生活在信件时代，那时候，网络远未出现，电话还没有普及。当年，陆婧爱上了远在北京的肖团长，但他有家室，这段关系也便只能成为"地下情"。李花开及其丈夫起子便成了实际意义上的"传信人"。但起子最终辜负了信任，他要挟陆婧，遭到拒绝后便把信笺寄到单位告发。最终，陆婧为此付出了代价，李花开则提出离婚，以从平房房顶跳下的方式摆脱了婚姻。

"信使"这个词由李花开提起，她对陆婧说自己必须从房上跳下来，因为有"信使"给鼓着劲。在李花开的语意里，"信使"指的是陆婧，是给她命运启示的人。所谓命运意义上的信使，与作为信使的人有关，更与"收信者"的"心有所感"有关。她们做出的选择如此相近，都以决绝的方式对生活说"不"，最终成为命运的主宰。通过陆婧和李花开两个人物，铁凝写出了人之为人的能量，人应该有的人格，人应该有的样子。李花开这个人物让人念念难忘——当她在小说中说出"要么死得更快，要么活得更好"时，那分明是"宁愿玉碎，不为瓦全"的现代表达。那一刻，你会意识到李花开是连接古代和当代的"信使"。她仿佛从《左传》《春秋》《史记》里走出来，高高地昂着头。这也让人意识到，铁凝通过重新讲述"信使"的故事，给予了这词语以当代性。《信使》有关于表层意义上的"信使"故事，也有关于中国历史上那些形而上层面的"信使"故事与信使精神。

《望云而行》中，邱华栋所做的也是重新擦亮旧词的工作。女儿的母亲患抑郁症自杀了，父女俩心中也存下了心结。小说里的父亲，开车带领女儿一起走向外面的世界，从杭州出发，经由俄罗斯、欧洲到美国，"从杭州出发，一路上走啊走，走啊走，快的时候很快，慢的时候很慢。等到他们的车子靠近法国北部海岸的时候，几乎能够看得到对岸的英伦大岛了，她感觉到这一路太神奇了。"一路行走，是地理意识义上少年通往世界的道路，也是父女二人的自我救赎和自我治愈之路。最终父女俩敞开了心扉，开始了解彼此："最要紧的是，他们之间的冰疙瘩融化了。他们现在也不再把谈论林楠的死作为一个禁忌了。在雯雯的心中，妈妈的死带来的对父亲的怨恨，也逐渐消弭了。这一路上，雯雯确切地感受到了他对她妈妈的爱和愧疚。这一路上她都能感受到。"父亲终于将女儿送到了美国的大学，分别时，他对她说："你看那朵云，那是最美的积云。你记得要学会看云。人一出门，就要低头看路，抬头看云。"

"望云而行"有关于当代中国生活，但"望云"二字则来自古语，有它本身的古意，也有它延伸的古代生活——古代人出门登山是要望云的，属于古人的缓慢而宁静的生活节奏，与今天千里奔袭的生活方式并不一样。在古代，"望云而行"是对天气的依赖，而在这部小说里，"望云而行"则带有了当代人的"主体性"。经由"望云而行"，一种古老的生活方式、绵延不断的亲情与一种新的生活方式和新的生活节奏、生活期许交互在一起。其中既有对传统情谊的记取，又有超越传统的当代认知——新与旧、古老而现代的生活方式都凝结在这个词语里。我以为，它代表了2021年中国短篇小说作者们的一种内在追求，这是我决定将小说集定名为"望云而行"的初衷所在。

1906年，张之洞发表过一篇文章，说起当年的年轻人的"不学无术"，他们喜欢使用"机关""团体""报道""宣传"这类词，在他看来，这些词对汉语形成了一种"污染"，由此，他感叹世风日下。在那篇文章里他最后说，这些新词肯定会腐朽的。一百年过去了，张之洞的感叹在时间面前早已灰飞烟灭。而他所批驳的新词却在我们的生活中扎下根来，成为我们的日常用语、我们的生活底色。这让人想到，作为写作者，要有开放性，要有敏感性，我们的汉语要永远保持活力，要依赖于词汇的扩充与拓展。这也是新词的重要性，新词之所以能扎下根来，跟时代有关，更与时代的价值观和伦理观变革有关。当然，这也提醒我们，尽管以"新""旧"划分一些词和另一些词的分别，不过是为了讨论方便。其实，新词和旧词并不是完全脱节，它们会互相转化，比如上述小说家们通过对某些珍贵旧词的淘洗，使之成了新词。

词语"创造"新世界

《地上的天空》（钟求是）是个奇怪的题目，天空怎么可能是在地上呢？但秘密恰恰也在这里。一个爱书人离去了，他留下珍爱的图书，也留下被人猜不透的情感故事。小说中有两句关于他情感的密码，是他最后留下的话："一句是：对书上的文字，一双眼睛便是一次公证。另一句是：在对不起上面贴上邮票，从那边寄给这边的你。"这是不是意味着，"他不怕了，他愿意让别人见证自己收藏的情感和来世的日子"？没有人了解，在这部小说里，离去的朱一围生活在天上，其实也生活在地上。小说由一个深有意味的词语出发，对另一些词语意义进行解释和拓展，进而引领我们重新认识一种生活理念乃至爱情理念。

徐则臣的《船越走越慢》里，当船的确越走越慢，意味着事件发生，也意味着故事开始，"在我的办案史上，从来没有哪次时间过得比这一次慢。我在风雨落到芦苇荡的巨大喧嚣声中，听见了秒针嘀嗒嘀嗒迟缓的脚步声"。但是，船并不慢，而是更快了。"这个晚上老鳖头一次扭头看我的脸，看了得有三秒钟。然后转向前方，从怀里摸出铁皮酒壶，一手攥着，只用右手的拇指和食指拧开盖盖，咕咚灌了两口。少陵醉。酒壶塞回兜里，船速猛地加快了。"小说里，"船越走越慢"中有加速度，也有缓慢推进，无论快与慢，其实都别具意味，其中埋藏有令人动容的情感内核：瘸腿的辅警别大伟在一次执行任务的工作中牺牲了，战友们在追踪凶手。

读2021年的短篇小说，观察小说家们对词语的挑选和使用，也会想到写作者的想象力问题。写作者们的想象力会受制于语词本身，他需要浸润在词语中，熟悉它的气息和秉性。只有如此，他对词语才会有心领神会的本能。他要知道这些词从哪里来，知道它用在哪里最合适，最恰切。哪些词语和哪些词语组合在一起可以顾盼生辉眉目传情，会生成一种节奏感，会形成一种独特的声音。这一切依赖于写作者的想象力和语感，依赖于写作者的创造性。如果写作者的想象力枯竭、语感贫瘠，那么他笔下的词语便会呆板无趣，面容可憎。——关于词语的搭配永远都是令人着迷的。有时候只需要找到一个词，只需要两个词组合在一起，或者只需要在千言万语中提炼出一句话，于是一个新的风景便慢慢展开。

我以为，作家应该有能力将自己的题目提炼成"诗"，好题目在某种意义上应该是深具辨识度的独一无二的诗句。想到现代文学史上经典作品的题目，比如"春风沉醉的夜晚""生死场""倾城之恋"；比如当代文学史上的题目，"冷也好热也好活着就好""永远有多远""是谁在深夜说话"；又比如新一代作家的标题，"你的身体是个仙境""如果大雪封门""致江东父老"……这些题目一出现便过目难忘，会吸引读者的好奇心，会让读者感受到词语搭配所带来的美感和意蕴。

当然，对词语的熔炼功夫也不只限于汉语世界。一如"一间自己的房间"。A room of one's own，"一间""自己的""房间"，无论是在汉语世界还是英语世界里，这三个词汇都是普通词汇、日常词汇。但是，当伍尔夫把"一间""自己的"和"房间"放置在一起，当房间前面的定语成为"一间""自己的"时，我们已经默认了一个女人，一个经济独立的女人，一个可独处的空间的重要性。这三个语词组合在一起，便生成了熠熠生辉的语句，构建了新的文学观、新的女性观、新的世界观。

想到魔幻现实主义代表作《百年孤独》著名的开头了，"许多年以后，面对行刑队的时候，奥雷良诺·布恩迪亚上校一定会想起父亲带他去看冰块的那个遥远的下午。"这句话里涵盖了过去、未来和现在，而叙述人则是正站在"过去"和"未来"的中间进行叙述。句子里的词语是日常语词，但是当它们被马尔克斯搭配在一起时，便意味着一种新的美学表达，它切实传达了何为魔幻现实主义的语法，这一语法深刻影响了八十年代中国作家的美学追求。也想到中国当代文学史上的新写实小说。当我们读出《单位》的第一句话："小林家的豆腐馊了"，便意识到九十年代的文学气息扑面而来，小说对物质、金钱的聚焦与凝视最终蜕变为一种语言方式，这样普通而非凡的一句话深深影响了我们后来的阅读趣味和生活趣味。

词语是试纸。词语是链接。词语是媒介。它们看起来冷冰冰，似乎毫无温度，一旦被作家挑中和另一个词语组合，便会燃起火花。从这个意义上讲，词语是小说家手里的密钥，运用得当将意味着打开新的大门。作家也是词语的魔法师。作家要有驯服词语的勇气和本领。作家驯服词语的过程，便是成为语言大师的过程。——好作家依靠词语开创新的美学，构建小说与世界、小说与人的新关系，那种借由语言之美所生发的影响力，是长久、深远而又令人回味无穷的。

2021 年 12 月 29 日—2022 年 2 月 27 日

目　录

信　使

铁　凝

　　四月的这个下午，空气清透，雾霾不再。街边的樱花、榆叶梅忽然就盛开了，白丁香、紫丁香也在这里或那里喷放着苦而甜的团团香气。陆婧坐在车里，车窗关着，也能感受到樱花的烟云带给她的眩晕，丁香的苦甜有点呛人，她落下车窗，像有意哑摸这春天的"呛"，享用这扑面而至的"呛"带来的鲜亮欢喜。

　　在一个嘈杂的路口，车遇红灯，陆婧偏头看着窗外，眼光落在临街一间门脸不大的体育用品商店。一辆人力三轮车停在门前，两个年轻人正从车上卸货，一个腿有残疾的女人从店里出来，身体歪向一边。她跛着脚走到三轮车前，弯腰从地上拎起两摞半人高的捆绑在一起的鞋盒，板鞋？跑鞋？当她抬起头无意间扫一眼路口停滞的车队时，陆婧的眼光刚好对上了她的扫视。这是一位已不年轻的妇女，一头染成灰咖色的整齐的直短发，颧骨的颜色偏酡红。同样已不年轻的陆婧早就是戴花镜读报的视力，可瞬间还是认出了这张脸：李花开！

　　李花开是陆婧三十多年未见的故人，虽然这故人如今拖了一条残腿，但陆婧还是很肯定，她就是李花开。拎着鞋盒的李花开没有认出坐在车里的陆婧，她扫视的是车的洪流，临街店铺的门前，哪天没有车流呢。很快，她两手各拎着一摞鞋盒，斜着身子进店去了。

　　绿灯亮了，车子倏地驶过路口，陆婧甚至没有看清那间商店的名字。她不打算叫车停下，开车的是她丈夫。副驾驶座上的女儿，正掏出气垫粉饼补妆。陆婧盯着女儿的后脖颈，女儿的丸子头使后脖颈落下一些散发，故意落下的吧，看似不经意的慵懒和风情。她们母女并不交流这方面的内容，但在这个下午，陆婧从女儿的后脑勺上明确地看见了三十多年前的自己：克制地追逐时尚，貌似叛逆，有点虚荣。三十多年前，陆婧和李花开同在一座城市，一座名叫虽城的北方城市。

那还是一个人人需要单位的时代，没有单位的人总显得可疑。幸运的是她们都有稳定的单位，陆婧在一个地方戏研究所当编辑，李花开在市属的印刷厂做文秘。一个时代有一个时代的词汇，20世纪80年代，陆婧和李花开是大学同学，是朋友，套用时下的说法，她们是"闺密"，这"密"后来又通俗成了腻乎乎的"蜜"。当年的她们漠视一些老词，不像今天，人们把老词翻腾出来再做揉捏变作另一种时尚。传统意义上的闺中密友大多连带着两家通好，陆婧和李花开的两家长辈却互不相识。

从西客站回家时，陆婧在副驾驶就座，女儿已下车乘高铁去了外地出差，陆婧的方向感很差，这时却发现车子是循着原路返回，再遇那个路口，她那混乱的方向感突然明晰起来，她觑着眼朝马路对面一溜儿商铺望去，看见了那个小店："时代体育"。

她认出是东单，同仁医院附近。医院附近的车多人乱又给她的方向辨别带来了困难，她是急切地想要记住"时代体育"的准确位置吗，还是对跛脚的李花开怀有好奇？想不到三十多年后李花开也来了北京，她丈夫，那个叫起子的也来了吧。陆婧心里加重着"也"字的分量，好像北京是她的地盘，李花开的现身让她有种不适感——曾经的闺密往往最方便成为仇敌。什么时候她的脚给跛了？敢情她也受过伤啊。"也"，她心里玩味着这个字，刚刚迎接着她的这个美得眩晕的春天，那呛人的丁香、樱花们不也慷慨迎接着从"时代体育"里走出来的李花开吗。

一

那是她们共同的激情时代，先是李花开突然告诉陆婧她要结婚了，对方是虽城的远房表哥。李花开说，表哥在街道办的一个镜框社画出口彩蛋，陆婧嗤之以鼻地抢白道，那也叫单位呀。李花开说就算不是单位吧，可他有房，私房，独院。硬道理在这儿呢，陆婧想。

李花开是当年系里的美人，有男生为她那长而柔韧的脖颈献过诗。她的脖子洁净、细润如骨瓷，女孩子拥有这般脖颈，会显得傲然，且十分方便左顾右盼。可她并不自知自己有条好脖子，不会搔首，亦不懂弄姿，还常常爱犯轴脾气。轴，在北方语系里通常形容性格而非品德，和一根筋、死心眼相近。李花开穿家做布鞋，常年背一只紫红两色方格交织的土布书包，好比特意拿自己乡村出身的背景示众，她家在离虽城百里外的山区，穷。大二时，一次李花开的下铺丢了几张饭票，认定偷窃者是上铺的李花开，李花开激愤地绝食两天以示清白。第三天，同宿舍的陆婧强行背着李花开到校医务室去输生理盐水、葡萄糖。过了一个星期，下铺的饭票找到了，在她送回家去洗的一包脏衣服里。和李花开不同，陆婧家就在虽城，工作之后仍然和父母同住。李花开住印刷厂的集体宿舍，周末经常被陆婧拉着去家里吃饭。陆婧记得母亲第一次见到李花开时还感叹了一句：真是高山出俊鸟呢。

冬日的一个周末，陆婧随李花开去了她将要嫁进去的私房、独院。推开吱嘎作响的单扇榆木院门，眼前的院子只是一条狭窄的夹道，夹道一侧仅两间西屋，另一侧是院墙，院墙即是前院人家的后山墙，若从西屋推门出来，仿佛走几步就能撞墙。虽不能比喻成开门见山，却可以说是出门见墙，西屋窗下整齐地码着蜂窝煤，挨着蜂窝煤的，是被旧提花线毯盖着的同样码放整齐的大白菜和鸡腿葱，叫人嗅出过日子的烟火气，当年的陆婧们不屑于这类烟火气，眼前的蜂窝煤、大白菜只让她相信，李花开真的要结婚了，李花开说这是表哥的爷爷留下的一点房产，爷爷从前是个经营南方竹货的小业主。想必，经过了一些事情，这院子是被挤占去了大部的剩余吧，陆婧思忖。

那天陆婧见到了李花开的表哥，一个微胖的长发青年，李花开叫他起子。起子热情地和陆婧握手，三人进屋后他还伸手从李花开肩上择下一根头发，或者不是头发，是线头，或者什么都没有，他只是愿意让人看见他在她肩上择。这个表示关切或男女关系不一般的动作让陆婧觉得多余，但那感觉仅仅一闪，因为房间正中一只铸铁蜂窝煤炉子引起陆婧格外的好奇。那本是一只普通的青黑色铸铁炉，圆柱形炉身，正方形炉盘。在暖气并不普及的时代，北方城市大多人家都有这类炉子，取暖、做饭、烧水，间或也充当烤盘：烤馒头、烤窝头、烤包子、烤枣。起子家这只炉子之所以引人注目，是因为它那锃光瓦亮的炉盘，陆婧还没见过谁家的铁炉子能有这样一尘不染，这样光明可鉴，这样泛着蓝幽幽光泽的镜子般的炉盘。他们围炉而坐，受着这炉子的吸引，又好像这神气活现的炉子才是这家的主人，乃至屋内所有家具的主人，炉子上坐着一把熟铝壶，壶中水已烧开，壶盖噗噗响着，壶嘴冒出缕缕水蒸气。起子拎起壶去给客人沏茉莉花茶，他把热茶端给两位女客，顺手抄起铁炉钩，从炉前铁畚箕里钩起同样锃光瓦亮的炉盖，半遮半掩盖住炉口，复又将水壶错开炉口坐上炉子，这样水能保温，炉口减弱的火力也不至于把壶烧干。陆婧喝着热茶，问起这炉盘如何能这般明亮。起子说用猪皮擦的。他母亲在世的时候每天必擦几遍，即使在肉类凭票供应的年代，也总能想法子省出指头长的一块猪皮供炉盘去"吃"。擦了二十几年，生是把一块粗糙的铁炉盘擦成了镜面。母亲去世后，他接过这活，有空就擦，才保持了这炉盘的成色。

陆婧喝着热茶，想着一个大小伙子除了画彩蛋，就是手持一块猪皮在炉盘上擦呀擦的，她好像还闻见了猪皮蹭上热炉盘那嗞嗞的响声和轻微的油烟，不臭，也不香，看看李花开，李花开显然对猪皮擦炉盘不感兴趣。煤是金贵的，她家烧柴火灶，上大学之前她就没见过铁炉子，也很少见过真的煤。结婚以后起子会让她擦炉盘吗？她可不情愿。这需要耐心，更多的是一种情趣，就陆婧对李花开的了解，她不具备这方面的情趣。出了那院子，李花开只问了一句：你说值吗？陆婧没有回答，眼前只闪过一个模模糊糊的影子，李花开对她讲过的一个中学同学名叫锁成的，和她同村，后来她考上大学了，他没考上。

几天后，一个坏消息震惊了她们：当年那个下铺的母亲，因为厂里分房不公平，吞了过量的安眠药。李花开说，房比命大吗？陆婧说，房是命的一部分吧。李花开又问：你说值吗？她没有听见应答，很快，她嫁给了表哥，很快，陆婧也恋爱了。

二

陆婧的恋爱像是一场无药可救的疟疾，民间对疟疾的归纳有间日疟、三日疟，等等，意指隔日发作一次或三日发作一次，高热、高寒乃至抽搐。陆婧的爱之疟疾却持续了近两年，对方名叫肖恩，是她父亲的同学，且有家室，陆婧刚读初中时，肖恩随着他的单位——北京一个大部的文工团来到虽城做集体改造锻炼，他们被安置在当地驻军大院，过着半军事化、半农场农工的生活。军队有自己的农场，平时不准离院，每周休息半天。肖恩在这座举目无亲的城市联系到了他的大学同学，陆婧的父亲。当革命和运动使熟人、朋友都断了消息的时刻，陆家因为肖恩在虽城的出现尤为高兴。那段时间，陆婧的家是肖恩吃饭解馋、放松身心之地。每周的半天休息，他差不多都是在陆家度过。那时陆婧叫肖恩叔叔，逢肖恩感冒生病，或者为部队演出突击排练不能前来时，陆婧会自告奋勇地骑上自行车，为肖叔叔送去母亲烹制的鸡汤、榨菜炒肉丝，满满一罐榨菜肉丝够肖恩吃一个星期，也要用掉陆家半个月的肉票。那个推着自行车站在部队大院门口、冒着寒风等待他出来的陆婧，那个围着大红围巾、戴着厚厚的棉巴掌手套、晶莹的鼻头被冻得通红的孩子，给肖恩留下了美且干净的印象。他送给陆婧一双淡绿色斜纹卡其布芭蕾鞋，足尖嵌有软木的真正的芭蕾舞鞋，正热衷于参加校文艺宣传队各种活动的陆婧，连续一个星期每晚睡觉都把这双鞋供在枕边，后来陆婧并没有在舞蹈方面有所长进，以她当时的年龄，腿已经太硬，开胯也不再容易，当年那些小女孩对文艺的热爱，充其量相当于今天的时尚女生对奢侈品的追逐。

十年之后，肖恩已是北京那个大部文工团的业务团长，陆婧的父亲也做了虽城文教局局长。肖恩的文工团有时来虽城演出，他带着演出赠票和茅台，到陆家和老同学畅饮。肖团长和陆局长一改从前的落魄，精神、气色俱佳，就像换了个人。陆婧从旁看着想着，人没换啊，换的是人间。

换了人间，肖恩再见十年后的陆婧，他惊喜地打量着她，喃喃自语着小姑娘已经出落得，出落得……他始终没有完成那后半句话：她出落得怎样？但半句话对陆婧足矣，她尤其喜欢"出落"这个词，一个带有弹性的神奇蜕变的好词。陆婧突然不叫肖恩叔叔了，她叫他肖老师。每逢文工团来虽城演出，陆婧便也忙了起来。她为同学、朋友、同事、近邻向肖恩讨要招待票，她替当地媒体联系采访肖恩以及团里的男女演员，她不是名人，但她已是个认识名人的名人，她为此得意、满足，她和肖恩的关系也就落入了那个时代可能的套路。肖恩开始邀请她去北京看戏看电影——一些尚未公开、只供圈内人优先欣赏的外国电影，陆婧自己也频频寻找去北京的理由。一个地方戏研究所原本没有更多出差北京的机会，多数时间她利用周末自费前往。那些日子她轮流住遍了亲戚家：姑姑、叔叔、舅舅、姨妈。她庆幸他们的家都在北京，就像从前她的父母一样。在北京疯跑的时光里，她作为一个曾经的北京孩子，常常生出些情不自禁的得意和略带焦灼的期盼。

秘密恋爱固然秘密，却仿佛必得选出一个可靠的人分享才更够秘密。几个月之后，陆婧把李花开约到一家卤煮火烧小馆。她脸色潮红，嘴唇颤抖，十指交叠着扭绞着，忽又神经质地把双手搓来搓去。她的讲述琐碎累赘而又宏大激昂，她顾自笑着，眼里有泪光，她已经为自己这高级的恋爱所倾倒，她的闺密李花开也必将为她这不凡的倾诉所倾倒。

李花开的嘴里却只是偶尔迸出一句"我娘！"逢关键时刻，李花开的山村口头语还是会冒出来，比如"我娘！"听着生硬，但干脆、有劲。这是一个本身不含褒贬的感叹词，但在此刻李花开喊出它来表达的是决不同意，两人争吵起来，昏天黑地，陆婧急赤白脸，碗中的卤煮火烧一口没动。李花开连吃带喝，一海碗卤煮火烧下肚，也没能堵住她那张压着嗓音、连呼反对的嘴。直到碗空了，她才发现了陆婧的一脸憔悴，她闭嘴了。或许恋爱中的憔悴才能唤起人的怜悯，而绝对平等的友谊也并不存在，似乎总有一方在紧要关头非服从另一方不可，比如让卤煮火烧和争吵弄得满头是汗的李花开，陆婧判断李花开有缓和的迹象，再添些央告加耍赖的言辞，李花开到底让了步。她答应保密，还答应了陆婧的提议：肖恩写给陆婧的信从此寄往李家。在一场无法光明正大的恋爱里，情书寄往当事人的单位是危险的，李花开的家，那私房、独院在陆婧看来最是安全。

北京寄往虽城的平信隔天可到，陆婧一个星期至少两次去李花开家取信，那个当初在她看来有点陈旧、俗气的小院，如今在她生命中已变得如此紧要，如此友善而温暖。她多是在晚上下班后赶往李家，弓着身子把自行车骑得飞快。不能用奔向或跑向来形容她的姿态，那是扑向，扑向一团情话或者简直就是一场约会。她进了门，敷衍地和李花开或者李花开的丈夫——那位叫起子的寒暄几句，接过李花开递上的有点压手的厚厚的信封，便逃也似的夺门而去。她不急着回家，此刻家也危险。她急不可待地找一根电线杆把自行车和自己都靠上去，就着昏暗的路灯开始捧读肖恩写给她的大段的文字。她的心大声跳着、酥着、醉着。在夏日，那些粗糙的松木电线杆上爆裂的木刺有时会扎进她的衬衫。当她回家之后脱下衬衫小心择着上面的细刺时，她会偷着笑。她被扎疼过吗？这样的时刻，疼也是幸福。

有时李花开在厂里加班回家晚，陆婧奔到李家推门进屋后，永远在家的起子会代替李花开把信送至陆婧手中。他并不留她坐一会儿，像通常主人对客人那样，他知道她不需要，就像陆婧也明白起子已经知道了她的恋爱，他和这幢私房、独院共同知道了她这场恋爱，再坐下假装等李花开回家反倒虚伪了。第一次从起子手里接过肖恩的来信，她只是稍显尴尬，也仅是稍显，对肖恩来信的渴望压倒了一切，一切都不在话下。

三

又是冬天了，起子画了一会儿彩蛋——外贸公司的订单，复活节前要发货的。画彩蛋是个手艺活，类似简单的重复性劳动，起子得心应手，或者说熟能生巧。初中没毕业他就跟着邻居家的一位师傅学画彩蛋，多少年画下来，有时他也感到腻烦，看着纸箱中被瓦楞纸板隔开的那一排排花里胡哨的蛋们，常常觉得自己就是个卖鸡蛋的。李花开没有嫌弃他这份活计，他不用出去上班正好在家做饭，可那个陆婧从一开始就对他怀有轻蔑。那轻蔑是暗含的不易觉察的，起子还是莫名地感受到那轻蔑的蛛丝马迹。他是个小心而敏感的人，又是一个随着惯性生活的人，每当自卑心翻腾上来，他便会拿他的私房、独院将其打压下去。是啊，在计划经济时代，福利分房时代，有人会为分不到住房吞一把安眠药的时代，他起子能够坐拥一个院子一套私房，你们还要怎么样。"你们"是指他的对立面，有时指李花开和陆婧吧，多数时间是泛指。这时他的情绪又昂扬起来，他尤其喜欢"坐拥"这个词，这是个主动、气派、敞亮的词，他不仅坐拥房子院子，还坐拥单纯貌美之妻子。生活对他不薄。

想想这些，起子放下手中的彩蛋，揉揉眼———画彩蛋费眼。他花三分钟做了一套自编的用力眨眼的眼保健操，接着他要犒劳一下自己。他把粘着颜料的手仔细洗干净，行至那炉盘锃亮的著名炉子跟前，拎起那把铝壶，壶中水开着，顶得壶盖噗噗响着。他沏上一杯茉莉花茶，搬把椅子坐在炉前，喝两口热茶，放下茶杯，起身把房门锁好，然后才从他的彩蛋工作案的小抽屉里拿出一封信，邮递员刚刚送到的北京来信。他举着信复又坐回炉前，将信封一端凑着炉盘上铝壶壶嘴里冒出的徐徐水蒸气来来回回扫那么几次，信封一端便软塌下来。他就势拿根牙签轻轻挑开信封封口一角，封口轻易就打开了，如同吃酥皮点心时用手揭去那层层酥皮，绵软、无声、可心。起子从大张着嘴的信封里抽出不薄的情书，从容不迫地欣赏起来。一些段落仍然让他耳热心跳，但情绪已不像初读第一封信时那般亢奋了。他始终腻歪的是肖恩在信中把陆婧称作"我的小软木塞"。他常常半是艳羡、半是鄙夷地把过目后的信推送进信封，再小心翼翼地用胶水封好，以手掌外侧轻按均匀，宛若终于为肖团长放行的秘密检察官。

第一次把北京来信送到陆婧手上，他就已经生出一种身在暗处的优越感。这时期的陆婧，却仿佛处于下风头了。陆婧不时会给他们夫妻带些礼物，给李花开买过马海毛的毛衣，还送过起子一件当年正时髦的沙色皮夹克。这本是朋友间的心照不宣，却渐渐让起子愈加不满足了。优越感是什么呢？那就像是人生的一种主动，起子就在一次次优先阅读那些北京情书的亢奋中获得了既朦胧又主动的渴盼：难道他当真要画一辈子彩蛋吗？

这天上午，陆婧在办公室接到起子的电话，只电报式的两个字：有信。这是个善解人意的电话，起子的积极热情使她连矜持一下的表演也用不着了，她决不打算等到晚上下班后再去取信，甚至中饭也不吃，骑车直奔那"有信"之地。

他和她对坐在炉前，炉膛里淡橘色的火光恰到好处地映着两人的脸。她本不想坐下，打算拿了信就走的，但起子邀请她坐下。她发现他手里没有信。他当然看出了她的疑惑，随即从裤兜里抽出一个他们都已熟悉的信封：红蓝两色斜线圈边的航空信封。在这儿呢。他说。他微微前倾着身子从炉口上方把信封递向对面的陆婧，在陆婧看来这很危险，好像那信是要蹚过炉火才能抵达它的目的地，又好像起子原是要把那信封丢进炉中的。陆婧伸出双手在炉口上方托住那信封，手背让炉火炙烤得一阵干疼。当她终于将那沉甸甸的信封"引渡"到自己胸前，仍然双手托着它，就像托着一个刚从火海里得救的人。接着，她觉得这姿势有点失态，便把信封平放在腿上，这又仿佛肖恩正把嘴吻在她腿上，说着绵绵絮语。她的腿一阵阵酥麻，腿暗示了她拿起信封，掖进棉大衣口袋。这时起子说出了他的想法。

陆局长肯定能办到，群众艺术馆啊，艺术学院啊，画院啊，都行。他说。

你和李花开商量过吗？她问。

这不重要，我的事还是我直接说更好。他说。

可人的调动需要多种条件，特别是艺术类的单位，不是普通人就能去的啊。她像是在提醒他。

但我觉得我不是普通人。他坦然地看着她，也像是对她的提醒。

她听出了话中的厉害，也领会到这位起子的"不普通"。想到李花开随厂领导去南方几家印刷厂参观学习，两个星期才能回来，起子是特意选了这个时间的空当来和她谈如此要事吧？

她从炉边站起来，眼睛并不看他，只答应回家试着跟陆局长去说。

陆婧选了一个晚饭时间对陆局长提及起子的事，晚饭时间家里的气氛是轻松的。陆局长却立刻拒绝了女儿的请求，"异想天开，异想天开！"他手很重地把筷子拍在饭桌上，一迭声地重复着这四个字，不知是讥讽起子，还是斥责女儿，也许二者皆有。基于对父亲的了解，她知道结果会是这样的，曾经闪过的一点侥幸之念确凿地破灭了。

这天，她又在办公室接到了起子的电话，还是两个字：有信。

四

她和他对坐在炉边，这次他没有空着手，给她开门便及时送上捏在手中的信封，仿佛以此迎接她将带给他的好消息。她迅速把信揣进大衣兜里，就像生怕这信会遭遇不测。

开口是艰难的，但她必须开口，她向起子道了声对不起，说再等等看还有没有其他办法。这明显的官腔让起子十分不悦，他举例某某熟人因为有关系而进入了似乎不可能的单位。

她打断他说，在我们家真的不行。

他直视着她，放慢语速说，要是不行也得行呢？

她这才有点警惕地向后捎着身子问道，你这是什么意思？

他说，我不是在央求你，是在要求你。

她觉出了他的无礼和过分，但大衣口袋里那沉甸甸的信封可是经由他的手抵达她手中的，她努力使自己克制并且客气。她站起来说，等李花开回来咱们再一起商量也许更合适。

起子也站起来，果决地告诉陆婧不用商量，他就是要去陆局长所管辖的那些单位。

陆婧到底没能把持住自己，她扫了一眼对面的起子，第一次发现他那一头打绺儿的"艺术范儿"长发滋着过多的油脂，好像每每以猪皮擦完炉盘都会捎带着再往头上蹭去。她恼火起来，边向门口走边提高嗓音说，你有什么权力命令我啊，你以为你是谁！

在她背后传来起子的声音：我知道我是谁，更知道你是谁！你不就是肖大团长的小软木塞吗？

她那刚伸向门把手的手缩了回来，后脑勺仿佛遭遇了棒击，似有一个黄豆大的小气球在颅内的某个位置炸了，一个瞬间，嗡的一声，她脑海里一片白色。她还是顶着一颗白色的头颅转过了身，并努力站稳自己，身体却已有点瑟缩，像曾经有过的梦境：她裸体站在街上，到处找不到要穿的衣服，而街上面目不清的人们正肆无忌惮地看着她，比如此刻的起子。

起子就像听见了她那无声的感受，加码似的继续抖搂：是啊，不怕你笑话，我全看过，七十七封信，包括现在你大衣兜里这封。

她一边下意识地将手伸进大衣口袋，死命握住那信封，好比攥住了肖恩的手，一边咕哝着你怎么能，你怎么能……

我怎么不能？起子复又在炉边坐下：凭什么你们里里外外、明的暗的都是体面，又体面又浪漫，我就非得窝在这儿画一辈子彩蛋不可呢？我，我们全家还得替你收着、守着这些个不体面的信。说到不体面，我的要求不过是要通过这些不体面的信得到一份体面的工作，为了我们全家，我们未来的孩子，这有什么过分吗？

她不动地方地站着，拼力捕捉着他话里的信息，她想到了李花开，不敢去想这是他们夫妻的合谋，可难道他们不是夫妻吗？还有孩子，李花开是不是怀孕了？陆婧的恋爱袭来之后，目中已无他人，所有的时间更不情愿分配给他人，识趣的李花开也久已不主动和她联系了。她不甘心着还是喃喃着说："李花开知道你……"

他不等她说完，截住她的话说，知道怎样？不知道又怎样？用不着假装清高，也别想对我使用什么不好听的词儿。我就这么一件事，陆局长动动小手指头的事，有什么办不了的呀。

清高，陆婧想到了父亲，本来她有些抱怨父亲那决不通融的清高的，但在这时，她忽然感叹世间毕竟还存在着这么点清高。为了这点清高，她决不打算接受这蛮横且阴暗的命令。她不接受，还得显出不示弱，她一字一顿地对炉边的男人说，还——就——是——办——不——了！

起子站起来，遭受了冤屈似的，走到摆在地上的彩蛋箱子跟前，从最下面的箱子里拽出一只白得刺眼的纸袋，举起来冲陆婧晃着，叹了口气说，都在这儿呢，六十七封。我用微距拍好，借朋友暗房冲印出来的，后来的十封没来得及冲洗，不过已经足够了。说着从中抽出一张印满小字的黑白放大照片，送至陆婧眼前。

陆婧只瞄一眼便认出了肖恩的笔迹，起子这层层递进的胁迫宣告着陆婧的节节败退，她平生第一次感受到巨大的惊恐和侮辱。她的小腹突然开始酸胀下坠，伴随着酸胀下坠的是两条腿的绵软。于是她知道，腿软并不是从腿开始的，是小腹里酸胀下坠的物质游移到耻骨再无情地沉降至大腿、小腿、脚底、脚趾，迅速侵蚀着那里所有的骨骼、韧带、肌肉、血液……接着无腿感袭来，她的小腹好像直接落在了地面，人也顿时矮了下去。她拼命用意念寻觅着腿脚，顽强地动了动灯芯绒棉鞋里仿佛已经虚无的脚趾，脚趾总算有了些微的痉挛。那么，她是有腿的，她还在站着。她迈前几步，本能地伸手要夺下那刺眼的白纸袋把它投进炉火，起子将纸袋背到身后说，胶卷还在我这儿，烧有什么用呢？如果陆局长帮了我，我肯定当着你的面连胶卷一股脑儿烧了它。不然，你能猜到后面会发生什么。

她腿软着，绝望地站在他面前，望着这个在炉子边上踱着小步的男人，就像望见了一个非人类的物种。比如鳄鱼，不！鳄鱼甚至也要好于眼前这个物种。她把涌到嘴边的所有形容词都压了回去，她的绝望使所有的词语都已失效，这绝望却也迫使她从溃败的谷底捞起了她久已失散的自尊。她被亮在眼前的撒手铜打蒙的同时，仿佛也被打醒了，当她确信自己的两条腿能够带她迈出这间屋子时，她把大衣扣子一个一个扣好，接着，她以自己也未曾料到的动作，突然奔向那炉子，拎起坐在炉盘上的那把沉甸甸的铝壶，高高提起，壶嘴向下，向着那炉火正旺的炉腔猛地浇灌起来，霎时间水火交战的炉膛发出刺刺嘎嘎的怪响，一股股灰白色气体伴着浓烈呛人的臭屁味冲上屋顶，弥漫着房间，也吞噬了炉边的男人，烟雾中她把空壶哐当丢在地上，拼力拉开屋门，又狠劲把门摔上，就像将一切的担惊受怕，一切的提心吊胆，一切的错愕、愤怒乃至一切的恶心，全都摔在了身后。她听见门玻璃碎了，那起子没有追上来。

她想找个没人的地方大哭一场，但急切地要给李花开打电话声讨的愿望压制了她的大哭。她没能和李花开通话，在她的青春年代，和远在南方几个省出差的人长途电话联系尚不那么便捷。她又跑到邮电局给肖恩打电话，在排队等待接线员叫号的时候，她在长途电话间的门玻璃上看见了自己的脸。一夜时间她的脸怎么会变成这样？腮帮子嘬着，太阳穴瘪着，鼻翅儿潜着，耳朵片儿干着……这是刘宝瑞先生一段相声里的句子，形容的是一个受不孝儿子虐待，饭都不给吃饱的老太太的凄惨面相。她不是那位倒霉的老太太，以她的年龄，也还不具备自嘲的能力，她的脸让她突然想到相声里那老太太的脸，只激起了她更加强烈的愤懑，更加确切的无助。她和肖恩通了电话，她语无伦次地讲了这边的事，对方始终沉默着。

第二天，陆婧单位的领导收到了起子制作的黑白照片，本市的平信当日可到，陆局长也收到了，两天后肖恩团长的上级领导也收到了。

李花开出差回来，陆婧立刻把电话打到了印刷厂，那是一个悲愤加绝交的电话，一个鄙视得不容分说的电话，一个曾经的"闺密"必须洗耳恭听的电话。陆婧那一波又一波语言的风暴如耳光噼啪，痛打在电话那头的李花开脸上。陆婧只听见李花开一迭声叫着"我娘！我娘啊！"又听见她"呕呕"了两声，像在呕吐。陆婧摔了电话。

肖团长受到了处分。

陆婧受到了处分，被陆局长轰出家门。

五

四月的又一个下午，太阳很好，雾霾不再，陆婧打车来到"时代体育"。朋友送了她两张老时光博物馆的门票，她看看地址，发现就在东单，离那间"时代体育"小店不远。这正好是个自然的理由：可以先到"时代体育"看看，再去博物馆参观，这样，走进商店便显得更像顺路。

"时代体育"有年轻的顾客出入，咄咄逼人的青春扑面而来，陆婧掺在其中，自觉有点碍眼。她在跑鞋柜台驻步，但她从不跑步；她在泳具柜台驻步，她也不打算游泳。她在等一个合适的时机，和坐在收银台的李花开打一声招呼，其实她一进门就看见了这位故人，三十多年未见的故人，即便是仇敌，难道不也能生出几分亲切吗？就算谈不上亲切，她至少怀有那么点不愿承认的屈尊的好奇。

时间是毒药，也是偏方，她记起哪个作家的句子。

店堂里人少的时候，她来到收银台前，将胳膊肘架上齐胸高的台面，明确地招呼了一声："嗨，李花开。"

李花开抬起头，她认出了陆婧，随着一声"我娘！"陆婧看见了她脸上的惊奇和真切的欣喜。

……

她们对坐在一间粥铺喝粥。李花开说她常到这儿来，离店面近。陆婧要了蔬菜鱼片粥，李花开要了皮蛋瘦肉粥，又点了拍黄瓜和两个芝麻烧饼。

这几十年我常常想着要是看见你，第一句话到底怎么讲，千头万绪的。李花开说。

是我摔了电话。陆婧说。

我放下电话就去单位找你，哪儿都找不到你。后来，单位说你报了一个什么进修班，去北京了，和谁都不联系。过了几个月，又听说你出国了。

是出国了，陪读，算是闪婚吧。年前刚退休，业务荒疏大半，职称副高，女儿自立，丈夫厚道。陆婧以短信似的句子讲述了自己的三十多年。

你呢？

离了。李花开端起粥碗又放下，这粥碗挺大，小西瓜似的。陆婧恍惚又坐在了当年那个卤煮小馆里。

就为我？陆婧心有不安地问。

我最怕的就是你这么想，不是为你，是非离不可。李花开的讲述也很简明。开始他不离，让她替肚子里的孩子想想。她上了房，站在房顶逼他同意，不然她就跳下去。他跪在院子里求她，不松口，不信她会真的跳。刹那间她前迈两步，眼一闭就跳了下去。

陆婧的心像遭到突然坠落的重物的击打，一阵沉闷的钝痛。她下意识地望着李花开的脖子，岁月给这优美的脖子增添了几纹皱褶，但依旧柔韧、光润，且不松垮。从房上跳下万一戳中了脖子……她不敢想了，后脖颈被冷汗浸湿着。她不愿用自惭形秽来形容此刻的自己，只朝桌子对面伸出手，却不好意思去握李花开的手。三十多年的隔绝，让人无法产生轻易的肢体接触，即便是曾经的"闺密"。她收回了手，机械地问着：后来呢？

后来就离了。李花开淡淡一笑，告诉陆婧，她原是要把孩子"跳掉"的，这孩子却结实，她残了一条腿，回老家生下儿子，在县中学当了老师直到退休。儿子从小就善跑，初中选进省体工队，再后来又进国家队，亚运会拿过名次。就好像，她拿自己的残腿，换来了儿子日后超速的奔跑。

你这是，轴得不要命啊。陆婧用了一个"轴"字，觉得不恰切，又找不出更合适的词。

李花开把身子靠上椅背说，谁愿意不要命呢，可当时我已经站在房上了。我站在房上往下看，想着索性跳下去无非就是两条路，要么死得更快，要么活得更好。

陆婧竭力眨着眼往回憋着泪说，你是活得更好的。

李花开说，那也先得敢往下跳哇，况且，还得有信使给鼓着劲。

"信使"两个字是陆婧的忌讳，那是旧年的伤口，尽管那伤口已经疲惫得睁不开眼，可她们的会面又无论如何绕不过这两个字。李花开说，其实你也是我的信使，我第一次把信送到你手上的时候，你就已经是了，到最后，没有那些事，没有你摔电话，我也下不了决心去奔真心想要的日子。记得我跟你提过我那个中学同学吧？

陆婧猜到了什么，但他的名字她早已记不得了。

他在老家当导游，我们那儿穷，山水可好看。从前北京人不知道，玩到十渡就不往里走了，其实越往深里走越奇崛，大峡谷、风动石、空中草原。后来他自己弄了旅行社，和县旅游局一块儿开发。我回老家后，他一直照顾我，生孩子都是他守在身边。这么多年，我们过得挺好，李花开猛地扬了扬下巴，郑重地介绍说：他叫锁成，姓赵。

这间店呢？"时代体育"。

是儿子的，儿子退役后盘下这个小店，有时间我就过来帮他照应几天。往后他该忙了，区体校聘他当教练，准备国庆游行呢，其中一个方阵有他们参与。

她们共同意识到，这是 2019 年的春天了，陆婧仿佛又闻到了白丁香、紫丁香那一团团苦而甜的香气。

两人出了粥铺，天已经黑透，李花开要回"时代体育"，和陆婧在此道别。陆婧望着眼前车的河流、人的河流，意犹未尽地说，那年我一气之下逃到北京，才知道偌大个北京不会安慰你的委屈。

可偌大个北京能够包容你的委屈，李花开接上陆婧的话。晚风吹拂着她略微倾斜的身体，吹拂着她的短发，那样子实在很飒。

几天后陆婧去了老时光博物馆，她从家里走路去的，有点远，大约十公里。她换了运动鞋，打开手机的百度导航，调至"步行"模式，方向感再差便也不会迷路。她很久没有这样专注地、长时间地在北京街上走路了，她要用尚是健康的腿脚而不是车轮，把北京仔细走一走。她走得挺好，近三个小时，顺利到达目的地，那是一间展览旧器物的民间博物馆。在众多旧物件里，她意外地发现了那只曾经那么神气活现的炉子。如今它的炉盘已不再锃光瓦亮，但炉膛里却闪着橘色的火光。她走近前，把脸探向炉口，发现炉膛里填充着仿不规则块状的 LED 盐灯，LED 是冷光源，炉子并不发热，只让参观者感受着一种亦真亦幻的安全的温度。

望云而行

邱华栋

1

汽车进入广袤的西伯利亚，他们的眼睛里闪耀着兴奋的光芒。俄罗斯大地展开了宽广、善意的怀抱，欢迎他们的到来。一路上，他们都在跟着云彩走，或是云彩望着他们的车子像小甲虫一样游走。

章平感觉到，进入俄罗斯之后，大地和天空的尺度就变大了，人和车子就都变得渺小了。漫长的西伯利亚边疆公路淹没在浩瀚的森林中。大片的泰加林地带，针叶林和阔叶林形成的混交林以及原始次生林，一层层从眼前堆积，一直延伸到天际，将绿色的层次感渲染得十分氤氲，由浓重而渐渐变得微茫。

特别是那些漂亮的白桦树，都是长着眼睛的树，就像是注视着他们的大地的精灵，在守护着他们的漫长旅行。雯雯很兴奋，也很安稳。世界即将在她的眼前全面展开，她需要走过自己的成长之路，现在，她已经上路了。

章平手里的方向盘把得非常稳固。很多年来，他都是这样把着四轮驱动的越野车的方向盘，在荒无人烟、道路崎岖的艰难之地奔跑。而带上女儿进行这次长旅，还是第一次。

女儿章雯雯要去北美念书，这使他有了一个几近疯狂的想法，那就是，开车把女儿送到北美那所大学去。

所有的准备工作就不说了。此前很多年，章平都在和一些喜欢自驾的朋友开车行走，去过很多地方。他天性喜欢到处跑，结婚以后他也没有改变这一习性。

　　"一旦你上路，你就会立即兴奋起来。如果大地是一本厚厚的书，这时，大地的书页就会向你一页页地展开它那无比丰富的内容。中国的高速公路四通八达，能够让你自己掌握方向盘，驾驶汽车到达你想去的任何地方。广袤的平原容易让人的视觉倦怠，你需要特别注意行车安全。河流在天空下闪闪发亮，就像是陪伴你的灯光带。无尽的山峦大部分的时候都是墨绿色的，以一种最终让你感到安稳的葱绿色，带你进入黄昏的暗淡，等到你安营扎寨，在宾馆或民宿住下来，一路上的风景就会包裹了你的睡梦，你会睡得很香甜。

　　"这些年，我对你的陪伴不多，我就是喜欢在路上。可为什么要上路呢？你的母亲也问过我。因为，远方的风景总是比你现在看到的要有意思，远方的人，也比你现在认识的人要更加精彩。"

　　这是多年前章平回答女儿的疑问时所做的回答。要是现在，他就不会这么说了。

　　章平是一位建筑师。他后来辞去了建筑规划院的工作，与朋友开了一家建筑设计公司，他不怎么上班，有人专门打理。他想过一种不一样的生活，更加自由自在的生活。

　　他就这么选择了。他的女儿章雯雯出生才一个月，喝了满月酒，他就自驾出行、远走高飞。这一走就是几个月。

　　那还是在2000年。他和一些喜欢自驾的朋友，组成了车队，浩浩荡荡地开车从杭州出发，一路北上，沿着京杭大运河走，到达北京。在北京市内和周边长城脚下盘桓了几天后，他们过居庸关往西北方向开，到达塞上城市张家口，可以感觉到海拔在逐渐升高，地貌在迅速变化，气温也在降低，空气干燥。然后他们一路奔向了呼和浩特，不仅在城市中穿插逗留，吃涮羊肉烤羊肉，还绕着大青山转了一圈。

　　从这里，他们分两路，一支队伍向东北方向的锡林郭勒、兴安盟、呼伦贝尔走去，他和另五辆车是另一路人马，从呼和浩特出发向西边的阿拉善而去。这向西的道路就越走越蛮荒了。半荒漠、半草原地带一直伴随着他的视线。

他们穿越贺兰山到达阿拉善左旗，稍事停留，再前往额济纳，去寻找黑水河和黑水城。黑水河已经不见了，只有一面清澈的海子在芦苇包围中，向天空睁开了它的眼，望着远处黑水城的断壁残垣正在被漫漫黄沙所淹没，体会到苍天般的阿拉善的含义。

从额济纳他们又继续西行，往新疆境内走，到达北塔山之后，再往北边的阿尔泰山方向走。阿尔泰山的意思是金山，自古出黄金，成吉思汗的儿子曾经在山间开辟了一条征伐花刺子模国的道路。阿尔泰山是东西走向，他们沿着省道往西南方向走，翻越了天山西段的山口，到达赛里木湖畔。

赛里木湖幽蓝的湖水让人感觉到失真，在湖边走着，他就想一下子跳进去，干脆把自己融化了。蓝天和雪山的倒影在湖水中一动不动，就像是一体两面的绘画，是一个奇幻的世界，让人感到迷惑和欣喜。

这一路很多地方荒无人烟，道路时好时坏，道路的等级也不断变换，高速公路、省道、乡村公路、沙石路都有。不时碰到断头路，爆胎时有发生，遇到大暴雨的时候，水流破坏道路，车轮打滑陷入泥淖，车友互相帮助，人推车拉，共同渡过难关。他们车队到达了伊犁州。

伊犁州是一个哈萨克自治州，多民族混居在一起，有着别样的风情。从那里，他们继续西行，翻越了乌孙山，来到了昭苏，这是一座位于伊犁河谷地带的小城。一片被山峦夹在中间的河谷平原，一望无际地向西延伸，通向了哈萨克斯坦。在清代，国家版图要向西延伸一段距离，到达伊塞克湖边。那拉提半山草原号称空中草原，保留着古老的草原礼节，站在山顶，浩大的群山围拢渺小的人。这是一趟中国北疆之旅，也让章平品尝到自驾的极度快乐。当然，自驾的艰险和困难他也体会到了。

他回到杭州家中，已经是秋天了。正值秋季开学，作为音乐学院附中老师的妻子林楠已经开始忙碌。带孩子很麻烦，她的父母亲从金华过来，帮助他们照料雯雯。

雯雯几个月大，很爱哭闹，并不是一个安静的婴儿。一家人围着孩子转，不免有很多磕磕碰碰。后来，孩子断奶了，有一段时间，林楠的父母把雯雯带回金华去，不到一个月，林楠想孩子了，又把孩子接回来，在身边看着，比较安心一些，就请来保姆照顾孩子。那段时间，杭州曾发生过保姆把孩子带走、一起失踪的案子，他们又紧张起来，辞退了雇的保姆，换成章平的父母亲来照看孩子。这么一来，林楠和章平的妈妈——她的婆婆在很多生活细节上发生冲突，婆媳关系陷入僵局，不欢而散，章平的父母愤而离开。所以，如何照看雯雯，一直是夫妻俩纷争的一个因由。

每一次吵架，章平就驾车远游，不见了踪迹。等到他再回来，看到女儿又长大了一点，他和林楠之间的裂隙就隐隐地又扩大了。总之，日常生活的烦扰和磕绊伴随着每个家庭，他们家也不例外。

2

一路上，章平都教着雯雯学习观察云彩。

雯雯简直是一个不出声的动物，她恨他。母亲的自杀让他们父女关系疏远了。旅途中的每一天，大部分时间里她都坐在越野车的右前座上，戴着耳机，不知疲倦地望着前方，耳机里放着她母亲喜欢的音乐，那些古典的、现代的音乐。

女儿的音乐修养来自她的母亲。那么，来自父亲的有哪些呢？他在想，也许，就是对远方的渴望，对可能事物的向往。不然，她不会想着要去北美那所大学去上学，离家和父亲远远的，远到谁都不能再影响她。

在路上，如果她感觉比较疲累了，就会解开安全带，从座位之间的缝隙爬到后座上去，蜷缩在座位上就睡着了。

很多时候，两个人都不说话，尤其是在旅途开始的一些天。章平能够识别各种各样的云彩，她不吭声，他就自己说：

"出门的人，看云是一个本事。云彩是水汽凝结形成的，很轻盈，就浮在半空。高空的云，一万多米高的云也有，有中层的云，五六千米处的云很常见，还有两三千米高的云，以层云居多。可不要小瞧云彩，云彩是各种天气的表征。看云的形状，就知道什么天气就要来了。比方说遇到积雨云，就是要下雨的云。你就得准备躲雨。"

雯雯把脑袋放在车窗玻璃上，看着窗外倏然闪过的树影。在西伯利亚，树木浓密得就像是化不开的绿色颜料，又稠密又安静。可以看到白桦树、松树最多。走啊走，路上的风景令人迷醉。

这一天，透过汽车前挡风玻璃，可以看到不远处的天空中，出现了一朵奇怪的云彩。

雯雯问他："那是什么云？"

"云彩预示不同的天气。那朵云，看上去有些奇怪，是不是？这朵云是穿孔云，它还有一个学名，叫作'雨幡洞云'，是一种中高层的云。它就像是长着尾巴一样，云层中有液体凝结后形成下坠，你看，它形成了一个拖坠着的尾巴，这个尾巴在高空中，其实是云中的冰晶。"

"既然它变重了，怎么掉不下来掉到地上呢？"

"是啊，按说这拖坠着冰晶的云尾巴会掉下来。由于重力的原因，冰晶会往下坠，但在下落的过程中它遇到上升气流，上升气流是温暖的，这些冰晶在大气中又迅速融化了。这就形成了这种漏斗式的云。"

"雨幡洞云，很好听的名字。"

"雨幡洞云的形成，往往和比它更高的卷云有关。卷云里的冰晶掉到了云朵中，在云彩中形成冰核，冰核带动冷凝的冰晶，形成了雨幡洞云。另外，一架飞机在穿越云层的时候，会以强大的尾流形成涡状尾迹，由于有温度差异，会形成蚕茧般的形状，也很奇妙。不过，这样的云茧会在很短的时间里变化，长长的云茧拉长，又像是空中的潜水艇在游动，然后，才慢慢消散。云都是不断变化的。就像我们的生活一样，总是在不断地变化。生活不变的真理，就是它在不断变化的。那是永恒的变化。"

说到了生活中的变化，雯雯看云的表情有点忧郁了。她一直想说的一句话，现在终于说出来了：

"你和我妈妈什么时候产生隔膜的？她的抑郁又是怎么造成的呢？"

章平手里的方向盘稍微抖动了一下："雯雯，我想你一直有这个疑问。什么时候你妈妈开始出现抑郁情况的呢？我不知道。我真的不知道，她的抑郁是怎么开始的。自打你出生后，围绕着你的成长，很多时候我是缺位的。她可能对我有深深的抱怨，但这么多年过来，我和你妈虽然有时候吵架，可她的状态，她自己从来不说。她是一个很内敛的人。她的心就像是音符一样，很抽象，很丰富，我琢磨不透。你妈妈是一个很善良的人，她不喜欢劳烦别人，什么事情都是自己扛，你想想，她当老师，面对那么多孩子，当了多年班主任，工作压力大，可她从来不抱怨。就这么——直到去年，那一天，怎么说呢，她就，她就选择离开了我们，那是她——哎呀，我，这究竟是怎么发生的？我也在思考。你可以指责我，可我没有办法，谁能够想到，她就这么——，最终她就——"

章平说着话，他的泪水一直在眼眶里打转，声音也哽咽了。他竭力让眼睛里的泪水不要掉出来。

章雯雯很冷静，她在思考父亲说的话。章平在余光中看到她的表情并没有太大变化。

这一路上，已经过去一些天了。他们本来不想很快谈到这件事，那就是，雯雯的妈妈林楠为什么自杀，这一切到底是怎么发生的。这是他们父女俩内心里的一个疙瘩，尽管他们最终都要面对，却又不知道如何解开，也不知道有没有最终的答案。

林楠的自杀发生在雯雯参加高考前一年。有那么一天，在他们都不注意的时候，她跳下了高楼。那幢高楼不是他们家的住宅，还在建造中。林楠身穿白衣，从十几层的地方跳下去，像是一朵红白相间的大花，凝固在大地上，也定格在他和雯雯的记忆里。

从那天以后，章平就哪里也不去了，他每天都要陪着雯雯，担心她有什么闪失，他们之间也不怎么说话。

雯雯变成了一个更加内向的孩子。那几年，个案化的安全事件时有发生。有人为了发泄不满，跑到学校门口去砍别人家的孩子泄愤。有人因为家庭矛盾和个人原因，在公交车上纵火，烧死了一些无辜的人。这些事件都让林楠的精神高度紧张，她不让章平外出去自驾游了，让他接送女儿每天上学。

那时候，他在学校门口等待雯雯放学出来，坐在车里，他的右手要摸着旁边座位上放着的一把方向盘钢锁。他想着，如果有人行凶，他就会冲出去用钢锁砸破凶徒的脑袋。这样的想象中的画面，在他的脑子里虽然练习了很多次，但因学校普遍加强了安保措施，最终没有实际发生。那种丧心病狂的行凶者毕竟极少，大家提高了防备，学校加强了防卫，凶徒也很快被绳之以法。

可林楠还是从高空下坠，陨落了。自此，章平在之后的每一天，都像守护一朵最弱小的花蕊那样，看护着雯雯。每一天，都是在雯雯睡着了之后，他才回到自己的房间里躺下来，许久也睡不着。

林楠的自杀，让父女俩的关系陷入隔膜和疏离的状态。女儿对他的敌意和抵触都是有的。他也小心地不去触碰这个事情，避免和女儿谈论到林楠。偶尔不慎说到了"你妈她喜欢——"，结果，两个人的脸色立刻都变了，就说不下去了，雯雯就会转身走开。

他们家突然发生的变故，不仅被周围人议论，也是章平精神上的一个巨大包袱。林楠被诊断为抑郁症有几年了，一直在吃抗抑郁的药，她没有能够治好自己的病，这让章平的内心积聚着无尽的内疚和自责。

林楠去世之后，他才体会到，雯雯自出生到慢慢长大，一直到上高中这一段时间里，妻子所付出的辛苦很不寻常。回想起这十多年来，他确实对家庭疏于照顾。有一时间，他就和驴友们上路，自驾汽车奔走在祖国的大好河山中饱览美景，完全不顾及雯雯的成长实际上很需要父亲的陪伴。

雯雯太小，不能带上她一起在野外行走。林楠对假期出游兴趣不大，她要备课，还要在假期辅导学生。雯雯基本上是林楠带大的，虽然她父母和章平的父母也都来帮点小忙。但在雯雯出生的头几年里，他们还没有退休，也不能花更多时间帮忙照看雯雯。

为了给她减轻负担，家里雇了保姆，她父母只要是来帮助林楠带雯雯，每月也都开一笔钱。这样的安排，在生活层面上来说，是没有太多可以挑剔和抱怨的地方。凡是用钱能解决的事情都是好办的，他们家恰恰是殷实之家，能支付所有家庭开支和相关人的酬劳。

一切都是相当圆满的。可圆满中的世界，总是要发生状况。肯定就是在这一阶段，工作上的压力和带雯雯成长的压力，以及丈夫常常不在家，需要林楠面对的很多事情的压力和烦恼都得不到纾解，林楠的精神逐渐走向了崩溃。

章平后来回忆，此前没有过多迹象显示她的精神在逐渐崩溃中。前些年里，他从外面自驾回来，林楠还和他嘟囔几句，抱怨他不管家里的事情。

他的回答也很干脆："我的公司赚来的钱，足够咱们花了，对不对？其实，你愿意的话，完全可以辞职的，我们可以带着孩子一起到处走走看看。你也可以换个活法了。"

林楠就不说话了。她非常喜欢她的音乐老师的职业。那些年，建筑行业发展迅猛，章平参股的建筑设计公司生意很好，常常接到大单，收入可观。章平的收入是家庭收入的大头，远远超过一般的中产家庭收入。

林楠在中学当音乐老师的薪水与丈夫的公司收入相比，自然是不算多的。她和他的爱好恰恰相反，喜欢安静地拉琴、弹钢琴。音乐是抽象的，也是审美中高级的享受。她对心灵以外的风景没有太大的兴趣。

他们就像是来自不同星球的人建构了同一个世界，然后，又打碎了它，使之变成了残损的世界。

3

他们的第一段旅程，是从西伯利亚一路开车到达莫斯科，这需要二十天左右的时间。出发之前，章平做了很多准备。入境签证自然不用说，早就办好。他仔细检查了携带的护照、地图、导航设备，还有应急灯、手电筒、灭火器、剪刀、压缩干粮、绷带和药棉，以及肉罐头、糖果、盐、药品、睡袋和汽油等这些路上所需要的备品。

出发之前，章平将车子的后备厢都装满了，后座上也有一些。还有两个大水壶也是满满的。水是必需的，在路上，水是最宝贵的，人缺水就不能活。这一次，是他和女儿两个人的长途旅行。章平初步计算，最终等到他们抵达美东地区的那所大学，需要三个多月、一百天的时间，沿途经过的国家有二十多个。

"我决定开车把你送到你要就读的那所大学去。"

一开始章平这么告诉女儿的时候，连他自己都吓了一跳。别人认为这个想法过于疯狂，但对于章平来说，却是非常具体而实在的，是经过深思熟虑的，也是能够实现的。他反复琢磨，一直到考得很成熟了，才告诉女儿。带着女儿行走在地球的表面，是一个大胆的计划，他是想带女儿一路行走一路陪伴，一直到把女儿送到她要继续出发的地方，这样的长旅，会成为女儿对父亲最深刻的记忆。

雯雯听到父亲的这个计划，她的眼睛睁大了。一瞬间，她感到非常激动。她点了点头，久违般地对父亲迸发了亲近感。她走过来，主动拥抱了他。

那一时刻，他的眼睛潮湿了。但他没有流泪，克制住了自己。

他知道，女儿很长时间里很怨恨他，她觉得，母亲的自杀和他的漠然有关，母亲走上了那条路有他的疏忽和怠慢，使她失去了母亲。假如父亲再给妈妈多一点关爱，妈妈怎么可能自杀？这是雯雯的一个心结。

想想吧，从杭州开车出发，一路要经过整个欧亚大陆，再从欧洲西端的英国港口，坐船横渡大西洋，一直到把她送到美东的那所大学，这实在是一个疯狂的想法。不过，有多年自驾出游的经验，章平对长途开车旅行非常有信心。虽然是跨国旅行，只要把功课做足了，就没有问题。

"你是开车南南北北走了很多地方，沿着海岸线也走了一圈，自驾的经验很丰富。但开车把孩子送到北美，穿越欧亚大陆，路况非常复杂，天气也很多变，途经的国家太多，各个国家的社会状况也不一样，有时候会很危险的。只要路上遇到一件很小的倒霉事，就会断送你的整个计划，让这个本来皆大欢喜的壮举一下就半途而废。一旦出现某个状况，前不着村、后不着店，叫天天不应，叫地地不灵，就麻烦了。还是要稳妥一些，不要逞能，尤其是要考虑到孩子的安全。毕竟，你就这么一个女儿。"

好朋友规劝他这么说。听了这些话，他更谨慎了。

不能不说朋友的担心是有道理的。但章平这样设计，也有自己的考虑。妻子林楠自杀以后，他陪伴女儿继续学习，走过了女儿中学毕业这道成长的门槛。她考上了北美的大学，要去那里展开自己的新人生，后面的路要靠她自己走了。这让他灵机一动：还有比一路自驾、开车送她抵达学校、陪伴她走过地球上最美的风景之地这个更好的成人礼吗？没有了。

对于章平来说，带着女儿进行一次长途旅行，才是最佳的成长礼，是他和已经有疏离感的女儿的一次关系的拉近，是对女儿的守护和陪伴，也是女儿理解父亲的一个最佳契机。可以想象，父女俩一路穿越无数的风景，看到很多的朝霞和夕阳，女儿的眼界自然会不一样，这是她人生中第一次大地上的旅行，她在路上，能真正了解父亲是一个什么样的人，对她自己也有更深的体认。

从年初开始，章平就着手办理出国旅行的手续。他知道，跨国旅行自驾需要做哪些准备，这要提前很长时间去做一些工作，包括途经国家旅行签证的办理、途经各国道路的路况、沿途衣食住行的具体攻略等等，每一个细节都要考虑到。

这一次出行，沿途要经过二十多个国家，安全问题是第一位的。章平列出了要经过的国家。他打电话、去电子邮件，联系了这些国家的使馆，以及一些华侨组织。途经这些国家时如果遇到什么事，可以及时联系他们。这在心理上也是一个保障。哪些国家对华友好，哪些国家危险指数比较高，还有可能遇到的突发情况，自然灾害、凶徒袭击等，全都要考虑到。整个旅途怎么走、走哪条线路，也是他要仔细考虑的。那些天，他整天都在看地图。最终，地图上的线条变成了他脚下的道路。

他们的车子沿着西伯利亚边疆区的俄罗斯国道而行。路上车辆很少，很长时间才有一次错车。西伯利亚大铁路和这条边疆公路在很多地段里是平行的。走着走着，路边的景色相似起来，很容易使人疲倦。章平记得，从满洲里进入俄罗斯，他们很快到达赤塔。

赤塔在雅布洛诺夫山脉的东南侧。这段山脚下的道路弯弯曲曲，山色、树林和云彩都非常美，变幻多端，一直到乌兰乌德。乌兰乌德是一座看上去遗世独立的城市，没有什么人，安静而空旷。

他们在那里买了一些俄罗斯果酱和大列巴，还有鲱鱼罐头。

贝加尔湖在乌兰乌德的前方。抵达这座世界有名的淡水湖泊，在湖边环绕着走了一段，他和女儿都很惊喜。在图片和电视片中见过贝加尔湖，等到真的见到了它，还是觉得震撼。贝加尔湖很大，就像是一片海洋，湖水纯净得能照见他们的影子，掬水而饮，连脸上的斑点都能照出来。沿着贝加尔湖边的公路行走，就像是融化在最美的风景里。

拐过贝加尔湖的南面湖头，很快就到达了伊尔库茨克。

伊尔库茨克距离满洲里有一千多公里。他们在伊尔库茨克这座城市里歇息了一个晚上，能够感觉到夏天的清凉和城市安静、衰败的感觉。不知道这些年俄罗斯怎么了，赤塔、乌兰乌德、伊尔库茨克，这些城市似乎都停滞在过往的时间里，衰败和破旧感随处可见。这些边疆城市的俄罗斯人对路过的客人很友好，也并不惊奇。他们可能见惯了旅游者横穿西伯利亚。

路上，他给她讲了自己在世界上一些国家的旅行见闻。她说，要是你旅行的时候带上妈妈就好了。她就不会得抑郁症，自杀了。他沉默不语。这样的假设已经毫无意义了。

从伊尔库茨克出发，大西伯利亚的广袤展现在他们的面前。风景的相似和偶尔的不同，杂树生花的情景随处可见。松树高大，颜色深绿，针叶林裹挟着白桦树，一望无际地铺展开去。章平在呼伦贝尔的室韦地区，见过国内的白桦林，那里的白桦树长得都不粗壮。西伯利亚的白桦林密度大，显然很长时间没有人干预它们的生长，完全是原始状态的广袤森林。他们曾停下车，走进西伯利亚白桦树林。在林间走动，能够感受到森林的静谧和内在的活跃。很多树横卧在那里，而新生的小树又在旁边生长起来。也就是说，老的死了，新的诞生了，交替成长，尽量向高处生长，去接近天空，去争取阳光。白桦树的树皮上有黑色的结节，很像是树的"眼睛"。而且是大大的眼睛，每一只眼睛都饱含着深情，在注视着他们的到访。

"那棵白桦树的眼睛真美。啊，爸爸你看，那只大眼睛，太像妈妈的眼睛了。"雯雯忽然指着一棵树说。

章平心里一惊。他想起妻子的眼睛。林楠的眼睛就很大，也很美，眼神里总是包含着很多内容。他顺着雯雯所指的方向看去，看见了那棵有轮廓的白桦树，长满了圆润饱满的树叶，树干修长，树身上的眼睛又大又漂亮，就像是林楠在注视着他。

章平感到喉头一热，哽咽了一下。他想起来，林楠装扮自己的时候，对眼睫毛很用心，每次都用睫毛刷刷弄半天才出门。

他不敢再看那棵树的眼睛了。忽然有些响动，他发现树林里还有一些飞鸟，在一棵棵树间飞越。雯雯发现了地上的蘑菇，她想去采。此刻，置身于白桦林中，一瞬间，有无数双白桦树的眼睛都在注视着他，章平感到了晕眩，他气闷、难过、紧张，然后说："我们回去吧，这里也许隐藏着什么危险。"

他拉着雯雯往公路边走，上了车，继续前行。可以看到前方的上空，云层的变化很迅速。道路开阔起来了，两边的森林在退却，大片的草地在眼前展现。高空的积云迅速聚合起来，形成了一层层的积云。云相变了，章平说："你看，雯雯，那一朵朵的白云，以蓝天为背景，多美啊。这就是层积云，层积云是阳光的终结者。"

他们看到，不光是层积云把阳光遮蔽了，前方的道路上空还出现了类似雾一样的团云，悬浮在几百米的上空。

"好像是雾气变成的云。"她说。

他说："是的。层云是云彩中高度最低的一种云。落到地上就是雾气，或者叫雾霭。这说明附近有河流或者湖泊，水汽上升遇冷之后，很容易就生成这样的层云。"

他们的车子飞速行驶前行，果然看见有一条闪闪发亮的河流，从远处森林的边缘破空而来，形成了一面长条形的湖泊。水汽蒸腾使前景在微微晃动。夏天里，湖泊上空鸟在飞翔，层云迅速上升，又迅速下降和消散。

这一阵子风也变大了。雯雯不小心打开了车窗，呼呼的风声就冲进了车内，把她手里的地图刮到了后座上。远处有几间坡屋顶的房子，孤僻地坐落在半山和湖水边上，显示这里有人居住。俄罗斯西伯利亚地区人烟稀少，但也有人居住在沿途道路附近。道路将一些边疆小镇和居民聚集点联系起来。的确有俄罗斯人喜欢居住在这里，西伯利亚天高皇帝远，人们自由自在，在大自然中获得特别的安宁和轻松。当然，也很容易被世间所遗忘。

章平说："我们是过客，经过这里，看到从未见过的风景，会感觉到美极了。可要是住在这里，就要忍受荒僻和冷清。当然，俄罗斯人内心里有躲避喧闹的需求。假如碰上了世界大战，或者疫病流行、核爆炸，在西伯利亚藏身，绝对是好地方。"

正在说着话，他们忽然看到在前面的道路中间，站着一个人，手里还拿个酒瓶子，摇晃着走来走去。

他放慢了车速，"注意，"他说，"前面有个醉鬼，小心，你不要用眼睛去看他。我来对付他。"

"你会俄语吗？"女儿问他。

"我懂一点，你知道的。"

雯雯也懂点俄语，这一路上，他们吃红菜汤、粗麦面包、鱼子酱、干果、土豆泥、卷饼，发现俄罗斯人在吃东西方面非常简单。

雯雯说："我来和那个人交流。也许，他就是想要一瓶伏特加。"

"不，你什么都不要说。"章平叮嘱她。

他把车速放慢。那个人就在道路中间，向着车子迎面走过来，不怕被车撞。章平想，这人不是善茬，要小心行事。远看，像是一个喝了酒的当地人，走路摇摇晃晃，左手的瓶子也在摇晃，像是随时掉在地上。他长发披散，穿着一件薄薄的风衣，嘴里在念叨着什么，要逼章平停车。

章平把车子停到路边上，看到那个人走过来。走近了，在车窗外，那人胡子拉碴，是一张凶狠而无聊的脸。在外面旅行，章平看过很多人的脸，相由心生这句话一点没错，大部分人的脸，你一看就知道他是什么鸟。眼前的这个人就是一个坏人。他也知道这是一辆路过的车，是外地人的车。

那个人敲了敲车窗，章平把车窗玻璃放下来，那人嘴里喷着酒气，忽然，右手拿着一把匕首，猛地伸过来。他可能是想威胁着要点钱，但拿着刀，可不是好玩的。章平眼疾手快，一侧身，躲开匕首，右手早就准备好一根短短的铁棍，猛地捅过去，捅在了那人的脸上。那人"哎呀"大叫着向后仰身，章平用铁棍又猛击一下那人的脑袋，把他打倒了。那人右手里的匕首和左手上的酒瓶子都掉在地上了。

章平一脚油门，越野车加速前行，后车轮扬起了一片尘土，把那个人甩在了车后。从后视镜可以看到，那个人十分恼怒，他爬起来，抓起酒瓶子扔过来，酒瓶子砸在车顶上，发出了一声闷响，接着，又掉在公路上摔碎了。

刚才那一刻，雯雯紧张得大气都不敢出。看得出，她根本没有想到会遇到这样的事情。而遭遇这样的事情，早就在章平的预案里了。

"一个坏蛋。这家伙就是想抢点钱。"章平掌握好方向盘，他的声音很镇定。

"不是，爸爸，他想杀了你。他也会杀了我。他一下子就拿出匕首了。"雯雯的声音还在颤抖。

"不管他了，我们已经摆脱他了。"

过了一阵子，雯雯小声说："爸爸，你这么勇敢，我过去从来都不知道。"

他摸了摸雯雯的头，没有说话，手里的方向盘更加稳固了。

4

在到达新西伯利亚市之前，还要途经新库兹涅茨克和托木斯克，不过，他们不用穿越这两座城市北面的城市，他们只是看到了通往那里的路标。

新西伯利亚市更是一座停顿在时间深处、几乎被遗忘的城市。市区没有什么新建筑，都是苏联时期的老式楼房。这里曾经是苏联科技城所在地，有一片新城都是当年规划建造的，目的在于科技创新，苏联时期的各类创新性的科学研究所都设在这里，现在，那些毫无个性的板楼都在颓败，毫无生机。在新西伯利亚市转了一圈，吃了一顿饭，再次上路之后，他们感觉到道路上的车辆似乎多了很多。

如今在世界上流行的科技产品，有什么是俄罗斯创造的吗？章平问她。

没有。雯雯说，好像是没有。爸爸，这座城市也停滞在时间中，慢慢地颓败着。

是呢。就像是森林中的任何一种植物那样，自生自灭。

如果在地图上看他们的行车轨迹，接下来，他们经过了鄂木斯克、库尔干、车里雅宾斯克、叶卡捷琳堡，然后是喀山。俄罗斯广阔的西伯利亚国道车辆来往不多，路况尚好。越走就感觉城镇越多，人烟不再稀少，俄罗斯的风景开始有了变化，不再单调到乏味了。等到他们看到下诺夫哥罗德的指示牌后，章平就明白，莫斯科已经在前方不远处等候他们了。

一路上，他们经过了从贝加尔湖一直流向北冰洋的勒拿河，经过了叶尼塞河和鄂毕河，然后又经过了伏尔加河。俄罗斯的河流总是带着忧郁的气质，并不狂暴，非常平静舒缓。从天气的角度来说，过了乌拉尔山，温度开始提升，湿度也降低了。连日的行程，浪漫感是不多的，更多的是艰苦。

"那是什么云？"雯雯问他。

他看过去，在蓝天中，连续拖曳的云彩就像是卷心菜的叶子一样好看，还有些卷边。

"那是卷云。卷云是云彩中最好看的一种，属于高层云，在海拔六千米到一万两千米，都有卷云存在。飞机上观赏这种云会更好看。你看，它的形状多么优雅。缥缈如云，说的就是卷云。卷云比较常见，是飞舞的冰晶形成的云条。卷云有很多种，比如有毛卷云，这种云是高空中的冰晶云被风拉长，形成了细丝状，在大地上看去，就像是一团团毛絮一样紊乱而轻盈。还有一种钩卷云，是比较厚的云端出现了钩状的弯曲，就像是一个逗号那样，在空中展开，有好长一段。"

"爸爸，那这属于什么卷云？"

"这种云叫作堡垒云。你看，一团团的，像是棉花团，又像是一座座的堡垒，彼此分割，又有些联系。这种云又像炮塔，中间凸出。它一般在傍晚出现得比较多，这时天气会转凉，有它，天气就会转成阴雨天。当它在高层还是高积云的时候，这样的卷云不会预示天气变化。如果是低云中出现了堡垒云，你看，它们在快速聚集，像是花菜的菜花，一个个地凸出来，很快会形成积雨云，就会带来一场暴风雨。"

她仰脸看云："嗯，是的，它们正在连接起来，形成银齿状了。这说明，要下雨了。"

"你真聪明，雯雯，我们要找地方停下来休息，躲雨。"

"前面就是叶卡捷琳堡了。爸爸，咱们可以赶赶路。"

他就踩了油门，加快了速度。但他隐隐地有些担忧，前面可能遇到大的暴风雨。

他告诉女儿，云和风暴的关系很密切。形成了风暴云之后，云层中对流加剧，从一种单个的积雨云变成组合的多体风暴云，就会带来突如其来的极端天气。这样的风暴云在天空中奔跑的时候，它的下端有时会伸出管状的云，很像是风暴云在探测地面时伸出的小腿，或者是一根巨大的手指。管状云会将透明的空气吸附进自己的体内，就像是吸尘器一样，使风暴云内部的水滴和冰晶加速形成，云彩变成纵向生长的一根上下连通的管子，并且快速旋转，上升的气流在高空形成了涡旋，不断膨胀，冷却之后，就会形成更大的风暴云的一部分。

前面的天空中就有管状云出现，这意味着行车要和它保持距离，不然这个管子经过的地方，巨大的吸力都能把车子连人一起吸附进去，像树叶一样飞起来，升到云彩的高处，冷却之后，和雨水以及冰雹一起再猛然降落地面。这肯定不是你愿意看到的结果，是不是？

她问，那水龙卷是怎么回事？

水龙卷，是管状云在游走中遇到了水面，就把湖泊或水塘和河流中的水吸起来，直达高空，形成条状龙卷风。它会快速移动，所到之处能吸食一切。水龙卷是一个奇观，在龙卷风中，会把水中的鱼类、虾类、螃蟹都卷到空中，这就是为什么有的龙卷风过后，在陆地上留下来的东西里，从天而降的杂物中还有噼里啪啦的鱼掉下来。所以，对管状云最好就是远观，尽量远离它。

他们俩说着话，都没有料到就在这时，他们迎来了一场风暴。

是的，这是一场突如其来的风暴。能够看到远远的平原上，龙卷风的长龙一直扶摇直上到天空深处，就像是龙吸水，又像是黑云的手臂伸展下来，要抓住地面上一切事物，都吸食到高空中它的肚腹里。天空中有黑色的妖怪，就是那墨黑的云，像是一群黑熊吼叫着扑过来，所到之处瞬间遮蔽了光线，淹没了万物的亮色，赶走了轻柔的白云，带来了浓黑的恐惧。忽然间，天色黑了下来，接着，龙卷风快速移动，风很大，大风刮过来，漫卷的树叶遮挡了视线，他们的车身有些漂移。

雯雯本来想打盹，一下就精神了。她有些紧张，抱着靠垫，说："天怎么一下子黑了，爸爸？"

"我们遭遇了暴风雨。还有龙卷风。好像还有水龙卷。"

尽管章平语调是镇定的，但他心里很紧张。车身在风中左右摆动，有些侧滑，他放慢了速度。眼看着天色一下子就黑沉沉地把道路淹没了。这时是前不着村，后不着店。他打开了远光灯，看到远光灯的灯柱在黑暗的风雨中很快就被吞噬了。巨大的雨滴砸在了车窗上，小石子也扑打过来，把玻璃砸得叮叮当当的。雯雯很害怕。她的表情告诉了他。

他说，别怕，别怕，你系紧安全带，躺下来。

他把她的靠垫放在自己的右侧，让她斜靠在靠垫上，此时他把车子稳稳地停在道路边上。他用右手抚摸着她的头发，别怕，等一会儿，风暴就过去了。

黑风暴卷过来，迅猛地冲击着他们的车子，车子左右剧烈地摇晃着，就像是打着趔趄的醉汉，在大地上根本站不稳。有那么一阵子，车子在狂风的吹打之下就要翻车了，雯雯在尖叫。车子还在发动着，他赶紧牢牢地抓住方向盘，车子在风中打转，没有倾覆，车子最后又站住了。一阵阵狂风把车子吹得在道路上后退，尽管刹车系统还在起作用。

猛然间，一棵树倒了，砸在了车顶，一声巨响，车顶瘪了，他赶紧倒车，看到那棵树骨碌碌滚落在车前方，树枝茂密，就像一个头发茂密的森林怪物那样，阻挡住更大的风雨击打车子。他熄火了。雨水从看不见的车窗缝隙里渗透进来，他抚摸着雯雯的头，别怕，别怕——他一直在说着，安慰着在狂风暴雨中感到世界末日来临的雯雯。车子就是他们的避风港，章平的臂弯就是雯雯的避风港。

不知道过了多长时间，从他们俩的心理时间上来说，似乎过了一百年，从真实的物理时间来说，却很短暂。忽然，天色又亮了，暴雨停了，黑风暴过去了。那棵树挡在车子的前面，成为屏障。巨大的龙卷风擦身而过，没有袭击他们的车子。不然，这辆车很可能就飞到天上去了。

他发动汽车，发现车况依旧很好。他倒车，从这棵折断的大树一旁绕过去，然后继续前行。这棵树有阻挡风雨的功劳。

这个时候，雯雯的眼睛在发亮，她似乎更加信赖父亲了。这场风暴让她感觉到了父亲的力量。

后来，在莫斯科，在麻雀山附近，他们看到很多麻雀就像是飞翔的雨点一样到处飘飞。麻雀的飞行似乎没有轨迹，能够忽然拐弯，这是它们躲避鹰隼抓捕的最佳本领。

到达莫斯科，算下来，距离出发时已过了二十天。六七千公里的路途，快速通过了俄罗斯大地，途中的经历让他们的关系变得亲密了。

章平和雯雯专门去乘坐了莫斯科的地铁。有的地铁站深达百米，真的是地狱里的列车。在地铁里，看到那些莫斯科人，似乎个个都有心事一样，他们的表情看上去并不轻松，而且十分忧郁。

在白天，行驶在莫斯科的道路上，他看到放射状的道路让莫斯科变得四通八达。莫斯科的那些东正教教会的教堂，有着洋葱头屋顶的独特建筑非常显眼，走到哪里都能看到。莫斯科除了高楼林立的商务区——据说这个商务区的最高建筑是中国的建筑公司承建的，整个城市现代化的水准，没有超过中国的二线大城市，比如成都、武汉、南京、杭州等，更别说和上海、北京相比了。

在莫斯科短暂停留之后，他们继续前行，穿越了白俄罗斯，一路南下，到达了伊斯坦布尔。

伊斯坦布尔这座跨越了欧洲和亚洲的古老城市，在他们的面前露出了真容。就连风的味道都是独特的。伊斯坦布尔更像是一座带着欧洲韵味儿的亚洲城市。章平想到了阿根廷的首都布宜诺斯艾利斯。阿根廷是南美洲最欧化的一个国家，布宜诺斯艾利斯也像是一座欧洲城市，是欧洲人建立了布宜诺斯艾利斯，那里有他们寄托的乡愁、食物、街道、建筑、教堂和习俗。但潘帕斯大草原上的高乔文化，也影响了阿根廷。

雯雯对伊斯坦布尔做了很多功课，她喜欢帕慕克的作品，阅读了他的《伊斯坦布尔》。这座城市横跨博斯普鲁斯海峡，气势宏阔，也带着某种忧伤。古老的城市里，分布着大街小巷中无数的土耳其人，他们的表情似乎带着"呼愁"，这是土耳其人古老的宗教情绪和人生态度。

"呼愁"这个词很复杂，很难说清楚。她给章平解说着，在伊斯坦布尔海峡，又叫博斯普鲁斯海峡的海底，蕴藏了多少人的秘密？帕慕克的小说《黑书》中有着精彩的描绘，其中有一节，就是专门描写海峡的海底到底有些什么东西。

他们探访了索菲亚大教堂，还去帕慕克的纯真博物馆一游。在帕慕克的《我脑袋里的怪东西》那本书中，伊斯坦布尔就像地衣一样扩展的过程，不断在雯雯的脑海里浮现。她记得那本小说里有一个主人公叫麦夫鲁特，他是一个整日在伊斯坦布尔走街串巷的小贩，挑着担子售卖一种叫作"博扎"的饮料。于是，他们就到处找"博扎"，结果在一个街角找到了。如今的伊斯坦布尔，卖"博扎"这种土耳其传统饮料的人多了起来。

很难来形容它的味道。他说。

就像是格瓦斯里面加了一点辣椒酱。雯雯笑了起来。

在伊斯坦布尔，蓝色清真寺和土耳其大巴扎这两个地方，哪个游客来了都要去看看。雯雯说，土耳其的前身奥斯曼土耳其帝国前后延续了六百年的时间，是一个古老的、有着深厚文化传统的国度。现在的土耳其也还依旧有着梦想，幻想着有朝一日能把中亚地区一直到伊斯坦布尔，都变成他们的地盘。这都是痴人说梦了。

章平说，土耳其是一个中等的内陆国家，大约有七十多万平方公里，跟咱们的东北三省的面积差不多大。这样就比较好类比。人口约有八千万，和东北三省差不多。我们的东北三省有接近一个亿的人口。不过，土耳其的贫瘠山地的面积大，鸟不拉屎的地方很多。

伊斯坦布尔让他们着迷。几天的时间在这座城市游逛，也很安全。土耳其人有他们的自信和迷茫。

他们继续前行。从伊斯坦布尔往西行，就是保加利亚。从保加利亚往南走，有一条路要穿过整个欧洲的火药桶——巴尔干地区。巴尔干地区的民族关系非常复杂，政治势力交错，人文风俗也奇特而丰富，现在，这一地区的社会治安依旧成问题。好在他们的路线是先行南下，不做太久停留，像是轻盈的鸟儿一样飞过。

从伊斯坦布尔出发，没过多久就进入希腊。在希腊，他们游走了好几天。希腊的地中海气候非常舒适，天气也很明媚，有着蔚蓝的天空和舒爽的海风。

他们看到了雅典这座城市里很多的遗迹。他们惊叹，希腊真是欧洲或者说西方文明的发祥地。这个到处都是废墟的国家在诉说着人类走过的漫漫长路。在这里，希腊诞生了古老璀璨的文化，然后影响了罗马帝国。罗马帝国诞生后，它的文化扩展，影响了欧洲很多国家的形成。

在希腊的那些天，一直有着澄澈的蓝色天空，空中的云很少，竟然没有给章平显摆他的云彩知识的机会。

5

后面的旅程似乎加快了。在感觉上，一个个国家、一座座城市，相似的和相异的特点，都让他们眼前一亮。从希腊雅典向西，他们穿越了希腊南部，看到这是一个石头垒就的国度。到处都是历史悠久的废墟，古代希腊的建筑的基座都是石头。

他们到达希腊港口城市帕特雷，在那里，将灰尘蒙面却性能很好的越野车开上大型海渡船，通过海路，前往大海对面的意大利南部的城市巴里。

在大型海船上，他们能看到伊奥尼亚群岛那如同巨型海龟的形状，匍匐在海岛之上。

在意大利的巴里港口上岸，通关，欧盟国家的手续并不复杂。接下来，就是欧洲腹地的旅程了。他们没有折返向北，经过巴尔干地区那些拥有崎岖山路的国家，也是并不安全的地带。

在意大利南部，阳光依旧是炽热的。他们在意大利的那不勒斯吃了很好的海鲜饭。雯雯很喜欢吃黑色的墨鱼饭。透过餐厅的窗户玻璃，街上人声鼓噪，似乎是那不勒斯的黑帮在挑动市民闹事。很多垃圾堆在城市的角落里，散发着臭气。垃圾之战正在发生。

在这里要当心些，章平开玩笑说，咱们在街上溜达，万一碰上当地的黑手党在枪战，就不好玩了。所幸的是并没有枪战，城市很快又平静下来了。他们连黑手党的影子都没有看到，只有那不勒斯别具风味的海风，吹拂着他们的脸。

他们进入到欧洲的南部地区了。天空的云多了起来，南部欧洲的云很多变。章平告诉雯雯，云是天空的表情，也是天气的指示标志，看云能够知道会有什么天气出现。刮风、暴雨、打雷、闪电、飓风、阵雨等天气，看云就足够清楚了。

继续看云，章平对雯雯说，云彩分高云和低云。低云中间，有一种云叫马蹄涡云，不知道你见过马蹄铁没有。古代的时候，马是重要的战斗工具，马蹄子是角质的，容易在奔跑和磕碰中磨损。为了让马蹄减少摩擦耗损，聪明的人类发明了马蹄铁。把一块马蹄铁钉在马掌上，马在奔跑的时候就不容易损坏马蹄。这等于给马穿了铁鞋子。

我懂了，爸爸，你看，那朵云就是马蹄涡云，对吧？

对的。你看，这朵马蹄涡云就像是一块马蹄铁，它的两端呈弧形向下垂弯，又像是一枚蚕宝宝在空中睡着了。

嗯，爸爸，马蹄涡云，是带孩子气的云。

是的，不过，有人看到它那睡眠的样子，会感到不吉利。古代的人很会看云，预测未来要发生的事情。其实，马蹄涡云形成在很大的风暴云附近，观察它，能看到风如何让它旋转，就能预测风暴来临的方向。马蹄涡云不起眼，一闪而过，一般在一千五百米以下，飞机上升的时候能看到，开车奔走在大平原上，或者在草原上也能看到。

爸爸，你看你看，那朵马蹄涡云正在消散！它马上就不见了，这是为什么?

是的,马蹄涡云持续时间往往只有几分钟。你看,现在它就没有了。它形成的原因很简单:一股气流上升的时候,遇到水平方向的横切风一吹,就成了马蹄涡云,它一边旋转,一边消散。在超级单体风暴的跟前,这样的马蹄涡云就很容易诞生,看到它,你要记住,大雨将顷刻而至,大风将把大树连根拔起。所以,不要小瞧马蹄涡云。

嗯呢,爸爸,生活中也有马蹄涡云,要是不留心,风暴就来了。雯雯一定又想到了她的妈妈。

他们都记得林楠跳楼的那一天。那一天和往常的任何一天都没有什么不同。此前,几年的时间里,她都在吃药,吃抗抑郁、治疗抑郁症的药。那些药还是很有疗效的,让她的情绪平复多了。可是,那一天,医生开的供一段时间的药吃完了,需要到医院复诊复查,然后,医生再开一段时间的药。

章平陪着林楠去医院。负责诊治她的那个中年男大夫对她的治疗状况感到满意,复诊之后,又开了一些药。

那段时间,她已经因病在家里休息了,不能去上班开课。去年,有一次一个男生在课堂上不好好听讲,被她训斥后,师生发生了争执,那个男生爆了粗口。她当时就离开了教室,要求学校处理那个男生。但学校好像也很难处理一个学生。

她一怒之下,不再继续讲课,在家休息了。后来,家长也来交涉,认为她刁难那个学生。在中学当老师,给学生讲课不容易。校外到处都是补习班,一些老师依靠补习班获得额外收入,课堂上就不好好讲。这都是从什么时候开始的?说不出来,总之,就是某一天开始,校外的辅导变得十分必须,不参加辅导班的孩子,考试成绩上不去。

各种课外辅导班五花八门,老师们不安心在学校里讲课,而是醉心于在各种辅导班上讲主要内容,目的就是赚钱。这导致了校内教学质量下降。何况现在的孩子们都很娇气,大部分都是独生子女,不仅骂不得,更打不得。哪个学生不听话了,你要是气不过,顺手打一下孩子,那孩子家长就会来到学校里,和学校理论个没完,最终,多是学校忍气吞声,不仅赔礼道歉,还要赔钱了事。

这些中学学校里的教学环境发生的变化,是章平体会不到的。他早就辞去了坐班的工作，变成了一个财务自由的人。他所在公司收益不菲，他总是在路上，在外面游走。家庭日常生活的安排、对雯雯培养教育的重任，都在林楠的身上。林楠的性格很隐忍，遇到什么情况都不主动说。她就是去承担，直到有一天承担不了了，然后，她飞身而下，从住家附近一幢正在施工的高楼上，从一处没有安装玻璃的窗户飞身而下。连这个地点都是她精心选择的，为的是不要在家里跳楼，不要在闹市跳楼。在重庆繁华的朝天门商业区，发生过一个不幸事件：一个跳楼自杀的人砸到了刚巧路过那里的两个姑娘，把毫无防备、很无辜的姑娘给砸死了。你说，这是不是很倒霉呢？当然是倒霉透顶了。

林楠飞身而下，身着一袭白裙子，在灰色的水泥地上，开成了一朵红白色相间的大花。死亡的花朵，最后的定格就是这样的。

当时，章平不在她身边。他们从医院里回来，他检查她的药，发现按照处方单，有一张药单在划价的时候漏掉了，没有交款和取药。他就又去医院交款取药。

等到他再回来，她已经不在屋子里了。等了一会儿，一辆警车来了，拉他前去不远处的一个建筑工地。在出事的那幢楼下，警察的警车、医院的救护车都在，警戒线也拉着。在楼前的一片小小的空地上，他看到她躺在那里。他的脑袋就像是被撞击了一样，轰然一声巨响。现场似乎很凄凉，但并不狼藉。她的尸体很快被抬走了。第二天下了一场大雨，把什么都洗干净了。

那些天，他很木然，很崩溃。他隐约觉得林楠的抑郁状况总是要出事，这样的结果他躲避了很久很久，可这一天还是来到了。抑郁症患者自杀事件时有发生，可这一桩巨变发生在他身上，发生在他的家里，死的是他的妻子林楠，这就让他完全无法承受。他两眼被泪水模糊，干号了两声，那一刻，他真是非常无助，无所适从。

他说，雯雯，你看，那是复云。复云一般是两层云，所以才叫作复云，高度不一样的两层云。现在是傍晚，此时形成的复云很好看。一般在低云里的层积云比较厚，可能和层积云中正在凝聚着水滴有关系，由于风向的原因，在低云之上出现了高积云，风向不一样，能把低积云和高积云拉向不同的方向。高积云是由冰晶构成的，在高空中被风吹拂和拉扯，那看不见的手能把高积云拉扯成梳子的篦齿一样有规则。这个时候，高积云在高高的天空中形成了层次丰富的复云形状，一时间霞光万丈，无比瑰丽。这是观赏复云晚霞的最佳时机。

朝霞和晚霞是一样的还是不一样？雯雯问。

朝霞和晚霞，都是阳光映照的结果。朝霞是早晨的太阳映照的云彩，晚霞是傍晚的太阳映照的。朝霞更鲜亮，晚霞更辉煌。云彩形成的霞光变幻多端，特别是晚霞，宛如灿烂的火焰和红宝石一样的色彩，铺陈在天际，伴随着太阳的下落，非常美丽。我喜欢晚霞。

我喜欢朝霞，就像你说的，朝霞很鲜亮。

我还喜欢复云的变化，你看，此时的复云多么壮丽和苍茫，能在人的心中唤起丰富的人生况味，对人的生命有着更多的体味。

他们看着在阔大的天空中，晚霞就像是血红的棉被，让他们联想到了林楠在水泥地上流出来的血。

妻子自杀对章平的打击非常大。他后来闭门不出，手机也关机了，过去一起在路上游走的朋友，他不再来往，还有一些自驾的组织，他也不来往了。他每天都在回忆着自己和林楠是如何度过了这二十年，一天天，他们是怎么过来的日子。那些闪亮的日子，辛苦的日子，他不在家的日子，都是怎么过来的？他要一天天地复原。他整理妻子留下来的遗物。她好像喜欢记日记，但她在告别这个世界之前，把大部分日记都毁掉了。能找到的只是一些她教学用的教案。那些教案整齐、认真，笔迹规整，可以看出她是一位对教学、对学生极其认真负责的人。

雯雯对他很愤懑，认为母亲的死是他对家庭照顾不周导致的。他们不说话，就像是两个陌生人那样在一个屋子里生活。等到过了一段时间，他缓过劲来，他决定把所有的心思都凝聚在女儿身上。她马上要高考了，而这是她人生中最重要的一个关口，不能马虎。

那时的雯雯想要远走高飞，想的是离开她生活的城市，离开她的家，飞到更远的地方。她说要考北美的大学，开始把劲儿都用在学习英语上面，还在加强辅导班学习。为了能顺利考上北美的大学，她要和几个孩子一起去美国学习三个月，这是考试前的加强辅导。他都支持了。

为了支持雯雯的留学计划，他默默地做着准备，变卖了部分公司股权，筹措了一些钱。留学是要花大钱的。有一天，他告诉雯雯，她留学用的学费生活费，他都已经准备好了，而且，他下半辈子的希望，都在她的身上。等他老了，要和她在一起养老，不管她在哪里，嫁给了谁，反正他就是要跟着她过了，谁让她是他的女儿呢。

当时，雯雯听了他这么说，似乎有些动容。但母亲之死的阴影还盖在她的心头，阴霾还需要一些时间来缓慢地去除。

6

从意大利海滨高速公路往西北方向走，路况很不错，行车旅程似乎变得快多了。

他们来到了罗马。这座伟大的古城让人晕眩，斗兽场和古罗马的很多废墟还在那里，历经了罗马帝国的伟大和辉煌之后，数千年的光荣还在那里。

罗马的游客多极了。罗马城内的梵蒂冈游客多极了。条条大路通罗马，罗马的确是一座伟大的城市。可罗马的贼太厉害了，偷走了雯雯背着的包里的一些钱和手机。好在还有备用手机和银行卡。就当给意大利的贼留下了买路钱吧。

从罗马沿着海岸公路走，能到达比萨，去看看那座著名的比萨斜塔。很多教科书上的著名景物，雯雯这一次都看到了实物。就是感觉这些实物实景的冲击力，不如在书上看到的时候，带给她的想象那么宏伟。

绕过热那亚海湾，他们的车子向南开，来到了摩纳哥。这是一个小国，在那里，他们在蓝天下的赛车场里，观看了汽车方程式大赛。摩纳哥的露天赛车场里，观众很多，都是这个季节到邻近的法国戛纳度假的，赛车场赛车那巨大的轰轰的引擎声，将海边的树木都震得发抖，把一些鸽子惊得一阵阵飞起来，绕着赛车场周边的树林在盘旋。

在这里，高空的云变幻不定，不像在希腊的时候，整日都是蔚蓝的天空，几乎没有一丝云。

章平指着空中的云说，你看，在天空中展开、像是平静的湖水中起的涟漪一样的云彩，是波状云。波状云一旦形成，就会展现出天地无限广阔的感觉。它一览无余地布满了天空。在云彩的间隙是蓝色的天际，云彩分割了天空，给天空装上了格栅和百叶窗，让天空变得安详宁静。

我又要问了，爸爸，它是怎么形成的？雯雯变得调皮了。

他笑了，波状云的形成，分为波状高积云和波状层积云，居于不同的高度。波状云中的云和风互相作用，大气中的气流扰动之下，波动的气流上升，在上升到一定高度时就冷却了，形成了冰晶云和水滴云，重力变化之后，冰晶云和水滴云都会下落，在下落的时候遇到了波动气流，就会在空中形成排列整齐的波浪状的云彩。

所以，波状云就像是波浪一样。我可以这样理解吗？

是的，波状云是因为空中的气流，也就是风的切变后，使云彩产生了一浪又一浪的波动。

爸爸，那我理解，就像是海水冲刷着沙滩一样，一浪浪打过来，结果，沙滩上就能看到沙子的层次，我们也能看到一排浪后面还有一排浪，都是白色的，在向海滩冲过来。

你说得对。波状云就是看不见的大气在空中持续作用推动的结果。如同宇宙中到处都是暗物质，我们看不见暗物质，但暗物质使得所有的星球能够依靠一种引力和相互的作用力，保持宇宙的一个平衡。

嗯，大气我们也看不见，大气却是我们看见的云彩形成的决定性条件。爸爸，我现在看云也看出点门道了。我懂得云彩了。有个问题我想问你。

你问吧。

那你给我说说，你和我妈妈是怎么认识的？你们是怎么走在一起的？

我和你妈妈？很简单啊，我们都是在同一所大学就读，虽然不是一个专业，却因一个偶然的机会走在了一起。就这么谈恋爱，结婚，生下了你。

她看着父亲，说，爸爸，我也有一个秘密，我想告诉你。

你说吧，我知道你现在信任爸爸了。

章平把稳方向盘。欧洲的空气在这个季节显得有点清凉感，不需要开空调，行车过程中，他常常是把车窗打开的。可现在两个人说话，需要把车窗玻璃摇起来。

有一个男生喜欢我，他是我的同学，他喜欢我，但是我并不答应他。他很内向，就在我考上北美的大学之后，他又找到了我，向我表白。我拒绝了他，他就回家吃安眠药了。

他惊呆了：那他后来怎么样？

他没有死，爸爸。他被送往医院，洗胃之后，慢慢好了。他考上了上海的一所大学。我就不明白，他为什么要自杀，我本来就不喜欢他。我不喜欢他，他就要采取这样的方式吗？这一点对我形成了很大的压力。就像妈妈的自杀，也给我形成了很大的精神压力一样。我在想，人为什么要自杀呢？

他说，孩子，自杀是人对抗自己的一种形式。实际上，自杀是一种自我的选择。一个个体生命，是能够决定自己的生命权的。人有时候非常脆弱，承受不了，就会自杀。死了，就以为摆脱了他们自身的烦恼和处境，但给周围的人留下的却是永久的伤痛。因此，我反对自杀。

我现在多少懂得你和母亲的关系了。

是的，你妈妈最大的优点，就是她从不抱怨，凡事都是自己扛着。她从不说自己累，她却是最累心、累力的人。

我像妈妈还是像你？

你像我更多一些。你看你，总是想着去更远的地方，你成功了。这一次，我要陪伴你走过这世间、这个地球上最长的路。后面的路，就靠你自己走了。老爸后面的路，也要我自己走了。

你会忘记我妈妈吗？你会再组建一个家庭吗？她问。

我当然不会忘记你的妈妈。我和她从恋爱到结婚，一起度过了二十多年的岁月，怎么可能忘记。我会不会再组建一个家庭？这也要看缘分。人不能过于孤独，人太孤单是不行的。所以，我可能会再婚，也可能一个人孤独终生。我说过你今后得管我，等我老了。我还有你这么一个女儿，我就不孤独了。

从摩纳哥到法国尼斯的路途很近，简直是一步之遥，他们就进入法国了。在尼斯这座海滨城市里，有很多法国大艺术家的故居，特别是一些印象派的大师居住的地方，能够看到他们的原作。他们画笔下那浓烈的颜色展现在一幅幅原作上，诞生在法国南部阳光强烈之处，这让艺术感觉很好的雯雯感到了新鲜。

算起来，他们对自己已经走过那么远的路，如今到达法国南部感到很骄傲，也开始显得轻松了。因为最难走的长路、最危险的地带，他们已经轻松走过了。

父女两个人在尼斯海边散步，雯雯挽着章平的胳膊，感到很开心。从莫斯科一路过来，乌克兰、白俄罗斯、保加利亚、土耳其、希腊、意大利、梵蒂冈、摩纳哥、法国，后面的路很好走，好像车子没有怎么开太久，就进入到一个国家，继续前行，走一天，又来到另一个国家。

"欧洲一个个国家的感觉，就像是穿越我们的一个个省份一样。"雯雯感叹道。

"所以，秦代和汉代我们就完成的事情，欧洲以欧盟的方式才完成。这是一个学者说的。"

看到壮阔的阿尔卑斯山，他们感到了欣喜和惊叹。进入到法国境内，从普罗旺斯地区向北，前往瑞士。他们翻越着欧洲最有名的一座山，阿尔卑斯山一些较高的山峰终年积雪，是欧洲的滑雪胜地。他们的车子在阿尔卑斯山间穿梭着，向着欧洲北部进发。

阿尔卑斯山虽然海拔不算高，但逶迤连绵，山体簇拥着在大地上隆起，成为欧洲中部最重要的地理景观。白雪皑皑的远处的高峰，似乎成了一个象征，象征着欧洲文明本身的高度。他们的车子穿行在阿尔卑斯山周边的道路上，时而雾气弥漫，微风将白雾漫卷过来，蜿蜒盘绕的道路让他们心醉神迷。

在瑞士休整两天后，父女俩去了德国、比利时等国，在这些路上的时间里，在这些陌生的国家里，他们没有遇到什么危险。父女俩的关系越来越亲密了。

"我似乎懂了你为什么要在路上了。爸爸。"

"你懂得了什么？"

"在路上的感觉。就像你说的，人生就是一种在路上，就是一个过程，一个时间的、旅途的过程。我们在路上看到的风景，都不会再重现，走过去就看过了，或者错过了。当然还有回忆。可人生的意义就在这里，你走过了，看见了。看不见是一回事。你那些年，不管我妈，不顾家，当然你挣钱养家，一年中有半年都跑出去。妈妈什么都不说，因为你喜欢这样。她爱你是因为你喜欢做你自己的事。我知道后来她越来越不能承受教学重担了，但有责任在她心里。她的责任心非常重。所以，她最终被自己压垮了。我永远都爱妈妈。"

他的眼眶湿润了，"你妈妈就是这样一个人，她总是把所有的东西都在自己的内心里消化。她很少抱怨过我。"

"有时候，她比你看着要强大，可越是这样的人，就越容易崩溃。结果她就崩溃了。"

"我确实没有想到，抑郁症对一个人的影响这么大。一会儿没有看住，她就这么跳下去了。"

"这可能也受到了邻居那个单元一户人家的影响。那个单元的 17 层，有一个男人，在几个月前，因为金融诈骗受骗上当，没法还债，也跳下去了，还砸坏了一辆在楼下停着的汽车。人的生命为什么这么脆弱，爸爸？"

"人也可以坚强。人是很脆弱，人也有很多活路。所以人要寻找意义，必须确定生命的意义，人就能活下去。就像我现在，就像我们在路上，我们找到了一些意义。"

"我是看到了无尽的风景，人，城市，那么多的城市，地球上不同的人、肤色、语言、习俗、地理环境，都不一样，可人们依旧在寻找着属于自己的意义。"

在阿尔卑斯山间看云是绝佳场所。他们看到了更多的云，风和山脉走向与高度形成了互动，会生成很多种云彩。对于一些爬山的人来说，看云是预测天气的基本技巧。和山有关的两种云，一种云叫作山帽云。

山帽云，那就是山顶戴上帽子的云。雯雯说。

对呢，你很会联想。山帽云就是山的一顶帽子，它盘踞在山的头顶，把山峰的脑袋完全覆盖住，就像是一顶绒线帽那样缓慢地旋转。如果在早晨和傍晚看到山帽云，你会感觉这顶帽子还是彩色的，就更喜欢了。山帽云远看很美丽，在它下面的人一般会遭殃，因为山帽云会带来瞬间的降水和降雪。

山帽云是怎么形成的？

山帽云的形成，和一座山的海拔高度有密切的关系。当上升气流沿着山坡逐渐爬升，越过一座山峰的头顶，这时忽然遇到了冷空气，就凝结为山帽云了。山帽云也有大有小，小的山帽云像是号码很小的帽子，对于大山来说很局促，山顶的一部分会在山帽云的下面露出来，也很滑稽。大的又像是某种奇怪的冠冕。还有双层的山帽云，这样就把山峰点缀得"萌萌哒"了。

那么，爸爸，另一种和山有关的云，是什么云？

你看，那里就有，阿尔卑斯山的云，这种云叫作旗云。旗云，顾名思义，就是像旗帜的云，旗云肯定是要飘向一个方向。旗云可能是一阵风把山帽云吹开之后，剩下的一部分，与山峰连接着形成了旗云。

雯雯观察着那朵旗云。是的，爸爸，旗云也像是山峰的头发被风吹起来的样子。

你说得对。旗云的形成还有另外一个原因。由于猛烈的风把云向一个方向吹，这个时候山体一侧的气压会迅速下降，就使空气开始凝结，形成冰晶和水滴，就变成了旗云，飘扬在山峰的一侧。

看到这样的云，我就会萌生登山的渴望。可我们是在走过路过，只能看过了。雯雯有点小遗憾地舒了口气，爸爸，你喜欢自驾，我喜欢攀登。以后我想登上美洲最高的山峰。只要是登上山巅，看到的景色自然不同，人的肺活量也不一样，体能得到了增长，并且，心境也会更加开阔。这是登山之妙，是我向往的。

他说，雯雯，你的路还长着呢。等你到北美上学，假期里，你可以去探索那些高山、峡谷、国家地质公园，地球的表面有着很复杂的地质构造和景观。属于你的世界才徐徐展开，爸爸不过是你去面对那个世界的帮手，后面的路，要你自己去走了。

7

他们一边识别云彩，一边穿越了阿尔卑斯山，沿着高速公路在德国境内向北行走。这路途是这么遥远，似乎十分艰难，可由于有各种云彩的陪伴，又这么顺利。望云而行，这一路上就成了云的旅程。

雯雯惊奇于德国高速公路路况之好，以及德国司机开车的速度之快。常常能看到一些老头老太太开着敞篷车，从他们身边一下子就掠过了，时速至少在170公里以上。原来，德国高速很多路段不限速。

几十天的旅途，雯雯的心境变得更加开阔了。晚上，他们就找一家汽车旅馆，她的英文好，派上了用场。英语作为全世界的通用语，即使在古老而傲慢的欧洲也很管用。

后面的路似乎越走越快了。有一天晚上，在比利时安特卫普郊区，那是一家很不起眼的旅馆，他们坐在屋顶酒吧花园里，喝着啤酒和饮料，看着璀璨的星空。她很惊奇自己置身在这样的星空下，就像是看到了凡·高笔下那旋转的星空。跟着爸爸跑了这么远的路，是用汽车轱辘一公里一公里丈量过来的。

在这一路上，他们的车胎爆了好几次，章平用千斤顶把车子顶起来，她在一边帮助，拿出备胎换上。他们的汽车性能很好。父亲带有备用汽油，车子上有水、压缩干粮，还有看似不是利器的利器。

很多年来如果不出门，在家休整，等待再次上路，章平都要在健身房进行格斗训练。章平的身上起码藏着五六种防身的用具，即使你控制住他，只要稍微不注意，他就能摆脱困境，反而置你于死地。比如，在海关不会被没收的瑞士小军刀，一个海关的人拿出来看了半天，还把小刀弹出来，发现只有指甲盖那么长。但就是指甲盖这么长的匕首，父亲可以用来划开一个凶徒的颈动脉。他还备有强力胡椒喷雾器给她使用，他还有一种韧性非常好的尼龙绳，能勒断一个人的脖子。

白天，他们行走，日落的时候，必然会到达一个安全的地方。这就是父亲高明的地方，他能在路上辨别出危险会来自哪里，尽量避开危险，他们就没有遇到什么危险。

在路上，越走她就越感到安全。有父亲的陪伴，这一路走过来，她能够感觉到，这世上的亲人，最亲的人，现在就是父亲了。这是她此行得到的一个答案。

父亲考虑问题很仔细，这么远的路，这么长的时间，从杭州出发，一路上走啊走，走啊走，快的时候很快，慢的时候很慢。等到他们的车子靠近法国北部海岸的时候，几乎能够看得到对岸的英伦大岛了，她感觉到这一路太神奇了。

她还记得在路上遇到的那一次险情，那次暴风雨来临，还有龙卷风，他们的车子在暴风雨中就像是一枚小纸片一样剧烈飘摇。如果龙卷风从汽车边掠过，车子就会被卷到天上去。她记得，在龙卷风过后，车子走过去，能看到所经之处一片狼藉。房屋屋顶被掀翻，草棚被吹散，树木被连根拔起，奶牛被刮到了天上去，又掉下来摔死了。到处都是动物的尸体。躲风雨的人们从地窖里纷纷爬出来，就像是劫后余生的人。

可暴风雨过去了，最美的彩虹出现在他们的前方上空。她明白了，实际上，在她的整个成长的过程中，虽然父亲常常不在身边，但父亲对她的守望和守护，也一直在那里，就像是那一道彩虹。

章平带着女儿雯雯一路行走，对于他来说，女儿是他在这个世界上的最大的希望，他要守护这希望，把女儿送到另外一个出发的地方，犹如守护住弱小但强烈的火苗。

因此，这漫长的路，就是希望之路。

在法国北部海岸港口城市加来，章平将车子通过海运运抵英国。

在加来海峡，英国名为多佛尔海峡的海面上，能够看到大量的海鸟。无尽的风景在眼前走过，车子也将运到英国境内。然后，他们乘坐英吉利海峡隧道火车进入英国。本来他们还要在英国驱车转一转，看看大不列颠的风貌。可学校希望学生在入学之后，能够尽快跟上课程，要办英语加强班，需要尽早到校。

这年的 8 月初，父女俩抵达英国海港城市南安普敦，在那里办理了把车辆托运到美国的手续，然后飞到美国。

英国是一个大岛，有二十多万平方公里，在夏季，天气也显得清凉湿冷。空气里似乎有冰晶，让他们在旅行中，一路向北，不断增添衣服。

最要紧的是，他们之间的冰疙瘩融化了。他们现在也不再把谈论林楠的死作为一个禁忌了。在雯雯的心中，妈妈的死带来的对父亲的怨恨，也逐渐消弭了。这一路上，雯雯确切地感受到了他对她妈妈的爱和愧疚。这一路上她都能感受到。

他们两一路上都在回忆林楠，回忆他们一家三口在一起的美好时光。那么多年来，他们生活中的某一天，某个细节，某个笑话，某个瞬间。他们俩尽情地回忆林楠，仿佛在谈论一个还活着的人。她从来都没有死去，没有得抑郁症，没有从楼上跳下去。

他们俩在谈论林楠的时候，就好像她也能听到一样。而林楠仿佛也和他们在一起，在路上奔走着，守护着他们俩。他们不是两个人在大地上奔走，而是三个人。

是的，是三个人在一起奔走，在望云而行。

在英国，他们从港口再把他们那辆功勋汽车通过海运托运到美国，然后，章平还打算开车在美国的大地上驰骋一番，要让雯雯感受一下北美的大陆气质。

如果你很累，咱们在美国就不开车了，坐飞机也可以的。雯雯说。

好呢，我们在伦敦好好休整一下。

直到半个月之后，他们才收到美国海运公司发来的邮件，通知章平到美国纽瓦克港提车。他们就从英国出发，飞越了大西洋，来到了美国，去纽瓦克港提取那辆任劳任怨的车。

他们从芝加哥出发，走66号公路横穿美国，到达洛杉矶，再走1号公路，一路往北抵达西雅图，全程大约五千公里。

章平开车行走在美国1号国家公路上，感到很豪迈。这条公路的气质，和俄罗斯西伯利亚边疆公路的气质不一样。广阔的北美大地上人烟不多，每一座大城市都有一个商务中心建筑群，然后扩展开来，就像是涟漪一样，郊区都是居民单体或联体的别墅和低密度住宅。

这一路，他和雯雯感受最深的，就是地球上那一段段漫漫的长路，将他们带到未知的风景前。特别是三个国家的大路，都有着朝天的气概，有着丰富的景观。首先是中国的道路，顺畅、便捷，从杭州一路抵达北京，又从北京到达满洲里，这是纵横四野、四通八达的中国东部高速公路网，是改革开放让道路网编织成功，使他们体会到了中国道路的生机勃勃。

第二个国家的大路，也令他们感到震撼，那就是从满洲里入境之后一路到达莫斯科的、长长的俄罗斯西伯利亚边疆公路。但俄罗斯的边疆城市和他们的建筑一样，似乎被封存在一个时间的容器里，停留在几十年前很难走出来。只有稍许的变化在新建筑身上有所体现。这说明，俄罗斯遇到了他们自己的问题，在时间深处摸索着、徘徊着。

欧洲那些大大小小的国家，对于他们来说，很像是在中国穿越着一个个的省份带来的感觉。风俗的变化，地理、语言、气候、风物的变化很大、很细碎、很丰富。进入欧洲之后，道路更加弯曲，崎岖，狭窄。

算起来，德国的高速公路最棒，意大利的很糟糕。法国的一般，瑞士的山道最弯曲了。美国的1号公路，宽阔、漫长，大国的气质也显现在道路上。可这条道路的养护比较粗疏，就像是美国人的性格那样，大大咧咧，宽阔而粗豪。

9 月 10 日，章平和章雯雯父女俩到达美东大学。美国的报纸和电台都曾报道了他们的"疯狂旅程"，美东大学还想为他们举办一场特别的欢迎仪式，不过，被章平婉拒了。

章平说："这次旅行，是我女儿上大学前的第一堂大课，当女儿用脚步去丈量这个世界，当她与不同肤色的人面对面交流时，这个世界在她的面前就不再是枯燥的文字，这些经历和见闻，将使她受益终身。因为，她一路上不是在游览，而是获得了真正的成长。"

雯雯要开学了，他也要回中国了。那一天，他把女儿喊过来："雯雯你来，我给你点东西。"雯雯来到他身边，他拿出了一个锦囊，里面还有一个透明的塑料袋："这里面有我保存的你妈妈的一绺头发。是我们在学校上学的时候，她给我的定情物。你就要在这里上学了。希望你妈妈陪着你，她人已经不在了，可她还在你和我的心里，在这绺头发里，对不对？"

雯雯拿过来，握在手心里，她感到很激动，也很难过。她又有些振奋，觉得这一切都是那么好，她的人生才开始。经过了这么长时间的旅程，她长大了，懂得了很多事，也能够面对很多事了。

"好了，现在，你去吧。"他忽然老泪纵横，有些哽咽。安顿好了女儿的入学事宜，他就要回去了。

女儿和他拥抱，她已经 18 岁了，她长大了。后面的路她能自己走，她早就学会了飞翔。她的眼圈红了。她知道这一刻之后，就是告别，女儿终将离父亲而去，去建立自己的生活。

生命的价值就在这里，一代又一代，去建立自己的生活，带着记忆、带着基因，活下去。人也必须承受你必须承受的、应该承受的和不得不承受的东西。这就是人，这就是我们活在世界上要面对的永恒的境遇。

雯雯已经懂得这些了，这很好。他知道了。

他把开到学校里的车子留给了她，他要去机场坐飞机回国。

"你去学校吧。你也不要送我，我最腻烦的就是去机场送行了，我把你送到这里了，我的任务完成了。"

"爸爸，爸爸——"雯雯的喉头有些哽咽，她想说很多话，但都不用说了，他都知道，她也知道。

他指了指空中："你看那朵云，那是最美的积云。你记得要学会看云。人一出门，就要低头看路，抬头看云。"

现在，他们一起抬头看云。是的，在空中，可以看到一朵朵的云，如同棉花团一样安稳。那是积云，悬浮在 1500 米的高空，点缀着蔚蓝的天空，显得安详、平和、温暖。

等到她再去看父亲时，章平已经转身离去了。在很远的地方，他转身，向她招手告别——她自己的世界，她即将去打开。

白色的积云，在空中缓缓飘过。

（《哈瓦那波浪》小说集）

纪念日

邓一光

袁湖蛙沿着幽深的安全通道下楼。二十五层。袁湖蛙今年二十五岁。

第三次下。一会儿还得上来。

袁湖蛙连续参加过三届城市马拉松，是"旅行者"户外俱乐部成员，身体壮得像块能贴地飞行的磨刀石，作为"客家食府"的厨师，三公斤的炒勺他能玩出十二番花式，四点五公斤的炒锅能颠出仔姜藤壶中那两粒空瓢的，上下楼不是事儿。

但他不爱上上下下。

都怪他运气不好。

这个小区地处大鹏半岛，两成半外籍住户。下午从防疫站回来一对德国工程师夫妻，夫妻俩从法兰克福飞香港，在香港折腾了二十天，又在皇岗口岸排了十几个小时队，精疲力竭入了境，在街道防疫站指定酒店留察了一周，两次核检阴性，获准居家隔离，防疫站派车送回小区，监视着上了楼，所经之处立刻消杀，3B栋1单元2号电梯临时关闭，通知说六小时后重新启用。

袁湖蛙正好在3B栋1单元2号电梯二十五层客户家服务。

两个月前"客家食府"换经理，前任经理走前叮嘱，有份长期合同，内容是每年的今天为客户上门做一桌客家菜，要求厨师长服务。菜式不能再传统，技术含量不高，但有个奇怪的条件，按照四十年前的样式做，对方出价是市价的两倍，外加四成五服务费，厨师长出台费另算。

这样的话，利润近百分之两百。

新来的经理像中了福字彩，担心服务不到位，特地打电话征求客户意见，酒楼有新研制的网红菜品，紫苏炒花甲、美极鱿鱼筒、三椒水库鱼头，是否换两款？

神秘客人在电话那头耐心听完经理解释菜品，回了声"谢谢，不用"。电话挂上，宴席款随后到账，不然新来的经理会怀疑遇上了骗子。

袁湖蛙下午四点就跟师傅从市里过来了。这份单原来由其他人做，师徒俩都是头回上门。一位西装寸头小年轻在屋里等着，看过师徒俩的核检报告，礼貌地吩咐，照惯例，宴席没人吃，菜式严格按单子出品，夜里十一点二十五分准时开席。

袁湖蛙有点蒙，没听懂对方的话，指定厨师长上门服务，费那么大劲办桌宴席，没人吃，干吗花这个冤枉钱？袁湖蛙回头看师傅。师傅邪门的事见得多，头也没抬，说声知道了。

师傅是"客家食府"总厨，高级技师，拿过一大堆专业厨艺大赛奖牌，出过十几本书，在电视台办过美食栏目，是多个专业比赛顾问团成员，三家厨师学校的老师和董事，袁湖蛙是他的学生兼门徒。

西装小年轻走后，师傅也不向徒弟解释，让把车库里的厨具运上来。

袁湖蛙去车库搬厨具，刚才进门时没留意，这会儿才弄清，客户家占二十五楼半层，三面环海景观，落地窗，全套紫檀雕花家具，不像有人居住。打客厅过时，袁湖蛙见客厅北墙上挂着两幅老旧的炭笔画，画上一男一女，男的二分头，女的梳大辫，两位都年轻，不像这个时代的人。

等袁湖蛙把家什盘运上楼，师傅早穿戴好，试过客户家灶具，动手做"麒麟脱胎"。

"麒麟脱胎"是道烦琐菜，材料一大早就收拾好，袁湖蛙一样样从冰袋中取出来，师傅依次将人参填进麻雀肚、麻雀填进鸽子肚、鸽子填进仔母鸡肚、仔母鸡填进乳狗肚、乳狗填进猪肚，雁阵线缝好，装盆，加料酒、葱段、姜片、酱油和红糖包，鸡汤浇盖，进蒸屉，设置好起火时间。

做完这些，师傅脱去工作服，卸下厨师帽，洗了手，吩咐袁湖蛙按程序准备，就走了，去附近游艇会找朋友饮茶。

名师高徒，准备工作不难：涨发品是提前备好的，保温袋现成带过来；吊汤凌晨六点起锅熬制，照菜单要求省去白汤，清汤浓汤各制了一锅。袁湖蛙分出一半清汤，筛滤去汤里的浮渣，鸡腿去皮剁成肉茸，加葱姜酒，清水中浸泡出血水，放入清汤中旺火加热，手勺顺时针搅，汤将滚要滚时改小火，等汤尘被鸡茸吸附干净，撤去鸡茸，制得一盅澄亮鲜汤。

剩下的活无非上墩子，需要预加工的一样样加工，放进冰箱保鲜。

客户家厨房连着饭厅，大到能玩狗飞碟，两台伊莱克斯四门冰箱带双温操作台，袁湖蛙斫轮应手，不觉得憋屈。材料中没有进口冻品，酒楼规定仍戴手套，这个袁湖蛙做到了。师傅不在，他戴着耳机听许嵩的《我们的恋爱是对生命的严重浪费》，也不觉得累。

等半成品预制完，袁湖蛙备好宾俏，打好葱油，热油和调料入盆归位，水锅、炒勺、手勺、手铲、漏勺、笊篱、网筛和锅筷按师傅操作习惯摆放停当，清洁顺手做了，一切准备停当，就等到点起炉子了。看窗外，夕阳还在海面上悠悠挂着，惹得海水老想去亲嘴，看似能够着，又够不着，急出一脸红。

事先有叮嘱，不能在屋里抽烟。超大露台和三个凉台上都不行。

留守老家时袁湖蛙学会了抽烟，烟龄从小学三年级算。不是他一个人抽，村里好几个小伙伴都抽，大伙儿一边抽一边掰着手指头算，什么时候长大成人，搭乘一趟G字头列车去到珠江或长江尽头，挣得比只能在视频里见的父母还要多。等到了厨师学校读书，这个恶习加深了。

袁湖蛙佩服死了师傅——学校叫老师。师傅在袁湖蛙这个年纪就在吉隆坡客家会做厨师，和当年的元首马哈茂德·依斯干达握过手，以后转到香港客家会，给大佬李兆基和郭炳江兄弟做过宴席，天天和明星厮混，手都不愿握。师傅有两个老婆，她们都给他生了儿子。

和师傅比，袁湖蛙觉得自己的经历平凡到寡淡，羞死不冤，焦虑不是一点点。读完一年制中专课程班，他决定走师傅的路，出国发展，咬牙报了"1＋2快捷移民大专班"。

点灯熬油混得快捷班毕业，袁湖蛙凑足钱，买了两斤英红九号，恭恭恭敬敬上门见师傅，请他推荐自己出国做会所。师傅问明白袁湖蛙的志向，留他喝生滚猪肝粥。师傅一边慢悠悠用猪骨、粉肠和干贝熬汤煮粥底，一边给袁湖蛙讲自己的学徒经历，袁湖蛙出国的念头就打消了。

师傅五岁时父母双亡，亲戚不愿养，整天在番禺街头混，饿了就去餐馆酒楼后面捞泔水果腹。师傅捞了十年泔水，混熟了广府菜、潮州菜和东江菜系大厨，闭着眼尝泔水也能分辨后台哪位大厨当班。师傅还混熟了来来往往一拨又一拨广府、潮汕和客家商帮，装了一肚子正德年间岭南人私船出海做贸易的故事。师傅筷子尖顶着一丝潮州下粥咸菜，语重心长地指点袁湖蛙："仔，做菜唔系做菜，系烹制人生，一勺颠天下，不然呢？"

成长道路漫长，烟瘾憋不住，只能下楼解决，哪知第二次下去就遇到电梯停用。

袁湖蛙听着音乐下楼，按徒步下山时的诀窍，晃晃悠悠，小步慢走，反正不赶时间。

"分手的纪念日是在圣诞的十二点半，不要拉着我的手，I wanna say bye……"许嵩在耳机里伤感地唱着《分手纪念日》。

明天是袁湖蛙的一个纪念日。

许多纪念日中的一个。手机提醒便签上一一记着。

生日、爷爷祭日、领取职称证日、尾灶操勺日、晋升二灶日、处女跑日、处女穿越日，还有首次被污、失贞周年、初恋终结……

明天是逃离袁午豪管制十周年。

袁午豪是袁湖蛙妈妈的丈夫。袁湖蛙这么叫他。

袁午豪到深圳打工的第三年，袁湖蛙出生，过了两年，妈妈也来到深圳。他俩每年过年回鄂州梁子湖㙦泗镇老家几天，初五六迎完财神送完穷鬼就返回深圳抢开工利是。有时候厂里忙就不回去，挣加班费。

回梁子湖他俩骑摩托，沿惠深高速北上转赣鄂高速。两人穿得厚厚的，戴棉手套线帽子，再套上头盔，顶着风雪在车流中穿梭。妈妈坐后座，小山似的双肩包勒在背上，胳膊箍紧丈夫的腰，这样两人都暖和。

有一年遇到大雪，他俩困在105国道上。很多人弃车徒步，也有冒险死扛结果翻车掉进山沟里的。

妈妈冻得在后座坐不住，袁午豪卸下妈妈身上的行李，腾出一半礼物，拿到路边小卖部换了一圈绳子、两卷保鲜膜、十个卤鸡蛋，让妈妈趁热吃掉五个鸡蛋，自己吃掉另外五个，用保鲜膜把妈妈里外缠结实，再用绳子绑在自己身上。

"困了就睡，莫做噩梦，做噩梦莫踢我刹车。"袁午豪交代妻子。

"嗯哪。"妈妈答。

袁午豪打燃车，跟在两辆铲雪工程车后面，歪歪扭扭地轰油门。妈妈一路睡了醒，醒了睡。大年初二那天他们到家，吃了奶奶补做的年饭，袁午豪就去市里做了手指切除术。

袁湖蛙知道，袁午豪爱他老婆，变态地爱。

袁湖蛙对他俩没有什么印象。也不恨，也不爱。他身边的小伙伴，有的恨，有的爱。

袁湖蛙十五岁那年，家里三层楼盖上了，小妹也上了高小。袁午豪辞工不干，带老婆回家承包了一片湖汊，养鱼养蟹养龙虾，供三个孩子上学。

袁午豪总是给袁湖蛙零花钱，袁湖蛙不要，他硬往袁湖蛙兜里塞，但他对袁湖蛙不满意，老打袁湖蛙，说老大读书不用功，带坏两个妹妹，自己白辛苦半辈子。

每次袁午豪给袁湖蛙零花钱，妈妈都扭捏地拦着不让给，每次袁午豪打袁湖蛙，妈妈都拼命地拦着不让打。每次袁午豪都压抑地喝酒，石花大曲一瓶一瓶地灌。

有一次打得太狠，袁午豪差点没把酒瓶子砸在袁湖蛙脑袋上。那天袁湖蛙没回家，躲在水库边咬牙抹泪，琢磨着怎么死，让袁午豪后悔。

第二天天没亮，袁湖蛙就跑去湖汊里下了两网鱼，卖掉换钱，离开鄂州，来到深圳。

袁湖蛙喜欢深圳，又美丽又干净，路上见十个人，七个是年轻人，个个收拾得有模有样，脸上边带着舍我其谁的神色。他开始有了笑容。他觉得他可以挑选一种不用死，却相当于死掉的办法，不用躲到什么地方想怎么死的问题了。

袁湖蛙靠打工读完两个技能班。十九岁揣着中级证进了酒楼，憋着劲从传菜配菜做起，很快做到第一份炒勺，二十四岁考下高级证，再过六年就能考技师了。

袁湖蛙没有告诉师傅，他的人生楷模并不是师傅，而是"地狱厨师"戈登·拉姆齐。袁湖蛙比戈登·拉姆齐入行早三岁，这样算，他会在三十六岁拥有九间自己的餐厅、生四个孩子、在电视台开办美食节目。

袁湖蛙把逃离鄂州这一天列入纪念日。从领薪水起，每年这一天，他都会给读中学的小妹寄六千块钱（读大学后涨到一万二），给奶奶寄六千，妈妈和大妹各寄一千。然后他会在游戏厅玩个通宵。

"什么时候回来呀？"妈妈每次都问。

"想都莫想。"他每次都答，然后挂断视频，继续玩。

他一辈子都不会回梁子湖，就算岳武穆在那儿训练过水军他也不回，这个他没有说。

袁湖蛙一次都没和袁午豪说过话。袁湖蛙不恨袁午豪，只可怜袁午豪，他连儿子都没有。

有一次小妹给他打电话，提到袁午豪被蟹苗场的人追债，打得鼻青脸肿。小妹在电话那头哭着说，老头迟早会醉成酒麻木，怎么办哪！他沉默了一会儿说，湖莲，你责任蛮大，以后瘫在床上，别人不管他，你要管他。

袁湖蛙愿意拿左胳膊发誓，他不恨袁午豪。左胳膊是他身体最值钱部分，赌输了，他将无法在厨师这一行干下去。

小区依山而建，车库利用了山脚的空间。袁湖蛙下到四层，发现垃圾专管员大叔在那儿和一个年轻的物业管理员说着话，两个人的声音在车库里嗡嗡回响，像飞去来器发出的声音。

大叔说："我们被垃圾包围了——包围了……包围了……"

那位吃了一惊："不会吧？——不会吧……不会吧……"

"你去蛇口看过？……看过……过……"

"谁？——谁……谁……"

"蛇口港，对面是新界——界……界……"大叔耸耸鼻子，一副厌恶样子，"什么新界，臭界，垃圾山一座挨一座……一座……座座……"

那位一脸的不相信："你说新界？——新界……界……"

"新界。"大叔肯定，"蛇口这边一样，垃圾处理站满了……了了了……"

"嚯——嚯嚯嚯……"那位脸上露出害怕的神色。

"地上看不清，上天看，一目了然。不光蛇口垃圾满了，燕罗、松岗、坪西、鸭湖、平湖、红花岭、老虎坑、清水河……"大叔像数落家里的孩子。

"家伙！……伙伙伙……"

"知道水池满了会怎么样？……么样……样……"

"往外溢？……溢溢……"

"看得身上成片起疹子，恨不能背着伞包从飞机上跳下来……来……来……"大叔挥舞手臂，像在催促机师赶紧把机头拉起来，离开现场。

袁湖蛙第一次下来抽烟时，大叔也是这套话。

大叔四十来岁，小个儿，瘦，浑身带着要尽快摆脱烦人的精明劲儿的决心。袁湖蛙下车库卸家什时，他主动过来张罗，帮助袁湖蛙把厨具搬到电梯间，一边热情地和袁湖蛙攀谈。

袁湖蛙很快弄清楚，大叔是安徽霍山人，五个孩子，在坪山做工装，疫情期间开不了工，不敢闲着，跑了几天网约车；五个月前承包了半岛两个小区的垃圾——他在这个小区，老婆在后山小区。

袁湖蛙从大叔那儿学到一门常识：疫情不全是坏事，垃圾分类就是利好消息；和汽车行业拖垮地球资源是坏事，特斯拉就是利好消息一样。

垃圾分类袁湖蛙知道，酒楼办过两次班，好处是减少环境污染、节省土地资源、再生资源利用、提高人价值观念，没有坏处。

袁湖蛙问大叔包一个小区能挣多少。大叔神秘地笑，意思是目光不能这么短浅，年轻人需要学的东西很多。但大叔很愿意开导袁湖蛙，他指点袁湖蛙注意，在财富大道上，多数人被堵在下水道里，琢磨怎么才能交够社保，原因是他们看不见一条规律，总有几条快车道突然出现在眼前，那就是翻身的机会，而目光短浅的人永远都会待在臭水沟里。

袁湖蛙不反对大叔的观点。酒楼开禁前那几个月，有的员工害怕，陆续辞工走了，等于从窨井盖掉下去，消失在下水道中。袁湖蛙不是这样的人，他坚持住了。他也知道一条规律，只要地球上还有一个人，厨师就有活下去的使命。

袁湖蛙观察大叔的工作岗位。垃圾投放点设在地下车库四层的中段，在7C－3和7C－4之间，收拾得相当整洁，并列排着玻璃、金属、塑料、纸类、织物、电器、电子产品、厨余和有害物垃圾箱，一旁还有几盆住户淘汰的年花年橘和两件弃用家具。每来一位丢垃圾的住户，大叔就客客气气地问好，在台账本上写下一笔，记上门牌号。

袁湖蛙注意到，大叔身边有一本《垃圾分类与垃圾治理研究》，比酒楼的《厨余垃圾处理问答》明显高档次，用笔密密麻麻画得一道一道。袁湖蛙觉得有些惭愧。

"来了？"大叔客气地和袁湖蛙打招呼。

袁湖蛙答应着，去口袋里掏烟和打火机。抽烟要卸口罩，他不打算突破社交距离。

"用不了多久，丢垃圾就得花钱。"大叔扭头和物业管理员续上话头。

"那你就挣钱了。"那位掏出手机看了一下时间。

"不像现在。"

"比现在挣得多。"

"叮当，小号袋两块。叮当，中号袋五块。叮当叮当，大号袋上秤，八块十块不等。"

"这么贵？"

"国家下了决心。"大叔一副发改委发言人口气。

"好日子来了。"那位又看了一下时间，打算离开。

袁湖蛙站得远远的，正吸着烟，来了个穿着蓝色制服的妇女，看一眼袁湖蛙，脸拉下来，大步走向袁湖蛙，举起手中的枪对准他脑门，哔叽一声扣动扳机。

袁湖蛙呆住，屏住呼吸听脑门上鲜血溅出的声音，没听见，看对方低头盯着屏显，醒悟过来，是体温探测器。

蓝色制服妇女脸色难看地问袁湖蛙，知不知道经济特区控制吸烟条令第二章第八条，卫健委预防控制工作指导意见第三条。袁湖蛙连忙抱歉地灭掉手中的香烟，戴上口罩。

蓝色制服妇女撇下袁湖蛙，转身去大叔和物业管理员那边，毫不客气地在两个人脑门上各补一枪，场面滑稽。

袁湖蛙听蓝色制服妇女和大叔说话，原来是垃圾分类督导检查工作。袁湖蛙觉得没趣，扭头往外走。没走几步身后吵起来，是妇女督导和大叔为报表的事情吵，物业管理员本来已经离开了，这会儿返回来劝两人。

　　师傅回来还有一个多小时，袁湖蛙不急着上楼，乘7C栋4单元1号电梯上到大厅，去了庭院。

　　天黑了，头顶上悬着一大片钢蓝色云彩，云彩周边挂着几粒满心翘盼的星星，月亮还没出来。袁湖蛙走到无人处，回头看看，取下口罩，重新点上一支烟，狠狠吸了一口。

　　他吸着烟，没目的地瞎逛。

　　去年三月份，袁午豪感染了新冠，妈妈哭着给他打电话，要儿子回去救人。袁湖蛙回不去，就算回去也没用，他不认识分管医院床位的人。他要挂断电话，妈妈说出了那个秘密：

　　"个死木头的苕啊，你不是他的伢！"

　　她以为他不知道。他七岁时就知道，他不是袁午豪亲生的。村里人知道，所以他知道。

　　村里人还知道一些别的事情。不光袁家。他也知道一些。他觉得豢泗镇就像一个凋敝的电游场景，不真实，还不如电游可靠。

　　他还知道，他和阿烟长不了。阿烟是他的第三任女友。有一段时间，他觉得她是他的亲人，他也是她的亲人。他告诉阿烟，他不是袁午豪的儿子，不知道谁的，不想知道。但他想和阿烟结婚，她怀上他们就结，生下他们的儿子，然后他就戒烟，然后就等儿子长大，某一天，某个儿子大摇大摆掏出香烟点燃的时候，他会认真地告诉儿子，他是他的儿子，他是他的爸爸。

　　那次，阿烟笑眯眯地看他，再看别处，叹了口气，又叹了口气。他有一种感觉，这说明阿烟不是他的亲人，说明世上亲人很少。

　　现在，他不打算戒烟了。

　　小区悬在海湾上，月亮躲在云层中，他走在一条看不清前路的木栈道上，任由它引导，不知不觉，走到海边。

　　先闻到一股隐隐的沉香味，然后看见不远处，一片海光反照的琼台楼阁，等走到面前才看清，是座玻璃钢圆笠顶凉亭，亭围下是咕叽的海水。

稍后，看清亭子当中亮着几簇忽明忽暗的香头，沉香味来自那里。一旁玻璃钢条凳上，静静地坐着个男人，低头盯着透明的地板，似在看亭子下面涌动的海水。看不清相貌和年纪，昏暗的月光在他颧骨上衬出两朵黑云。

是礼香人。

避开已经来不及了。

"客家食府"也礼香。师傅信佛，讲行规，每天酒楼开市师傅都要上头支香，然后转头去睡回笼觉，觉睡足起来冲凉饮早茶，抄一段金刚经，再来酒楼巡查。

袁湖蛙拜师那次，跪、叩首、祝师傅师母身体健康、敬茶、上礼，香是开场就要上。

传统节日是大拜，师傅带着大伙儿拜食神，彭祖、伊尹和易牙都拜，拜过食神拜财神，武财神赵公明和关帝爷，文财神比干和范蠡。岁末年头要拜的诸仙更多，五圣、柴荣、财公财母、和合二仙、利市仙官、文昌帝君、沈万三，这些都拜，都上香。

酒楼礼香用的是杂香，拜师也是。亭子里的香，闻着是沉香。

袁湖蛙心想走错了地方。小区住户高雅，人家敬天海神，领天海之气，自己不该冒失闯来，可没等他转身离开，坐在亭子里的男人开口了：

"坐啦，呢度系公共地方嚟嘅……想食烟就食。"

本地话，他听懂了，那人让他坐，想抽烟就抽，随便。

"不了，谢谢。"他说。

"唔使惊啦，"亭子里的男人安慰他，"唔系整古作怪，添炷香畀上人咋。"

人家心眼好，说了原因，走反倒不礼貌。袁湖蛙索性迈脚下了台阶，进了亭子，在男子旁边斜身坐下，看清楚，亭子中间台桌上摆着礼香台，香炉下炭火暗红，三支线香在香架上袅袅燃着。

"不是节气，也上香啊。"袁湖蛙客气地问了一句。

"自己屋企嘅事，上炷香畀嗰边嘅老人。"男人起身把线香移了个风口，以免呛住袁湖蛙，移完坐下，索性把事情说清楚，"四十三年前，我阿爸阿妈食唔饱饭，搭船逃港，就喺呢度上嘅船。"

"这样啊。"袁湖蛙回应。

"我屋企就我个仔，嗰阵我两岁，佢哋惊我喺海上出事，将我交畀阿伯养住，话到嗰边企定脚再返嚟接我。嗰次我最后一次见到佢哋。"

话说得轻松亲切，不像说一个别离故事。

以后就不说了。袁湖蛙不觉得要问什么，伸长脖子朝海湾里看，那里一片黑礁黑水，没看出什么名堂。两人静静地坐在那里，听脚下一阵阵潮水拍打桩子的声音。

坐一会儿，袁湖蛙估摸时间该到了，起身冲男人点点头，离开凉亭。路上他想，世上有多少人在家里待不住，用各种方法逃出来，逃得远远的，不再现身？他还想，要不要再抽一支烟？走到大厅门口，烟也没点上。

回到二十五楼，没多会儿师傅也回来了。

按防疫级别规定，上门服务戴医用口罩，免了防飞沫罩，师徒俩掐着点上灶台，炉火呼呼，炙锅码味，炮凤烹龙。

辅菜归袁湖蛙，盐焗鸡、三杯鸭、红焖肉、博丸烩、炝炒大肠、爆炒牛肚岗、酿豆腐、酿凉瓜、猪油渣炒青菜、猪肉汤、艾粄和芋子包，这些他烹制。

大菜归师傅。"麒麟脱胎"定时蒸上，这会儿已烂香。"盆菜"是半成品，猪皮、猪肚蚝豉、发菜、虾干、门鳝干、枝竹、冬菇、萝卜、腐竹和鲮鱼球，码盆加热就行。

"冇看懂？"师傅码着盆，问徒弟。

"缺鲍参、鱼翅、花胶、海蟹和鱿鱼，暗淡无光。"徒弟答。

"四十年前冇的靓菜。"师傅指点徒弟，"鸡鸭、狮头鹅、大虾同炆猪肉也只富贵人哋用得起，一般百姓家，呢啲够数喇。"

"师傅来，把今人的讲究去掉。"徒弟答。

"人哋请厨师长，就为呢个。"师傅云淡风轻一句。

徒弟点头，进屋摆桌。客户要求饭桌移进客厅，骨盆、苏菲碟、翅碗、水杯、味碟、红白酒杯、分酒器、醒酒器、长柄汤匙、筷匙架、公筷公匙、酱醋壶、椒盐瓶、毛巾托、牙签，这些全免掉。

透过长长的走廊，袁湖蛙看见走廊尽头起居室里一时多了好几十位，不知道什么时候来的。他们大多是衣着鲜亮的惨绿少年和朝气青年，有几位模样儿标致的青年妇女，各自怀里抱着黄口幼儿，围着一位温文尔雅的中年男人用本地话叽叽喳喳说着什么。中年男人背对客厅这边，看上去很和蔼，嗯嗯嗯答应这个，再嗯嗯嗯答应那个。

袁湖蛙摆好桌，回厨房。离开客厅时，中年男人恰好转过身来，似有若无朝客厅方向看了一眼。他长着一张年轻面孔，貌似娃娃脸，和年龄不相称，好像岁月出了什么问题，他被遗忘在某个时刻了。起居室光源设计得好，屋里就像白天一样自然，只是开了一只角灯，角灯的光线从侧面照过来，在中年男人颧骨上衬出两朵灰云。

袁湖蛙心里咯噔一下。

十一点二十分，菜品上桌。师傅先走，交代徒弟善后。平头西装年轻人过来，往师傅兜里塞了个红包，手上挂了个沉甸甸的礼品袋，客客气气送到门口。

师傅走后，平头西装年轻人回来，往袁湖蛙兜里塞了个红包，添上一盒"红河道"，客气地请他去小区会所休息，特别交代，会所签过单，一小时后回来收拾东西。

袁湖蛙进厨房，汤鼎换到电炉上，脱去工作服，消毒液洗了手，退出门，卸去鞋套。

走到电梯门口，他发现电梯恢复使用了，又发现香烟和打火机忘在工作服口袋里，心里骂了声自己。

他重新戴上口罩，套上鞋套，转头回去取，忘了摁门铃，推开门，看到以下场面：围着饭桌，十几个青年少年正纷纷往地板上跪，连抱着幼儿的妇女也腰肢摇曳地往地上跪。中年男人已经恭敬地跪在那里，仰着娃娃脸，目光在北墙两幅年轻男女的炭笔画上。

"阿爸阿妈，个仔接你哋企屋食餐饭，个仔陪你哋，你哋慢慢食啦。"中年男人说。

袁湖蛙轻轻掩上门。熟悉的声音像消失的沉香，湮灭在门后。

他再度脱去鞋套，走进电梯，摁键，抬头看电梯间广告。他猜测身边还有谁，比如病毒，是不是它们也在上上下下，也在看着什么。

电梯下到大厅，他走进庭院，朝海边走去。

他站在海边。海潮不断拍打着滩涂。月亮从云层中钻出来了，霎时间，海面上银光纠缠，如同星际战争前奏。

隐隐地，他听见一艘独桅大眼渔船的三面布帆被海风涨满，又被海风牵扯着，在潮水裹挟中渐渐远去；又听到一辆钱江 QJ150－16R 型号摩托车吃力地轰鸣着，在风雪裹挟中渐渐远去。

他伸手从栈道旁的火焰花树上掐下一片冰凉的叶子，噙在唇间，用力吸，用力吸。

（《青年文学》2021年第4期）

船越走越慢

徐则臣

雨天是赌钱的好时候。风雨漫天，芦荡苍茫，雨打顶棚敲出一艘船的轮廓。舱内安稳，偶尔飘摇晃荡，香烟的浓雾从这一头流到那一头，温暖地包裹住一张四方牌桌和吊在棚顶的罩灯。赌徒陈三在拘留所里描述他的水上赌博经历，两眼里还有断舍不掉的迷醉。抓他是因为他老婆喝农药了。他老婆喝农药是因为他把家里的钱都败光了，她正在医院里抢救。我带了一个警员等在门外。医生伸出头说，灌肠成功，活过来了。我对警员递了个眼色，他拷上等在一边的陈三就走。

抓赌是所里的常规动作，旱地上有，水上也有。这帮赌棍也聪明了，习惯了在水上赌。找条船，在河上风轻云淡地走，窗帘后头赌得地动山摇。小赌怡情也不行，抓赌小组里必须有几个兄弟一年四季在水上忙活。陈三就是在水上，从小赌怡情玩大的，把家底子败了个精光。也是从他嘴里，我们才知道有艘船专门干这个，船主负责大家安全，你输掉裤衩他不管，只抽赢家的成，到手的百分之二十归他。吃喝拉撒全包，但只有玩大的才有上船的资格。

"船都去哪儿?"我问。

"小鬼汊。"

我一听头皮都发麻。鹤顶人肯定都明白。那无边无际的一大片芦苇荡挨着运河，传说几百年前就亡魂遍布。清兵跟明朝的军队在里面打过，死人之多，把芦苇荡的空隙全填满了。据说芦苇吸饱了血水，好几年长出的苇叶都是红的。打日本鬼子那会儿，小日本把鹤顶周边的老百姓赶进芦苇荡里，开始用刀砍，砍累了用机枪扫，尸体堆积出了一条弯弯曲曲的肉坝，把芦荡和外面的运河隔出了两个不同的水位。当然，后来我们也把很多小鬼子的命留在了芦苇荡里。

小鬼汉这名字什么时候叫出来的，我没深究过，真他娘形象，芦苇荡里的死鬼如麻，比芦苇少不了多少。更可怕的是，一到阴暗湿冷的时候，小鬼汉里就摇晃不止，无风也起三尺浪，如有伏兵百万。本地人也绕着走。据说小鬼汉地形极复杂，芦苇生长循着我们看不懂的规矩，敢进去的人不多，能出来的更少，绕晕了正常，绕死了也不意外。平常捞鱼摸虾打猎捡鸟蛋的，也只敢在边缘处活动，怕深了命丢到里面。所以，听说赌局设在那里，我着实吸了口凉气。

早两年，陈三还真有点钱，手头有个小砖瓦厂，隔三岔五地应酬，被供成了牌桌上的大爷。最后一哆嗦就是在小鬼汉，大手笔，砖瓦厂也押了进去。哐啷一声，成了穷光蛋。尽管他无比怀念船上温暖的牌桌，但当他的神思从船上下来，还是被夜雨中的小鬼汉吓得鸡皮疙瘩爬了一身，裤裆里都疙疙瘩瘩的。他说中间出来撒泡野尿，想换换手气，对着喧嚣凄冷的芦苇荡，愣是没尿出来。他感觉自己正孤零零地站在风雨飘摇的坟场上。那泡尿还是回到船舱的厕所里尿了。接下来他的手气更差了。

"进小鬼汉的路线记得吗？"

"看都看不见，哪记得？"陈三说，"滨河大道尽头的那码头，上了一艘船，两眼就被蒙上了。有时候还让闷两口老酒，'少陵醉'。人晕乎着。七绕八绕，比猫玩线团还乱。芦苇打到船上和我身上，唰唰的。苇叶还划破了我的脸，你看。"我用旁边的记录本推开他油腻的脸，人到中年，庸俗和腐朽一样不落地聚集在他的表情上。"到那船前才停下，取下黑布条，有人接我上船。那船不小，平平常常，混在一堆客船里反正我分不出来。站在船上，我踮起脚尖，满眼除了芦苇还是芦苇，连绵起伏，就像一阵风一直刮到天边。我跟你说全所，不到小鬼汉，你都不相信咱鹤顶还有这么大的一个芦苇荡。"

我站起来往外走。

"哎，我说全所，我什么时候能回去？"

"找到那条船再说。"

想假扮赌徒混上那条船的方案行不通，对方太狡猾。我们按陈三提供的联系电话打过去，报上了姓名、身份证号、家庭住址和成员、财产状况，然后照约定的时间在码头接头。人没来。也可能来了，发现哪里不对头又走了。副队长白穿了两个小时西装。他说这是他有生以来第二次穿西装，觉得整个人都是方的。第一次是结婚。

　　只能自力更生，我们自己找。特别行动组兵分两路：一路加强运河沿线的巡察，一路尝试进入小鬼汊。一周后，大家垂头丧气地坐到会议桌前。巡察没有意义，你不知道它什么时候出现，以什么面目出现。陈三说，船主为确保安全，隔三岔五就给船整一次容，经常整完了自己都不认识。而且此人用来干这行当的船不止一条。所以，在运河里拦下空船没有意义，堵在小鬼汊里的才算数。可是，试图进入小鬼汊的那一路说，每根指头上都装一个指南针也没用，诸葛亮的八卦阵跟芦苇荡比，就是个小儿科。他们每次进去，想得最多的不是如何摸清地形、深入敌后，而是能不能活着出来。"除非一把火把芦苇都给烧了。"

　　副所长摸了摸秃了半截的脑门，说："我推荐个人。"

　　大家立马直起了腰。

　　"老鳖。"副所长说，"别子他爹。"

　　腰又软下去。

　　我说："让我想想。"

　　别子失踪一个月零两天了。

　　别子，别大伟，我们招募的编外辅警，主要工作是在运河上下巡逻。当初决定录用别子，一是因为他水性好。鹤顶的男人没几个不会水的，水性比别子好的，我看没几个。这小子在水下能憋十一分钟半。世界吉尼斯纪录一说十八分钟，也有说二十二分钟，没见过，不知道神奇到啥程度。别子我是见识了，他对着脸盆把脑袋埋进去，我掐的表，十一分钟三十一秒。另一个原因是他的姓，别。孤陋寡闻，查了《百家姓》我才知道世上还有这么个奇怪的姓。别，别，就你了。我拍了板。

　　他不是理想人选，甚至相当不理想，他是个瘸子，左脚脚筋被船尾的螺旋桨割断了。小时候他帮别人忙，潜水去解缠在人家船尾螺旋桨上的铁丝网。弄清爽了，他还没来得及离开，那人就启动了引擎，好在他动作麻利，但在水下转身时还是被扫到了脚后跟，落下了残疾，跑不快，但在水上他不必跑，他只要骑着他的摩托艇跑得快就行。这对他没任何问题，沾了水，空身人是浪里白条，骑上摩托艇就是水上飞。所里给他配了一辆摩托艇，别子不喜欢，觉得自己的那辆改装的旧摩托艇更顺手，加速快，嗖一下就能飞出水面。到所里之前，他靠这辆摩托艇为生。摩托艇后头装了个货架，每天他就驮着一堆日常生活用品在运河上穿梭叫卖，坑蒙拐骗的事可能也没少干。他说，你们猜，水上哪两样东西最好卖？我们说了一堆不靠谱的货物。

"错，"他一脸坏笑，"第一，方便面；第二，避孕套。"

他让人在摩托艇后头画了个杜蕾斯的商标，大老远就对你做广告。但他从不卖杜蕾斯，他卖的是普通避孕套，要的是杜蕾斯的价。

但这小子失踪了。那天晚上跟小分队去运河上巡逻，他跑得快，跑丢了，收工了也没回来。同事们把上下五十里运河捋过一遍，还是音信全无。我们都有不祥的预感。这会儿去请老鳖出山，合适么？

老鳖是外号，当然姓别。常年吃水饭，往那儿一杵又不爱吭声，老别就被叫成了老鳖。我还是硬着头皮去见了老鳖。

他孤身一人，五十八岁长了一张七十八岁的脸。都说河边的人皮肤好，细腻饱满，老鳖完全是反例。该有的风湿病倒一样不少，看他那张脸就知道，身上每一个关节到夜里都会钻心地疼。手和脚的关节粗大扭曲，全都因为风湿病变了形。他不认识我，但认识警察的标牌。对我笑一下也花了他不小的气力，直到脸上所有的皱纹堆到一起，他才把笑这个动作做完。

"你是?"老鳖坐在厨房的土灶前，借着尚未熄掉的柴火灰烬烤两个膝盖，"我没——大伟出事了?"

"没事，"我挨着他在旁边的板凳上坐下，"别子出了趟公差，要等些日子才能回。没办法，跟兄弟局所总要合作办些案子。别子干得很不错。"

"我也说，有阵子没回家了。"老鳖低头看灶膛，想铲出个火块给我点烟。我让他别忙活了，用打火机先给他点上，再给自己点。

"前天他电话里委托我捎来点零花钱。"我拿出准备好的一千块钱，还有两瓶少陵醉。据说唐朝大诗人杜甫南下时经过鹤顶，咱们这里的一种土酒把他喝趴下了，后来这酒就叫少陵醉。驱寒祛湿一等一。"别子孝顺，真好。"

老鳖赶忙把钱和酒往外推："哪能要，哪能要。"

"不是我的，"我让自己笑出声，"别子的工资，他授权支出来的。"

"他的钱我也不要。"老鳖继续推，"你们给存着。攒起来让他找个姑娘结婚。这都多大了。"

"结婚的钱另外有，还有咱们所里的这些兄弟呢。"硬塞给了他。

"领导，你们要在这儿吃饭吗？"

他这是在赶我走？我跟副所长对了下眼神。副所长说："我们不吃，谢谢您，别叔。是这样，我们想求您帮个忙。"副所长年轻，说话没负担。我装着到院子里溜一圈，离开了厨房。

一个老院子，半砖半土的墙，苔藓从墙根往上爬了很多年。院子西南角搭了个棚子，乱七八糟地堆满日常杂物，还有一条锈迹斑驳的铁皮小船，旧渔网缠在上面。三间堂房，从中间敞开门的那间看进去，一张小八仙桌前有一张四方的木头小方桌，阳光照亮了桌上灰黑的污垢和永远也刷不干净的碗碟。桌边是凌乱的三张小板凳。八仙桌后面有个香案，幽暗的神龛里供着的不知道是龙王、南海观音还是妈祖，也可能是陈瑄。后者在永乐十五年做了漕运总兵官，对运河与漕运的发展做了大贡献，吃运河饭的，不少人把他供作神灵。八仙桌上立着个相框，别子母亲的遗像。别子进所里前两个月，他母亲去世，别子说，肝癌，活活疼死的。

我在院子里抽了两根烟，副所长出来了。他对我点点头。

老鳖答应得极为勉强，他说很多年没进小鬼汊了，怕进去也迷路，反误了我们的大事。答应就好。请教了好几个渔民，一致推荐老鳖。他们说，如果老鳖绕晕了，那别人进去了得绕死。他们还说，老鳖立春时看一眼水流的方向，就知道接下来芦苇往哪里长。可惜如今水饭难吃，这一身本领要在过去，走哪儿都吃香的喝辣的。老鳖这辈子应该没享过那种福。过去旁边没桥，他做渡公，每天把船从河这边撑到河那边；五年前修了桥，环保部门招他做了清洁工，负责在鹤顶这一段运河上捡垃圾。老鳖干活认真，在河上从早漂到晚。

前两次进小鬼汊踩点，一次机动船，一次手摇。都在大白天，艳阳高照，踩点必须挑赌船不可能出现的时候去。老鳖习惯驾驶自己的船。

船上装了个柴油机，响起来地动山摇，突突突直冒黑烟。我跟副所长坐船上，另外有两个弟兄骑摩托艇跟在后头。他们活动范围大一点，经常绕出去看看线路周围的情况。我们无法确知那条赌船会停在哪里，陈三的供词帮不上任何忙，芦苇荡中随便找一处，跟他提到的场景都一样。除了芦苇就是水，连在芦苇丛里飞蹿的野鸡野鸭和水中游鱼长得都一样。副所长还诌了句听上去十分耳熟的诗：接天苇叶无穷碧。没错，就是这感觉，无边无际，一片风起云涌的绿色沙漠。

要不是坐船还算习惯，我早就被绕晕了，你问我东西南北，我可能都会往天上指。我们是沿着芦苇少的水面走，要不船也穿不过去，而芦苇的生长完全不按人的规矩来。曲曲折折。曲曲折折。忽宽忽窄的水面，也可能拐个弯路就断了。小鬼汉里布满了死胡同。一路都是野鸭在飞。还有很多五颜六色不知名的鸟，老鳖瞥一眼它的尾巴就报出了鸟名。老鳖话少。有时候船会停下来，他坐在船头上抓半天脑袋，然后再走。我觉得船在来之不易的宽阔水面上行驶的速度挺快的了，他还是咕咕哝哝自言自语：

"船越走越慢了。"

他老说。我就说："不慢呀，你看船头激起的波浪。"

"船越走越慢了，"他盯着前面被芦苇遮挡的水面，成千上万棵芦苇弯腰向我们致意，"大伟他妈在船尾呢。"

开机动船时他这么说我还没当回事，手摇船再进小鬼汉他又说了几遍，我就上心了。我问：

"你说啥？谁在船尾？"

"大伟妈，"老鳖说，根本不看我，"大伟他妈拖着船尾呢。船越走越慢。"

我跟副所长的寒毛都竖起来了。

"别婶儿拖着船尾？"副所长结结巴巴地说。

"拽着呢。"老鳖说，"死人都好拖船尾，不让你走。"

我往船的前部移了移："老嫂子不想让你吃水饭？"

"大伟不娶媳妇她不放心。"老鳖好像说一件跟自己无关的事，"她把自己拴到船尾上，跟着我。昨天夜里我又梦到她了，挂在船后头催我挣钱呢。"

我往船尾看两眼。只有水花、芦苇和跳起来的鱼。一大块黑云走在太阳前面，小鬼汉暗下来，风似乎陡然大了，团团簇簇的芦苇拥挤着向我们压过来。老鳖停下划桨，前头一片芦苇堵住了我们。死路。

"走不动了。"老鳖说。

我站起来向四周看了看："差不多了。"其实这一次我看见的，跟上几次没有任何区别，依然是一望无际的芦苇荡。但我们的确进入小鬼汉相当深了，如果再往前走，离小鬼汉另一个边缘应该就不远了。这一边连着我们鹤顶段的运河，那一边跟另一个县的飞马湖接在一起。我要是老板，我会把赌船停在中间位置，两边都难找，安全。

往回走。分不清是不是原路。听老鳖的。有时候他表现出果决，有时候他又困惑，有时候他会走回头路，有时候他肯定也在绕圈子，刚见过的那两棵拦腰折断的芦苇，五分钟后我又看见了。老鳖经常现出紧张的表情，更多的时间里他都魂不守舍，嘴里念念有词。

副所长凑到我耳边，压低声音说："听别子说过，他妈死了之后，他爸就有点神神叨叨的了。"为了宽慰我，副所长又说，"湿气太重，人难免疯疯癫癫。"

我也搞不懂他说的有没有道理，但两次我们都顺利地回到了运河里。

给运河上下游的兄弟单位都发过请求。相当于把运河用篦子给篦了一遍，还是没找到别子。我相信他们也尽力了。这一个多月除了正常死亡，方圆百里都没有凶杀和意外死亡，陈三的老婆灌了两次肠也活过来了。别子人间蒸发。怎么给老鳖解释，真让人挠头。当他说别子妈把自己拴在船尾，拽着船不让走，瘆得慌的同时，我也惭愧得想一头钻进水里。一生气我又把陈三拎来，再审。

"说啥？"陈三问，"所长大人，该说的我都说了啊。"

"那就说不该说的。"

陈三揪下来一根头发："瞎说？那瞎说啥呢？"

"想不明白的。还有你的猜测。"

陈三去船上赌了两次。我怀疑有人给他做了局，要不很难两次就把他掏空。最初牵线的是邻县一个姓黄的小老板，跟陈三有几笔业务往来。联系赌船的电话就是黄老板给他的。输成个穷光蛋后，陈三再找黄，没影了，电话也注销了。

"想起来了，"陈三说，"第一次上船，赌了半截船主说有洋酒，就让服务员用一个不透明的布罩子罩住牌桌，喝完了再启封。喝洋酒的时候，一个秃顶的家伙问我是不是头一回来。我说是。他说，哦，那还有翻本的机会。那天夜里他输了个精光，手腕上的一块金表都搭进去了。我猜，是不是一个人只有两次上船的机会？"

"嗯，继续。"

"没了。"

"继续。"

"仝所，肠子都翻出来给您看了啊。"陈三开始揪第二根头发，"好吧好吧，我再想想。有了，两次接我的是同一个人。那个人长相都跟你们说过了，男的，三十多岁。头一回划的桨，第二回，是机动船。那人一路不吭声，我想套点信息出来，就没话找话跟他说。大晚上的，去的还是小鬼汉，我怕嘛。我就问，都是你一个人接？他摇摇头。我问，接送的人你们有多少？翻来覆去他只说，还有。我又问，为啥上次是划船，这次机动船？他说，下雨，机动船也听不见。"

我点点头，跟我们的判断一致。机动船从运河拐进小鬼汉，在月明星稀的晚上很容易暴露，所以我们准备了两套方案。"还有呢？"

"还要有啊？"他又开始揪头发，"能给根烟不？"

我点上一根扔给他。

"仝所这烟不咋的，劲儿倒挺大。这一条不一定对，赌钱的时候听大家聊天，好像都在每月逢8的那天船才来。反正我两次去都是逢8。想想也对，8，发嘛。"

陈三狼吞虎咽地抽完了那根烟，还想再要。我对旁边的警员挥挥手："把他带走。"

是否逢8才赌不知道，但6、7两个晚上我们埋伏在运河与小鬼汉连接地带，的确一条可疑的船只都没发现。他们会不会从飞马湖进小鬼汉？当然有可能，但我们没权力到别人的地盘上去执法。熬到晚上十点半，我让大家赶快回去休息，养好精神明晚再出动。18号了，有枣没枣都得认真打一竿。

跟老鳖约好了，晚上出工，划船进小鬼汉。划船更保险，动静小，不容易打草惊蛇，但缺点是慢，在眼前你也不一定追得上。傍晚时分下起雨，看架势一时半会儿停不下来，行动组最后商定，手摇船和机动船同时上，能用哪个用哪个。

整个行动组都出动了。三条船，其中一条主要放三艘摩托艇。我们停在可以用望远镜看清小鬼汊入口的隐蔽处，等时间慢慢往黑夜走。雨还在下，天地间都是水声。雨落在运河里，雨打在芦苇上，雨击打船舱。我们把船上的灯都灭掉，我看见老鳖在黑暗中掏出一只酒壶，拧开盖喝了一口。铁质的酒壶不知从哪里借来的光，温和地闪了一下。

前方侦查的兄弟报告说，有情况。我从望远镜里看见一条小船驶进了小鬼汊。一刻钟后，又有情况。再看，又一条船进去了。我让大家把家伙什都整利索，睡了一天，考验精神头儿的时候到了。一共三艘小船进去。按前方的观察，三艘船来自不同方向。好，让他们再走一会儿。

半小时后，我们摸黑往小鬼汊靠近。老鳖和几个年轻的警员穿着雨衣划船。雨下得更大了，小鬼汊里风动芦荡，雨打苇叶，如同千万人在齐声低吼，每个人声音都不嘹亮，但和声却极为高亢，几声响雷滚进小鬼汊里，也会被风雨声淹没。我说，执行第二套方案，机动船、摩托艇，出发。

雨夜的小鬼汊的确比迷宫还凶险。我终于意识到老鳖这样的老把式的价值，他们能在迷宫里顺利穿行，真不是因为他们熟悉地形，芦苇荡大规模地摇动，整个小鬼汊似乎都在倾斜翻滚，没有任何一条路还是同一条路，他们辨别方向靠的是经验、直觉和本能。老鳖操纵着他的机动船，我们在往想象中的战场逼近。

有一阵子绕了很多弯，速度也慢下来。我凑到老鳖耳边喊：

"遇到麻烦了吗？我们得快点了。"

进来了就得争分夺秒。一旦他们发现了，钻到哪里躲起来，忙活一夜我们也找不到。

"跑不动，"老鳖也喊，"大伟他妈拽着船。"

我不知道该说什么。探照灯的光柱里大雨密集地连成了线，芦苇丛后头黑洞洞的。说实话，那种环境下，你跟我说芦苇荡里藏着十万头妖怪我也信。可知的世界只有光柱这么锥形的一片，我们仿佛被屏蔽在光柱和风雨声里。外面的世界消失了，一个更广大的世界抛弃了我们。我们正追随着跳动的光柱在沉重的黑暗里钻探。

老鳖左拐、左拐、左拐。他在画圈。

"她对我说的最后一句话是，"老鳖对我喊，"你得让大伟说上媳妇。咱儿子是个瘸子啊。"

我对老鳖说："老哥，我们不会扔下别子不管的。"

老鳖开始右拐。满天都是看不见的雨。陈三说得没错，这样的天气，能在温暖的船舱里专注地赢钱，的确是件快活的事。我们的船头前开路，后面跟着另外一条船，两艘船的旁边，交错跑着三辆摩托艇。我们在向芦苇荡的中央逼近。

偶尔还是会绕圈。柴油机动力像个资深的哮喘病人，突然咳嗽几声就慢下来。我希望快一点，再快一点，越快越好。我坐到老鳖旁边，雨水顺着雨帽和袖口的边缘流到身上，风大雨急，我感觉不到冷。快一点，再快一点，着急得我冒火。我把裹在塑料袋中的烟拿出来，点上一根插到老鳖嘴上。我也点上一根，赶在雨水打湿它之前狠嘬几口。火灭了。我继续叼着，直到它被雨水打烂，只剩下过滤嘴夹在我两唇之间。

在我的办案史上，从来没有哪次时间过得比这一次慢。我在风雨落到芦苇荡的巨大喧嚣声中，听见了秒针嘀嗒嘀嗒迟缓的脚步声。

听见摩托艇的声音之前，先看见一道狂舞的光柱，接着一辆摩托艇从黑暗里冲出来。骑摩托艇的人扭头看了一下我们，弯下腰加了油门冲进黑暗里。因为雨衣的帽子遮住了那人的大半个脸，我们都没看清他的长相。老鳖突然叫起来：

"大伟！大伟——"

按照事先的安排，出现突发状况，三辆摩托艇里的两辆先出击。两个兄弟从船两侧冲向前去。在他们摩托艇的灯光下，我看见了那人摩托艇屁股上画着一个杜蕾斯的商标。看不清脸，我也知道那人不是别子。副所长拍了一下我的肩膀，他也知道是怎么回事了。

我一把抓住老鳖的胳膊，大声对他喊："老哥，别子是个好兄弟！别子好样的！"

这个晚上老鳖头一次扭头看我的脸，看了得有三秒钟。然后转向前方，从怀里摸出铁皮酒壶，一手攥着，只用右手的拇指和食指拧开壶盖，咕咚灌了两口。少陵醉。酒壶塞回兜里，船速猛地加快了。

现场不必描述了，乒乒乓乓的事。我说的不是枪声阵阵、枪来枪往，没那么多枪。我们的枪管得严，我的原则也是能不用就不用。他们竟然有两支改装的猎枪，好在我们预料到了。单非法持枪这一条，就够那赌船老板蹲几年的了。老板姓邓，住飞马湖对岸，被摁倒在船头还嘴犟，大喊大叫他不是鹤顶人，不归我管。我跟他说，船没进小鬼汊，不归我管，进来了就是我的菜。

总得有一番打斗，打斗都差不多。真要好好感谢我这帮弟兄，平常训练时的血汗没白流。上了船三下五除二就把姓邓的招募的三个打手给放倒了。那三个乡村二流子，靠人高马大能唬人混饭吃，动起手来都是糠心萝卜。两个接送赌客的船夫，你大喝一声他们就老老实实靠一边站，他们知道自己不过是姓邓的临时找来的搬运工，犯不着跟我们对着干。倒是有个船夫见钱不要命，隔壁镇上的一个赌客趁乱跳上他的船，出价一千块，让他带着逃命。船跑出去没半里路，就被所里的一个兄弟骑摩托艇押回来了。

跑得最远的就是骑别子摩托艇的那个。他是个放哨的，所以最先发现我们。看见我们他就去给赌船报信，油门加到了底，离赌船老远就开始喊狼来了狼来了。但那夜里雨实在太大，声音出不去，本该守在船头把风的打手进船舱里了。船舱的窗户遮得严严实实，从外头看不见一丝光。那条船就像建在芦苇荡里的一间黑黢黢的房子。舱里头一定赌得热火朝天，没人听见"狼来了"。等我们踹开门喊了不许动，一群人在乌烟瘴气的船舱里完全没回过神来。等姓邓的和三个打手想起身去拿改装的猎枪，已经腾不开手了。兄弟们的拳头和手铐已经到了他们面前。

骑别子摩托艇的那人绕着赌船转了两个大圈，一直喊，见船上没反应，干脆一个人先溜了。后来提审时，这家伙还抱怨，他花了那么大的力气喊，居然没人搭理。我跟他说，没人搭理太正常了，着急忙慌的，你那声音完全乱了章法，听上去真不像人发出来的，使的劲儿越大，发出的声音越小。那天夜里他转了两圈就想溜，一个骑摩托艇的兄弟跟在后头就追。这一带地形那小子挺熟悉，但他真是慌了，天又黑，还有兜头的大雨，在芦苇荡里绕来绕去就把自己绕晕了，眼看着眼前有条宽阔的水道，再加速，一头撞到老鳖的船上。老鳖把他的船横在路头。那小子斜着飞上了夜空，然后像颗炮弹一样栽进了水里。等他从水里钻出来，老鳖的手电灯光罩住了他，老鳖大喊：

"我儿子呢？"

"你儿子？"那小子把一头一脸的淤泥往下抹，"你儿子是谁？"

"我儿子别大伟！"

"别大伟是谁？"

老鳖把船靠近摩托艇，给它熄了火，从水里拖到了船上。他拍着摩托艇的车座厉声说："他！"

"你说的是他啊，"那小子从水里站起来，露出脖子以上部分，"一个多月前，有天晚上他跟踪我到了这里，被哥几个给放倒了。一棍，"他站在黑暗的雨夜里对着自己的后脑勺比画了一下，"就这么一棍。一铁棍。那棍重二十多斤呢。"

手电筒的灯光在老鳖手里抖起来，某一个瞬间照亮了他的脸。

"你不是那个，老鳖么？"那小子激动地叫起来，"你不是给我们邓老板送客人的吗？你怎么当了叛徒？你收了钱还吃里爬外！"他喘口气，好像突然醒悟过来，"你儿子竟然是个警察！要知道那狗日的是你儿子——那也不行，不解决他我们都得进去。"

"解决了别子，你在里面会待得更久。"提审时，我走到那小子跟前，劈头盖脸先给了他两个耳光，眼泪跟着就下来了。"第一下，"我说，"是为我一个兄弟；第二下，是为我一个老哥。"

在小鬼汉里地毯式搜索了两天，终于找到别子。他已经给鱼和鸟和细菌吃得不成样子。下葬时，经老鳖同意，我们把画着杜蕾斯商标的摩托艇也埋进了土里。

（《收获》2021 年第 3 期）

地上的天空

钟求是

朱一围病逝三个月后的一天，其妻子筱蓓给我打了电话。电话的中心意思，是让我帮忙解散掉家里的藏书。筱蓓说："吕默，我家房子本来不大，不能让书房一直做着老大。"筱蓓说："吕默，这些书是随着一围的，一围一走，它们早晚得散了。"筱蓓又说："晚散不如早散……我不图钱，要是能找到合适的去处，一围会高兴的。"

这是个有点突然的求助。我握着手机静了嘴巴，把事儿想了几秒钟，又想了几秒钟，才慢着声音应接下来。

我当然明白，筱蓓把此活儿交给我，不仅是因为我原先在市图书馆当过差，容易找到收留这些书的地方，更是因为一围朋友稀少，对这种事能够上心的也许只有我。

我依着记忆算了算，一围的藏书应该有四千余册，其中作家签名本为三四百本。这些藏书在一围手里很受宠，所以占着家里的一个大间，而上高中的儿子周末返家，只能在客厅里打地铺。儿子是个未来理工男，对文学书籍压根儿瞧不上眼，显然无意继承父亲的爱好。现在一围抽身而去，书本们在家中自然也失去了贵宾身份。毕竟对三四万元一平方的房子来说，它们的存在有些喧宾夺主。

我左右琢磨一天，又打一天电话，把事情大体办妥了。四千多册书分成两拨儿，捐给两家区图书馆。之所以没有联络老东家，是因为我心里还存着一小块别扭，而且市图书馆撑着派头，态度容易怠慢。区图书馆就不一样，不仅可以上门取书，还颁证书发消息，其中一家更掏出诚意，准备专门立一个捐赠书柜。这就有点意思了，至少对一围是个远距离的安慰。

情况跟筱蓓一说，果然获得好几声谢谢。她表示这两天就把书收拾好，分成两组。我提醒说："那些签名书送图书馆不合适，别让他们拉走。"筱蓓说："你的意思是签名书……另有价值？"我说："签名书价值可大可小，你收在家里价值就不小。"筱蓓说："吕默，一直等我老了，我可能也不会打开这些书，还是早点让别人去看吧。"我停顿一下，说："那好……我另外想想办法，反正不能亏待了这批书。"

话儿说出来顺嘴，真做起来却不易。若赠送给图书馆，有朱一围三个字在扉页上号着，这些书到底派不上用场。若放在网络书店上一本一本地卖，不仅费劲儿，也会惹得一围在那一头不高兴。当然了，我也想过由自己接管，存住朋友的遗物，但我毕竟不是文学先生，不读小说久矣，又因为在图书馆待过，反而少了藏书的兴致。更重要的是，我心底里还是尊重这批书的，觉得应该有更好的投奔之处。

这批书之所以有些重要，一是因为书的作者大多是国内或省内之知名作家，笔下的文字和故事上得了台面；二是因为一围为求签名很下功夫，费了不少心思和时间。在这个城市，有好几位收藏作家签名书的爱好者，一围是其中一位，而且是比较卖力的一位。早些年，他采用写信恳求的方式，寄书向作家索要签名。这几年，作家的作品分享会、文学对话会多了，他就携着作家的一本或几本书跑去蹭会，在会后凑到作家跟前，一脸真诚地打开书页并报出自己名字。有时获得一个著名作家的签字，他会兴奋得像洗了个澡，一身痛快地拍照下来发给我看。有一次一围在微信里夸口说，自己已拿下近百位作家，按这样的节奏往前走，不出十年就能搞定中国所有的重要作家。十年不算一个很奢侈的数字，但对一围而言终于成了一个遥远的虚词。大约一年前，他一头撞上一种叫下咽癌的东西，先是在喉咙部位割开一个小洞，然后一日日地与这个小洞做着斗争。在那段时间，他失去了声音和精力，但床头一直放着一本名为《第七天》的小说——小说讲的是一个人死后进入另一个世界的故事，扉页上有作者的签名。有一天我去看他，他在白纸上写下一行字：我准备好了，去另一个世界。

往前一些年，一围有着温润的声音和满格的精力。那时他在邮政局上班，我还在图书馆做事，有一天晚上，两个人因为一位共同的朋友在一百米高的酒桌上相遇。共同的朋友刚刚炒股赚了一笔钱，想分撒一下大好的心情。为了表示股票走高，他特意订了一幢三十层大楼顶部的餐厅，又为了忆旧论今，他记起了一些久未联络的朋友。那天一大桌人，场面热闹纠缠。我和一围凑巧坐在一起，两个人在热闹中都显着安静。我酒量比较薄，喝了三两白酒便脑袋起热，耳朵受不了嘈杂。我起身出去抽根烟，找到了大厅旁边的一个小阳台。过了片刻，一围也来了。他不抽烟，是想躲一会儿清静。既然是躲清静，我们俩就没有多说话，只是靠在栏杆上，默默看着远处明明淡淡的灯光。

后来饭局收尾时，我和一围先站起身，一块儿坐电梯下楼。一围积极打了车，顺道把我捎回了家。

本来那次聚会只是蜻蜓点水似的交集，但大约是因为我的图书馆职员身份，一围第二天便联络了我。一围说自己在邮局工作，却不喜欢收集邮票，倒喜欢收集文学签名书。我说，你干这事儿我其实给不了什么帮助。一围说，我不需要帮助，我只是想让你知道我也在跟书打交道。我问他，为什么玩这个，是因为喜欢读小说诗歌吗？一围嘿嘿地笑，说自己也看不了几本书，只是日子太平淡了，总得找点儿有趣的事。他说话的口气不让人讨嫌，我接受了他的靠近。如此开了头，一年跟着一年下来，我竟成为一围为数不多的好友之一。

我是在第三天才想到一个不错主意的。城市之大，免不了市民重名，我想尝试找一位（或者两位三位）名字也叫朱一围的人。这些书在其他人眼里没价值，但到了姓名为朱一围的人手里，岂不身价大增。若新的朱一围喜好或敬重文学，那更是书之善缘。

我在脑子里编好寻人赠书的一段话，再变成手机上的文字，从微信朋友圈发出去。大约这种事比较好玩，不多时间，便引来一大群人的点赞。有人留言：纸书存之，可添雅气。又有人留言：我百度了一下，没见到朱一围的名字。也有人表示：此等趣事，我已转发。

尽管这样，我对找人之事并无过多的期待。毕竟不是刑事追人什么的，朋友圈热闹半小时便过去了，再则朱一围的名字相当稀罕，这个城市很难说有第二人的存在。

过了两日，有人通过微信添加我好友，并提示与寻人赠书有关。我点了接受，对方是一位号称"衣艺者"的女士。我送一个"握手"图标给对方，问：你是哪一位？我认识你吗？对方写：你不认识我，但我知道你叫吕默，我帮你找到了一位朱一围。我吃了一惊，写：还真有人也叫朱一围？线索靠谱吗？对方：不是线索是实物，他是我男友。我给出一个疑问的"微笑"：那他为什么不亲自现身？对方：我想把书拿到手，送他一个意外惊喜。我：那我怎么相信确有其人？先给身份证让我一看。对方：人民币比身份证更可靠，我是准备用钱买书的。我：用钱买书？你知道有多少本书吗？对方：我知道你那位朱一围留下不少签名书，我全买下。我又吃一惊，之前发出的寻人文字比较简单，没说一围的病逝，也没说书的数量，看来这位"衣艺者"有备而来呀。不过真用钱买书，倒说明对方对这批书确是看重的。我问：这位女士，我想知道你的实名。对方：陈宛。我：好吧陈女士，你有什么具体打算？对方：我想早点看到这批书，然后给出价格。我答应了：那我说个时间，明天晚上吧。

第二天傍晚我在公司加一会儿班，又在食堂胡乱吃过一点东西，便出门去了一围家。筱蓓开了门，直接引我进入书房。房内的书已经基本清空，只剩下靠里的一墙书架还饱满着。我抽出几本翻到扉页，上面均有作家署名，署名之上则题"朱一围先生一阅""朱一围先生正之"等俗语，也有一本亲昵些，写着"朱一围先生在阅读中进步"。可以想见，一围待在这间书房里，回味着与"一阅""正之""进步"这些词儿相关的签书场景，心里是多么受用。一围是个活络不足、古板有余的人，平常在场面上混酒交友的时候很少，与我酒桌结识实在是一个例外。但一围把书房的门一关，脸上大约是有亮色的，因为书架上聚着许多他结识过的人呢。

正这么走着神儿，外边响起敲门声。筱蓓走过去，很快将一位女客领进书房。这是一位三十多岁的标致女人，大约因为穿着有些轻软的绸衣，身形微胖而不显。她似乎有点紧张，一进来眼光找到我，才松了脸一笑。我说："是陈宛陈女士吧？"女人说："你叫我陈宛就好。"我一指筱蓓："她是这儿的主人，书的事她说了算。"筱蓓说："没关系的，您先看看合适否，这种事讲的是缘分。"女人点点头，眼睛慢慢扫一圈屋子，走到书架前直着脖子看。她抽出一本瞧了瞧放回去，又抽出一本瞧了瞧放回去，然后手伸到上格取下一本蓝皮书，目光停在了封面上。我凑近一步丢去一瞥，是小说《第七天》。女人说："这一本好。"说着打开扉页细细地看，仿佛淘到了一见如故的藏品。我说："不光这一本好，每一本都有点意思。"女人抬起眼睛，认同地点一下头。我说："如果你愿意，现在就可以说个价。"女人说："我还得先问一句，为什么要把这批书处理掉呢？"我看一眼筱蓓，筱蓓说："我老公……一走，这些书就用不上了，放着也是放着，还不如找个用得上的地方。"女人说："为什么说还不如呢？剩下这一墙书架，也不算太占地方。"筱蓓说："人走了，这一墙书架却像是一种提醒，我不喜欢这种感觉。"女人说："像是一种提醒？提醒什么？"筱蓓微露不悦："别走题好吗？我可不是为了钱，我本来就没打算让这些书变成一桩买卖。"筱蓓这么讲有些傻了，至少会露出心里的待价底细，对方分明在话中夹着试探呢。我打着掩护说："是的，转让收藏品不是买卖，靠的是眼缘和心缘。"女人说："好吧。切入正题……我提个数字，你们看合适否？"她默一下脸，伸出两根手指说："二十万。"我暗吃一惊，同时瞧见筱蓓的眼睛使劲睁大了一下——这个数字远远超过期望，让人觉得是耳朵听错了。

书房似乎安静了片刻。我用手推推鼻子，一边生出一些警惕，说："你开的这个价，含有别的附加条件吗？"女人摇摇头说："没有。这么多签名书，值这个钱。"筱蓓说："您这样说我挺欣慰……我能不能知道，您是做什么的？"女人淡笑着说："别以为我很有钱，我是想让男友高兴。我相信我这么做，他会高兴的。"我说："我也问一句，你男友喜欢文学？"女人拍拍手中的《第七天》，说："喜欢的。他爱读小说，还向我推荐过这一本。"噢，若是这样，逻辑是成立的。我舒口气说："那你这一次做对了！女人要拿住男人，不能光喂他好话，你得让他真正地心跳一回。"这句自作幽默的话有点勉强，但多少把气氛说松了。随后双方又来回讲些话，议定了付款方式和搬运时间。

在我的眼里，两个女人的脸上都渗出了满意。

日子的推移有时是不知不觉的。四五月间，我在公司里帮着打理一个非遗产品展示会，出策划书、做 VCR 什么的，嘴巴和手脚经常一起忙碌着。待弄完了松口气，天气已经转热。站在办公室窗口抽烟时往街上一瞧，路人们开始躲着阳光了。

这天午休小憩后，我习惯性地划开手机，瞧见筱蓓一条微信：事情不明白，有空电话一下。我坐到办公桌前，打电话过去。筱蓓在手机里咿咿呀呀发着声音，讲了十多分钟。原来昨天晚上她跟住校的儿子进行每日例行电话时，儿子顺口丢了一句，说学校图书馆出现咱家的藏书。她问什么藏书？儿子说小说签名本呀，上面有老爸的名字。她有些纳闷，说你也开始读起小说啦？儿子说我眼睛哪里忙得过来呀，是班里一同学在看。她想一下，让儿子去拍张小说扉页照片。过一会儿，照片真的发过来了，情况属实。为此她琢磨一晚上再加一上午，脑子还是糊涂。

我一边听着一边也直眨眼睛。花一笔钱买签名旧书，一转身送了学校，这实在有些稀奇。不过让书籍到达图书馆，也算物尽其用，没什么不高兴的。我说："这种事儿是人家的权利，咱们不能说她做得不对。"筱蓓说："我没有说她做得不对，我只是感到奇怪。"我说："干什么事儿都有内在逻辑，只是咱们不知道而已。"筱蓓说："一围的书，我多少得知道一些吧？方便的时候你联络一下她呗。"

我静一静脑子，在手机微信里找到"衣艺者"，先打一声招呼，然后试探地问：那批书给男友后，他惊喜了吗？对方许久没有回复，过了半小时才跳出一句话：你这是产品售后调查吗？我写：毕竟是朋友的书，我得关心一下。对方：那你来一趟吧，我允许你见一面。我给一个微笑图标：我又没提出这个要求。对方：透过手机屏幕，我看到了你脸上的企图。我：那怎样才能找到你？对方：浣纱路北边，衣艺者。我：呀，你是衣店女老板。对方打出一个眯起单眼的调皮图标。

放下手机，我脑子似乎有点不稳定，坐了片刻终于按捺不住，就找个借口离开办公室去了街上。坐几站公交车又走一截路，到了浣纱路北段。两旁有一溜儿花花绿绿的商店，我东张西望一会儿，眼睛一亮见到了"衣艺者"三个字。这是一间门面不大的售衣店，推门进去，里边倒是清爽开阔，挂卖的衣服热闹而有秩序。一位年轻店员迎出来刚想说什么，我已绕过去往里走，因为我看到了坐在售台后面的陈宛。

我说："大隐隐于市，原来陈女士藏在了这里。"陈宛站起身一笑说："来得挺快……就不能叫陈宛吗？"我说："好吧陈宛，这个店开几年啦？生意不错吧？"陈宛说："三年了，生意马马虎虎。"我说："不能马马虎虎，马马虎虎怎么能掏钱买书再送出去呢?!"陈宛翘了眉毛给我一眼:"知道这个啦?怪不得又是微信又是打上门来。"我说:"我可不敢打上门来，我这是上门求教。"陈宛说:"想打探为什么把那批书赠送给学校图书馆吧?"我点点头:"我有点好奇。"陈宛说:"我那位朱一围早年在那个学校上过学，放在那儿比放在家里好。就是这么简单!"我说:"那个中学是你男友朱一围的母校?真是巧了。"陈宛说:"巧什么?"我说:"我朋友朱一围的儿子也在那儿上着学。"陈宛"噢"了一声:"这不挺好吗?父亲的书最终到了儿子的学校，用报纸语言叫一段佳话。"我说:"可是……玩这样的佳话代价不小。"陈宛说:"我明白你的意思，我也不是把书全送去学校的。"她一摆头，引着我走到 T 恤挂墙前——其中几件 T 恤不同颜色，胸前均印着《第七天》的扉页签名，图案清晰别致。陈宛说:"我做了三百件文化衫，我可以赚些钱的。"我用手指推一推鼻子，说:"有点意思，到底是衣艺者。"陈宛说:"要是喜欢，可以送你一件，你自己挑个颜色。"我呵呵一声没有拒绝，左右看一看，选了一件浅蓝色的。衣服上的作家签名挺有力道，我用手摸了一下。

陈宛说:"看着这衣服，你心里的问号有没有去掉?"我说:"没有!三百件文化衫就是全卖掉，又能赚多少钱呢。"陈宛说:"看来你是个较真儿的人……朱一围有你这么个朋友也是幸运。"我说:"朱一围才是个较真儿的人。他已经不能溜达过来说话了，我是替他较真儿。"陈宛说:"好吧，为了去掉你心里的问号，我再请你喝个茶。"我说:"又是送衣服又是请喝茶，我是不是应该不好意思?"陈宛笑了说:"其实呀让你过来一趟，我就是想和你去茶室说些话的。"

年轻店员将 T 恤包好，我卷起来塞入携包。陈宛引领着我，出了店门右拐走一段路，进了一家外相低调的茶室。茶室厅堂不大，但看上去藏着安静。陈宛熟络地要下一个小包厢，点了绿茶和茶点。我说:"瞧这架势，要跟我长谈呀。"陈宛说:"不长谈，一小时内把事儿说明白。"我说:"一小时够长了，抵得上大半部电影。"陈宛说:"长话短说……我刚才撒了个谎，那个受书的中学其实不是朱一围的母校。"我说:"那为什么把书送去?"陈宛说:"因为他儿子在那儿上学。在儿子眼里，他是个没有能力不能出彩的人。他曾经说过要为儿子挣点儿面子……"我说："等等！你是说你那位朱一围也有一个儿子在那儿上学？"陈宛说："我说的就是你的朋友朱一围。"我端着杯子一笑："嘿嘿，你把我说糊涂了。"陈宛说："我的朱一围其实也是你的朱一围，两个人是同一个人。"我喉咙差一点被呛着，使劲伸一伸脖子吞下茶水，又咳出一口粗气。陈宛笑一笑说："你别把惊讶动作弄得太夸张，我做的事里没有阴谋。"我说："之前你一直在说，朱一围是你的男友。"陈宛说："男友这个说法还真是不准确，可我找不到一个合适的词儿扣住我和他的关系。"

在接下来的时间里，陈宛轻着声音讲述了她和朱一围之间的故事。她清晰地记得，两人的相识是在小说《第七天》的作品分享会上。那天她正在一家书店大厅里买流行服装的书，听到好几个人说着话儿往旁边活动厅走。她好奇地过去瞧一眼，原来是一位著名作家与一位主持人对话，介绍一本三年前出版现在仍被讨论的书。她没见过这样的场面，就怂恿自己留下来听一会儿。周围的脑袋很多，把整个活动室挤满了，她只能在中间通道上站着。站了片刻，有人指挥通道里的人坐到地板上。她穿着白色裙子，又不是粗条随意的人，神情便有些犹豫。这时旁边椅子上的男人站起身让出座位，自己坐到了地板上。她不好意思地坐下，朝让座的男人送出一笑。分享会结束后，她受了诱惑，到文学书柜找《第七天》，这时又遇到了那位让座的男人，他刚好也来取此书。让座的男人告诉她，自己有八折优惠卡，可以替她付款。她认真地道了谢，因为省下的小钱里有人家的好意。随后她加上对方微信，将打折的书钱发去——此时她知道了对方名字叫朱一围。

到了晚上，朱一围在微信里打招呼，并把作家签名发来给她看。从此开始，两个人时不时进行文字聊天，她说些服装走势的事，他说些签名收藏的事。陈宛很快知道，朱一围是个实诚的人，朋友很少，但认对了人就会往深里走。此时陈宛离了婚正单着身，心里装着一堆郁闷，这也促进了双方交往。过了不久，两个人把对方视为可以讲心里话的人。又过了不久，两个人约在一起泡茶室、逛书店，偶尔还一块儿看一部电影。再往后的一些情节可按快进键，因为陈宛没有细说。她对此的表达是：两个人的朋友等级相当高，除了身体没有合并。

大约一年半前，陈宛想开一间服装店，"衣艺者"的店名都想好了，可左腾右挪仍缺一截资金。把情况说给朱一围，暗想也许能获援三五万的，不料几天后她的银行卡上颇有气势地长出二十万。她吃了一惊，又有些不安的感动。在她的印象里，朱一围花钱并不豪放，在家中也不打理财事，所以凑起这笔款子得花多少心思呀。这么一想，她觉得自己跟他更贴近了一步。又过了一些日子，有一次两个人一起喝茶，喝着喝着朱一围起了感叹，说咱们相遇太晚，这一辈子不能娶你，下一辈子你嫁给我吧。陈宛说行呀，下一辈子咱们早点儿遇上。朱一围说，这不是玩笑话，为这个念头我已经琢磨了好几天。陈宛便笑，说不就是来世嫁你吗？没问题的，你对我这么上心，我不能那么小气。

这样的话说过，陈宛仍然以为是玩笑。她不信佛不进教堂，从未想过瞧不见摸不着的来世之事，再说自己的年纪离终点线还差着几条街呢。不料过了两天与朱一围再见面，他从衣兜里取出一只信封，再从信封里取出两张相同内容的纸，纸上放着醒目一行字：下一世婚姻协议书。下面文字则简约清晰，写明了两个人下一世自愿结为夫妻，共同敬爱相处，不违背对方。陈宛问，这是什么意思？让我签名字吗？朱一围说，这是自由婚姻，你愿意了就签上，一式两份。陈宛说，下一辈子的我能由这一辈子的我来做决定？朱一围说，转了世你还是你，你的婚事当然由你做主。陈宛说，这协议签了你拿在手里真觉得有用？朱一围说，我相信哪个世界都有律条也都有规约，拿着这份协议我心里踏实。话说到这个份上，朱一围又拿着如此的认真劲儿，陈宛就不好拒推了。她嘻嘻一笑，又拍拍朱一围的手臂，在纸上写上自己的名字。完了她调皮地说，今天算是领结婚证的日子，你怎么不备些彩礼？至少也得送束鲜花递个戒指呀。朱一围说，我想过了，那二十万就折成一份彩礼，虽然有些少，但总归按着规矩走了步骤。陈宛说，你还真给彩礼呀？朱一围说，当然得给，不然把这份协议显轻了也显假了。

陈宛讲述的时候，没有理会我脸上的惊讶表情，因为这是她能预料到的。大约是口渴的提醒，她缓一缓气，端起茶杯喝了两口水。我这时才想起自己应该讲些话，便说："一围是个二分之一认真二分之一古板的人，有时候不通世俗但不会迂腐，他真的认定下一辈子的事情可以弄到纸上？"陈宛说："一围是个二分之一认真二分之一古板的人，所以在外边也不应该有一位我这样的女人，对吧？"我无法应答，就没有吭声。

陈宛又说："在这几年里，一围多次跟我提到你，但他没有跟你提到我，这不是对朋友留一手。我的意思是说，一个人在最好的朋友跟前，也会有属于自己的秘密东西，譬如女人啦譬如对来世的看法啦。换一句话说，他对来世的看法是一种秘密态度，跟迂腐什么的没有关系。"

显然，陈宛是个细腻的女人，她的话并不浅淡。我沉默一会儿，说："也许你说得对，对别人包括对一围，我只是看到了能够看到的那一部分。现在我想看看另一部分可以吗？我是说那份协议。"陈宛有准备似的点点头，摁几下手机调出协议图片，递给我看。我细看一遍协议文字，又盯看一眼下面的签名。两个人的名字一个认真一个随意。

我将手机递还，问："签了这份东西，你有什么感觉？"陈宛说："开始没怎么在意，不就是一张纸吗？后来慢慢地生出异样的感觉。"我追问："什么异样的感觉？"陈宛说："你想呀，以前两个人喝茶逛店看电影，再靠近也还是朋友。有了这张协议垫着，待一起时我偶尔会恍惚，觉得自己像一位未婚妻。"我说："你喜欢这种感觉吗？"陈宛说："不喜欢。"我说："为什么？"陈宛沉吟一下说："我对一围有好感，但没有依靠感。"我说："你是说不爱他？"陈宛"嗯"了一声说："还不到那个程度，这也是我……没把身体交给他的原因。"我说："那你相信有来世吗？"陈宛说："以前呀真没注意这种事儿，眼下的日子还应付不过来，哪有心思去想很远的未来。但自打签了这张纸，心里像是多了一件事，时不时地会琢磨一下。不是说人的认识是有限的嘛，万一真有转世呢，万一灵魂长生呢。"我说："这么说你有了担心，担心那张协议以后真的会生效。"陈宛轻笑一声说："那会儿我想起手头还有一本小说《第七天》，以前没正经打开看呢。我读了一遍，好像没有读懂，就又读了一遍。读着读着我对自己说，不管人死后有没有来世，你得先把这事儿看作有。"

陈宛把自己的故事讲完，一个小时刚好过去。但我的沉默拖住了她，两个人仍坐在那里，似乎还有话要说。过了片刻，我问："你把二十万元还回去，是想单方面撤出协议？"陈宛说："也别这么说，这毕竟是我欠一围的债，他治病也花了不少钱。"我说："如果一围还活着，你会把解除协议的想法说出来吗？"陈宛说："不知道会不会马上说出来，我原以为将来的事还远着呢。可他走了，走得这么快。来世的事情他已经知道了真相，而我什么也不知道。"我说："在这一个小时里，我接收到了你的不安，同时我也一直在琢磨，你把这个故事告诉我为的是什么。"陈宛说："是的，我把你约过来是有目的的，你是一围最好的朋友，我想请您帮个忙。"我说："讲讲看。"陈宛说："那协议一式两份，另一份在一围手里。"我明白了："你想把另一份协议也拿到手，然后一起撕掉。"陈宛吸一口气吐出来，说："拜托你先探问一下，好让我心里有个数。那份协议现在变成了危险的东西，要是抖搂出来对谁都不好，吕哥你说对吗？"她第一次叫了我吕哥，在这个下午结束的时候。

是的，这是个让人吃惊的下午，一张协议书更改了我对一围的认识，至少是部分认识。在许多个日子里，一围除了收藏一些书，对生活基本没有想象力。他的工作是平淡的，坐在柜台里办理汇款取款，还有订阅杂志什么的。他的家庭是平静的，与筱蓓相处得不热也不冷，有点一起慢慢老去的样子。他还跟我说过，自己在家中不乐意担事儿，时间一久，排起序来便做不上一号人物。就是这么一位配角男人，却悄悄自己给自己做了一回主。

我无法揣测一围怎么保管自己那一份协议。也许已经撕了或烧了，反正他内心认定协议将在约定世界里生效。也许放在某个暗处，随着他的离去而彻底消失。但日子里哪有彻底的事，若是某一天筱蓓一不留神看到，心中会长出一个长久的痛点吗？

我可以肯定，陈宛所说的忙我是帮不上的。或许她也只是一说而已，并不真的指望我能取到那份协议。但此时我心里又探出好奇的手，想抓住一些未知的东西。我甚至负责地觉得，既然自己听到了这件事，就不能再做一个偷懒的局外人。

从茶室出来我没有回家，在街上闲逛一会儿又用过简单的晚餐，看看时间合适了，向筱蓓递一声招呼，随后打车去了她家。一围的书房已经变成卧室，无法再进去了，我只能坐在客厅沙发上，像一个派遣出去的打听者向女主人通报书籍的事。我告诉筱蓓，自己已见过陈宛，那批签名本确实赠给了学校图书馆，因为那中学也是另一位朱一围的母校，他想给自己添点面子。筱蓓随即做出一个判断："看来他们是有钱人。"我说："这个不知道……眼下这年头有钱没钱哪能一下子看出来。"筱蓓说："不然为什么要花这笔钱呢？"我说："那位陈宛在街上开了一家服装店，她把扉页签名图做到 T 恤上。这种文化衫现在挺流行，应该能赚钱的。"我从携包里取出那件 T 恤，铺在沙发上让筱蓓看。她摸了摸衣服胸前的图案，脸上出现解惑后的满意。她说："想不到签名还能在衣服上派到用处。"又说："那些书放在学校里挺好的，虽然是那位朱一围捐送，但儿子的同学都知道书的真正出处。"我说："一围知道了这样，心里也会高兴的……我说的是咱们的朱一围。"筱蓓思忖着说："他们毕竟花了一笔不小的钱，我心里好像过意不去……我得感谢一下。"我说："怎么个感谢？"筱蓓说："我想请他们吃个饭，你也一块儿去。"我摇摇头说："不用的，这只是一次花钱购书，你没必要跟他们交朋友的。"筱蓓说："我想见见那位朱一围，共用一个名字怎么也是缘分。"我心里摇晃一下，嘴里已形成一句谎言："他们俩是双城记，那位朱一围不在这个城市。"说完了觉出漏洞，赶紧又补一句："陈宛告诉我，他在这儿读的中学，大学毕业后留在了外地。"筱蓓说："那好吧，就跟那位陈宛聚个餐也行。两个女人都找了名字叫朱一围的男人，总有些话可聊的。"我不能马上再否决，就点点脑袋"嗯"了一声，又记起什么似的转过话头："有句话我一直想问，一围临走时说了什么话吗？"筱蓓一指自己喉咙说："吕默，你迷糊了，一围那时候已经不能开口说话。"我耸耸肩说："我是说他有没有留下文字？"筱蓓说："你为什么问这个？"我说："不知怎么，这两天我挺惦念一围的……我在回想他最后的那些日子。"筱蓓沉默几秒钟，话题进入了我想要的轨道。

筱蓓说："吕默，你有没有记起来，最后那些日子你到医院探望时，在一围脸上看到了什么？"我眨眨眼说："是骨头浮上来的那种消瘦。"筱蓓说："消瘦里还有东西……是高兴。"我愣了一下，最后几次去见一围，他的情绪的确不差，但那应该是面对朋友时的强打精神。我说："那高兴是撑着的吧？朋友一走就收回去了。"筱蓓说："不是的，那些日子他一直挺愉快。"

筱蓓停一停，回忆了一些细节。一围刚住院时，心情也是不好的。做了喉部手术后病情不仅没刹住，反而向坏的方向滑去。那些天他因为不能说话，整天想着什么，想着想着忽然就开朗。微笑先来到他的嘴角，然后出现在眼睛里。他开始找些书看，譬如那本《第七天》。再到后来，他身上力气少了下去，看字儿容易累眼，便让筱蓓读小说。有时筱蓓读着读着，他眼睛慢慢眯上就睡过去，脸上还搁着安适的神情。

筱蓓抿一抿嘴，慢慢地说："一个人离死亡很近时，一般是恐惧的或者痛苦的。如果此时这个人开心起来，你觉得他会是什么样子？"我回答不了这样的问题，摇一下头。筱蓓说："诗人。我是说诗人的样子。"我说："为什么这么说？"筱蓓："那会儿一围整个人是轻的，不是瘦了以后身体的轻，而是心里丢开负担后的轻……他脑子里时不时会出来一些好词好句。"我说："好词好句？他不是不能动口吗？"筱蓓说："不是动口是动笔，有一天他取了一张纸，先写一句：有一种动静，叫太阳的声音。又写一句：蓝天上的白云结了冰。再写一句：真正无限的，不是死亡而是生命。我奇怪地瞧着他，他笑一下用笔告诉我，这些话是作家们说的。"

随后几日，一围还试图体验作家们说的这些话。他穿着棉衣坐在轮椅上，让筱蓓推到住院部楼下院子里。冬日的阳光有些松软，把他的影子投到地上。他瞧着地面却没有在看，因为他静着耳朵去听太阳的声音。听了片刻，进入耳朵的只有院子里一些嘈杂的声响。他有些不满意，便让筱蓓推着轮椅出了医院，往安静的地方走。远处有一片草地，颜色已成枯黄。在枯黄之中，卧着一块不大的水池。经过水池时，一围突然激动起来。他看到水面结了一层清亮的薄冰，上面倒映着蓝色的天空和天空上的白云。他身上似乎长出了力气，想从轮椅上站起来，但没有成功。筱蓓将轮椅再往水边靠几步。一围安静了，身子久久不动。也许在此时，他眼睛看到的是水池里的白云在结冰，耳朵听到的是太阳化开冰面的声音。在他的意识里，那应该是一种冲突中的美丽。

筱蓓说："在那一刻，他喉咙里竟嘶嘶地发出一些声响。他好像要发点儿感慨，可是我没法听明白。"我说："白云结冰呀太阳声音呀这些虚的东西有啥含义吗？对一围意味着什么？"筱蓓说："谁知道呢！人在这个时候吧，脑子里出现一些古怪念头也不奇怪。"筱蓓顿一顿又说："那天从水池边回到病房，一围又在纸上写了一些字递给我看，意思是白云可以从天上到地上，人也可以从地上到天上，天空也是一个大水池。"我轻笑一声说："这时的一围，的确越来越像诗人了。"筱蓓说："这时我也知道，一围剩下的日子不多了。"我说："那后来他还有什么遗言吗？"筱蓓说："也没什么正儿八经的遗书，但他写了几句话，让我把书房里的书处理掉，不要存在家里。"我愣了一下："把书散掉是他的意思呀……他为什么呢？"筱蓓说："他知道这些书对我和儿子没啥用，想让它们遇到阅读的人……这是我的猜测。"我点点头，一围虽然爱书，可这种想法到底没有错。

该问的话已经问过，时间也不早了，我站起身准备告辞。筱蓓想起来说："对了，一围最后还写了两句话，只是我不明白。"我问："什么话？"筱蓓说："一句是：对书上的文字，一双眼睛便是一次公证。另一句是：在对不起上面贴上邮票，从那边寄给这边的你。"我沉吟一下用手推推鼻子，说："这也是哪个作家说的吗？"筱蓓说："也许吧，那会儿我已习惯了他这样，也就没问。"我说："真像是半个诗人呀，也不枉藏了这么多年书。"筱蓓沉默一下说："我跟他也待了这么多年，可他的一些想法我还是不明白。"

告辞出门来到街上，我心里晃晃的还不想回家，上出租车后往市中心随便指一个方向，最后在一个灯光热闹的路口停下。

我站在人行道上给陈宛打了电话，告诉她已见过筱蓓。陈宛嘴里出来几个问号，想知道筱蓓的反应和协议的下落。我说筱蓓神情没有异常，不像知道了这件事。我又说那张协议的藏身处只有朱一围知道，所以也许是永远安全的。陈宛说："也许是永远安全也许是定时炸弹。"我哈了一声说："你不能把这份协议说成是定时炸弹，不然一围会不高兴的。"陈宛不吭声了，过了几秒钟才说："吕哥你说得也对，我不应该担心……我又没做亏心事。"我把筱蓓约请吃饭的事说了，问她愿不愿意在一张餐桌上聊聊。陈宛说："聊什么呢？"我说："两个女人在一起，总可以聊些话的。"陈宛哑笑了一声说："可以呀，我和她又不是敌人。"我说："到时候我陪着你们，让一个男人听两个女人聊话。"

摁了手机，我沿着人行道无目的地往前走。两旁一些商店已关了门，一些商店还没关门。我走过一些关了门的商店，又走过一些没关门的商店。我脑子里突然跳出一个念头，一围也许把那张协议书夹在某本书里呢，这是很好的存放方法。临走之际，他改变了躲藏的想法，要让协议跟着书籍流出去，到达某一位有缘分的读者眼里。"对书上的文字，一双眼睛便是一次公证"，他不怕了，他愿意让别人见证自己收藏的情感和来世的日子。当然啦，这只是我的猜想，一时无法去验证。说实话，我现在有些吃不准一围内心的真正样子了。

这么溜着神儿，我的目光就有点散，不经意间掠过街道对面一幢高楼里的灯火。又走一小截路，我刹住脚步再望那高楼一眼，正是一些年前我和一围首次相遇的地方。我脑子一醒，原来今晚我是想让自己到这儿来呢。我掉转脚步，穿过斑马线走几分钟来到大楼跟前。在这个时间点，大门仍进进出出不少胖瘦不一的男女。我想一想，走了进去。

坐电梯上了顶层，那家餐馆还存活着，而且吃喝的喧闹此刻仍未散尽。我一时不知道干什么，就在待客区的椅子上坐下，把携包搁在腿上。我微眯眼睛，脑子里出现了第一次遇见一围的情景。那天他撑着精神，脸上有一种认真的和气，而且老露出微笑，但他的内心，对酒桌上的豪华气氛是有些胆怯的。这一点被我瞧出来了，因为我当时的心情也是这样。可能正是这种暗中的相似，让两个人能够走近。在后来相处的日子里，我不时能见到一围收的一面——不是收敛的收，而是收缩的收。记得有一次我们聊话，不知怎么说到"撤退"这个词，我起了点想法，认为自己和一围的性格里都藏着"撤退"元素，可称为"撤退人士"。之所以这么说，是由于此前我因一件挺无聊的公事跟馆长闹了不快，他觉得这件公事不仅不无聊还很重要，指责我办砸了。我在单位并无斗志，正好借此怂恿自己从图书馆撤出，去了闲散一些的文化公司。

当时一围问："这撤退人士怎么个理解?"我没有拿出自己的事，而是举了生活例子："譬如撤退人士是 A，那么三个人散步，A 十次有九次不会走在中间，而一堆人拍集体照，A 十次有九次是站在旁边的。"一围说："这话儿也是在说，十次中还有一次是例外的。"我一提声音说："九次往旁边靠的人，会在剩下的那一次使劲往中间挤吗?"一围嘴角露出一丝神秘的微笑，说："只有在例外的地方，才能找到秘密的出口。"一围又说，"这是一个作家说的。"

旁侧响起什么声音，我弹开眼睛望过去，有一个男人从一扇甩门里出来，手里还拿着一只烟盒。噢，想起来了，那是个小阳台，我和一围曾经在那儿站过一会儿。我起身走过去推开门，仍然是记忆中的样子——一个外伸的弧形阳台，面积不大却有点儿凌空感。

我站在栏杆前，目光往下扫过去，看见了一大片与房子们相缠的灯光。又抬一抬眼睛，看见了更大的一片天空。此刻站在高处，天空似乎也近了一些，几朵白云和几颗星星在夜幕中显出来。夏风吹过来，让人似乎轻了身体。我举着脑袋，突然想到如果让自己跳出阳台，会不会在身子下落的同时灵魂飞向白云？一围就是这么认为的：白云可以从天上到地上，人也可以从地上到天上。

当然，我是不会允许自己这样做的。不过很快，我脑袋里又生出一个念头。我拉开携包，取出那件 T 恤抖展开来，又看一看胸前的签名图案。图案在暗色里仍是清晰的。

我吸一口气，将 T 恤伸出阳台，一片浅蓝色在我手里飘动起来。我一松手，衣服猛地蹿了出去，先在空中兴奋地转一个身子，然后轻盈地跑向远处。我的目光跟着它，就像跟着一个移动的秘密。

但夜色中我终于没有看清，那片浅蓝色是落到地上，还是飘向了上空。

（《收获》2021 年第 5 期）

跳 马

路 内

　　小孩小名叫阿毛，姓董，副队长到嘉定拉队伍时，他正在路边讨饭，不知怎的跟定了副队长，就一起到了镇上，听口音是上海本地人。福元问了好几次，小孩不肯讲他的身世，只说爹娘都被日本人炸死了。问他几岁，回答十三。大队长对福元说，这么小的孩子，不会是奸细，就带在队伍上吧，只是不要给他耍刀玩枪，出去贴贴标语也好，暂先住到你家。福元点头，我们不管他，他就饿死了。小孩是读过点书的，国民革命、江抗、新四军、抗日救亡，全都会写，只是缺乏管教，满口脏话，两个队长调教了好些天，现在可以带出去了。

　　这支队伍上，大队长是体育教员，三十一岁，副队长是学会生的读书郎，只有十八岁。小孩有一天问福元，阿叔，我是不是跟错了人，我娘批想跟一个杀人不眨眼的大王，天天与日本人干仗，能一刀劈开汉奸的脑壳。我怎么跟了两个先生？不但不发枪给我，还要读书写字，要练游泳和跳马。福元大笑，说你要是实在不满意，就去投靠孙庆荣的队伍，他们除了抗日以外还打家劫舍。

　　昨天夜里，两个队长去见抗日救亡队的徐主任，商量关于孙庆荣公开投敌的事。徐主任说，不劳贵军动手，我自己清理门户。又说孙庆荣素与大队长有仇隙，如今得了日本人的钱粮军火，必来寻衅，提议队伍撤出上海。两个队长告辞出来，连夜召集人马，大队长却崴了脚，只得回家休养，副队长孤身往西走了。

　　天亮时，福元带着小孩去看大队长。大队长说，咦，你们两个还在？福元说，副队长留我下来做你的警卫员。大队长说，你带小孩去芦苇荡避避风头吧，若有情况再说，让你老婆也去娘家。福元嫌小孩走得慢，大队长说，这小孩在外面贴标语多日，也早就暴露了，不要留在镇上。临别，大队长摸摸小孩的头，问说，跳马练得如何？小孩说，报告司令，矮一点的木箱能跳过去。大队长说，你记得我说的话，练好体育，等你长大，去参加奥林匹克运动会，日本人的跳马水平很高，不要输给他们。小孩说，司令，都打仗了，还参加什么运动会，开运动会也是跟日本人拼刺刀罢了。大队长说，体育和读书写字一样，让你学会做人，亡国奴才是没有资格上赛场的。

两人一出门，小孩就骂，福元，娘批，我什么时候动作慢了？我跑得比你快！福元说我只是找个由头，你话太多，动静太大，带着你容易暴露。小孩说，你终归是怕死，你去参加运动会吧。福元不语，回家找他老婆阿娣。阿娣很胖，她才是那个跑不动路的人，但她比谁都不怕死，她说随便好了，老娘嫁给你，脑袋就挂在裤腰带上了，你逃进野地里，总要有人给你送吃的，不然你们两个互相吃屎吗。福元又劝了半天，阿娣答应去莲芳家的茶馆躲一躲，再也不肯多跑半步。

福元背着步枪，唉声叹气，带着小孩往西走。走了一段，福元数落小孩，阿娣前年嫁过来的时候，讲话细声细气，现在被你带坏了，你嘴巴太脏了。小孩背着箩筐，一颠一颠敲打着屁股，正要还嘴，福元大声说，副队长有命令，不许你再骂脏话！小孩闭了嘴。

这是八月的天气，没有一丝风，到了湖边，福元口干舌燥，掬了水要喝，小孩大声说，司令有命令，不许喝生水，染上痢疾掉队死得快。福元把小孩拽过来，翻他身后的箩筐，只翻出两卷标语纸，写着抗日救亡驱逐日寇等等。福元说，你娘批，吃的喝的不带，带这个。过了一会儿又说，我都已经是游击队员了，还能指望天天早上去茶馆泡茶喝吗？小孩卸了箩筐，脱掉衣裤往水里跳，福元气急。小孩说，我捞虾给你吃，你这个不会游水的旱鸭子。

八月的湖水是温热的，岸边的芦苇长得很高了，福元点了一根香烟，蹲下身子，一会儿又站起来手搭凉棚看远处。道路明晃晃，无人经过，另一边是树林，福元在里面搭了两个窝棚。他数了数口袋里的子弹，还有六发。

阿叔，你手上这杆枪是我搞来的。小孩从水里冒出头说，当天副司令只带了我一个人去警察局，为什么？因为我年纪小，副司令说就扮个书童吧，给我换了件干净衣服，说我们去借东西，借了也不会再还，必须穿得体面些。警察一问副司令才十八岁，胆气冲天，又不像土匪，又不像帮会，吓死了，不肯借枪。后来司令进来了，司令是本地人，警察有点相信他了，问他会不会打枪。司令借了一杆，哗哗地拉了枪栓，走到街上，又往对面巷子里走了五十步，一枪就把警察局的招牌给打下来了。警察很生气，副司令就说，日本人马上要到了，你这招牌反正要换，至于你的枪嘛，日本人能留几杆给你？警察一听就服了，问他们的来头，副司令说，区区一个学生，江抗嘉定青年团副队长。司令说，鄙人曾是中学教员，教体育的，如今是队长。警察就说，二位的气度，能带十万兵，备长枪十支，短枪两支，子弹五箱，送至府上。那是我第一次见到司令，我问他教体育的为啥会打枪，他说射击也是体育嘛。

你不用介绍大队长，我从小就认识他。福元说。

小孩在水里扑腾，福元扔了烟屁股。小孩嚷道，阿叔，你这样会暴露。福元说，你动静忒大，游起来哗啦哗啦的，要静悄悄地游。小孩说，游得快，动静肯定大。福元说，我们是游击队，要静悄悄地游，日本人养的狼狗，耳朵很灵，你哗啦哗啦的，我们就全暴露了。

日本人就是狼狗×他娘的×出来的。小孩游了回来，递给福元一只虾。福元放嘴里嚼着。小孩说，我饿了，我游了娘的半天才摸到一只，你将箩筐给我，我好捉多些。福元让小孩噤声，大路上有马车经过。小孩矮身，摸到岸上套裤子，福元看了看他，忍不住又打趣说，莲芳讲了，等你毛长齐了就把她堂妹许配给你，王桥村的那个小姑娘，叫啥名字。小孩说，叫芳蕙，不大识字，跑得比我还快，司令说她可以做田径运动员，司令天天想开运动会。福元说，大队长就是这样的，他是体育教员。

福元决定进树林，日近中午，想着夜里未必能睡好，窝棚里可以眯一觉。小孩却不肯跟他走，一再嚷道，跟日本人干仗，宁可跳水里，不可躲树林里。福元又气又笑，说，你搞得自己像老兵似的，你跟几个日本人干过仗？小孩还嘴说，我当然见过日本人，倒是你们，拉队伍三个月没朝日本人放过一枪，干来干去都是汉奸，徐有芳、孙庆荣、卢得奎，还有几个打家劫舍的土匪。福元说，斗争形势复杂，大队长讲过我们全凑齐了才五六十个人，大概都算上你和阿娣了，你想怎么打？小孩说，反正孙庆荣已经投敌了，砍他的脑袋就像砍日本人的脑袋。福元不想再听小孩嚷嚷，拉着他的胳膊进了树林。

这片树林很深，背靠一座小山包，林间一片空地，是平日练兵的场所。枪靶和人形草垛早已收走，如今仅剩一个大木箱，是大队长亲手量出的尺寸规格，并辟了一条跑道，让队员们练习跳马。小孩撂下箩筐，沿着跑道奔过去，箱子于他而言太高，停住了招呼福元，你来试试。福元摇头说，我也不会跳马，弹跳力不行，只是力气大，大队长说我应该去练举重。小孩哈哈大笑，爬上木箱，腾空起来蹦到福元面前，做了三个侧手翻。福元让他动静小些，找到窝棚，用树枝扫了扫，抱枪钻了进去。

你既然睡觉了，枪不妨交给我。小孩说。

我怕你拿了枪就去找孙庆荣拼命，你一个人冲过去还不够人家填牙缝的。福元又打趣。

我娘批才不想死在汉奸手里呢，小孩说，老子的命要留着跟日本人拼刺刀的。

福元只想浅睡一会儿。小孩也算是老兵了，不必交代就能自觉地放哨站岗，迷迷糊糊听到他跑动的声音，猜想是在跳木箱。大队长曾经叹息，说我军颇有些十五六岁的少年兵，小小年纪便要上阵与日本人血战，思之不忍。福元想，仗是打不完的，过了今天，还是求队长把小孩送到酱菜店去做个学徒吧。

小孩站在林间空地上，有一会儿听到福元打鼾。远处窸窸窣窣的声音，必是有动物钻过。小孩怕蛇，想起大队长教的，便捡了一根长树枝，往草丛里扫一圈，一些灰蓝色的小蛾子飞了起来，在树木阴影里浮动。小孩知道这是坟头上的蛾，又爬到木箱上，向镇子方向眺望，那一带起了薄薄的烟，没有枪声或叫喊声，必是有人家在做午饭。福元的鼾声大了起来，小孩想，像这副样子是做不了游击队的，倒头就能睡死。小孩渐感无聊，走过去看了看木箱，大队长曾说找漆匠来刷一下，日本人来了几次后，队伍化整为零，练兵场便也荒废了。他上了跑道，踢掉鞋子，挺腰抬腿，按大队长教的做了几个预备动作，随后跑向木箱。这一次居然跳了过去，且稳稳地落在地上。小孩十分高兴，寻思是否要叫醒福元，让他也看看，这时听到树林里有布谷鸟叫。游击队的暗号，不是学鸟叫，就是学猫叫。小孩喝道，是谁。只见芳蕙从一棵树后面绕了出来。

福元也醒了，吓得不轻，摸到枪，从窝棚另一头爬出去，这才站起来看。芳蕙与小孩同岁，个头比小孩还略高一点。福元问，你是怎么知道这里的？芳蕙笑嘻嘻说，阿娣带我来的，阿娣在后面，她跑不动路了，挎了一篮子烧饼。福元松了口气，又打趣，说你来看你卵子阿哥了。芳蕙脸涨得通红。春天时，她让小孩教写字，小孩抬手写了个卵，被副队长训斥一顿，自此福元在芳蕙面前就喊他是卵子阿哥。说话间，三人听到沉重的喘息声，树枝哗啦啦响，知道是阿娣。福元心想，要都像阿娣这动静，有多少人马都得落在敌人手里。等了好一会儿，阿娣才出现，左手挎篮子，右手拎着一罐水，热得两颊通红，几乎累成一摊泥。福元和小孩欢呼一声，揭开布头各抓了一个烧饼啃，又喝饱了水。小孩说，大事不妙，我要去拉屎。从箩筐里捡了一张纸，直往山丘后面跑去。

福元还在啃饼，阿娣拽他，说，我和芳蕙来时遇到一队兵。福元即刻警惕，问是哪家的兵，有多少人。阿娣说，中国兵，二十多个人，都穿便装背长枪，往镇上去了，有个看上去是长官的还拦住盘问我，我说送自家妹子回村，他就放我走了，顺手拿了我一个饼，还拍了我的屁股。福元问，他们是鬼鬼祟祟地走，还是大摇大摆地走？阿娣说，我看他们鬼鬼祟祟的，不如你正派。福元说，你不要觉得我是你男人就正派，我是游击队员，我们出去干仗都是鬼鬼祟祟的，大摇大摆就暴露了。阿娣说，那我觉得他们大摇大摆的。福元说，这时节敢集结人马往镇上去的，十有八九，是孙庆荣的兵。

福元咽不下饼了，蹲在地上想了一会儿，将长枪背上肩，说要回镇。阿娣不解。福元说，孙庆荣已经投敌了，我得去通知大队长，实在不行就把他背出来，总之不能让他落在敌人手里。福元拍拍芳蕙的肩膀，又说，卵子阿哥拉屎回来你就让他去找副队长，我们的人都在你家王桥村的祠堂，告诉他赶紧带救兵来。说罢往镇上飞步奔去。阿娣两头不是，抱起水罐喝了几口，对芳蕙说，你就跟卵子阿哥一起回家吧。追着福元也走了。

芳蕙还是笑嘻嘻的，小孩从山丘后面跑出来时，她已经骑在木箱上。小孩说，这个木箱你跳得过去吗？芳蕙说，司令讲过，木箱是男人跳的。

小孩点头。芳蕙说，司令讲我跑得快，可以去参加短跑比赛，要是他的学校没有被日本人炸掉，他就推荐我去那里训练了，专门教体育的学校，将来我可以做个女体育老师。小孩端起水罐，发现里面已经空了，问福元和阿娣去了哪里。芳蕙说，有一队兵进镇了，他们回去救司令啦，让我带你去王桥村的祠堂找副司令，找来副司令，就可以去救司令啦。小孩说，娘批啊，这么重要的任务你为何不早说，还在这里与我闲聊，笨得要死，只会瞎跑。芳蕙愣了一会儿，哇哇大哭起来，几乎从木箱上掉下来。

芳蕙是个爱哭的小姑娘，她父母是王桥村上弹棉花的，她虽然不识字但一门心思想跟着游击队走，因为大队长说她可以成为体育老师，副队长说她聪明伶俐可以成为读书郎，福元说她相貌标致可以成为女演员，总之不必跟着父母学弹棉花。这样一来，她就变得不一样了，任何人训她都会招致她大哭。小孩连忙拍打芳蕙的后背，她抽抽噎噎，讲不出一句话。小孩想，这样下去简直没完没了，便说，你再哭的话，我只能一个人去王桥村了。芳蕙说，你走，你走，你晓得王桥村在哪里？小孩摇头，说，那你别再哭了，赶紧带我去王桥村，若去晚了，只怕副司令也遭了暗算，你堂姐这一腔单相思就落进棺材板里去了。芳蕙说，呸啊。

此地距王桥村尚有十里路。两人出了树林向西走，太阳高照，没有一丝风。芳蕙步子快，一会儿工夫就走到小孩前面去了，又慢下脚步等他。小孩说，司令说过你能跑，你也不必这样吧，真跑起来我不会输给你的。说完拔腿狂奔，芳蕙喊了一声，在后面急追。跑了有半里路，芳蕙早已遥遥领先，站在一棵树下等他。小孩喊道，不行，这么跑的话，用不了多久我就瘫。芳蕙得意，说，我能从王桥村一直跑到娄塘镇上，要不然，你在后面慢慢走，我先跑去找副司令。小孩说，那也不行，我是传令兵，任务被你做掉了，我军法从事。芳蕙问何谓军法从事，小孩说，轻则关禁闭，重则砍头。

小孩走到树下，在阴凉处喘了一会儿。芳蕙将他的箩筐背在自己身上，问道，我堂姐的事你是如何知道的。小孩吐了一口苦水，说，莲芳想嫁给副司令人人知道。芳蕙说，堂姐也跟我说过，只是不让我告诉别人。小孩说，大家看得出苗头，副司令一到镇上，莲芳就涨红了脸，催着阿娣带她去茶馆。芳蕙问，你觉得莲芳配得上副司令吗？小孩说，福元阿叔告诉我，大敌当前不可儿女情长，不过副司令少年儒将，有好女子相中他，也是人之常情。芳蕙说，我问的是他俩般不般配。小孩说，般配，般配，我现在歇够了，赶紧上路。

芳蕙从箩筐里拿出了标语纸，边走边看，那上面的字多半不认得。小孩说，这一张写的是驱逐日寇、抗战到底。芳蕙又展开一张，小孩说，这一张是今早写的，孙庆荣临阵投敌，死无葬身之地。芳蕙说，孙庆荣为啥投敌了？小孩骂道，孙庆荣这个婊子养的，全队人马齐刷刷做了汉奸，司令早就说他匪性难改，墙头草两边倒，孙庆荣的嘴就是婊子的×，靠不住。芳蕙说，副司令不许你再骂脏话。

路越来越窄，周围尽是稻田，又经过一片小树林，远远看见一座小石桥。小孩问，前面是不是王桥村。芳蕙摇头说，那是张家桥。就在这时，听到一阵嗡嗡的声音，不知从哪里传来。芳蕙四处张望，小孩顿时紧张起来，不好，日本人的飞机来啦。芳蕙大骇，往树林里跑，小孩一把拽住她背后的箩筐，说，躲到桥底下啦。两人奔了一阵，下到河里，那水却很深，不敢往桥洞下钻，只得紧贴在桥墩北侧。果然两架飞机从南边过来，飞得很低。小孩说，这是要回他们虹口的飞机场。想了想，又说，遇到飞机，你要记得，不可往树林里躲。

飞机像是在头顶盘旋了一圈，发出巨大的声响，芳蕙捂住耳朵。又等了好一会儿，见两架飞机掠过头顶，向北飞去，像两只大鸟。芳蕙觉得小孩在发抖，拍了拍他，等到飞机远了，听到小孩的牙齿发出咯咯嗒嗒的声音。芳蕙说，你害怕了。小孩没说话，打了自己一个耳光，方才镇定下来。

芳蕙爬上岸，鞋全湿了。小孩光着脚，从她的箩筐里拿出鞋子，套在脚上，又跑回河边，蹲下喝了两口水，洗了洗脸。芳蕙也想喝水，小孩却说，你要记得，不喝生水。芳蕙说，你刚才喝了。小孩说，我实在渴得忍不住了，我是传令兵，完成任务要紧。他站起身，看了看远处，飞机已不见踪影，这才说，孙庆荣投敌，我们的人马在镇上待不住了，要往西撤，找主力部队，什么时候回来只有天晓得，你在这里不要说认识我，也不要说认识司令他们，也不要说认识福元，这是我要交代你的第三件事。芳蕙说，前两件是什么？小孩说，飞机来了不要躲树林里，不要喝生水，其他没了。小孩说完上桥，走出几步回头去看，芳蕙捂住了脸，站在桥上不动。

我想跟你们走但我阿爸不答应，他说你们迟早都会死光。芳蕙哭道，卵子阿哥你不要去跟日本人拼刺刀。

司令说过，等到要拼刺刀的时候，哪有什么你情我愿的，是个活人就要上去。小孩说。

太阳已经西落，逐渐沉到他们眼前。小孩加快了步伐，到黄昏时，看见远处两棵大树，一间大屋，芳蕙说，那是王桥村的祠堂。小孩松了口气，跑进祠堂，见队伍里的王大贵正在香案边上抠脚底板。小孩过去踢了王大贵一脚，问副队长在哪里。王大贵说，副队长刚走，有些人肯跟他撤，有些人不肯跟他撤，有些人不知道该不该跟他撤，他在想办法。小孩说，你屁话多，找到副司令，我有要紧的情报。王大贵哦了一声，慢吞吞穿上鞋子往外走，小孩追上去问，娘批，你的枪呢？王大贵说我没领到过枪，我只有一颗手榴弹，一把刺刀。小孩揪住王大贵，说，武器留给我，天黑了你要是寻不到副司令，老子就把手榴弹丢到你家里去。王大贵一道烟地跑了。

小孩觉得很累，脱下鞋子看了看，脚上没有起泡。大队长说过，若走路脚上打泡，便没有资格做游击队员。芳蕙不知道去了哪里，猜想她是回家了。小孩想找个地方睡觉，看了看香案，觉得太短，高度与他下午跳过的木箱几乎是一样的。他只能坐在地上，背靠墙壁，双手抱腿，一会儿就起了瞌睡。迷迷糊糊中听到有人进来，抬头看是芳蕙，她端着一碗米粥。

这碗粥怕是你的晚饭吧，我吃了，你吃啥？小孩说，与你一人一半吧？芳蕙说，我已经吃过了，你不用分给我，吃饱了去我家睡一觉。小孩说，军令如山，我得在这里等副司令。接过碗筷，粥是凉的，上面放了一块咸豆腐干。小孩说，你对我的好，我决计不会忘的。芳蕙也坐到地上，与他并排靠墙。芳蕙说，你好讲讲为啥飞机来了不能躲到树林里吗？

我吃完了告诉你。小孩说。

天色渐暗。芳蕙忽然又跑了出去，片刻后回来，手里摇着一把蒲扇。芳蕙说，我帮你赶蚊子。小孩已经把碗吃空，让芳蕙坐到身边来。

去年，日本人是从海上登陆的，离我家不远，打了七天七夜，炮声越来越近，我爷娘不敢在家待了，带着我和我阿妹逃难。到了大路上一看全是人，拖儿带女，拎着大包小包的。日本兵从后面追上来，远远地开枪，一枪打死一个，有时一枪打死两个。大家拼了命地逃，大包小包都不要了，儿女都不要了。我被人群冲到了一个水沟里，日本人的飞机来了，很多人往树林里躲，我爷娘带着阿妹也躲了进去，喊我快点跑过去。那树林里全是人，比庙会还挤。飞机往他们头上扔了一串炸弹，轰的一下，整个树林全飞上了天，起了大火。我又被震飞到了水沟里，起来一看，很多冒烟的人尖叫着爬出树林，衣服都被炸没了，还有人在火里面跳，跳着跳着，就变成了一段焦炭，倒了下去。

我懂了。芳蕙说。

小孩讲完这些，睡了过去。梦见大队长带着自己练跳马，福元与兄弟们围观，皆尽扛着长枪短炮，歪把子机枪三挺，刺刀明晃晃。小孩沿着跑道奔跑，那木箱却越来越远。小孩转头去看大队长，他已经变成一个体育教员，穿运动背心，脖子上挂着铜哨，四面全是哨声，催促他往前跑。小孩醒了过来，睁眼看到外面天色已黑，月光笼罩田野，芳蕙仍在身边扇着蒲扇，间或扑打着他的脸和腿。问是什么时辰，芳蕙说，天刚黑不久。小孩说，我刚才听见司令吹哨子。芳蕙说，司令没在，你刚才听见的大概是蚊子叫。

小孩又睡了过去，这次睡得沉，上一个梦没有接续上。不知过了多久，被一阵讲话声惊醒，眼睛却睁不开。那声音他一听就知道是福元。福元说，大队长已经牺牲了。福元哭了起来，接着是副队长的声音，问怎么牺牲的。福元说，我要背他出来，他不肯，给了我一份名单，全是我们人，然后让我快走，我来不及出镇，只得躲进茶馆，过了一会儿莲芳跑进来告诉我，孙庆荣的兵进了大队长家，绑了他，在后院开了枪。

小孩心想，我肯定是在做梦。努力睁开眼，见祠堂外面点着几束火把，副队长带了七八个人站在空地上，福元蹲着。大队长是条汉子啊，福元边哭边说。

小孩爬了起来，向祠堂外面跑去，被芳蕙的腿绊了一下，直刺刺扑倒在地，摔岔了气，喊不出声音来。芳蕙醒了，连忙爬过来看他，往他背上拍了好久，小孩放声大哭。

娘批啊，司令都不知道我能跳过木箱了。

化　学

弋　舟

迈开双腿，走进凌晨的夜晚，她自己都觉得这挺荒唐，像是一个即将起跑却对赛事忽生厌倦的选手。还不完全是厌倦，是那种对所为之事的意义产生了怀疑之后，滑稽而虚无的感觉。套上专门买来用以运动的鞋子，围上一条薄围巾，她怀着近乎自我嘲弄的心情出了门。

这一带算是城市边缘了，如今却也高楼林立。夜色中，黢黑的楼影竟有一种纪念碑般肃穆的气派。除了夜深人静，入住率不高肯定也是一个因素，只有零星灯火从个别楼宇的窗口透出，置于整体背景之中，让夜空显得更加寂寥。一辆接着一辆，道路两边停满了私家车，它们停靠得规矩极了，也安静极了，让料峭的空气浮动着一种被人为规定后的秩序感。世界像是被洗劫之后。时空如果就此停滞，那么一千年后的废墟就该是此刻的景象吧。

顺着略有坡度的路基快走，她觉得浑身都被双腿带动出了运动感。脚下的鞋子弹力十足，每一步，都反馈出令人跃跃欲试的动能。此刻，这种被称为"爆米花"的鞋底材料，勾起了她顽固的职业癖。端环氧基聚氨酯——作为一个化学家，她在心中给出了准确的专业术语。

穿过十字路口，马路对面就是那座运动公园隆起的山坡。走到坡下，她停住了脚步，适当地活动了一下脚腕，又用双手揉了揉膝盖。隔着裤子，她能感到两只膝盖的冰凉，或者，是冰凉的膝盖反衬出双手的温暖。发光，发热，变色，生成沉淀物，膝盖与手掌之间发生了一次化学反应——而判断一个化学反应的依据是，这个反应是否生成了新的物质……如此拗口的概念，对于她却是习与性成，当她意识到后，不禁又回到了自嘲的心情里。根据化学键理论，又可根据变化过程是否有旧键的断裂和新键的生成来判断其是否为化学反应……她一边搓着手，一边强迫自己赶走了脑袋里残余的专业本能。

有夜航的飞机轰鸣着低空飞过。植物弥漫着凛冽的气息，更像是一种薄凉的气温。

稍微费力地攀登了一小段路，她终于踏上了那条环山铺就的塑胶跑道。山势当然不会很陡，应该是用周围小区挖掘地基时的余土堆筑而起的。这样一个微不足道的隆起，却让平铺直叙的地势有了一些起伏的崎岖。离婚后，她选择在这里购房住下，正是因为中意这座运动公园人造的小山。快步走在塑胶跑道上，走在鞋底与跑道化学成就的共同作用上，她多少有些怀疑自己的行为是否真的能够达成目的。

她正在有计划地减肥。尽管，她不过110斤左右。每天走一万步，是计划中的项目。新的一天，她的日程已经排满，于是，她只有在凌晨时分提前兑现这一万步。一天尚未开始，却已经严格地预支了句号。在化学工业的加持下，世界变得轻易了，如果没有一双"爆米花"鞋底的鞋子和一条塑胶跑道，她不知道自己是否还会有勇气跑上深夜的山坡。

跑道一侧有路灯，间隔大约50米，掩映在葱郁的树木间。环境显得有些森然。快步走过两根灯柱后，缓慢向上延伸的跑道边，有个女孩的侧影进入了她的视野。尽管坡度不大，但她仍然觉得自己是仰望过去的。一个正在与人拥吻着的女孩——她减慢了步伐，分析着眼前的状况。将对方定义为"女孩"，不过是下意识的直觉吧：介于明暗之间，她看到的是对方裙子下裸露的双腿，它们交叉着，分散了身体的重力，承重较轻的那条腿略微向后，呈现一种将要未要扬起的态势。被灯光更多打亮着的，正是这样的一个态势，而这个聚光灯下堪称耀眼的态势，反映在她的直觉里，就是年轻的依据。一个在深夜的公园与人热烈拥吻着的年轻女孩；但女孩的同伴完全隐没在婆娑的阴影与树丛之后。

意识到自己的迟疑时，她已经走到了女孩的身后。她只好跑了起来，发现自己略感慌乱，却并不完全是基于害怕，更多的是出自某种抱歉一般的情绪。她感到自己打扰了他人，同时，羞涩，尴尬，紧张，也许还有一点点被撩拨起来了的兴奋，都借着"抱歉"的感受一同涌来。

这番感受成了驱使她跑起来的动力。

跑步并不是她减肥计划中的选项。她只打算每天快走一万步，因为她的年龄似乎已经不太适宜跑步了——据说到了她这样的年龄，不正确的运动，只会加重膝盖的损伤。她45岁了。

跑过去总比走过去更像回事吧？她一边跑一边想，这样不是更接近一个正当的、夜练者的形象吗？面对自己所撞到的一幕，走过去，太像是一个下流的偷窥者了。但跑总是要比走辛苦的，她感到了自己的身体并不适应这不期而至的跑动，两腿与心肺都承受了额外的负担。同时，她也感到了些微的激情。

她熟悉这条山坡上的跑道，快走五圈，能让她完成一万步的指标。那么跑呢？这里面有着相对复杂的换算，严谨一些，除了化学，大概还需要数学与物理的介入。激动起来的她无暇深思，此刻，跑步更像是一个难以换算的精神现象。

将要跑满一圈的时候，她觉得自己快不行了，无论精神还是肉体。她任由自己发出深重的喘息，一方面，是由于无法自控，一方面，也是有意要发出提醒。她想，也许对方已经结束了吧，她都跑了一圈了，因为艰难，所以时间都显得漫长——有谁能如此漫长地接吻呢？但她仍然看到了之前的那一幕。远远地，她停了下来，双手撑在大腿面上弯腰喘息。女孩还在投入地吻着，只是身姿比之前更加前倾，显得越发富有强度，辉光流泻的双腿在路灯下熠熠闪亮。她分不清耳边的喘息究竟是出自对方还是自己，或者，是整个夜空都在发出深重的呼吸。

她生出了原路返回的念头。返回去，冲个热水澡，回到离婚后独居的家中，回到不减肥也不用担心膝盖的日子，回到化学的世界里。女孩全情投入，仿佛竭尽全力拥吻着一个庞大的未知，在与某种莫须有的事物对抗与角力，带着青春的勇力，忘情地行使着神圣的特权。她直起了腰，脑袋里回响着一个句子：年轻，并且有两条腿。

年轻，并且有两条腿。

这句话，是她小时候从一本外国小说中读到的——一个装着假腿的老海盗，如此给自己气馁的年轻同伙打气。这句话有股神奇的效力，以年轻和两条腿，构成了不容辩驳的说服力，仿佛只消两者兼备便无往不胜，足以傲视一切风雨，视人间为天堂。离婚时，这句话曾对她有效过，离婚后，她起意减肥，也是这句话起了作用。下意识里，有两条腿，于她而言就是一个年轻的反证。那么，迈开腿就是了。

她以一种"有两条腿"的、沉着而坚定的步伐重新跑了起来。途经那闪亮的双腿与黑暗中年轻的激情，她目不斜视，仿佛心有旁骛便是对人格的玷污。

这一圈她跑得更加费力了。途中，她不得不在一块刻有"道法自然"的石头上坐了一会儿，心里又一次打起了退堂鼓；但有股无法说明的动力还是驱使她继续跑了起来，或者说，是某种欲望在更为有力地敦促她。

适应后的夜色变得没那么浓重了，发出剔透的深蓝色，有如一种质地暗哑的光芒。前方跑道边清晰地蹲着那个女孩，两腿完全掩藏在裙子下了，身旁依旧看不到同伴的影子。她徐徐跑过，视若无睹，"爆米花"鞋底与塑胶跑道摩擦出沙沙的声音。她觉得自己还听到了遏抑的抽泣。

又有飞机低空飞过。这昼夜不息的人间。

跑过几十米的距离，阒寂的弯道上出现了一个人的背影，同样有着两条夺目的腿，只不过穿着深色的牛仔短裤。是一个女孩——这个判断令她无端讶异。随着距离愈来愈近，女孩匀称而紧致的双腿像是一个命题，或者像一个复杂的化学实验，开列在她面前。

解题一般，女孩蓦尔转身向她迎面走来。她无法正视，只见女孩留着蓬松的短发，脖子因而显得格外颀长，如同又一条闪光的大腿。她和女孩擦身而过，彼此之间隐约有一个对视。她在慢跑，女孩在快走，她在上坡，女孩在下坡；跑与走的步幅相差无几，坡度也微不足道，但却分明是两股力量的相遇。她能够感到女孩步履艰难——是要回到同伴的身边吧？她不由得思忖，随即感到了些许的羞耻，像是萌生了不体面的邪念。

眼睛适应了夜色，身体也似乎渐渐适应了跑动，她力求自己心神澄明。"爆米花"是一种工业聚氨酯弹性体材料，经过加压加热预处理后，每颗 TPU 粒子像爆米花一样膨胀起来，在这个过程中，原来 0.5 单位大小的颗粒，体积将增大 10 倍，适用于需要经受强大冲击和频繁使用、要求透明、尺寸安定性及耐化学性能优异的产品……诸般专业的知识纷至沓来。

强大冲击，频繁使用。此刻，她觉得这不是一种科学术语，而是一种带有谶语性质的、对于自己生命际遇的描述。她在跑动，如同经受着加热加压的预处理。她想到自己是在跑第三圈了，运动量或许已经与快走五圈持平了吧，这时身后响起了另外的脚步声。

有人在身后跟着她跑，或者说，是在追赶她。她即刻感到了不安，继而是慌张。她减慢了步伐，改跑为走。身后的脚步声轻盈而有力，带着绝对的、不容分说的把握感，让她打消了提速逃开的念头。想象一下自己拼命却徒劳地逃跑，只会让她不寒而栗。最终，她停下了，回头看向身后。穿着短裤的女孩已经距她很近了，一边跑，一边空洞地望着前方。她看到了女孩灰色 T 恤下跃动着的乳房。女孩可能并不比她高多少，只是短裤下显赫的两条长腿给人造成了高挑的错觉。她还看到了，在女孩左腿的大腿面上，有一枚胎记一般的青色文身。

她深长地呼吸着，两只手默默地攥紧。女孩跑到了她的面前。她重新迈开了双腿，因为她感到自己受到了无法拒绝的邀约。女孩并没有停下来的迹象，只是减慢了速度，用眼光向她打着招呼，明确发出了"接着跑啊"这样的邀请。那就跑吧，既然摆出了一副夜跑者的架势。

"你跑步的姿势不太正确。"女孩一边跑一边说。

"哦。"

"应该前后摆臂，尽量不要左右摆。"

女孩显然给她做着示范，双肘呈直角，规范地前后摆动着。她无言以对，却不自觉地跟着调整了自己的双臂。

"你住在附近吧？"

"是，就住在路对面。"她答道，觉得这个答案能够给自己平添一些底气。

女孩似乎点了下头。转眼侧视，她发现女孩蓬松的短发呈黄褐色，还打着卷——像是顶了一头淋着焦糖的爆米花。这个想法令她放松了不少。现在，她们是两个并肩跑在塑胶跑道上的夜练者。女孩神色寻常，但她能感到其中蕴含着某种她无从理解的情绪。两人的年龄至少相差有20 岁吧？可她感到并肩跑动着的女孩更占有一份主导性。这不仅仅是因为女孩的跑姿更标准，还因为，女孩在她眼里，全然象征着一个她毫无经验也无从想象的未知世界。

两个女孩之间的热吻。她不能理解自己看到的那一幕，但不妨碍她感受到了动荡与激烈，还有无以言表的、属于人的困境。自己最后一次热吻是什么时候呢？她竟然想不起了。她只确定，那一定不是和自己的前夫；而且，她还可以确定，迄今，自己从未在露天的环境下与人接过吻。在她有限的一生中，一切都像是化学性的、实验室性的，即便创造出了一些新的物质，实质上，也都是自然界中不存在的。

她隐约看清了女孩大腿上的文身——三个需要近距离才能辨认的汉字，也许是那个穿裙子女孩的名字？她想到自己的左腿面上，差不多同样的位置，也有一块类似的印记——当然不是文身，她绝对不会那么干的，实在要干，也只会文一组化学公式——那是一次酒后在浴缸里的滑倒造成的，伤口不大，却皮开肉绽，留下了永久的疤痕，结果导致了她从此不愿将两条腿暴露出来。有时候，她着实有些小题大做。

"尽量不要用脚尖落地。"女孩又一次指导她。

她留心一下自己的脚步，觉得自己显得既愚蠢又笨拙。

"你是学体育的？"

"你呢？做什么的？"女孩不回答，却反问她。

一瞬间，她几乎要脱口而出，告诉女孩，自己是一个小有成就的化学家，并且告诉对方，作为沟通微观与宏观物质世界的重要桥梁，化学是人类认识和改造物质世界的主要方法与手段。但她最终没有开口，因为她真的意识到了，此刻自己所经历着的，俨然是一个非物质的、纯然精神性的时刻。

"你都看到了。"女孩说。

这是一个陈述句，但听起来有些严厉。她一下子感到小腿有些灼热的刺痛。

"我差不多每天晚上这个时候都要来这儿锻炼。"

这也是一个陈述句，她想表达的是，自己并没有窥探她们的主观故意，相反，对她而言，这是常态，而她们，才是一个偶发的事件。

"你可以避开啊，不用一圈接着一圈地跑。"

不是吗？这很无礼。

"要避开的难道不是你们？"她忍不住反击了。

"的确，"女孩的声音听不出有什么变化，只是伴随着节奏平稳地喘息，"我们都可以避开，可是我们都没有。"

"还能跑是一件幸运的事。"过了一会儿，女孩又说。

她沉默地跑着。

"我的朋友就没法跑。"女孩自言自语般，"她有哮喘，军训的时候发作了，被送进过医院急救。"

她再一次侧视女孩，此时，两人正好跑过一盏路灯最明亮的照射区域，她恍惚看到，有大颗的泪水正涌出女孩的眼眶。旋即，泪水与女孩的脸又都隐没在黑暗的阴影里。

"她天天都喝糖浆。"

"嗯，为了不让你们感觉受到了妨碍，我才跑了起来。"她像是在道歉了，仿佛糖浆味儿的青春就应当被礼让和脱帽致歉。她强调说："平时我只是走路。"

"你不断地从眼前跑过去，卷土重来，倒让我们感到了踏实。"

"卷土重来"这个词差点把她逗笑，下意识地，她只能将一切又类比为一场彼此作用着的化学反应。同时，像是有什么东西从四面八方向她发力，脚趾和小腿间肌肉的剧烈痉挛将她撂倒在了跑道上。她控制不了自己的双腿，脸上定格为一个似笑非笑的僵硬表情，只是霎时间记忆起那一次酒后跌倒在浴缸中的滋味。彻底的、无能为力的绝望与污秽凄苦，就像一整块悲伤的笑料。

女孩快速蹲下，将她的双脚抱起，拉直膝盖，双手握住脚尖用力向上牵引。不过十几秒的时间，她却像是经历了一场突如其来的暴击。夜风轻柔而冰冷，一如水与火的交融。女孩扶她坐起，用一只腿撑在她的背部，双臂将她的肩膀圈在怀里，同时帮她把散乱的头发拢到耳后。她知道自己现在一定狼狈极了，软弱地闭上眼睛，既感到了空前的委屈，也感到了被温柔地对待。一种久违了的、热切的盼望，涌上了她的嘴唇。

"不要跑了，先慢慢活动一下。"

后来，女孩扶她站了起来，叮嘱一句后，便矫健地跑着离开了。

望着女孩的背影，她意识到自己永远也没法像一个女孩子那样跑得又快又好看了。她无力地站在跑道中央，如同被遗弃了一般。暗处那块刻有"道法自然"的石头，在夜色中昭示着东方的化学观，四下的草茎都被它压得喘不过气。她缓慢地沿着跑道走，两手将脖子上的围巾紧紧地拉严实。她觉得自己的嘴唇麻木而空茫，仿佛被夜风完全包裹着深吻。她又一次闭上了眼睛，期待那久违了的、热切的盼望再度降临。

转过一道弯，她远远地看到那对女孩都蹲坐在跑道边。穿裙子的女孩把头埋在两腿之间；而那个穿短裤的女孩，遥遥注视着她走来的方向。距离让目光无法交织，但是她知道，此刻，在这个世上，自己被人深切地凝视着。大家同在一个环形的跑道上，在一个开放却又相互关联的世界里。

在意识的深处，她怕女孩们还在那儿，更怕女孩们其实走了。垂头前行，当她再一次举目张望，她们已经不在了。一度，她认为自己走过了，于是回头张望，只有空寂的夜色在身后永无止境地弥漫。她来到了她们置身的地方，想要找到一丝她们存在过的证据。她看到了倒伏的草木，一枚尚未熄灭的烟头；但令她更为笃信的是，她还嗅到了糖浆味儿，感觉到了她们离开后残留着的、带有年轻体温的痛苦而热烈的气息。黑暗中，她依稀还看到了她们挺拔而嘹亮的大腿，以及世间一切隐秘而倔强的脆弱。

年轻，并且有两条腿。

这让她如同再一次得到了激励，有力气走回自己熟悉的生活。从山坡上眺望，她能看到自己也许下半生都要栖身于此的那栋楼。夜色悲楚，还开始起雾了，渐渐像一锅又厚又稠的浓汤。夜航的飞机飞过，航速都变得有些迟缓似的。远处，一座塔吊笔直的摇臂傲然自立于夜空，好似随时会将世界吊打一番。人在这世上被吊打的风险可能不少，但没有哮喘就是幸运的，不喝糖浆就是幸运的，能跑就是幸运的，年轻，并且有两条腿简直就是所向披靡的。她像是走在一个庞然的虚构里，唯一能够让她将自己与现实维系在一起的，是这样的一个决定：从明天起，她将以跑步来替代走路。她确信她做得到并且配享这份幸运。俨然是一场化学反应，她知道新的物质产生了，依据化学键理论，就是说，旧键已经断裂，新键已经生成。

（《花城》2021 年第 4 期）

灵异者及其友人

鲁　敏

又有朋友跟我说起了小神仙，第几次了？得有十回了我想。小神仙，你肯定也听说过，大概每一个基数单位的人群里，比方说，两万人左右吧，就会有这么一位，也有的叫大师、巫婆、预言者，类似的。人们总会在口耳相传中，交换他（她）的各种灵异案例。你们当中的那个是什么名号？我们这个叫千容，据说是朋友圈昵称，就都这样叫开来，虽然大部分人并没有加她为好友的运气。

"听名字是个女的？"虚假地，显示我对她一无所知，以听到更为详尽的其人其事。

"哦！你！"朋友满意地摇头，"居然都不知道，真正的小神仙哎。"显出蓬勃的讲演欲。她学工艺设计的，在新西兰念过一年研究生。她一直对这些感兴趣，并且强调，外国大学或机构里，专门研究转世记忆、巫术原理、灵异事件的，多着呢，也算人类学的一个小切口。

"多大了？长得好看吗？"

"哦！"这回是责怪地摇头。对一个神仙，怎么能关切她是否漂亮呢？但朋友还是迁就了我，认真想了想，像回忆一个太过熟悉的老友："以前很苗条，结婚生小孩后胖了点，胖点更好看。"

"结婚了，都。生小孩了，都。"我喃喃重复。也一样的程序啊。婚姻、工作、学区房、车牌摇号、婆媳相处、双语幼儿园。她会比平常人笃定和幸运吧，最起码会很顺利。

"她前面还离过一次婚呢。"朋友也若有所思，语调随即上扬，"预言者从来都不算自己的。见过理发师自己剃头吗，医生自个儿开刀吗，送葬人自己入殓吗？再说，也许她命里头，就该着离一两次婚的。"

"也是也是。你接着讲。"懊恼不该打岔。纯粹的"信"，会使讲述更加动人。就前面若干次听闻千容的经验来看，有讲得特别投入的，双目圆睁起来，听得我汗毛为之倒竖，十分痛快。也有一边讲，一边哂笑着自嘲或解构，这就十分不好玩了。

其时，我们正从屋里走到南阳台，正事已经谈完，随意寒暄到花花草草。朋友窗台上一溜装置般的草木，配有山石沙地，皆极为袖珍，没一个大过巴掌的，品种我一个也叫不上来。"你可真讲究，我只会水培绿萝，那玩意儿好伺候，从桌子爬到空调，从空调顺着晾衣架，能把半片窗户都绕得绿油油一大圈。也挺热闹。"我其实带点自夸。

"你绿萝下面的水里，有鱼没？"朋友打断，语气像抓住什么要害。

"鱼？"从没想过，能惦记着换换水就不错了。

"绿萝还好，要别的爬藤类，可不能养在屋子里。那个，最是吸人精气。所以要放点活物，回去买几条小金鱼丢进去吧，游来游去的就好了。真的，千容说过。"她就是这样说起千容的。

为了进一步奉劝，她随即神色凝重地讲到她一个朋友。律师，自己开事务所，精干得不得了，以前专门做经济案子，这几年迷上传统文化，也顺带做些版权保护之类。有天，她正跟一位书法家在事务所谈事情，书法家途中接个手机，谁的呢，就是千容的。千容一通手机，马上就对书法家说，哎哟，你现在待的地方不大好啊，赶紧的，叫你身边那位朋友，把房间里的大株植物统统都移走。一株不留，快快地。可惜了可惜。

我显得愚蠢地摇头："这可怎么讲呢。不都说植物净化空气嘛，人与自然的和谐。"

"我那律师朋友跟你想法一样。再说，隔个电话，都不认识，平白无故的，可惜个啥，她可什么都好得很。听之不理。好了，两个月后，查出乳腺癌，晚期。赶紧地再求教千容，千容也是老实，说她并没有办法解救或挽回，她只是可以'看到'必将发生之事。至于爬藤，是她看到事情的一个通道或信号，爬藤与病症是关联的。我那律师朋友现在胸前空空，装了逼真的义乳也没用，还是得了抑郁症，成天地瞅人不注意，要扒窗户往外跳。"

"千容，她替你看过什么吗？"我听她谈起千容的口气，很是随意。

"哦，我还不认识她呢。"朋友扭开头。"那你怎么说她胖点儿好看？""我是一直觉得吧，女人，还是稍微胖点耐看。反正我从此就不再养大株植物，体质本来就寒，再给吸了气，还了得。小盆景也好的，你凑近点，定住了往深里看，有点日式小庭院的意思吧。"

最早听到千容的神异预言，是一桩好姻缘，十多年前了。也是听一个朋友所说。朋友是个泛指，但也对，大家每天出门，碰上的、彼此说话的，不都是朋友吗？这个朋友，跟千容是真的认识，故而讲得要详细些。

千容啊，她有一双好唇，圆圆的，微嘟。她喜欢松松地扭一根辫子，系一条复古的艳绿色丝带，拖过来搭在一侧肩膀上，搞得小年轻们挺爱慕呢。可一听说她有那本事，啧，全跑了。你想，谁能接受枕边躺个巫婆啊。其实她挺能干的，一直在外头自己做事，给各处的网站做客服外包、旅行社、培训班、连锁酒店、小剧场、茶庄，什么活儿都接。嫁第一次人的时候，辞了工回家。离了就又出来做。再嫁，就又回家，专心备孕带小孩，算是贤惠型的吧。

那她帮人看这看那的，收费吗？才不，从不，连谢礼都不要。千容也从不有意地拿腔拿调，给人家看个高考或大买卖什么的。我感觉着，她做这事是要有灵感的，碰巧看到了、晓得了，就自然会告诉对方。硬赶着问，似乎不成。

她替你看过啥呢。记得我当时多次追问，朋友也是多次地避而不答，反倒更紧地抿起嘴巴，似乎哪里牙齿里漏一道风，也会走漏命运的信息。碍于我们的交情，她会略做解释。这么跟你说吧，你在外面按摩过吧——打个不恰当的比方，跟那个一样的。她按得我哪里痛、哪里酸，只我自己才有数。讲给你也是白讲，你听不出窍门的。

她倒是愿意讲讲别人的事。下面是她说的，那桩姻缘——

我有位朋友，算是老师兄，86届的复旦中文系，出名的书痴书疯子，出来后分到古籍社，一头扎进去，万事不管，慢慢做成古书上的头块牌子。他太太呢，研究宋词，比他还要呆上十倍，从不社交，只给学生上课，可她的讲义，整理出来，卖得很好，也是著名学者了。他们有个宝贝儿子，不负书香子弟之谓，一门心思专攻古代戏曲研究，也是三记大棍敲不出一个闷屁。有什么与众不同吗？哦，他特别耐寒，一件厚衬衣就能过冬。千容不知是什么场合见到这孩子一回，远远看了一眼，便对我那老师兄断言道，你家公子啊，二十七岁上结婚，会娶个演员，小演员，不是太红。

师兄掰开指头数数，儿子那时已虚岁二十七了，时至年底，他生日是 5 月，满打满算也就还有半年，他连初恋都不曾有过，就能结婚？再说，演艺圈，怎么可能！他们全家人就是分三批次绕地球跑上一圈，也遇不上那个圈子的呀。不用说，师兄跟我们转述时，口气是大大地发笑的，也带点骄傲。

千容不可能看错。半个月后，我这师兄被邀参加地产公司的一个年度庆典，这家地产公司的所有楼书，都喜欢做成线装古籍的样子，摘引起文乎乎的断篇，跟社里算是有些合作，这且不讲。碰巧那几天师兄患上风寒感冒，西药汤剂齐下，也不见效果，只落得个昏昏欲睡，不敢开车，便让儿子接送他往返。地产界都是活络的人，哪里肯让他公子回家呢，留下来一起参加庆典吧。而这庆典上的穿蓝色水钻短礼服的主持人，便是他儿子当晚将一见钟情的明日娇妻。

确实是小演员，排不上号的过路角色，三四集之后就不知所终，是闹热娱乐圈的寂寞人。可能正因为如此，他们互相感知并爱慕了。当晚所有能同时看到他们两个的人，都会看出来，有爱降临了，端庄庞大，空气都在颤动。独我那师兄后知后觉，他被安排在主桌，因药物缘故，总是倦眼蒙眬，只靠拼命喝水提神。晚宴过后的回家路上，他从一上车就开始让儿子找公厕要撒尿。直到他第二回放空膀胱，坐到车上，猛然发现，后排坐着一个亮闪闪的蓝衣少女。他惊骇地询问驾驶室里同样脸颊带光的儿子，后座传来细丝丝但毫无怯意的抢答：我是他女朋友，可以叫你爸爸吗。

三个月后，他们在民政局排起短短的队伍，怀揣旁若无人的甜蜜。

这朋友的讲述大头小尾，把老师兄夫妇介绍得挺详细，对新人的终身之定只草草带过。但在当时听来，反显得更加可信。毕竟，一对年轻人，如何结识，如何闪电相爱，并不重要，比这更离奇的姻缘可有的是。厉害之处在于千容，是真的提前知道，她"掐"出来了呀。我都能够想象到，那一对老书虫夫妇，面对这戏剧化的飞来横喜，回想千容半年前的预言，会是什么反应呀。跌落海底，还是升入高天，就此修正笃行大半生的辩证唯物主义吗？

那个时候我就有点动心了。我想，得结识千容，让她也给我看看。当时我正好陷入一段荒谬的恋爱，是一个诗歌论坛上的宿敌，我们观点相异、势不两立，总是鼓捣着各自的队伍大吵，有一天被坛主拉着，在线下结识，并……强烈地互相吸引。他太年轻，一无所有，脾气很暴，所有理性可及的现实主义条目，都不符合婚配中最起码的杠杠。我对他而言，恐怕也一样。我们像拙劣的对子，明显不工整不对仗。可他妈的，激情又像大江大海似的在奔涌啊。

我这情况，不是比她师兄的儿子那根本无影无踪的缘分有更多线索吗？假如千容也能远远地看我一眼，肯定就会提前"看到"，我这场恋爱到底有没有结果了。然后给个暗示也行啊，是要继续纠缠和犹疑下去。我这人从小被家里教育得，对"珍惜时间"很有执念，替自己想，也替别人想着，别瞎耽误工夫。而搞恋爱，免不了要看苦月亮，没完没了地谈话，幻想或辩论将来的可能性。多浪费时间啊，等于慢性自杀或谋财害命，鲁迅先生都这样说的呀。当时我真太急于解决此事了。

可我没吭声。我这位朋友是因为别的事情认识千容的。就算认识了，她也从来不问千容任何事情，只等千容无意中看到了，才会得到忠告。总之，要结识到千容，并得到其指教，这简直比恋爱本身还要微妙，连介绍认识都不被允许的——因为你先自就存着主动的想法。而千容的天眼，得在全然"空无目的"的状态下，才会开，其预言才有如神算。

这些，都是我这个老朋友很早就警告过我的。确实，我完全同意。命啊，多么玄虚，哪能那么容易识破呢？故我始终压制着请她引见的渴求，只茫然等待"无意中"结识千容。

好在我总是能继续听朋友讲到千容。

那之后隔了大概有三年吧，有天我在街上拐进一家假发店——我想剪掉长发，那瞧上去太温顺了，又土。换个爆炸头可以？得找一顶类似的假发试试，看是否合适——带着伪装的购买意愿，一看二问三试，在导购员的帮助下，终于套上了一顶八十年代港味的满头细卷，正对着镜子照前照后，突然感到有人使劲拧了一把我的大腿。什么情况，有这么笨拙的性骚扰吗？我忍痛扭头寻觅，那家伙影子一晃，已出了店门，却隔着透明橱窗跟我直招手。眯眼一瞧，认出来，老朋友啊，毕业那年，我们在同一家报社实习过，当时处得很好。

她仍在招手，幅度更大，是叫我出去的意思。我只得匆匆又照了几眼镜中的自己，确定了我跟这种发型是不相宜的，摇摇头放下假发就出来。

"好好讲不行啊，拧得我，恐怕腿上都青了。"我亲热地抱怨。多年不见，正好斜对过有家西点坊，进去要了两个甜品。

"我不好讲的，怕店员打我。镜子！假发店的镜子，是千万不能照的。"

"镜子?"我盯着她，几年不见，她脸上跟我一样，留下了时间的印痕，可以看到一连串跌爬过去的障碍与栏杆。做过人流。还在换工作。三人合租并且是最小的那间。开了双眼皮但很不自然。与最近一个男朋友分手了。

"知道什么人买假发最多吗？除了一小部分爱臭美的，大部分都是各种原因秃顶的，或者做化疗的。"她用明显带着偏见的口气，"外头的镜子，真不能随便照。对你不好。"

我没吭声。谁有资格嫌弃谁啊？她以前可不这样，当年在报社，我们被版面编辑派着，跟一家国企跑戒毒所，拍中秋节送温暖的照片，她还拼命争取着，要给照片里的戒毒人员打马赛克。

"这并不是我本人的认识论。"她看出来我的态度，立即补充，"也是听以前公司的一个副总讲的。他认识一个，怎么讲呢，巫婆吧可以这么说，懂这方面的门道。关于镜子，讲究可多了。"

"叫什么?"嘴唇沾了一大块奶油，不及拭去。我有预感。

"千容。反正我听他们都这样叫她。"朋友面带敬意，压低声音。多么熟悉的腔调啊，我心里也立即升起了那股子熟悉的贪婪感。

店里进来一对搞早恋的学生党，挨得很近共同挖舀一桶冰淇淋。这毫不影响我们的交谈。

"千容对镜子特别有研究。她有次跟着一帮人到我那位副总家里玩，他爱收老玩意儿，旧铁壶旧烛台旧花瓶什么的，啥都捡回家。老婆早已离婚，儿子在澳大利亚留学，所以甩开膀子来，到处瞎收，家里堆得满地。这可好，那千容一进门，脸色就变了，副总又跟她不熟，问怎么了，哪里不舒服。她只说需要歇一下，也不跟众人四处看东西，只在沙发上喝烫茶，一杯接一杯。等到聚会散了，她却磨蹭着留下一步，私下问副总，你是不是收了什么老镜子？镜子，没有啊。副总想半天。哦哦，有个带镜子的老梳妆台，算吗？有点残破，我放在楼上小阁楼里了。

"千容点头。你这镜子，起码三个女人死在里面。一个是小脚，她抽烟袋，脖子挂一长串珠子，穿得倒是气派，就是老得不成样子。再一个，又小得不成样子，都没照到二十岁，白衣黑裙的学生样。镜子里照到她最后出门那天，手里还挺神气地举着小标语。还有一个，镜子里模糊些，但一看是见过世面的样子，经常关起门在家对镜子穿各种洋装，出门却换上灰蓝工装。有天被拉出去开会，回来一照，头发被剃掉一半。然后就开了柜子把所有洋装统统剪碎，然后系上绳子把自己吊起。千容逐一地说，好像面前有本影集，她在翻看那三个女人。

"你想那位副总，搞收藏的嘛，倒是乐坏了。你刚才说的长珠子，是不是朝珠啊，那没准是个诰命夫人呢，她后面的女学生，搞运动的吧，时间对得上。嗬，这可是捡着了！我收来时一个角被砍，破相了，价格很便宜。走，带你上楼近了瞧瞧，你要能看出来那老太太身上衣服的纹样，我就能推出来，她大概是几品……男人啊，也真是心大，也不想想，千容一进门，可是给镜子里三个女人给惊着的呀。千容又捧起茶杯来喝，咂了一口，凉了，换上滚烫的，喝那烫茶。不了，她不要看。她只是说，这老镜子啊，孤单了，还是要喊个女人来照。你家要有个女人了。副总想着，这是暗示他会再婚，无所谓地大笑。他为人有趣，确实也有一二亲密女友，这事儿，还用老镜子来呼唤吗？"

朋友讲到这里，定睛瞧我，我也瞧她，足够的停顿过去，她嘘一口气："过了没两个月，副总的儿子从澳大利亚回来，已做完变性手术，上面下面，相关的器官各有增减。退掉两年的学费做的，还加上两年打工所赚，还借了一点点钱，总之是没要老爹出钱。能说什么呢，副总于是把老梳妆台送给变成女儿的儿子了。"

挺叫人唏嘘的，可得承认，听着很满足，千容从来不会让我失望。

朋友用小叉子戳起最后一口甜品："千容说，每个人就最好用自己的镜子。镜子啊，特别能藏，所有照过的那些人，不管死的活的，**魂魄精气**都留在里面，时间久了，就要出来人间瞧瞧转转，可能啥事不碍，也可能要闹一闹，兴风作浪的。所以，你推推这个道理，假发店镜子里藏着的，可全是焦虑症忧郁症工作狂绝症之类的呀。"

她后面的说法有些生硬，算是她的创造性发挥，但无论如何，这显示了她对我的关切。能有人关切，多好。我当即郑重点头：再也不照假发店的镜子了。其实我心里更高兴的是，又听到千容了，她还在我的朋友们口中流传，总在为朋友、朋友的朋友们显现出她的灵异之力。这不能不让我重燃某种希冀，也许，我正在以不可知的弯弯绕的轨道向着她那个方向缓慢靠近，并将在某日，达成"不期然"的相遇。

不过当时，那场令我纠结无比的激情恋爱，早已安然作古，无疾而终还是恶病发作，都想不起来了。但我对千容的向往依然强烈，因我正陷身一个更难的抉择——对，在考虑换工作，有一个很不错的机会，但不是简单的跳槽涨薪，是完全的连根拔起，到一个偏远的北方城市。北方，对我到底意味着什么呢，面食、干燥、儿化音、暖气。当然不止这些，甚至不是这些。橘生淮南则为橘，生于淮北则为枳。连橘子都会变种，何况人呢？心里可真是不踏实，午夜梦醒，想到故土难离，远地未卜，实在辗转难安。

"你呢，现在咋样？"久别重逢，必然会聊到这一步。她刚刚说了她的情况，跟我第一眼从她脸上看到的信息差不多。于是我也说了我的，这不丢人，谁不是一串瞎扑腾总摔跤的冰糖葫芦，尤其说到我南北之移的为难，顺便想听听她的意见。我又问店员要了两杯饮料。

朋友直摇头："我能有啥见识。要有千容替你看看就好了。她可不光懂镜子。"那对学生情侣走了，又来了一对可能刚刚吵完架的母女，她们仇怨地彼此错开视线，要了不同口味的大杯奶茶，分得较远地默然坐下。朋友过渡性地观察了一会儿她们，又讲起千容的另一个故事。

是那位爱收旧玩意儿的副总讲的。不用说，儿子变性之后，他成了千容的铁杆追随者，四处搜集和传颂她的预言故事。为了减少转述中的损耗，我把朋友的这一层转述去掉，好比是直接听那位副总讲吧。

"千容可看得远了，前因后果，三生三世。生人就不讲了，讲了你们也对不上号。就讲带她来我家的那位朋友吧，我起先就是找他打听的。他做药材生意，天南海北地跑深山老林，收各种草木藤根，回头加工一番，就成了名贵中药材，赚得可狠。他有时在乡下看到老家什老物件，三文两文也替我收了带回来。我们也算是铁交情。见我打听千容，他马上就端正身子，抹一把脸，用眼睛盯着窗外。我也跟他盯着窗外，外面空空的呀。盯了一会儿，他才说，还记得我媳妇不？能不记得嘛。那可是个标致人，陕北妹子，做一手好吃食，我因为孤家寡人，常去他家蹭饭。

"可他媳妇后来不见了，挺突然的。那一回，我听闻他长途收货回来，便像从前一样，拎着几包熟食，径直踩着饭点过去。一见门却发现家里冷锅冷灶，四壁颓然，黑灯冷影里，我兄弟一人枯坐着呢。大半月没见，瘦缩了一圈。怎么回事啊这？我咋呼着，开了各处的灯，唤找他媳妇出来收拾吃食。这四处一转，发现他家里跟地震了似的，墙上画，案上瓶，地上凳，房里床，各样东西或是移了位，或是颠了倒，都瞧着不顺了。关键是，少了一个大活人呀。他媳妇人呢？好在也算熟门熟路，我到厨房找出碗碟筷子，又翻出上次没喝完的老酒，摆好，拉小兄弟坐下。他压着胡子连喝几口，才缓过劲，从嗓子里拖出一团湿棉絮来：我没去山里收货。就在家里，花了半个月，好不容易才把她给赶走了。

"这是什么话呀。我惊得酒都洒了半盅。他又连喝几杯，我强夹给他几片猪耳朵，让他慢慢说。他却又什么也不肯说了，只管摇头。反正打那以后，我就再没见过他媳妇儿。算算也是三年前的事了，要不是他这会儿自己提起，这谜底恐怕还一直不会揭开。既然，你还记得我媳妇，又问起千容，该着的，我是可以讲了。再保密下去也没意义了。他看着窗外跟我讲。

"起先是病，他媳妇患上疑难女症，有大半年了，下红淋漓不止，四处求看，药汤喝下去能有半条河，仍是只见重不转好。虽说不是立时三刻致命，但恁是多强壮的身子，也经不住这样的流泻。有天他在小区里烦恼地瞎转，脚上踢到一只野猫，全身通黑，一对绿荧荧眼眸，喵呜嚷他一声。他不管，继续闷头走，哪晓得小东西竟窜到前头，绕在脚前不去。他想起媳妇一直好猫，身上常年揣着鸡肉肠，院子里的野猫她认得十有八九。可能这一只，也是她一向喂熟的呢，他心里一软，慢下步子。黑猫真跟带路似的，一步两回头，带着他曲曲折折地走。不过，这就是小区嘛，还能走到哪里，走到头就是西侧门，侧门外就是水果铺子。黑猫把我兄弟给带到水果铺子，绿眼睛一眯，就跑不见了。行，都到这儿了，那就，称一把香蕉、买五斤苹果呗。他挑拣起水果。

"'你呀，恐怕得买梨子，回家跟你媳妇分着吃。'他刚要付钱，给人拦下了，让他换成梨子。是个不认识的女人，也是买水果的，一边挑她的桃子，一边瞅我兄弟的脸色。她把他拉到边上，两句话切中要害，全是媳妇的内中症候，然后不轻不重地指点了几句：'她不能跟你一起待家里了，要往西南方向，一千公里，在那边正经住下来，调理半年。'我能同去吗？不行，你得老死此地。并且你还要回去，把家里的东西，如此这般地做一番颠倒与挪移——那便是我当时去他家所看到的局面。当时连他自己也觉得此事太过离奇，所以不肯跟我细讲，怕万一不灵，反落个大笑话。

"他给我讲到这里，吁一口气，把眼光从窗外转到我脸上。是灵的。他媳妇一到西南某小城，一个星期不到，身上就清爽了，两个月下来，肉长回来了，脸上又有颜色了，等住到半年，月事恢复正常，发来的照片，简直大姑娘似的。这当中，一有媳妇好转的消息，小兄弟便千恩万谢地向那水果摊上偶遇的女人报告。他跟千容从那时起，就算是有了交道。可千容总是半点喜色也无，也不要他的谢谢，只说不要恨她便好。你们想想这话啥意思？我这时其实也回过来神了，对啊，这都过去了三年了，他媳妇身子是早就好了，可人也回不来了，身子和心皆已生根在西南边了。连这个，千容也是知道的，或者说，她真正所提前预知的，就是他媳妇在西南边的另有归属。所谓病症的调治与家具的颠倒，不过是一种过渡与形式。他跟我回顾到这里，平静地补充道，怎么可能气恨千容，服气还来不及呢，到底是救了媳妇儿一命。是恩人。"

朋友转述了她从副总那里听说的，他那位小兄弟千里逐妻的救命之事，然后跟我总结道："看，千容就能知道，这人，跟哪里哪里的水土，是合的。合才能养人、才能安人，也才能久居。可惜我离开那公司久了，跟那帮子人来往少了。要不要我试试看，这位副总人挺热心，叫他替你跟千容拉个线？你这毕竟，也是大事啊。"

我心里一动，还是忍着，摇头谢绝了。并带着一丝丝优越感想着，她也是只知其一不知其二啊。怎么能主动去结识千容呢？要也能有只全身黑的绿眼睛野猫给我带路还差不多。

　　不过人的想法会变。尤其最近这几年，这事那事的一层层覆盖，每到难处险处跌跤处，便多次为当时的拒绝而感到懊恼。她都那样说了，就嘴边上的事，我点个头就行的呀，那现在又何至于这样，凌乱中抓瞎。痛中反思，我在心里反复给自己叮嘱，假若再能听到"千容"二字，别再一根筋了。世界上哪有什么纯粹"不期而至"的相遇，还是得努力，得事在人为吧。

　　好在千容毕竟是大家的，月亮或星星一样，或是这里那里升起，或是这里那里闪烁。那天我带果果去打针，就又听说到她。果果，对，是我胖儿子，两岁了，那周该着打乙脑疫苗。

　　那两年，我有几样事，是串在一起发生的。当时我差不多已决定去北方了，还有些细节想去人社局打听一下，同学群里有人说，有位高一级的校友应当在那里做事，几个话头一捞，便联系上，原来是他呀，我们都在校广播站干过。他颇热情，替我考虑到伴侣跟随政策、购房、医保接续、人才流动等各种政策细节，连两地工资水平，甚至未来的养老金发放标准等都打听到了。前后有一个月，他带着我东跑前跑。有天正好碰到大雨，我们给困在一家小面店，对着桌上只有残汤与菜叶的大碗，他突然开起玩笑，说在校广播站的"共事"，他那时还暗恋过我呢。

　　玩笑还是真话？但这话，能说出口来，就是个意思与信号吧。再说我真挺谢谢他的，那一阵子，我是太飘忽了，抓个浮枝都能当铁锚的。当晚就跟着去了他的住处。他跟我讲了他突然逃婚的前女友，语气甚是悲凉，这让我意识到，他还没走出那一段儿。随后，我继续准备有关调动的琐事，同时等待北方那个城市的各种回复，一边麻木地继续与他同睡，不顾前路。

　　然后就发现自己开始呕吐。两人都太粗心了，准确地说，是对自己和彼此都浑不在乎。那怎么弄呢？沉默地看了一会儿验孕棒上的两道杠，他斟字酌句：要是你舍不得打掉，就别去北方了。我心里一块石头轰隆隆滚落，突然放松了，这个宝宝就算是留在我这里的吧。至于跟什么人结婚，也没那么重要。总之，就那两个月，去留问题、婚姻问题连带着怀孕一并解决了。

果果打疫苗有个特点，人多必然长号大哭，人少则软绵绵哼唧，若只母子二人面对医生，说不定还笑嘻嘻。所以我尽可能地磨蹭着，很不积极地排队。然后就发现，有一位妈妈，似乎跟我是一样的想法，我们像两个"慢车比赛"选手，只等着大批的哭闹主力军过去。无聊之中，两个孩子在我们手边就近玩了起来，无法，我们也只能相就着一起打发时间。而这种两个妈妈抱着孩子在疫苗接种区的聊天，恐怕是世上最乏味，也是最奔放的聊天，三分钟之内，就能从小孩一天大便几次到乳房缩小与下垂程度，聊到盆底肌恢复情况以及是否漏尿等隐私话题。

"你知道人类平均每年应当做多少次爱吗？"瞥了一眼正彼此吐泡泡与口水的孩子，园园妈妈突然抛出这个问题，我一怔，还真没想过。她马上灵活地从微信收藏夹调出一个公众号，伸手到我眼前，标题上就有显示：104 次。"园园爸爸是达标了，他一直在外面乱搞。要是什么有情有义的小三，那也还能讲得通。可是他，全是刷的约炮软件。"明白了，怪不得她眉目间总有点忧色，讲起性的话题来好像别有一种亢奋，"可笑就可笑在，这还是千容跟我说的。"她很随意地提到千容。我不敢相信，可能是名字相近的人名？

"谁？你朋友吗？"

"才不是，公司网站的客服。你想，连个外包客服都能看出来，说明我这是呆到什么程度，说不定办公室所有同事都知道了。我就说呢，他跟我，连人类平均次数的十分之一都没有，另外十分之九，全都在外头哪。"她露出在这种情况下常见的怨愤。想到以前听说千容是做客服的，看来应当就是她。我露出愿闻其详的同情之情，心里不敢惊动地轻声喟叹。来了，千容又出现了。不过，听说她再次结婚后，好像不工作了呀。

相对我以前听到的千容故事，尤其是讲述者那种有意的起承转合，节奏和因果上的拿捏，园园妈妈这个就显得太过平常了。她只是因为在公司里负责跟网站客服对接，所以两人打交道比较多。你们见过吗？没有，她客服呀，就微信上聊聊的。园园妈妈显然把千容看成一个有点多嘴的八卦婆，从别的某处听说，按捺不住，告诉了她而已。

园园妈妈兀自沉浸在她的痛苦中："关键两边老人都很烦，几个老家伙一条心，整天盯着我要二胎，说既然政策放开了，当然得用足啊，正好换个品种，要个女孩。以为这是点菜吗？点什么就有什么。关键是，没有人给我撒种啊。我都三十五了，高龄产妇了。"她的忧虑显然还包括生育。

"你，听听千容怎么讲呢？"我想把话题往千容身上引，她只是一带而过。

"她能知道什么，自己也是个单身妈妈呢，搞得一塌糊涂。"虽然我知道卜者不自占的道理，可她的口气让我很是不安，"不过，你这一说，我想起来了，"园园妈妈沉吟道，"她当时跟我讲了两个消息，一个是园园爸爸的事。还有一个是讲我，说能看到我后面有一条大河。说大河主富贵，我过几年就要发大财了。你说怎么可能呢，就这指甲盖大的微信头像，她还能看出条大河来？真要能发大财。妈的我这家里一样不拿，连手机都不要。"她作势要把须臾不可分的手机都扔掉，表示弃绝之烈，"带上园园就走，我他妈的也找男人去，一年搞 104 次。"她使劲儿地笑，苦中作乐、绝无可能地笑。

我颇为羡慕地看着她。我知道，千容"看到"的肯定能成真，她多么有福啊，眼下这根本不算个什么。可她，也太不拿千容当回事了，实在叫我看不下去。膀子里两个小孩不知啥时都睡着了，打针的队伍还是臃肿着，保姆、爷爷、爸爸、外婆、小姨，一个小孩起码两个大人跟着。我们两对母子倒像一个小小的岛屿。我突然一阵冲动。

"你啊，是真不晓得千容？她可是顶顶出名的小神仙哪。"我把果果在手里换一边胳膊，把从前打各个朋友那里听到的案例全都讲了一通。可能有些地方比较含糊，或转折过于凶猛，毕竟时间久了，记不清，得边想边说。即便如此，我满意地看到，她把她儿子也换了一边胳膊，向我这里靠得更紧，梦魇似的，眼皮半睁，眼珠快速转动。她这模样加剧了我转述的愉悦程度，也增添了我转述中的华彩，我甚至编造了些更有趣的细节。比如，对那个在澳大利亚变性的孩子，千容甚至从镜子里看到了她（他）回国后初次揽镜自照的模样：一套红蓝条纹的连身工装女裤，唇膏和眼影都是银色的。诸如此类。这并没有改变事情的本质，不是吗？

偶尔的，在停下来喝水时，我一闪念中也会想到，以前听朋友们讲述时，我也是这样迷醉的梦魇之状吗，而她们，也同样的，会不由自主地添油加醋吗？但我咕咚咕咚地喝水，并把这样的念头一并咽下。不管这些，毕竟，这个过程太有成就感了，我简直把园园妈妈给换了一个人。

她的样子慢慢恭敬和拘谨起来，在我提到千容时，会小声跟一句，我们该叫千容大师吧。但对我，反倒有点倨傲和防备了。她现在也知道了，不日，她将要大富贵了，哪怕就是三年五载之后，那依然是显见之事，必将到来的呀。

"介绍我认识一下千容吧。"我直截了当地说。铺垫得够多了，也许太多了。打针的队伍已到尾部，再过半小时，上午的门诊都要结束了。

"这个，她又不是我朋友，只是外包客服呀。对客服这一块，我们公司有规定，我不好私下里……"她支吾着，好像千容反过来成了她必须尽力维护的什么宝藏，当然，她也有点不好意思，伸手到包里乱翻，又慌张地摇怀里的儿子，想喊醒他，"这样，我给你指个路子，你呢，就直接到我们公司网站下面去留言，反映问题，客服就会出来跟你沟通的。千容，不，千容大师就跟你直接会话了……"她一扭腰抱着儿子站起来，快步往队伍后面走去。

"你什么公司啊？"我也一把抱起果果，腿都差点一软，不依不饶地也挨着她排上去。

"弗兰卡厨具，华东大区。"她匆匆作答，拿出她的号码条，跟前面两个人说了什么，一下子就插到最前面，刚好里面有两个老人合抱着一个哭得直打挺的娃娃出来，她便一大步挤将进去了。

谁叫我跟园园妈妈只是这种偶然的闲聊关系呢，就是刚刚谈过乳房下垂和性交频率又怎么样。我也没太伤心。只在心里默念那个厨具品牌，有些不情愿地想着，真去售后客服那边留言吗，或者当真给家里换一套整体水槽？这是合理程度的努力吗，还是有点过头？关键是我不太喜欢售后客服这个背景，千容那是在工作之中吧，总觉得氛围不对。

可惜刚才没问清楚，千容是真的又离婚了吗，她过得不怎么样吗，她就不能找另一个小神仙（同行之间也会有联系的吧）给她自己也把一把不好吗？我拉拉杂杂地想着，心里倒替她感到有些纷乱不安。我自己这边，其实最近还好，虽有小烦小恼不断，但到底一家三口算安定下来了。就算前面可能埋伏着什么，正淌着哈喇子打算吞我下去，我也没必要提前操心。就这么着，暂时搁一下吧。只要千容还在我们当中就行了。

"记住啦，回家路上你拐到菜场去，买两条小鱼。你要信！可别也整出个什么毛病出来。"再次叮嘱一番之后，我朋友左右交替挪动双腿，右手无意识地抓捏，这是急于要送我出门的架势。可能是因为刚刚承认了她并不认识千容，有点儿不自在。可更多的是，我能看出来，我太熟悉这感觉了——这些年，她显然也都是从不同的朋友那里听说千容，并跟我一样惦记着，有着求而不得的憾恨。

Two heads are better than one. 想起初中时学过的这句英语谚语。我们不如合力把各方面信息碰一碰，不是更能接近渴慕之人吗？我们是从业务关系慢慢变成好朋友的，知道对方的为人和生活情况，也足够地信任彼此。

前年，我儿子果果被两家大医院和一个研究所都诊判为智力发育障碍，也就是大家骂人时常讲的"弱智"，果果爸爸崩溃得很彻底，第二天就离家出走，切断所有联系，一个半月后托人捎话，说再也不回来了。曾宣称暗恋我、也娶了我的高中广播站成员就此成了前夫。能怎么办呢，他先抬了腿，不要讲出走，我连寻死也轮不到了，总得有人把果果给拖大，还得挣下我死了之后他的养老钱。

想想一个小文科生，除了敲打键盘，能干什么呢？长夜苦思，看几眼痴睡的果果，我开始挨个儿给淘宝上的小破店留言，尤其是那些一看就没有策划包装的店铺，提出我的全套文案服务，诸如广告词、产品描述与解说、创意命名之类。比如，卖干花的，我会替它搞一个"紫色心情"或"窗外"系列，类似这样："时间驻留住昔芬芳，化为颊边的恋人絮语"。卖百香果或紫薯的，则是"我们采撷大地深处的精华，穿越千山万水，纯正原香只为换取你的每日维 C 一笑"。而卖棉服饰的，则需要给那些皱巴巴的裙子取出名字来，叫"湖畔相遇""庆历四年春分"等等。三四流的土味诗意，正好够用。这一谋生的想法，多少也算来自千容吧，我相当于她的上游产业，负责勾起购买欲，她那里则是跟进售后。既然她一个人能单干，我干吗不试下？

没有料到，这还真做出点名堂，需求之大、收入之易超乎意料，后来我索性辞掉小文员差使，找了一个肯吃苦的姑娘做帮手，全心全意做起这无本生意来。而我眼前这位朋友，手上开了五家淘宝店，不排除还要扩大，全都是我替她从无到有一手托举起来的。她起先卖女包，小作坊流水，好在皮子还可以，我给她的定位就是意大利风格的小众品牌，价格立刻翻了两倍。后来她卖贝壳饰品，成本很低，有时就是残损边角料，我给她所有的文案和页面配乐等都指向跨性别与多元文化，黑酷范儿，卖得可好。生意上，她确也离不开我的。

所以也没多想，我把意思跟她说了出来："不如一起找找人，跟这个千容结识下。明面儿上，我们可以说是请她做你的售后客服，这很自然……"

不等我说完，她用手势打断，把我从阳台引回室内。"假如真能认识，就太好了。我正碰到……"她停住，毫无过渡地突然抽泣起来。她戴着用深海贝壳做成的异形项链，随着她肩部的抖动，它们散发出蓝绿色的深海荧光，一点儿也看不出廉价。我所有朋友中，她留过学、父母不用她养、丈夫很顾家、女儿找人上到双语幼儿园、生意很可以、定期健身，真是什么都好的呀。可那怎么也控制不住的抽泣，又表明她绝对碰到大事情，远大于我以前或眼下碰到的任何事儿。"我实在扛不住了。有一个多月了，得不断增加药片，才能勉强睡一会儿。快说吧，我们怎么能认识她？"她那口气，像急等汤药入口救命。

"你真的，相信她能帮到你？"不知怎的，我问出这愚蠢的问题。可能是她表现得太急切了，让我十分忧心，万一千容解决不了呢，那种完全扑上去却一脚踏空的破灭，我是不敢想象的。她是我流水额最大的旺铺客户，跟我的结算是佣金式的，她生意好，我的收入才能多些，果果将来便更多几分保障。她闭着眼睛抽泣，所答非所问："需要，我需要的呀。"

我们于是有商有量地，从所有讲过千容的那些朋友里，各自分头打听起来。事实上，这工程并没想象中的庞大或曲折，知道她的人比预想中还要多。没费太久，千容的喜好、工作、生活、社交圈等皆已了然——确实是又离了，自己带孩子。年前出过一起车祸，断了三根肋骨，但恢复很好，基本无碍。工作不再是单干了，给一家公司收编过去，而今只负责家用电器方向的客户。她性格偏内向，但朋友倒是不少。喜欢看电影，尤其动画片等一大堆有用无用的细碎情况。

最终，找什么人来引荐，大家约在哪里吃饭一边聊聊，也全部敲定：就这个周六中午，粤式茶餐厅，据说那里的海鲜粉丝煲和招牌腊味饭口味甚好，是千容惯吃的。看看，这就搞定了嘛。我与朋友击掌相庆。这会儿，就是叫我们去结识我们都喜欢的布拉德·皮特，恐怕也非难事。

其实每个周六我都要带果果去海洋馆泡一天，他最喜欢待在那里面。算了，只能把他送到一家托管处，那托管处居然同时接管宠物，气味不大好闻。可这次见面太重要了，我不希望果果出现在那边。然后便急急忙忙回家收拾打扮，试了起码五六套衣服，连背什么包都琢磨了半天。我心里在不停地翻滚和盘点，带点劫后余生般的兴奋劲儿，千容让我回想起若干的、我最需要她的那些艰难时刻，一浪又一浪的恐慌与打击。单方面看，我认识她得有十年了吧，都能算是老朋友了。可她还没见过我呢，所以真得好好收拾下。我简直有点面试的心态，要显出我老到的职业状态，同时很会过生活，当爹当妈一把手，虽然经历了些坎坷，可对付得还行……也许就今天看我的这一眼，她看到了一切……

我提前一小时收拾，扔了满床的衣服，最终出门还是迟了。滴滴叫车要排队，还碰着个慢性子水平又菜的司机，一路吃红灯。粤式茶餐厅在美食中心中庭三楼，我气喘吁吁地，老远就在扶梯上就看到那家店，落地玻璃里，我朋友的玫红色绲边套装十分触目。她昨晚就发了照片给我，选了最贵的，然而我认为是最难看的一套，好处是让我一下子就看到他们四个。

我们俩共同的一个朋友，打横头坐着，正跟服务员讨论菜单。有一位男士，昨天我们也加上微信了，他是我俩共同朋友的朋友，是他带了千容过来。男士与千容都背朝扶梯这个方向坐着。我朋友正跟千容在讲话，我看到她鲜艳的上半身，两只胳膊不对称地挥舞，显得过分活跃。她旁边空着，那是留给我的位置，跟千容斜对面。

我理理头发，触到脸颊的两根指头冰凉，像两根迷你冰棍。我上了扶梯，又从边上掉头下来，打算再上一遍。他们聊得正好，我反正已经迟到，对结识千容而言，等这么些年了，还在乎这几分钟嘛。

扶梯很慢，甚合我意。我得以远远地张望千容的背影，带着莫名的温存与眷恋。近在咫尺啊，只最后一步，就要抵达她了，从此将失去对她的所有期盼与无限寄托。

碎短发，并不是某个朋友曾描述过的粗长辫子。从背影看，也谈不上微胖，是相当清瘦的体形。扶梯到最高处时，能看到她小半个侧脸，肤质有些糙，发黄，好像蛮沧桑的。还能看到她脚下搁着个大挎包，鼓鼓囊囊的，款式和颜色跟我以前一个同事的一模一样，我刚刚送儿子去托管处，用的也是类似这种大包。这让我有一种悸动的亲切。这就是奔波中人常用的包嘛，轻、能塞。像今天，我装进了儿子只肯吃的两种零嘴、惯用的水壶、替换的小毛巾，还有他走哪儿都要带着的一只毛绒企鹅。猛然间想到果果，我心头一空，感觉离开他很久又很远，突然很不放心起来。想想看，为着周六的海洋馆，他等了整整一周，这可是他最大的盼头。他会一直在哭吧，不远处还全是狗吠猫叫，臭味一阵一阵。

这让我有点不安，但仍然重新踏上扶梯，一边张望千容，一边在心里念叨：这么多年啊，可终于等来她了。可是，等一下，突然一阵剧烈的心跳，继而几乎骤停：如果真在多年前遇到千容，而她也平静地指示出我今天的必然，在确凿的命运线中，我真能走得到今天吗，眼睁睁地看着自己一头撞向透明的冰山？或者，我将由于她的预见而拼命抗争，纵身投入那一无所有的恋爱，一意孤行去往北方，逃命般地通往另一段婚姻，以求像大部分人那样生下一个健康的宝宝——那么，我将没有果果？

不，我受不了这样的假设，我甚至已不能接受跟果果有超过半天的分离。我在后怕中大感庆幸，随之而来的，是心乱如麻，是更大的愧痛，有如锥刺。我怎么能一下子想到这许多，太冒犯了。若以此类推，今天，当真结识千容之后，未来的生活……

像个冲到悬崖边的胆小鬼，或是差点伸手去按动类似核武器的启动按钮，都等不及到顶头再换乘了，我有些跟跄地扭头就往下逆跑，用力跑，加速跑，才能跑过扶梯本身的上行速度。正是饭点儿，扶梯中挤挤挨挨全是赶赴约会的人们，带着空腹，也带着期待地交头接耳，他们由远及近又由小而大的面孔，在我失焦的瞳孔中，像美好的花朵一样轻微晃动。我喜爱他们那无知无觉的样子，多么天真啊！对不起，让个道，对不起。我向他们所有人抱歉。

双脚终于着地的时候我突然想到，千容应当早就知道了，说不定也早已告知我那玫红套装里的朋友，以及在座其他两位了。她斜对面那个位置，将会一直空着，我不会与他们一起共享海鲜粉丝煲和招牌腊味饭。她什么都知道的，对吧？这个想法让我大为释然，几乎愉快起来。我最后一次扭过脖子，抬起眼睛，像暗中浇灌并拥抱某种不为人知的深沉友谊，远远凝望茶餐厅那个方向，虽然已看不到千容的背影。

合影为什么是留念

乔 叶

一

晚饭依然有饺子。自从宝从老家回来，她就开始每天做饺子。宝在厨房探了一下脑袋，说：又是饺子。口气顺畅得很，是任性吐槽的纯天然状态。她应道：吃絮烦了？宝急转弯道：怎么会。饺子好啊，好吃不过饺子嘛。妈妈，下半句是啥来着？我绞尽脑汁都想不起来呢。

舒服不如倒着。

对对对。还是老妈聪明。都说儿子的智商随妈，我这跟您可差远了呀。

这一波马屁拍得明显敷衍，毫无质量，她还是很受用。对于宝，能有什么抵抗力呢？没有。

妈宝男，她知道流行这么一个称谓，带着贬义的调侃。可她还是这么愿意叫儿子：宝。小时是小宝，大了就是大宝。此外还是有乖宝、臭宝、香宝、胖宝……各种宝。她最常用的是大宝。这唯一的孩子可不就是最大的宝贝？只是这宝一年到头也没几天能在她跟前闪闪发光地晃悠啊。

必须要有饺子的，今晚。作为最后一顿晚餐——当然当然，这最后一顿仅限于现阶段。他以后的晚餐还多着呢，无穷无尽，福如东海，寿比南山……自从宝去国外留学后，她就格外在意用词的准确性，绝对不允许有任何不吉利的言语甚至念头。哪怕是不说出口的碎碎念，她也要在心里做出严格的界定和修正。

在老家也是天天饺子。为什么一定要吃饺子呢？宝问。

还不是因为你又要滚了，老祖宗留的规矩，送行的饺子接风的面。

这规矩，到底有什么内涵？

不知道。总归是有道理的吧。

迷——信。

我就迷信了，怎么的？

不怎么的。

和好了面，她还是抽空上网查了查。一个专家说："此乃北方民俗。民俗不是凭空而来，自有其意。饺子外形饱硕馅料丰富，寓意收获多多圆圆满满。面条外形修长犹如道路，寓意行程顺畅平安，还双关着'见面'的面。简而言之，就是'长接满送'。"

果然还是有道理的。

宝的这个暑假其实挺长的，从五月末到九月末，算起来足足有一百二十多天。只是因为新冠肺炎疫情，回国的机票不好买。总是买了不久，航班就会取消。反反复复好几回，她终于发了狠，让宝一下子买了三个航班，总算如赌博一般押中了六月中旬的一趟。飞机落地是在成都，宝在成都隔离了两周，回到郑州已经是七月初了。在家里待了一周，就跑到了北京某电商巨头企业，说是早就约好的实习，机会难得，不能浪费。这实习回来才多久，就又该走了，去英国读研。

想想也是辛苦。大学四年的课程，宝硬是用三年以优等成绩拿下。每到暑假，也一定会给自己安排实习。第一年去了上海的一个国际公司，第二年去了斯坦福大学，跟着教授做项目，第三年也就是今年了。她看过他做的简历，里面有一摞她看不懂的证书，还有他大学期间的成绩排名，她既惊讶，更疼惜，完全可以推测出这每一行字里浸泡的日夜，是另一种意义的秉烛挑灯和悬梁刺股。想到那些说留学生们都是花天酒地混日子的言论，她就忍不住切齿暗骂：你们懂个屁。

二

六点过后，大小姐和二小姐陆续回了家。大小姐是哥家的孩子，是侄女；二小姐是姐家的孩子，是外甥女。大小姐在公司是行政高管，御姐范儿。二小姐在公司是首席 UI 设计师，文艺腔。她叫她们大小姐二小姐，宝叫她们大姐二姐。她们则叫他学霸。对于独生子女来说，这也就是最近的血缘关系了吧。她们大学毕业先后到了郑州工作，房租贵，她的房子大，就都容了进来，一住就是五六年，一直到现在。都是纯良可爱的好孩子，在一起很愉快。宝留学后，更凸显出了这两个女孩子的重要。三个女人整天柴米油盐、钗环脂粉，过着过着，也就越来越亲，有时候她觉得自己像个老姐姐，有时候又会觉得自己有一男二女，家底儿厚实得很。

女孩子们换了家居服，便来到厨房，听着她的指令，把饺子馅、面盆、案板、擀面杖、盖帘等一堆家伙什都搬到了客厅的大茶几上，一边看电视一边包饺子。宝和大小姐负责擀皮儿，她和二小姐负责包。宝只擀了一个皮儿就被大小姐开除了劳动权，瘫在沙发上看球赛。三个女人按照熟悉的节奏边干活儿边聊天。大小姐一个月前做了双眼皮儿，说自从做了这个双眼皮儿，公司的人说我发飙的时候眼睛特别大，特别圆，显得更厉害了。还有，骑电动车的时候，感觉那小虫子噼里啪啦往眼睛里飞呀、飞呀。你们可别说我。我只整了眼睛，是最接近于母胎原装的了。公司的女孩们，谁都比我过分。她们整天左整右整的，都整出了一副标准的网红脸，在刷脸机那里老是撞脸，比如第一刷是张三，后面几个来刷，刷出来还是张三。总之她们刷一次肯定不行，就得找各种角度，找好几次才能刷到她们自己的名儿。刷脸机笨哪，分不清啊。

哈哈哈哈。

喂，学霸，现在男生们也都可注重颜值了，你也做一个吧。

不做。身体发肤受之父母。

妈妈在这里呢，同意你做。她连忙说。

您可算了吧。

在"身体发肤受之父母"和"母亲逼你做双眼皮"这二者之间，你觉得遵照哪个才是孝顺呢？她问。

艰难人生，请勿挖坑。儿子远远地白了她一眼。

学霸今天忙什么去了？二小姐问。

吃饭呗。和同学。

吃的啥？

粗粮坊，不过一颗粗粮也没见着。

那很正常呀。商家嘛，主打的就是一个概念。真做粗粮你能吃得下？都是假装粗粮的细粮，和假装荤菜的素菜一样，谄媚你们的胃，安慰你们的心。

你们吃饭都怎么买单啊？AA吗？她比较关心这个。

可以说是项目AA，一个同学请奶茶，一个同学请唱歌，我请吃饭。

那请奶茶的同学可省钱了呀。

大小姐也嘎嘣脆地笑了：我也想说这个。

唉，不要计较这个。再说了，奶茶也不一定便宜。

照相了没？二小姐问。

没。你们女生就是爱照相，也不知道有什么可照的，有什么意义。

就是玩嘛。谈什么意义。

所以手机的美颜功能才开发得那么花哨，就是为了哄你们女生玩。真想不通你们为什么那么爱照相，那么爱合影。

有个古早的固定词组叫"合影留念"，没听说过吗？就是为了留念呀。尤其是合影，更代表着留念。二小姐幽幽道。

为什么一定要合影才是留念呢？留念方式可多得很。

那不一样。

有什么不一样的。还有，留念这个词也很奇怪，留什么念，又不是不见了。

这一次见和下一次见，肯定是不一样的。每年回来，每年照相，你把一年年的照片放在一起看，一定会发现点儿什么。

还能发现什么，还不是大家都老了。

哈哈哈哈。

……

他们在说老。老，如今对这个字，她已经很敏感了。老朋友、老物件、老房子、老家具……老自己。年轻人说起老来毫无障碍，那是因为隔靴搔痒，老人们说起老来自然而然，那是因为水到渠成。而她呢，人到中年，朝着两头张望。一边是回不去，一边是未到来。一边是越来越远，一边是越来越近。远的并不想远，近的并不想近。能怎么办呢？

没办法。只能手里忙活着，默默地听着他们说话。能插上几句就插上几句，插不上就专心致志地听，还努力地想去记。其实能记住的寥寥无几，她也知道。可她就是觉得这个过程很迷人。他们的这些闲话意味着什么？什么都意味不了，但是，似乎也意味着一切呢。

三

突然想起八岁那年，去照全家福的事。那是她童年记忆里第一次照相，也是唯一一次照相。一个清晨，全家很隆重地出发了。家里原本只有两辆自行车，为了去照相，还借了两辆。那种加重的，带着横梁的28式自行车。春天，麦苗正在返青，绿得生机勃勃，散发出淡淡的清鲜气息。父亲载着奶奶，大哥载着母亲，二哥载着弟弟，姐姐载着她。父亲的车在最前面，像是率领着一支小小的队伍。路上碰到熟人打招呼，问：这一大家子人去干啥呀？父亲回答：去照相。哎哟，照全家照哪。嗯。

印象里，几乎所有人听到父亲"去照相"的回答时，都会"哎哟"一声。那时照相刚刚在乡间兴起，算是一件时髦的事，因此也多半是年轻人的事。全家都去照相，在村里之前应该没有过，所以才会有引出那么多"哎哟"。其中蕴含的讶异，恰到好处地印证着专程去照全家福是多么稀罕，让她小小的虚荣心得到了波澜起伏的满足。父亲甚至没有选择镇子上的照相馆，对镇子上的照相馆都有些看不上了。他们去的是市里的。

至于为什么会去照相，在整个过程中，很奇妙的，没有人问起，也没有人谈起。仿佛去照这个全家福，是一件极不正常又极正常的事。因为极不正常，所以没人说起。也因为极正常，所以无须说起。逐渐长大之后，一个问号才慢慢画出来：为什么呢，为什么要去照那张全家福呢？在那个时候？

没有答案。

多年之后，她一次次地想起那个场景：四辆自行车。父亲载着奶奶，大哥载着母亲，二哥载着弟弟，姐姐载着她。没有比这更合适的搭配了。照相时的格局是两排，前排坐着三个长辈，奶奶居中，父亲在左，母亲在右。五个孩子站在后排。中间是大哥，左右依次是姐姐和二哥。她和弟弟把着两边儿。也没有比这更合适的格局了。

一切都是那么好。没有多一个人，也没有少一个人——没有爷爷，但他们并不觉得缺少他。他很早就不在了，不在至少已经三十年了吧，连大哥都没有见过他，连父亲都记不得他的样子。爷爷已经不在这个家里太久，很难想象他和奶奶坐在一起的样子，他于他们而言，只是概念上的亲人。

她穿着一件黑红格子外套，羊角辫子上扎着大红的蝴蝶结，脸上也搽了胭脂。

那张唯一的全家福里，没有一个人笑。

第二年，父亲去世了。

过了五年，母亲也去世了。又过了四年，奶奶也去世了。十年间，老人们都去世了。在老人们陆续去世的过程中，他们又照过几次全家照。照着照着，老人少了，孩子多了。照着照着，老人又少了，孩子又多了。就是这样，人少，人多，人多，人少。让她惊叹的是全家这个词的弹性：可以那么大，也可以那么小。可以人多，也可以人少——好像就是人少人多加剧着照全家照的必要性。在世的活色生香，于镜头里皆得见。去世的沉默寂静，于镜头的空白处也皆得见。

四

饺子包好，坐锅烧水。大闸蟹也上屉开蒸。她早早就在熟悉的店里预定好了八只大闸蟹。刚刚入秋，大闸蟹还不是很肥，要搁往年，她会再往后延一延，等一等最好的时令。眼下还等什么呢？能让宝吃着，这就是最好的时令。

一边在厨房里锅碗瓢盆，耳听着客厅那里聊得火热。

大姐，对象谈得怎么样了？

正谈着呢。

你这年龄，可得抓紧啊。

住嘴。再过几年你就会知道有姐姐在前面为你顶着有多幸福了。

二姐，你有没有三十五岁危机？

你可真能把天聊死。什么三十五岁危机，我三十岁还没到呢，没看今年最火的电视剧吗，三十也不过是《三十而已》，何况是三十五。

不是说性别意义，是说职业意义。IT 行业三十五岁就是一个坎儿。

那倒是。要是到了三十五岁，还没做过什么特别有名的大项目，就得偃旗息鼓，该考虑往管理岗转型了。技术更新得太快，三十五岁的老人家一般都跟不上趟。就是勉强能跟上趟，别的也会扯后腿。比如我的领导，那么那么能干，这一两年肯定也得离职，因为想要生孩子嘛，她那个年龄，不能再耽搁了，总是在念叨着回家备孕。我就等着她走的那一天吧。

你要这么想的话，二姐，别人也会等着你那一天的。

所以我不结婚，不让后面的人等到那一天！

哈哈哈哈。

大姐，你天天早出晚归的，好像比过去更忙了。忙啥呢？

请人喝茶。

喝什么茶？

查人呢，傻瓜。我管纪检这一块，整天负责查人家的小黑料。

能查到吗？

只要查，肯定能查得到。

人人都能查得到？

对。

真可怕。会开除吗？

要看情况。国企开人，都是因为违纪。没有人会因为工作不力被开的，你干得差，最多就是被下放到基层机构。被开的全都是因为收了这样那样不该收的。唉，干得不好就是平庸，干得好呢也容易出问题。这个分寸很难掌握的。

对了，我们是忙上班，你这是忙什么？饭局这么多，社交达人啊。

也太社交了吧？这才在家里吃几顿饭呢。

每次回来不都是这样吗？两顿正餐，一顿家里吃，一顿和朋友们吃。

这话头让她忍不住了，从厨房里跑出来接茬说：之前你每次回来都能待一个月，这次只待几天，情况不一样，就不能像以前那样分配额度。如果你只回来一天，难道也要分出半天给你的朋友们？家里和朋友们的份子，难道能均等吗？

哦，原来您是这么想的。我想着之前从来都是这样嘛。就没想那么多。

以前这样就对吗？

哎呀妈妈，看把您气的，都说出鲁迅先生的话了——从来如此，便对吗？

哈哈哈哈。

妈妈，别生气。姐姐们都在，可以做证。这样，您说个比例，在家吃几顿，在外面吃几顿，您规定好，我照办。

她没来得及反应，大小姐和二小姐像说相声一样开始了。

我来规定吧。以后呢，只能和你的朋友约早餐，去喝胡辣汤吧。

早餐？大姐你可真想得出来。

哈哈哈哈。

要么这样，你不是说请你吃饭的人太多吗，总有主次轻重之分吧。你可以申报项目，把所有的邀请都报上来，我们几个一一评审，过审的项目就可以安排。

哈哈哈哈。

对了，你还可以这样，把你各路的朋友：海归的、高中的、初中的、足球球友、网友球友、乒乓球球友等等等等，约到一桌上，请一大顿，批发式搞定。

哈哈哈哈。

对了，你还可以这样，把朋友们约到同一家饭店，定好不同的包间，你像我们领导一样，挨个儿包间去敬酒。我们领导管这叫"串摊儿"，是批发的升级版。

对了对了，你还可以这样，每个正餐吃两顿，先在家里吃一下，再到外面吃一下。这样你一天能吃五顿饭，如果还排不开，就再加个烧烤消夜什么的吧，一天六顿。这样下去，你简直可以搞吃播了。

哈哈哈哈。

别逗了你们。

对了，你实习的感觉怎么样？

好啊。同事们都对我挺好的。我年纪最轻，资历最浅，学历最低，技术最差……

还排比句呢。

实际情况嘛。年纪最轻的不一定资历最浅，资历最浅的不一定学历最低，学历最低的不一定技术最差……我是所有短板俱全。人家都是硕士博士的，也都不嫌弃我，还都主动教我。氛围真的很好。前两天我要走，正赶上团建，就一并欢送了我一下。我都被温暖得快哭了。

可别瞎感动。等你正式入职就是另一码事了。团建也可以是表演。表演其乐融融，表演团结一心。

哈哈哈哈。

那到时候再说吧。反正我这个阶段就是享受。

对了，照相了没？

又是照相。没照。为什么要照相啊？

照相非要为什么吗？不为什么也可以照相呀。

如果你非要问为什么，我也能给你一个响亮的答案：想看看有没有帅哥！

五

漫长的青春期，她都不爱照相。因为觉得自己丑。她变得热衷于照相，是从谈恋爱时开始的。谈恋爱后，他说喜欢摄影，约她去旅游，穿着贴满口袋的马甲，拿着个相机，一副像煞有介事的样子。他让她站在这儿，站在那儿，摆这个姿势，摆那个姿势，这样逗着她，那样逗着她。照片洗出来，她的笑容很多，他赞她美，她也觉得取景框里的自己不一样了，眉目之间，像是换了一个人。

新婚时，跟着他单位的人去旅行，之前跟他说，要他借个相机，想要多拍点儿照。此时他对摄影已经兴味索然，没有借，说一个关系不错的同事带有相机，可以蹭着人家的相机照。两人为此吵了一架。但免费旅游的机会不多，去还是要去的。她远远地和他同事的相机拉开着距离，敬而远之。相照得很少。照出来的也没有一张好的，倒也没什么遗憾。

等到手里宽松了一些，她就补偿似的，前前后后买了好几个相机。带胶卷的老式相机就换过三个，淘汰掉后，就是卡片机，单反，微单，都有。逮住个什么由头就会拎着相机去，照啊照啊。也不知道到底照了多少，还喜欢挑出好的洗印、装册。多年过后，搬家，整理房间，她赫然看到一摞体积惊人的大相册，全是合影，培训班结业的、同学聚会的、同事聚餐的、单位会议的。她毫不犹豫地都扔掉了。小相册里也有很多小合影，她仔细翻检了一遍。曾经不错的朋友，现在居然叫不上名字的，她也毫不犹豫地扔掉。还有越来越厌恶的那种人，想起来就觉得厌恶的，她也扔掉了，只是扔之前把自己留了下来。可看着自己这半张又觉得怪异，明明是张合影，此时只剩下了一个人，那个被剪掉的人就真的剪掉了吗？末了，她还是把自己也扔掉了，仿佛是殉葬。

和丈夫离婚时，宝正在读高三，已经拿到了七个大学的 Offer，都是国际名校。这些 Offer 仿佛也是他们离婚的 Offer，两个人终于离掉了彼此都想离的婚。但还是一起参加了宝的高中毕业典礼，典礼完了，其他家都是孩子和父母一起照相，前夫看了看她，她没看他，想要走，又有些踟蹰。终于，前夫说，照个相吧？她没说话。宝这时刚帮别人照了相，那个同学也过来说，我来给你们照。宝便一边揽住父亲，一边揽住她，不由分说地，拍了那张合影。她不想笑的，可是宝在揽着她啊，她便笑了。后来看照片，几乎看不见她的笑意。可是她知道，是有的。

照相的时候，又甜蜜，又委屈，又感慨。五味杂陈。

宝后来劝她说，不是什么大事，不重要，不要太在意。

他一连串的"不"让她突然有些懊怨。

既然是这么不重要的小事，那干吗还要做呢？她说。

宝不说话了。不说话的宝有些可怜，她的心迅速地软了下去，跟宝道了歉。宝拍了拍她的肩膀。

出国后，照相成了他们母子之间的一个高频词。为了照相，他们还时常有些龃龉。比如，她让他发照片给她，他总是顾不上，总是应付她，有一次还发了小火，说：妈妈，我不是在玩，学习任务很重的，您就别烦我了。好像让他发照片，是在陪她玩的一种方式似的。她沉默了一会儿以示情绪，其实也不过是两三分钟吧，便回复道：对不起啊大宝，你忙吧。

宝也沉默了两天后，发来了两张照片，说：妈妈，对不起。

她一边掉泪一边回了个大大的笑脸，说：没关系啊我大宝。

有一次，他支差给她发来一堆街景，她一张一张地看着，看着看着就气得笑了起来。这个熊孩子，她是为了看街景吗？又不是没有出过国，她稀罕看街景吗？

还有一次，两人半开玩笑地聊起来照片的事，宝说：要不要签个合同啊，比如，每周发一次照片，每次不少于五张，背景要不同，面部要清晰，还要有表情，露出八颗牙最好……母子两个商量着，就乐了起来。

她建了好多个文件夹，收藏着宝发来的所有照片。他的录取通知书，他租住的房间，他去谷歌参观时的临时通行证，他和朋友们去看NBA总决赛，偌大的球场。他去中餐馆吃饭，点了凉皮和肉夹馍，有一次还点了"左宗棠的鸡"。他去哈佛比赛，嫌酒店既远且贵，就在草坪上过夜，买了个小帐篷，照片里的他从帐篷拉链里探出了黑黝黝的脑袋……她统统都分门别类地收藏起来。有空就看，有空就看。

大二回国的时候，宝从老家回来，去洗澡，她偷偷翻了翻他的手机，想看看里面有没有新照片。果然有。其中有两张里，多了一个中年女人和一个女孩子，前夫的嘴角微微上挑，表明他在笑。女人则笑得很努力，看着很温柔，温柔得几乎没有形状。女孩子没有笑，十五六岁的样子，脸上绷得很紧，是一副想要拒绝又不知道该怎么拒绝的倔强又尴尬的神情。齐刘海并不很齐，凌乱的那几根头发挑动出不逊和不驯，也隔着虚拟的空间，针一样地刺着她，痛着她。

唯一让她舒服的是，宝没有笑。但她还是朝着宝发作了。问宝，为什么要配合拍这张合影，宝用浴巾擦着头发，道：不就是张照片嘛。爸爸也不容易嘛。她道：我容易？宝说：都不容易。所以，差不多得了妈妈。

她没话说了。她不希望孩子有后妈，可自己又不能回去。回不去了。还能怎样呢。她的前夫永远是孩子的爸爸，这是决定性的结果。所谓的前夫前妻只是他和她之间的。对于孩子而言，只有亲生父母，没有前爸前妈。

后来，那女人还是带着孩子走了，据说是跟前婆婆水火难容。她听到消息后长长地松了一大口气，再看宝和奶奶的合影，觉得这位前婆婆慈眉善目了许多。

六

饺子煮好，大闸蟹也蒸好了。还有一道清蒸鲈鱼和一个烩菜，是早就备好的料，出菜快得很。烩菜里有竹笋、白玉菇、牛肉、火腿、豆角、木耳、粉条等种种，整个儿就是乱炖。看着品相一般，味道却很不错。

一切齐备，开始吃饭。先吃蟹。如以往一样，每个人都笨手笨脚地剥着螃蟹。到底是北方人，不习惯吃螃蟹，每次吃螃蟹都像是第一次。一边吃一边吐槽螃蟹肉少，没啥吃头。

你们都没有喝过茅台吧？

没有。

要不要喝点儿啊？她提议。

不！三个孩子异口同声。

我希望你们人生第一次喝茅台，是和我一起。

三人全乐了。说喝茅台是什么重要节点吗？重要节点必须喝茅台吗？不喝不喝不喝。

好吧，那就不喝。

家里有两瓶茅台，算起来也存有快十年了。她也从不嗜酒的，可是不知怎么的，看到茅台，她就会想到孩子们，和孩子们吃饭，就会想，要是喝酒一定喝茅台。嗯，将来一定要和孩子们把这两瓶茅台喝掉。

边吃边聊天。聊什么呢？聊杨紫、聊易烊千玺、聊刘昊然、聊韩剧、聊海底捞、聊抑郁症、聊双性恋、聊健身、聊平板支撑、聊动感单车、聊漫威、聊桃总为什么叫桃总、聊死侍为什么叫死侍，由正播着的

《中国好声音》聊到了《乐队的夏天》，聊整天加班，头发都要掉光了，聊买假发片。

终于吃完。宝去了房间，好一会儿都没出来，她便跟了过去。还是在收拾行李。行李总是这样，不到临行时就不可能收拾妥当。巨大的行李箱摊开在地，真当得起一个乱字。不过在她眼里，这是气势磅礴的乱，也是欣欣向荣的乱。她目不转睛地看着宝拎拎放放，取取拿拿。他在家的时时刻刻，她都想跟在屁股后面看着。看不够。

妈妈，您去歇着呗。我整理行李很有经验的，不要担心。他说。

他大多时候叫她"妈"，撒娇的时候才会叫她"妈妈"。她耳中最动听的称呼，就是他口中的"妈妈"。把女儿比作父亲的小情人，把儿子比作母亲的小情人，她曾经很反感，但是现在，慢慢理解了。情人之间爱到最美好的时候，最纯粹的时候，就接近于父母对于儿女的这种爱。情人之爱是血缘之外的极致，父母之爱是血缘之内的极致，有意思的是，情人成家方为父母——血缘之外的极致诞生了血缘之内的极致。也许是两种极致之爱无从映照，就只好互相映照。哪怕映照得有些荒唐，却也在不可理喻中获得了某种理喻。所谓的天地造化，大概就是如此吧。

宝卧室的书架上，摆着几张装框的照片，都是他格外心爱的。小学时的乒乓球队合影、初中时的网球队合影、高中时的足球队合影……从小到大都热爱运动，球队是他业余生活重要的组成部分。她从书架上抽出一本影集，翻起来。宝的照片，她按时间做了排序。满月照、百天照、夏天露着小鸡鸡的洗澡照，幼儿园毕业的全班照、和同学去春游的、在学校操场上跑步的、代表学校去台湾进行交流的、阖家游时在清明上河园穿着武士盔甲的、在家里打扫卫生的、每年过生日的、戴红领巾的、第一次坐飞机的……各种，各种。这本影集旁边，是一本大红色的小影集，装的全是他们三口之家的合影。她摸了一下，到底没有打开。手指微涩，已有淡淡的灰了。

哎哟，又在那儿欣赏呢。有那么好看？宝说。

是啊，好看。

我觉得吧，小时候的照片还挺逗的，长大以后就没啥意思了。

嗯，再放几年，就有意思了。照片如酒，是需要时间来发酵的。

您又抒情来了。

所以，你首先得现在多照，将来才能拥有很多意思。

您可得了吧。

这次回老家，照相了没？

那还用说。

给我看看呗。

在手机里，自己看。

他回老家，照例要照相。和爸爸，和奶奶。这次依然是非常正式的那种照相：老太太坐在前面的太师椅上，他和爸爸立在后面。她看到过几张。十分端庄，甚至悲怆。她不能看太久，看太久会落泪——每一张都可能会是祖孙的最后一张。

可笑吧？这么照相。宝也凑了过来。

可笑什么。不可笑。

妈妈，为什么一定要这么合影呢？

她看着这张脸，思忖着该怎么回答。这张脸，乍一看已经是成熟的男人脸了，在外面也一定会被人们看作成熟的男人——完全民事行为能力人，法律是这么界定的吧？可是，在她眼里，他还是个孩子。突然想起在哪里听到的笑话，一个三十多岁的男人，闯了祸被警察抓捕了，他母亲哭喊着求情说：饶了他吧，他还是个孩子啊。讲的人都乐得不行，听着的人也没有不乐的。可是，此刻，和那位母亲之间，她居然也有了一种荒诞的共感。在母亲眼里，孩子永远是孩子。有错吗？没错。这世界上绝大多数的母亲都会有这样的心理吧，愚蠢得可爱，可爱得愚蠢。

请回答，妈妈。

你二姐不是说了吗，为了留念呀。她笑。

为什么一定要合影才是留念呢？视频也是留念嘛，语音也是留念嘛。

她又陷入了沉默。这个问题貌似刁钻，其实稍微梳理一下就能给出点儿说法。

找到像样的答案，比如，因为视频和语音都是需要播放的，都是流动的。流逝流逝，流动就会逝去，当然不宜留念。可是照片，只要你按下了快门，就能将近在眼前的这一刻，凝固且被保鲜为绵长光阴。这薄薄的存在啊,就是被截取下来的瞬间真实,就是在无尽岁月里可以被反复验证的瞬间真实,就是有能力打败强大时间的瞬间真实,就是将所有稍纵即逝的珍贵的一切储存下来以便反哺和抚慰孱弱人心的,瞬间真实。

它还那么安静。安静的事物总是有一种不可思议的力量,能够让人依托和信任。

——这些个话,作为回答,是不是很像样?

可她没有说。她不想对他讲太多。她不想在这个时候搞一个小型学术研讨会。

这个问题太难了吧?宝很得意。

是啊,挺难的。她说,我们还是在实践中寻找答案吧。

妈妈——

快点儿,去照相!

七

但也不是立马就能照的。之前当然得做准备,换衣服、化妆。哪怕是在家里,是和家人一起照相,也得收拾收拾。宝屹然不动,穿着他的T恤和牛仔裤,等着女生们各种打扮后,光鲜亮丽地走出卧室,预备开拍。宝努力经营出一副没脾气的样子,下一句就露了原形:计划照几张啊?

她们全笑了。

照到满意为止!大小姐说。这是标准答案。

每个人都要站一遍C位,每个人都要和宝照合影,然后,是各种角度的大合影,谁在前头显得谁脸大,脸大就是吃亏,自然了,排到最末就是脸小,脸小就是沾光。于是就挨次排到最前头,挨次吃亏和沾光。

够了吧,我要倒数五个数了。行李还没收拾好呢。宝说。他忍无可忍了。

于是就按他说的,又拍了五张,他终于解脱了,逃也似的跑回了卧室。剩下她们继续拍。她和大小姐合影,和二小姐合影,大小姐和二小姐合影，三个人一起合影，一起嘟着嘴的，一起做鬼脸的，一起瞪眼睛的，好玩啊，真好玩。对于女人来说，照相似乎就是一种特别好玩的游戏。拍照状态中的女人，或多或少都有戏精的潜质。

终于拍完，回看照片，再把满意的精修，把不满意的删去。人人都只顾着看自己。相对于自己，她更爱看宝。可是这个宝啊，只有有限的几张能看出他在笑，其他那些里，他的样子就是个路人。衬着女人们戏精的表情，居然也别有一种戏剧化的喜感。

她又逛到宝的房间，继续看宝收拾行李，二小姐是收纳高手，也过来帮忙参考。一大一小两个箱子，要装多少东西呢？春夏秋冬的衣裤鞋袜，帽子围巾手套拖鞋，牙膏牙刷剃须刀沐浴露，感冒的消炎的跌打损伤的各种药……庞杂得像一个小型超市。还不时有计划外的建议冒出来想要挤进去。箱子早已经鼓胀得此起彼伏，多一点儿都要崩溃的样子，但其实还是能再塞一点，再塞一点。

她看着她的宝。宝手指上的小肿块，是疣。他在国外已经发现了好几个月，却不告诉她，怕她胡思乱想。自己也不舍得去看医生，怕花钱太多。一回到家，他们就去了医院，确定了是最寻常的疣，她才松快舒展了下来。不过当晚也没睡着，在某度上查了又查。他们一起呵斥她：查什么查，"某度查病，起步癌症"，没听说过呀。

她看着宝的白牙，衬着他小麦色的皮肤，显得分外白。他一回国就去洗了牙。他洗牙的时候，她也跟了去，一边看着他洗牙，一边和医生聊天。医生问他在哪里读的大学，准备去哪里读研，听到学校的名字，照例赞叹了两声，夸奖了几句。又说几乎所有的留学生回国都必然会去看牙医，因为国外看牙特别贵，特别特别贵。也有在国外的华侨全家利用假期回国内看牙的，因为飞机票和看牙的钱相比简直可以忽略不计，划算极了。

她一边看着，一边用手机悄悄拍着。拍了几张宝的单照，又调到自拍模式，远远地把宝框进镜头里，和宝合照。她调了静音，没有快门声，宝应该没察觉到——抬起眼，才发现宝在斜睨着她。她的脸刷地红了，仿佛是一个被抓了现行的小偷。

您这执念也太深了吧，妈妈，为什么呢？宝的语气是嗔怪。有些严厉了。

她突然也有些恼羞成怒。

因为——她一字一句地说着，自己也知道自己在此刻显得很幼稚。幼稚就幼稚吧——在生活中，我们不会永远在一起，但是在合影里，我们可以永远在一起。

切，永远。您这话听着，牙都要倒了。宝轻轻哂笑。

是啊，永远。她也笑。只能笑着，只适合笑。不这么说，又该怎么说？能说这些吗——因为我会死去啊。因为我会比你早些离开这个世界。在我离开这个世界后，你会想念我的，想念我的时候，看照片就是最简便最有效的方式。照片不占什么地方，还真是特别适合留存和思念，嗯，就是留念。

当然不能说。不能。

宝看着她的脸，愣了一下，似乎明白了什么，嘴唇动了一下，却也什么都没说。那一刻，她知道，他仿佛意识到了这是一件什么事。他的小脸很严肃。

八

第二天，她很早就醒了。确切地说，是根本没怎么睡。宝就在隔壁，他的呼吸离她这么近，她舍不得睡。还有些事情由不得要操心，尽管宝安排得井井有条，根本用不着她操心。她刷着英国的疫情，计算着郑州飞广州的航班与接下来的国际航班之间的时间，又去查这趟国内航班的准点率，准点率还行，不至于因为这趟拖累了下趟。又寻思着再给他带点儿什么药，能不能再塞进去几只口罩……

六点多，她轻手轻脚地起了床，煮好了鸡蛋熬好了粥，又去外面买了胡辣汤肉包子素包子水煎包牛肉盒子各若干，琳琅满目地摆好了一桌子早餐，宝也醒了。两个姑娘也起了床，她们三下两下吃完，和宝拥抱告别，各自上班去。

她又让宝把行李检查了一遍，护照什么的证件也一一又验视过。突然，她想起了昨晚剩下的几个饺子。

再吃两个饺子吧？她问。有些小心翼翼。

好的妈妈。

宝很痛快地把她煎好的饺子全吃了。

他们早早到了机场。他同学还没来，他们便先办着手续。终于，他同学来了，送行的有五六个人，七嘴八舌的，越发显得他们这边冷冷清清。那孩子却是一派心不在焉，有一搭没一搭地草草应对着他们，一边和宝聊得欢天喜地。忽然，她清晰地听见他父母亲在商量要不要再拍张合影，说刚才吃饭的时候拍的照片糊了，得重新拍。商定之后，他们察言观色地跟儿子提了出来，那孩子却断然道，怎么没完没了啊。又是照相，照什么照。别照啦，不照！

一群人都尴尬在那里。她也跟着尴尬起来。突然，宝就走上了前去，拍了拍同学的肩膀，说：时间还来得及，照吧，赶快照。我来给你们照。

那孩子看着宝，有些蒙蒙的样子。宝又拍了他一下，呵斥道：赶快照！

（《人民文学》2021 年第 6 期）

传　灯

斯继东

一

　　翁雁，来禀皆收悉。各人之钱亦照付，报未有遗失。家中诸人均平顺。惟生物高涨，维持绝指据。予收入因高物价大受困难。二哥每月补贴四五十万元，终不够开支。绍地米价每石六十八万元，皂每半块一万五千元，菜一千八百元一斤，鸭子每个一千五百元，麻油每斤一万九千六百元。阿赖胃口已好，要抱不肯停坐，人极乖。汝一切要谨慎。父字。十月卅日。

　　博物馆的展都去看了吧？有留心到那封手札吗——就是徐生翁写给儿子翁雁，抱怨绍地物价飞涨，什么米价每石六十八万、皂每半块一万五千元那封？

　　札末有一句："阿赖胃口已好，要抱不肯停坐，人极乖。"

　　那个"阿赖"就是我。

　　翁雁是我爹爹。我的叔叔伯伯都叫我爹爹老四，其实严格说我爹爹行五。老四是从我娘娘那儿排的，如果从我爷爷那儿排的话我爹爹就得是老五。为什么？因为在我娘娘肩上，我爷爷还有一个大娘娘。大娘娘是在我爷爷三十岁那年病故的，据说是发痧不治——是啊，那年头好像什么病都能索人的命。老店王拢总七子三女，大娘娘留下一儿一女，另外六个儿子两个女儿是我娘娘生的。

我爷爷生于光绪元年，光绪元年就是 1875 年，鉴湖女侠秋瑾也生于这一年，那个做过状元夫人的赛金花好好像也生于这一年，如果我没记错的话——我早些年看过她的传记。但她们都比我爷爷小，我爷爷的生日是正月初一——比生日哪个大得过伊？老店王死于 1964 年，阳寿八十九岁——绍兴人说"九难过"嘛，那一年我十六岁。

　　对，我跟我爷爷一道生活了十六年，我是看着伊过背的。我爹爹那时在上海货物税局谋差，但家眷却一塌括子都留在老家。

　　爷爷晚年一直住在这里。对对，这地方就是老店王润格上署的"东郭孟家桥三十六号"。门牌号码调龙灯样换，地方还是这地方。那时属城郊，极为偏僻。后来城市像摊大饼越摊越大，原先白墙黑瓦的平房大多都被拆了，只保留下东边这么几间。西边本来有一爿早竹园，还有个弄堂，现在都建了楼房。后司门的河倒还是那条河，埠头和踏道也还大体保留着原先的样貌。

　　因为地势低，加上毗邻竹园，书房时不时有老鼠出没，老店王就养了只大花猫。饭时，我时常看见伊从自己碗里小心翼翼拨出一些饭菜来饲猫。

　　这屋里已经没什么旧物了。噢对，这眠床是伊困过的。夏天青草蚊子多，床架上会搭个青纱帐。喏，那张照片也是旧物。那时候摄影已勿稀奇，但老店王好像不喜欢拍照，一辈子就留下了这一张半身照，现在各处在用的全都是这一张娘本翻印的。爷爷属猪，可整天虎着一张脸——照我们绍兴话讲，是很"威势"。他极少笑，我基本没见过伊笑，孙辈们聊起来似乎都想象勿出伊笑的样子。你们看看——是不是板着脸，好像谁都亏欠伊似的？

　　爷爷极少出门做嬉客。他总是把自己关在房间里，不是看书，就是写字。明明整日宅家，却从来不帮娘娘做家务，百事不管，眼鼻头底下扫帚倒了也勿晓得扶一扶。老店王还时常深更半夜勿困。据我娘娘讲，落雪天公早起，道地屋顶都积起尺把厚的雪，爷爷的房顶却总有一个勿积雪的"坑"——那底下是他放灯烛的地方。"灯油那么贵，老死尸就勿晓得日里写？"讲到这里，我娘娘总要骂上一句。

　　爷爷偶尔会从房间出来踱步，也不走远，就在家门口转转，立到河埠头呆望望，或者冷眼看我们在竹园里拔草、挖笋，玩游戏，嬉笑打

146

闹。小猢狲哪怕闹得沸反盈天，他也从不出声帮腔。

二

　　行草书，六尺屏四十元，联十元；五尺屏三十二元，联八元；四尺屏二十四元，联六元；屏以四条计，三尺屏同四尺横，直，整幅，视屏减半，六尺以上暨长联，来句另议。纨折扇四元。右行数难限，大小随书，如界丝格作楷者另议，泥金笺另议。冷金笺、绢倍之。堂匾、斋匾另议。篆、古隶真倍之。金石刻辞卷册署另议。竹、木、蒇、卉画视行草书倍之。润资先惠，劣纸不书，立促不应。丙寅春三月，寓浙江绍兴东郭孟家桥三十六号。

——李生翁书画润格

　　那个润格是我娘娘逼着我爷爷立的。

　　你们见过那润格吗？写得真是夹缠。行草书是一个价，篆隶真翻倍，画又是另一个价，尺幅三至六尺不等，形式屏联横直不同，匾笺扇面另议，金石刻辞卷册署又是各种另议，来句再是一个另议。

　　有必要定得那么啰里啰唆吗？你看现时的书法家多干脆：六千一平尺。一万一平尺。哪来那么多废话？

　　我娘娘为什么要逼伊立润格？因为我爷爷他老人家脸皮薄，时常干些"赔肥赔眠床"的行事。明明非亲非故，一府两县，拐上三个弯，凭谁都能跟你拉扯上关系。斯文人碰上木脸皮，客气当福气。人家求字画，侬勿收铜钿，便等于倒贴纸墨——这不是"赔肥赔眠床"吗？可一家老小十几号，就等着他鬻书卖画济口度日呢，日长夕久，如何使得？我娘娘于是对爷爷出恶声了："人家和尚讲随缘乐助，那是供的泥菩萨，侬也讲随缘乐助，你把家里十几号活口都当泥塑木雕啊？"

　　我娘娘其实也是大户人家出身，祖上点过翰林，后来家道中落，加上父母走得早，勿得已续弦给穷书生，真是活唧唧神仙落了凡尘。

　　价格拟好了，爷爷提笔加一句——"润资先惠"，娘娘点点头。

　　爷爷蘸墨再添一句——"劣纸不书，立促不应"。

娘娘摇摇头，叹了口气。

我娘娘叹什么气？"画蛇还要添足，那是读书人自己给自己留颜面。"我爹爹答我。

自此，老店王的书房里就多了这份用四号字印制的润格。

来了人客，我娘娘笑盈盈地进去敬茶。看见这一张热脸的同时，来客也便带眼瞧见了背后那一张冷面孔的润格。

三

> 戊寅小春月朔，贺公培心，暨松泉、秋农、生翁、雪侯、红茶、荔丞、鸿梁、沄簬、印西雅集春水闲鸥馆，内子雪清出肥鳌旧醅饷客，酒酣，处德以素笺索画兰蕙，宾主九人合作是帧，良可宝也，为之记。
>
> ——张天汉《九友图》跋

关于戊寅年春头的这次雅集，来我这儿坐的人都会聊到。一般都称之为小云栖寺雅集，但其实张天汉的跋文中只有"雅集春水闲鸥馆"一句，并未提到小云栖寺。照此理解的话，春水闲鸥馆应该就在小云栖寺内。但另有书家却言之凿凿，春水闲鸥馆是张天汉的室号，当然在八字桥张家台门。

提起八字桥张家台门，绍兴人无人勿晓。绍兴是座水城，城内外河道星罗棋布，出门都须以船代步。一般人家出门就是普通的乌篷船，本地叫脚划船，讲究点的便得是三明瓦的画舫。据我娘娘讲，当时整个绍兴城豪华画舫只有三艘——下大路许家、南街姚家和八字桥张家。这其中名头最大的就是张天汉家的那艘"烟波画舫"。民国六年，孙中山来绍兴考察，说绍兴"三多"，什么石牌坊多、坟墓多、粪缸多，坐的就是"烟波画舫"。民国二十五年，浙江省主席黄绍竑受贺扬灵之邀来绍公祭大禹，坐的也是"烟波画舫"。1939年，周恩来战时视察绍兴顺带祭祖，坐的还是这艘"烟波画舫"。这画舫的名称也有来历。张天汉自称张岱后人，而据他考证，张志和又是张岱先人。先人的先人张志和自号"烟波钓徒"，于是后辈的后辈张天汉就借了名。

"烟波画舫"平时极少闲在八字桥下，因为三日两头张天汉就会邀书家画友荡舟于耶溪鉴水之间，喝酒赋诗，挥毫泼墨。据我爹爹讲，我娘娘找勿到老店王，便会骂："乌大菱壳总是余到一起，老死尸又去烟波画舫鬼混了。"

小云栖寺雅集其实也就是一次家常的小聚，但因为留下了一幅画，张天汉还仿效兰亭雅集题了个跋，日历被定了格，流水宴也便传了下来。

但是，雅集也好鬼混也好，说来说去好像跟小云栖寺没有半点关系啊？你们说，会勿会张天汉的春水闲鸥馆就设在烟波画舫里，而凑巧那一次画舫就泊在小云栖寺门口呢？

那幅《九友图》倒确实有点意思。惯常书画家合作都是各施其长，你画块石头，我添点花卉，他再题个款，相映成趣，所谓珠联璧合。《九友图》上却一式都是兰，而且是各画各兰、不顾不盼。我估计都是老酒喝得稀里糊涂了。不合常理的还有：参加聚会明明有十三人，除去"出肥螯旧醅饷客"的雪清和"以素笺索画"的处德是小辈外，尚有同好十一人，怎么就被署成了"九友"？《九友图》现藏于我爷爷的弟子沈先生处，他极少示人，我有幸见过，沈松泉和朱秋农只见其名，其余九人捉笔，因贺扬灵只写了叶，由印西和尚补花，共成兰蕙八株。座中诸君皆为越中名流，但其中有一个叫沄簃的，名字陌生，我问了不少书画圈高人，居然都话勿出。

小云栖寺雅集的时间是 1938 年春。三年后，日寇侵入绍兴城，我爷爷和朋友们的好日子就此结束了。在是年的一次空袭中，烟波画舫被炸得八码粉碎。应该也是在同一年，我爷爷不明不白失了他的四子翁旦，连尸首也没下落。

贺扬灵撤离绍兴时是邀过我爷爷的，让他随同去西天目避祸。可一家老小十数口，是管自己跑，还是携家带口走啊？爷爷选择了留下——"不管谁当朝，平头百姓么总还是过自己的小日子"。但爷爷想错了。日本人占了城，自然需要找个有头有脸的本地乡绅出来维持秩序。稍有点脑子的人都晓得，这活儿接勿得。三十六计，走为上计。名单打头的王子余，早两天就躲到了张墅沈复生家，据说金汤侯在寿材里断吃断喝躺了三天，朱仲华也阴声勿响藏了起来。名单再排下来排到了商会会长冯虚舟。冯虚舟也想逃，脚划船出南渡桥时却被鬼子截住，于是就成了维持会长，再后来又做了绍兴县伪县长。有市面灵的朋友还讲，特务班长长岛最喜欢书画，这下真把爷爷吓着了。城里没法待，去哪儿呢？爷爷就想到了西郭门外的小云栖寺。住持印西也随贺扬灵去了西天目，看寺的小和尚倒是认得写寺匾的老先生。栖身之处有了，可是总不能十几口人天天随僧食粥吧？乱世惶惶，书画是换勿成盐米了。亏得小和尚机灵，不久就从寺庙老施主那里给接了裱褙锡纸、糊火柴盒的活计，于是老少上阵，每日借此换米，再自种些菜蔬捱日。慢慢地朋友们也知道了音讯，王觊甫、金汤侯等殷实户时勿时会着人来求点字索张画，所谓的"求字索画"其实就是接济——命都勿保了，谁还有原先那份闲情逸致啊？

四

> 旧时屡过绍兴开元寺，激赏翁三字题榜，峻健开豁，想见早年功力。晚年短札随手写记，拙而不矫，望之类敦煌碎纸，难得。
>
> ——沙孟海

我幼小印象最深的事是陪爷爷去东街理发。爷爷平日勿出门，要出门的话便是去东街理发，定然数每月一次。好像每次都是走着去的——自孟家桥朝西，过东昌坊口到大云桥，再沿大街笔直朝北，至东街口再右折。听我这么一说，即便你们外地客，也知道是绕了远路。去理发为什么要带上两个小猢狲？现在想想，应该是老店王借机给我们做趟嬉客吧。

那一日老店王的兴致总是很高，平时端着的"威势"好像也放下了。一路走走停停、游游荡荡，他会絮絮叨叨给我们讲这个城市的逸事野史，卧薪尝胆的越王勾践，"飞鸟尽，良弓藏"的范蠡文种，王羲之的题扇桥、躲婆弄，徐文长的"山阴勿收，会稽勿管"，姚长子化人坛灭倭，刘宗周水心庵绝食，张岱夜航船伸脚，还有"泥马渡康王"的故事，"王城寺里的和尚——去了大半"的典故。大多当时都似懂非懂，唯有徐文长的故事听着发靥，后来祖孙再出门一路就都是徐文长长徐文长短了。在绍兴人嘴里，徐文长的故事是讲勿完的。他们其实更欢喜把徐文长称作徐老三，什么恶作剧——反正只要侬想得出，都可以挂靠到伊头上。

东街西首自大街到大坊口那一截，以前一直是绍兴城最闹热的地段。邮局、医院、真神教堂皆集中于此，其间店铺鳞次栉比，沿街是各式摊贩，我爷爷光顾的人民理发店就夹在中间。

爷爷理光头，推子推一推，剃刀再刮一刮，花不了多少工夫。但人民理发店生意好，常常得等，一等就是半日。

蹲在街沿，爷爷跟我说，解放以前这里一直叫开元寺前。开元寺在哪儿？爷爷用手指指人民医院。开元寺一度曾是绍兴城香火最旺的寺庙，寺内塑有罗汉伍百，一到正月初一，城里老老小小都会到开元寺来数罗汉。左脚先进左边数起，右脚迈进右首数起，按岁数数到的那个罗汉就代表了你的年运。爷爷又告诉我，开元寺的寺额就是他写的，三个榜字，字大盈丈。"盈丈"是多大，有白篮那么大吗？大得多。这就有点难以想象了。开元寺毁于抗战期间，爷爷比白篮还要大得多的匾额，我自然也就见勿着了。

老店王三十岁开始在本地有书名，之后给许多地方题过匾额，但留存下来的很少。香炉峰禹穴后壁尚有半卷心经，你们有兴趣可以去看看。据沈先生讲，当时是香炉峰了了和尚请我爷爷写大字心经，拟刻于禹穴后侧摩崖。刻至半途，我爷爷去观瞻，连连摇头，说是刻工失真，须翻倒重来。了了和尚却面有难色，大约是铜钿银子不济。很快抗战事起，此事便半途而废。石刻自"般若波罗蜜多"起，至"无挂碍无"止，存一百四十四字。我啊，我勿会写字，只会看看，我们子孙辈没有一个是吃书法米饭的。提到学书法，老店王总是反对，说写字太苦。七子三女中，最有天分的是翁旦，爷爷大概是想托以衣钵的，却偏偏走得最早。据说抗战胜利后，爷爷曾专门邀请文茂山房刻师王宝贤、王伯超等人前往禹庙，在《唐往生碑》上补镌"丁丑浴佛日生翁偕四子翁旦同观"字句，念念至此，可见其不舍。

相比爷爷的字，那时更吸引我的却是满街的行贩。内中有个卖甜酒酿的水泉矮子，最是勾魂。别看伊人矮，嗓门却高——"哎——水泉的甜酒酿来大哉——"癫子多花头，其兜揽顾客的方式也稀刁，甜酒酿装在两只特制的木桶里，水泉用白粉笔在木桶盖上写着几排字，谁要认得出就能白吃一碗甜酒酿。第一次我挤进去看西洋镜，那时我已识得勿少字，但桶盖上的粉笔字看半天却一个也念勿出。边上的人，也都不对。老店王理完发出来，我弟弟搬救兵，拉了伊来认。爷爷从头至尾扫一遍，一声不响退出人堆。我和弟弟都非常失望，连小贩写的字都勿识得，你还威势什么啊？归到家后，老头子破例把我俩喊到了书房。"那些字我都识得，但我识得勿等于你们识得。""你们来看——"在一本厚沓沓的书里，爷爷把桶盖上的字一个一个找了出来。"天下只有写勿出的字，无有认勿得的字——想吃免费的甜酒酿，那得靠自己本事。"爷爷拿在手里的那本厚沓沓的书，就是《康熙字典》。爷爷出身贫寒，父亲早卒，只在十岁时上过勿到一年的私塾，此后就是靠这一本《康熙字典》识字断文起家，后来专攻书画，也全靠自己摸索钻研。

免费的甜酒酿我和弟弟一直没吃到，因为水泉矮子桶盖上的字总是在换，但我却因此识得了勿少的生僻字，还无师自通地学会了反切法。

五

　　李徐亦布衣，当代绍兴人，年六十余矣。非贵显，亦不往来贵显者之门，又远离沪上书家之互相标榜，其书名仅绍兴人知之，而绍兴人亦鲜有知书之精湛在沈康吴之上，而其博大雍容且在邓石如之上者。

　　　　　　　　　　　　　　　　　　　　　——胡兰成

爷爷一辈子偏安一隅，足不出绍兴。唯一的例外可能就是四十六岁时的淳安之行。

关于这次远足，爷爷一直闭口不谈。其间发生了什么没人晓得。娘娘知道的也就是"族人相邀，回原籍看看"一句。爷爷的爷爷辈自淳安迁至绍兴檀渎村，所以淳安算是爷爷的原籍。归来之后，爷爷倒是写了几首诗，极见文采。我读过勿少遍，都能背了。你们且听听——"逆水行舟听楫师，朝朝那有顺风吹。溟朦细雨富春路，贪看桃花不厌迟。”——这首题为《富春江行》。“湿云初散雨犹濛，隐隐轻雷隔断虹。舴艋不掀风浪静，夕阳如茜染江红。”——这首叫《江上晚霁》。“轻寒挹袖雨余风，独立湖堤夕照中。仿佛宋人团扇画，水天如醉柳花红。”——这一首名《夕照》。后来，他还为朋友章天觉的“翟琴峰山水画卷”题过诗——“野风发发水沄沄，江上人家冷夕曛。如此波光不荡桨，朝朝闲煞白鸥群。”那诗境应该也来自此前的淳安之行。勿是我自道好——你们能想象这些诗是一个只读过勿到一年私塾的人写出来的吗？出去走走多好，开开眼，发发兴。整天克蛇龟一样蛰在屋里干吗啊，真是懂勿着老头子。

大概是在六十五岁那年，爷爷忽然提出了改姓。此前爷爷一直姓李，他早年的落款是李徐，中年为李生翁，晚年伊决定“复姓为徐”。意思是伊本该姓徐。那他又是怎么从徐姓变成李姓的呢？一种说法是他出生后即寄养于别家，这户人家姓李；另一种说法是其父——也就是我的曾祖——幼小时曾寄养于外婆家，就随了外公的姓。孰真孰假反正现在已成了糊涂官司。

姓了大半辈子的姓要改，我娘娘第一个反对，半路杀出个徐生翁，谁认识啊，这不自断财路吗？直骂老头子是“发昏”。书友们也都劝阻，成名成家后改姓，总归是件犯忌的事。爷爷却一意孤行，说改便改，后来在给朋友的信中，爷爷写道“今已复姓为徐，留不久，死无憾矣”。在旁人看来说改便改的事，也许于爷爷却是深思熟虑的结果。而最早触发他动这个念头的，我猜应该就是二十年前的淳安之行——虽然我并勿知道淳安之行发生了什么。也许，还跟他的父祖辈有关。至于怎么个有关法我就不晓得了。我只知道，他的爷爷是檀渎村种田的赤脚农民，他的父亲后来进了城，在一家商店做文牍，但在爷爷十多岁时便故去了。

都说世事如棋。拿爷爷这一生讲，淳安之行好似一着闲棋，但是谁都想勿到却在许多年之后抲了大龙。

爷爷的“复姓为徐”倒是给后来的研究者提供了便利。大家很自然地以落款将其作品划成了早中晚三个阶段，你们都看到了——这次博物馆的展就是这样布的：李徐时代，李生翁时代，徐生翁时代。

六

红茶仁兄，数年不晤，辱书。得悉勒定多豫，深慰驰系。生翁百忧薰心，日为饥饿挣扎，精力益颓，惟书画差有进境耳。属作画册二叶，意颇自好，足下能许颉颃汉人否？函达赐复，不宣。弟徐生翁上复。六月廿四日。画册二附。

爷爷的书名被更多人晓得，应该是在二十世纪八十年代中后期，那时他已过背二十多年。当时社会上有一股书法热，大气候又提倡创新，于是一批隐而不显的书画界人士文物被挖了出来。

爷爷作为"丑书"代表，由隐到显重出江湖，中间起关键作用的人是他的弟子沈先生。沈先生后来成了隶书大家，记者去采访，他总是讲：你们别写我，写写我的老师徐生翁吧。但是徐生翁是谁啊——记者都闻所未闻。七老八十的沈先生就自己捉了笔写，叙师生机缘情谊，论老师书风为人，写完再投稿给书法报刊。此外他还广罗材料，收集整理作品，撰写生翁年谱，自印生翁事略，各种场合不遗余力推介其师。

爷爷一辈子就收了这么一个弟子。以他当时在绍兴的名声，想拜入山门的人自然很多，但他都一一拒绝。据说这中间就有贺扬灵的夫人林太太，贺扬灵当时是绍兴的县长，两人又有私交，这面子换谁都不能不给，我爷爷也真是做得出，偏生就没松口。他后来谢绝贺的西天目之邀，很难说跟此事没有关系。收沈先生时，爷爷已届耄耋之年，首次授徒，一时传为佳话。按沈先生的说法："我六岁即受先生嘉勉，时隔二十多年，才执弟子礼。"

爷爷为什么不收弟子呢？这个问题好像从来没人深究。书画圈历来是讲究师承的，所谓师出有门，否则就会被视为野路子。而我的爷爷似乎就是野路子，他一辈子都没拜过师。以我的理解，可能我爷爷骨子里是不相信书法可以教的。要说师，无碑无帖不是师，谁都可以学，万事万物皆为师，何用得上拜？至于学勿学得到，最后能修炼到哪个分上，那就要看各人的悟性和造化了。舍姆娘靠自健，别人是帮勿上多少忙的。

爷爷曾经在文章中写道："我从小爱好书画，但家无藏弄，乏师友为之指导。今兹略有所获，多靠自己钻研得来。"

爷爷早年习颜。家里买勿起纸，便每日以烧纸旧簿本临习。沈先生的年谱中说，爷爷"曾用端正的颜字为家中新置板桌书写年月及名号"，那张四仙桌我确实是看到过的。据说我曾祖当时极为开心，期望儿子长大后写字能像翁同龢一样有名。翁同龢是谁啊，人家可是当朝宰相，皇帝的老师，我曾祖真是异想天开。

要说老师，罗振玉、王国维编的《流沙坠简》可能才是我爷爷这辈子最要紧的老师。这本被称作读解汉简开山之作的书，是我爷爷四十六岁生日时张天汉送他的。书中这些墨迹的敦煌汉简，真是让爷爷开了天眼。你们想啊，之前的汉代书法都是碑，写的人和看的人中间插了个来路勿明的刻工，现在碑刻变为墨迹，你居然可以跟千年前的汉代人面对面了，这种感觉得有多神奇啊？要我看，爷爷的书风真正脱胎换骨就是从接触《流沙坠简》开始的，他后期的书法写得东倒西歪，外行人都看勿懂，被戏称为"孩儿体"。那种生拙、古朴和天真，当是胎息于敦煌汉简。那段时间他给好朋友沈红茶写信，说："生翁百忧薰心，日为饥饿挣扎，精力益颓——"又说："惟书画差有进境耳。属作画册二叶，意颇自好，足下能许颉颃汉人否？"想跟汉代的人掰掰手腕，论论短长，应该是他在朋友面前心境的自然流露吧？

说了不收徒子徒孙的，可执拗的爷爷怎么又会在暮年破戒呢？

沈先生立雪徐门的想法由来已久。但是想法归想法，沈先生一直不敢明言。出口的话，就是泼出去的水。一旦我爷爷拒绝，活棋便生生下死了。后来代为出面的是王贶甫、朱仲华、陶冶公"三驾马车"。据沈先生自己的说法，这三位老前辈去之前也是瞒着他的，他们心里也没底，独怕碰壁。后来事情办成了，才兴冲冲跑到学校告知他。爷爷在圈子里是出了名的"硬头颈""劝勿进"，这三位老先生到底讲了些什么话，让他突然转了念头？

说是师父徒弟，沈先生的字倒是跟我爷爷一些勿像。这话沙孟海也讲过。他说："上海有个王蘧常，写的字不像他老师沈寐叟。会稽沈定庵师从徐生翁，作品亦难见生翁的痕迹。"

七

我学书画，不欲专从碑帖古画中寻求资粮，笔法材料多数还是从各种事物中若木工之运斤，泥水工之垩壁，石工之锤石，或诗歌、音乐及自然间一切动静物中取得之。有人问我学何种碑帖图画，我无以举拟。其实我习涂抹数十年，皆自造意，未尝师过一人，宗过一家。我的书画以欲自造，故不做临摹工夫，有时也走入歧途，乃至自觉不知已费去多少年月，迄今尚未有艾。我的书画要避免取巧，要笔少而意足，又要出诸自然，所以有时作一帧画，写一幅字，要换上多少纸，若冶金之一铸而就者极罕。因此我的书画不能多作，人讥笨伯，我亦首肯。我学书画，始终在学造我的书画，能否达到：鹄的是一。

——徐生翁

沈先生曾经跟记者讲过一桩事情。抗战胜利第二年，他从湛江孑然一身逃难回到绍兴，特意带了两幅作品去看望我爷爷，这两幅作品是早年我爷爷送给他父亲华山先生的。颠沛流离中，凡百身外之物都散失，一家七口也独余其一人，这两幅字画能留下实在要算大头天话。展开来看，我爷爷却说勿好勿好——我给你换。沈先生内心万般不舍，在他，这两幅字画已不单是字画，而是劫后余生的一点念想。但作为小辈又勿好拂老人的意，最终自然只能放落字画，怏怏而归。等到下次再去，我爷爷果真给了他两幅新作：一张画的梅，另一张写的是陶渊明那首"种豆南山下"。

那收回的旧的两幅呢？烧了。

烧了？烧了。

祖父大半辈子累于家室，我后来读到他寄至上海的信，仿佛秦桧召岳飞的十二道金牌，每一封都在催逼：三哥吉期临近聘礼待办，弟妹学费要缴，小妹牙痛得看，七弟学校要做大衣要买英文书，各式人情世故皆大于债，而物价总在涨，已接力的二哥六弟预支了薪水，却总还是不够开销。

到得晚年，子女都有了出路，自己被省文史馆聘为馆员，每月可领津贴六十元，节头年尾统战部还会送上几块慰问金。总算再也勿用为生计忧心了，爷爷却像是入了魔怔。

按我娘娘的说法，老东西是前世作孽，越老越"变死"。借口耳聋，闭门杜客，连家人也不理不睬。年岁大了耳聋最正常，我娘娘却说老死尸是装的。想耳根清净时，铜锣震天也听勿到，要紧关头——依讲伊一句闲话试试——耳朵煞骨洞亮。整日关在房间里，说是写字，却"写了撕，撕了写"，仿佛跟纸墨结上了仇。我娘娘次日一早进去，总是满地狼藉。老东西最是见勿得自己的字画，遇上了挖骨脑髓都想要归来，要归来干吗，毁尸灭迹——不是撕毁就是烧掉。那些年家里人时常能看见他蹲在堂前一只破搪瓷脸盆面前烧，乌面灶司的，没人劝得进。

老店王怎么入的魔？要我看，应该就是从"复姓为徐"起头的。以前与朋友品书论画，老店王总是讲"出处"、究"来历"。舌头没骨头，涂抹数十年，忽然话锋一转，说是"熟易生难，巧易拙难"，要"自造"，要"笔笔脱尽碑帖"。爷爷给朋友写信："吾姓固是徐，岂可久假？"又说："吾书吾自乐耳，讵必人知？"现在回过头再看，这两句话其实是一句话。

剔骨还父、割肉归母——晚年的爷爷总让我想到《封神榜》里那个六亲勿认的混世哪吒。

那段时间，为防老东西闷出毛病，我娘娘时不时会差他出门去办些有要无紧的事体。爷爷出去了，总是整半日勿见归来。娘娘必得再差我或弟弟出去找寻。两蛮汉在当街角力，爷爷围观得津津有味。脚划船从桥洞下过去，爷爷看得痴痴呆呆。府山上两棵半枯的古柏，泥水工用泥夹亚一堵墙，也能让他停驻半天。至于娘娘差他办的事，自然还得我或弟弟再行劳。

祖父晚年闭门造车，凡俗不识，却也有零星知音。上海的邓散木慕名来绍兴拜访，祖父示以书幅，邓散木看得莫名其妙，隔日拿给他的老师萧蜕庵看，萧蜕庵却拍案叫绝，以为是天人运化之笔。黄宾虹看了祖父书画后，评价说："以书法入画，其晚年所作画，萧疏淡远，虽寥寥几笔，而气韵生动，乃八大山人、徐青藤、倪迂一派风格，为我所拜倒。"其后又专门委托张慕槎上门，转达荐贤出山的意愿，祖父婉谢，答说：我老啰，活不了几年了。那一年祖父八十岁。

到得1963年冬天，在为越王台新立的木刻勾践像题写"卧薪尝胆"后，祖父患上了重感冒，此后慢性肾病、痔疮等旧症并发，病势日重。挨到次年一月初，祖父去世。临终前，环顾满堂孝子孝孙，老店王嘴里喃喃，似有交代。我爹爹把耳朵贴到伊嘴边，祖父再喃喃一句，最后那口气塌了下去。

爷爷一死，就有人来将他的书房贴了封条。等出殡之后，又有一帮人上门来搬他的书画、书籍，足足装了有三大箱。箱子出门时，有人还问了句：要不要开个收据？家里不知是谁回答：不用不用。过了些时日，我放学回家，看到家里人在堂前用一些小本子发煤炉。我上前一看，这不是爷爷的小本子吗？我知道爷爷平时读书，都会将喜欢的诗句、对联摘抄下来，用的就是这种他自己装订的黄色小本。看看煤饼炉边还有很高一沓，我就顺手抓了四本。沙孟海说我爷爷"晚年短札随手写记，拙而不矫，望之类敦煌碎纸，难得"，指的应该就是这种本子。

许多年后，我爹爹大限将至，病榻前忽然跟我提起一桩旧事。"你知道你爷爷临终时讲了什么吗？"我自然勿晓得。父亲告诉我说，祖父弥留之际，最后喃喃的那句话是："呆子孙，呆子孙"。

（《人民文学》2021年第10期）

木船与河流

李　浩

　　在明泊洼、歧口和羊二庄一带，我的曾爷爷李沛银可是一个混杂着荒唐、精明、固执和奇思妙想的传奇人物，他的名声在外，以至于在明泊洼、歧口和羊二庄一带无论是大人还是孩子，刚刚过门的媳妇儿还是在小站兵营喂马因为打架被处罚回家的断腿马夫，都对我的曾爷爷有所耳闻，都能用只长了两颗牙或者掉得只剩下三颗龋齿的嘴说上一两件和我曾爷爷有关的荒唐事儿——当然，断了一条腿、被两个说着"侉子话"的清兵押回羊二庄的马夫知道得更多，他滔滔不绝、口若悬河，用我曾爷爷的故事把别人的注意力从他的故事上扯开些，他可不愿意别人的注意力在他的断腿上……在这里我要说的曾爷爷的荒唐事儿只有一件，只有一件，他会在这件荒唐事儿上间接地送命，使自己停留在同治四年的秋天再也不能向前迈出一步……那年他五十六岁，身体里还贮满了不安分的活力，它们就像是一条条慢慢长大的虫子——本来，这活力足以让我的曾爷爷李沛银活到八十四岁，可是其中分量不足的不安分却意外地害了他。

　　好吧，我要说那件事了。那就是，在他五十六岁那年，不知道是受了什么样的蛊惑抑或仅仅是个人的心血来潮，他非要在我们村外的"没牛沟"里建一艘能够出海的大船。"他为什么要出海？据我所知他除了贩卖发酵得臭烘烘的虾酱到过七十里外的沧县——也就是一次，其余的大部分时间他的足迹也就是围绕着羊二庄、唐洼、李庄子……莫不是，他想在失败之后东山再起，贩卖更多的鱼虾或者别的什么产自海上的东西？另外，造一艘船，怎么就会让他送命？"

没有人在我曾爷爷的肚子里安排下蛔虫，为什么要建一艘大船，就连我的曾奶奶都不得而知，她知道的只是凡我曾爷爷决定的事儿她就不能阻拦，就像面对一头疯狂的、已经奔跑起来的公牛，草叶的绳索和干枯的树枝都不可能拦得住它。在一个令人发昏的、院子里突然充满了雨后草叶潲热的腐败气息的早晨，曾爷爷向我的曾奶奶和他的三个儿子说出了他的决定——这不是商量，他从来都不会给商量这个词留出一毫米的余地，他将自己大脑里、肚子里的决定说出来不过是为了下一步的安排：我大爷爷要去腾庄子和十二铺一带买木材、绳索和铜钉，二爷爷要去小站或前徐家堡寻找造船的工匠和商量价格，至于我的爷爷，他当时还小，曾爷爷将四十九岁才得来的儿子看作是可能绊脚的草，因此，我爷爷获得的嘱咐只是：少到河边去玩，别油里是你酱里也是你！

建造很快开始，混杂着荒唐、精明、固执和奇思妙想的曾爷爷在这一过程中充分发挥，他其中表现着所有的侧面，有的让人接受，有的让人惊叹，有的则让人瞠目结舌，想象不出他怎么会有这样荒谬绝伦的想法……建造的工程实在浩大，就像是某种连绵的节日，充满着骚动也充满着喧哗，并且以我曾奶奶做菜时锅碗瓢盆的交响作为不可缺少的伴奏……到我这里已经是完全的道听途说，并且所有讲述的人都要在这个故事中添加着夸张的枝叶、厚厚的沙土、此起彼伏的叮当声和只有他才注意到的毛毛虫，他们让我明白要想把这个建造过程详细地书写下来至少需要十五万字的篇幅，还会有挂一漏万之嫌。好吧，我干脆学一点童话讲述的方法：不管又过了多长时间……船造好了。

船造好了。方圆四十里的人们都过来瞧一个新鲜，摩肩接踵，熙熙攘攘——在赞叹之余，有尖嘴利牙的好事者突然向我曾爷爷开口："李老怪，你说，你的船在哪里出海？能出得去不？""没问题，"那时我的曾爷爷依然信心满满，他指着曲弯的细流和被芦苇遮蔽的远方，"从那里出去。再走六十里就到了。"

还真是个问题，村外的"没牛沟"虽然以曾淹死过一头牛而得名，但它只是一条极小的、时常会断流而成为沼泽的小河，让一艘那样大的船驶向大海几乎不可能——在这个没有怪力乱神的故事里，我不准备赋予我曾爷爷以一种独特的魔法，他不掌握，在我们村庄和我所认识的人中没有一个能够掌握——我曾爷爷想得过于简单，而那些被他雇用的工匠只负责建造而没有想过如何将它驶入大海……它是一条不得不搁浅的船，曾爷爷和乡亲们只将它推出了三米，沙滩上留下一条浅浅的、摇摇晃晃的沟。然后它就被绊住了，尽管许多把铁锹用力地下挖。"算了吧。算了吧。"他们对颇感落魄的曾爷爷说，"要是来次大水……""要是就不来大水呢？"

略过曾爷爷毫无希望的坚持，它无关紧要，至少那些滔滔不绝向我讲述的人保持了这样的看法。这艘已经建好的船，我曾爷爷无法再移动半步，它就像是抛下锚将自己锚在河岸上一样，纠缠不清的芦苇根足以将它挂住，并让它成为一个……是的，我的曾爷爷死在了这个荒唐的想法上面，当它无法再被移动的时候就显现了灾难的性质，据说我的曾奶奶抱有这样的看法，特别是我的曾爷爷去世之后。

那时候，正在闹"捻"，我奶奶叫他们"捻仁儿"，所谓"仁儿"，也就是土匪的意思，至少有些相近。其实所谓的"捻仁儿"也不全是后来的捻军，不是，大多是当地零星的土匪，大多也都打着"捻"的旗号。沧州的、无棣的、庆云的衙役，清兵多次清剿，但他们只要一躲进大洼就会变成水鸟，鱼或者是狐狸，甚至成为摇摇晃晃的芦苇，衙役和士兵一进入淤泥、水草和芦苇遍布的大洼就无所适从，而"捻仁儿"们则是如鱼得水，他们善于躲迷藏，善于一跳进大洼就把自己隐匿起来，这，颇让衙门里的人头疼。在我曾爷爷将船造好之后，车弯头村遭到了"捻仁儿"的抢劫，这一次负责围剿的是何官屯的兵……在我四叔和六爷爷的描述中，他们很坏，甚至"比土匪还土匪"。一来，他们不是追踪"捻仁儿"，而是各家各户搜查，看有没有通"捻"和藏"捻"的嫌疑，在搜查的过程中自是一番鸡飞狗跳，有些人家的银圆和花布也就随之不翼而飞……"这里怎么会有艘船？"他们捅捅，砸砸，小心翼翼或肆无忌惮，里里外外进进出出，"它为什么要放在这里？谁，是这艘船的主人？把他抓来，让他解释清楚！"

推推搡搡，我的曾爷爷被推到一个满嘴黄牙的大肚腩面前。尽管我曾爷爷一向强硬固执，但在这位昂昂着下巴的军爷面前还是一点点矮了下去。他解释，自己为什么要造这样的一艘船，它几乎花掉了自己的全部积蓄，而考虑不周的是他没想到船会吃水那么深，这条小小的河沟根本容不下它，它无法依靠自己的力量穿越泥泞和纠缠的芦苇驶向大海……"胡说！别想欺骗我！它，是你用来通匪的！你应当知道通匪的后果！"曾爷爷记得路上那个押送他的军士的话，一边慌忙地辩解着一边从兜里掏出三块银圆："军爷，我这样的老实人，又不是日子过不下去，怎么会去当捻仨儿？请军爷明察……""混账！就拿这点钱来贿赂老子？"那个大肚腩不光没有接过钱去，还伸出手将我曾爷爷的钱打落在地上。"你再加点，这也太少了。"后面的军士推了推我曾爷爷的后腰——不知道那时候我的曾爷爷是不是突然想到赵志刚家丢失银圆时的情景，赵哑巴的母亲护着自己的花布被推倒时的情景，刘长升家的鸡被一个笨手笨脚的军士踢死的情景，一个矮个子军士将手伸到杨启明家小女儿怀里的情景，或者仅仅是这位大肚腩的军爷刚刚的举动让他感觉屈辱——我曾爷爷突然直起身子，硬着脖子对那位军爷小声说，"我没通匪。我也没钱。你们就看着办吧，爱怎样就怎样，我就不信能没天理，你还能把黑的说成白的？"

曾爷爷为他的倔强付出了代价，他的代价是自己的生命和装在兜里的六块银圆——不止如此，曾奶奶还要卖掉三升小米儿换得银两赎回他的尸体。"他也就是犟。太犟了。前店有个李老邪，也给办了个通匪，只用七块银圆就出来了。他非得……怎么能……唉。"进进出出的人们在我曾奶奶面前叹气，"老嫂子，你别这样，人已经没啦，你还得照料这个家，还有三个儿子呢！""对对对，你得往远处看，事儿已经出了，你就是不吃不喝管啥用？你要是病倒啦这个家可……"

有关我曾爷爷的故事随着他的死亡而告一段落。之后的故事中他只会以阴影的、背景的或梦境的方式出现——不，他不是故事的主人公，这个故事的主人公是船，其实也不能说是船，其实是……好啦好啦，继续讲下去吧，我也不知道它的"主人公"应当是谁，我所能知道的是，该轮到家族中其他的那些长辈上场了，之前，他们一直处在暗处，我曾爷爷李沛银荒唐、精明、固执和奇思妙想的传奇一直遮住他们，现在不同了。

柴草和木棒，写有曾爷爷笔迹的纸，火镰和混合了豆油的蓖麻油，大爷爷因为曾爷爷的死亡而怀有愤怒，他的愤怒集中在这艘突兀的船上："恶魔！灾星！必须烧掉它！它给我们带来的灾难已经够多啦！"曾奶奶、二爷爷和嫁到林家堡去因为曾爷爷的丧事才又返回我们村庄的环姑奶奶一起参与了阻止，曾奶奶是心疼木材，二爷爷觉得他不能允许大哥独断专行，而环姑奶奶给出的理由则是："我银叔已经这样啦，你总不能一点儿念想都不给他留吧！难道，你想让他再死一次吗，你嫌他的心伤得还不够吗？"不知道是哪一条原因起到了阻止的作用，或者说大爷爷的气已经出了，他在做出烧船的姿态的时候已经出了，反正，他放弃已经点燃的火把，将它狠狠地丢进了枯水期的"没牛沟"。丢在水中的火把还燃烧了很长的一阵儿，直到，它突然地翻了个身，将火焰"嘯"的一声压在下面。"难道，我们就这样算啦？"

当然不能。可是，不算了还能怎样？

曾爷爷去世一个月后，天已经变凉。曾奶奶从一个令人不安的睡梦中醒来，她下地炕走进凉飕飕的院子，借着淡薄的月光看见曾爷爷站在南偏房的角落里，正在往自己的伤口处塞着捋得滑顺的草。啊，哎！曾奶奶叫了两声坐在门槛上，顷刻间尿意全无。大爷爷、二爷爷从他们的西屋跳出来，那时候，曾奶奶看到的人影已经消散，院子里只剩下漫过了树梢的凉意和一片一片惨淡的月光。"自己吓自己。我爹，他才不会回来呢。"大爷爷嘟囔着回屋去睡，二爷爷则一个人披着单衣站在院子里，任凭曾奶奶叫他也不肯进屋。后来他拎着木桶出去了，至少有三四个来回。"娘，水缸满了。"他冲着曾奶奶的屋子喊。"娘，我要走啦。""你去干吗？""去找'捻仁儿'啦。报仇。"

"回来！你想害死我啊！你想害死你弟弟啊！""回来！"曾奶奶的声音再长也拉不住二爷爷的耳朵，也拉不住他的腿，更拉不住他坚固得像石头一样的心。"就当没生这个儿子……"曾奶奶说得毫无力气，大爷爷走到门外，然后又返回："走了。这个仇，是得报。""要报，你怎么不去？你怎么不去？"曾奶奶声音沙哑，依然说得毫无力气。

给我讲述这个故事的人们都只讲述到这里……二爷爷会有短暂的失踪，没有人知道他去了何处，是不是入了"捻"。他去找"捻仁儿"的消息很快在村子里传遍，但这个消息就像是风吹落的树叶没人在意：兵荒马乱的，不是闹"捻仁儿"就是闹"拳仁儿"，或者打着太平旗号的"南仁儿"，小站的、无棣的、鞠官屯的清兵也好不到哪里去，过不下去的、受人欺侮的、性格暴烈的大洼人昨天还是一个农人但今天已经是

"仨儿",是贼,这没什么好奇怪的。说不定几天之后几年之后他又重新回到村子,重新种植和打猎,这没什么好奇怪的。

在我曾爷爷去世之后,一段还算平静的生活……当然这个平静是以二爷爷的消失为代价,向我讲述的人总是省略太多,只有一次,我奶奶谈到曾奶奶的视力,"还不是因为你二爷爷。"他们告诉我的是,在我曾爷爷去世之后,"捻仨儿"化装成卖布头的货郎来到我们村子,他们找到我的大爷爷和爷爷,试图说服他们加入到他们的队伍中:你们想报仇是不是?你们不想再受官府欺压了是不是?你们想吃香的喝辣的是不是?你们想……"不想,"大爷爷阴着脸,"要不是你们,我爹也不会被害死。"那能怪我们?货郎冷笑了两声,是我们用刀抹了他脖子还是把他挂到树上去的?说你凛,你就别找那么多借口。"你是什么东西?敢在我家骂我?我看你是不想活了!"大爷爷从南房屋檐下取下镰刀,那个货郎脸上还挂着半张冷笑,而另外的半张则换成了冷酷:你觉得我会怕你?当"仨儿",最不怕的就是死。他背过身子,转向我的爷爷:小子,你要不要跟我走?"要!"我爷爷直着胸膛,他一定觉得自己的脸上满是坚毅——货郎笑起来,可我不要你。你这身子骨,小个子,不行。

这件事最终给我大爷爷和爷爷之间埋下了仇恨,它在不断地积累、孕育、生长,直到发展成……讲述故事的人告诉我说,我的大爷爷和我爷爷是一对坚固的仇人,他们两个有十余年的时间一直针锋相对,谁也不曾理谁,如果理,那就是谩骂和争吵,而起因竟然是——大爷爷觉得,瘦小干枯的弟弟自从那个虚假的货郎走了之后就开始藐视他,而我爷爷则坚持没有,根本没有,这件事根本就是大爷爷无中生有,杯弓蛇影……直到十几年后,大爷爷因为"洋教事件"而被官府砍了头,爷爷才原谅了他,在月黑风高的夜晚替我大爷爷收了尸,并把他安葬在"没牛沟"右岸。关于大爷爷和"洋教事件"的关系也有两个不同的版本,一个是我大爷爷是隐秘的团员、是沸沸扬扬的事件的参与者,他甚至在冲击教堂的过程中身先士卒,因此被官府抓到也就自然而然了;而另一个版本是大爷爷只是路过,本来他一直远远地躲在后面,然而在混乱中他"顺"了教堂里的自鸣钟,官府查下来他一下子就变得百口莫辩……这些后话还是不要说了吧,若不然任凭故事无限制地蔓延就会永无结束,我将写光我面前所有的泛着白光的纸。是的,我需要转移话题——

已经很长时间没有提及曾爷爷的那艘船了。

船还在那里，像一个孤单单的遗物，像一个无路可去的弃儿——曾奶奶想将船拆掉，"至少我们还能得到木材"，然而一个妇道人家却没有那般的力气，她只是想想而已，当我大爷爷真的带人去拆船的时候又被她阻止了，她还被我的大爷爷推了一个趔趄，正是这个被曾奶奶放大无数倍的趔趄，使大爷爷不得不灰溜溜地溜走。"你就看着它烂掉吧！烂掉吧！"大爷爷把他的斧头朝芦苇荡甩出好远，以至他在前去寻找的时候花了更多的时间。

在我曾爷爷去世之后，一段还算平静的生活……我说的平静并不是没有出生和死亡，没有疾病和颗粒无收的灾年，没有痛苦和意外，而是——在那段时间里，杨官屯、鞠官屯和驻扎小站的士兵们都没怎么来骚扰，他们有更为棘手的事情需要处理；"捻仨儿"和别的什么"仨儿"都没怎么来骚扰，尽管据说他们已经被南边的"太平军"收编；太平军也没怎么来骚扰，尽管有打着他们旗号的一小队人马来到过我们村外，但他们的声音村里见多识广的人还是听得出来：河间口音，哪里是蛮子么！平静的生活缓缓地、不好不坏地延续着，在经历了诸多的岁月之后等我出生，从历史的课本中读到那段时间的风起云涌才知道，历史其实抛开了我们那个地处偏僻的村落，就像我曾爷爷的那艘船，像一个孤单单的遗物，像一个无路可去的弃儿——少年时期的我父亲可不想当什么遗物或弃儿，他希望自己能够与历史的风起云涌融合在一起，他希望融入甚至成为……这就不仅是后话而且是题外话了，打住。

两年之后，不，它不够确切，应当是一年零十一个月……其实也没必要那么细致，反正在农村里面时间的确切性没那么重要，一般的计算式总是"麦子黄穗的时候""邱二迷糊去世的那年"或者"杨家染坊失火的那年"，它从来都是模糊的，只记个大概……大雁从更北方飞回、芦苇渐黄的时候，二爷爷回到了村子。"他回来啦？现在，他是什么样子的？这两年，他又经历了什么？……"

没人知道他经历了什么！真的，没有人知道，作为一个有故事的人他却把自己的故事严严地包裹起来，不留半点儿的出气孔，然后再将它们咽进自己的肚子，再不发芽。我见过晚年的二爷爷，他坐在磨出了织纹、屁股下面一团仿佛烧焦的颜色的蒲团上面，以一种阴沉的眼神望着远处……我和姐姐都不愿意靠近他，背地里，我们悄悄地叫他"老瘸子"或者"臭老瘸子"，背地里我父亲母亲也这样悄悄地叫他，当然不能让我的爷爷奶奶听见。在这个以真人真事为基础的小说中，我的二爷爷是以一个"瘸子"的肮脏面目回到村子的，他真的是肮脏，想想吧，他一路爬行，从泥泞的河岔口和沉甸甸的芦苇丛中……"你，你是谁?!"他的出现让沿着河沿拾粪的中秋爷爷大吃一惊，手里的粪叉直对着二爷爷的头顶。"我是，李柄坚。""你，你怎么会是李柄坚?"中秋爷爷依然不信，他手里的粪叉用上了些力气，叉在二爷爷的肩上："告诉我，你疼不疼?"

两年的时间改变了我的二爷爷，他成了一个残废，一个瘸子，一个失掉了双腿和一些更重要的东西的人，但保留了呼吸和活下去的愿望，而往前追溯，则是一条船，它改变了曾爷爷和这家人的命运——当然，所谓命运也许是我的曾爷爷必须建造一艘不能出海的船，他也必须会在那个注定的时刻发火，在那个注定的时刻被打断了骨头，吊在沧州城的城墙上。而我的二爷爷，也必然要在那个注定的时刻离家，他也注定会失去双腿……据说曾奶奶认定一切都是命中注定，她接受一切，无论这个注定的命会夺走她的什么；而我的二爷爷则不然，他不肯相信，因此遭受着命运一次又一次的惩罚，以至于……我们一向后知后觉，总是在具有摧毁力量的命运发生之后才意识到这一"命运"的存在，既不能对它做什么也不能对它提前施加影响，它神秘而飘忽，确定而不定，时有而时无——在那个具体的时刻，命运用它的仁慈将我消失很久的二爷爷送回到曾奶奶的面前，让他们母子得以团聚；同时用它的残忍将我的二爷爷双腿掰断，让出现在我曾奶奶面前的那个矮着身子的人像一个陌生的、脏兮兮的怪物……"我的儿啊!"早已得到消息并且做好了接受命运准备的曾奶奶还是感到震惊，她一阵晕眩。

略过他们的相见，事实上也没有谁向我复述他们相见的细节，如果描述我也只能是依靠自己的想象，还不如，将想象的权利交出去，小有狡黠地向朋友们标明：此处略去七百字，而后面还有一万字的空格需要填充。二爷爷回来，大约三五天，他就向曾奶奶提出要求，自己分出去过。他已经选好了地点，就是"没牛沟"的北岸，靠近木船的位置。"我的儿啊!"曾奶奶又感到一阵晕眩，她的眼睛再次被浑浊的泪水所充满。

二爷爷的要求很快就得到落实，大爷爷和我爷爷一起出力，据说这也是在货郎"捻仨儿"来到我家之后两个人唯一的一次合力，之后他们又分道扬镳，变成了怀有巨大仇恨的陌路人。房子有些矮小简陋，在我记事的时候那三间小房还在，房前房后用许多的木棍支着，走进门的时候就能远远地闻到一股浓重的屎尿气味，它盘旋于二爷爷房屋的周围，蝗虫、蚯蚓和草蛇竟然也害怕这股气味而从不靠近。二爷爷住进了他的房子，不，应当是爬进了房子，丢失的腿让他显得矮小而屈辱，我们不知道他遭受的是哪一种特别的命运，不仅掰断了他的双腿而且还封住了他的嘴，让他一遇到那个话题就立即变成了哑巴……据说曾奶奶曾用数十天的时间威逼利诱，但她却没有从二爷爷的口中掏出半句有用的话，他不肯向任何人谈自己的经历，仿佛他也早已遗忘。"一个个都是犟种。你们，一个个都会吃亏在你们的犟上。"曾奶奶恨恨地说道。

二爷爷脱离了生活，至少是他的家庭生活，在搬到那栋处在野外的房子里后，终日——还真是个问题，没有人知道他终日在做什么，村里人对他的猜度是：他终日什么也不做，只是偶尔把自己的身体挪出来对着那艘船发呆。"船有什么好看的？他是不是在看它的腐朽速度？是不是在看落在船上的鸟和虫子？是不是在看……"二爷爷脱离了生活，至少是他的家庭生活，在我奶奶看来这是一个显然的事实没什么好争辩的，他既和家人缺少来往也基本不参与家中的一切事务，"他这个人，很独。眼里只有自己。"我从邻居大伯那里听到的是另一版本，在那个版本中，二爷爷遭到了一家人的嫌弃，我们家里的每一个人都冲着他翻白眼，因此他不得不搬出去住，几乎与我们一家人不再往来。我承认第二个版本也有道理，但他说的明显不符合事实，譬如我大爷爷家的柱叔就与二爷爷有不少的来往，村里人都知道，而我也曾看到柱叔两次将二爷爷的蒲团先搬出，找一个有阳光并且相对平坦的地方放下，然后将近乎干瘪的二爷爷和他身上的一团尿味儿一起背出来……不过，二爷爷和我们家不那么亲近倒是真的，他遇见我、我父亲和我四叔，那副表情就像遇到的只是路人，甚至连路人都不如，遇到路人的时候他至少会抬一下自己的眼皮朝着路人的方向瞅一瞅……他脱离了生活，一家人时常至少半个月的时间想不起他来，而想起他准备去看看他的时候就会发现他根本不在，也不知道他携带着他的蒲团移向了哪里……许多时候，我相信我的家人也未必在意他在或者不在，去了哪里和在做什么，就连我的曾奶奶也未必在意——这是我母亲说的，她一向认为，曾奶奶心狠，她没有疼过任何一个人，包括她自己。"你爹还小，你爷爷奶奶去地里种玉米，就把你爹托给曾奶奶照看。天黑了，他们回来，你猜怎么着？你爹的腿被拴在枣树下面，正在玩自己的'尿泥'，脸上身上弄得哪里都是，而你曾奶奶，出去搂柴去了，还振振有词：孩子拴着呢，他跑不出院子，有什么可怕的？这就是你曾奶奶做的，还不是一件。"

若不是一件轰轰烈烈的大事儿，若不是他救了整个村子，二爷爷也许早早就被人遗忘，就像我曾爷爷留在河滩上的那条孤零零的船，偶尔才会被记起来：哦，还有它，还有这么个物件，然后一转身，则又是鸡和狗，东家的长和西家的短，或者别的什么。现在，故事已到尾声，应当把我二爷爷那件轰轰烈烈的大事儿讲出来啦——

"'捻仁儿'要来啦，要进咱们村。大家都做好准备，最好把孩子姑娘送出去……"二爷爷爬着进到村里，他用低矮的身体和高声的喊叫向众人呼喊，从村口的围子墙看下去，他显得更加渺小微弱。"什么时候来？今天晚上？""最近，三两天，不出三天！"

尽管将信将疑，但做好准备还是必需的，没有人会在这件事上有所大意，何况刚刚忙完秋收，家里的存粮还没来得及碾成面，更没有来得及藏起来——据我奶奶说那些年村子可没少受这"仁儿"那"仁儿"的骚扰，"贼不空手，他们来一次就必须要得点什么东西走，伤人害命的事儿也没少做。"奶奶说，村里也有人出去当"仁儿"，一般来说只要有本村的人那支"仁儿"就不会来本村抢劫，"兔子还不吃窝边草呢。"奶奶说，刘家河一带是个"仁儿窝"，后来他们多数成了"捻仁儿"，但也有一些不入伙的散"仁儿"，埋伏在树林里、草丛里、小道上打人闷棍，抢劫钱财……"没有一个好东西。"奶奶说，"是你二爷爷救了全村。"

奶奶说，当时她还没有嫁过来，这些也都是听我曾奶奶和别的人说的："捻仁儿"一天没来，两天没来，第三天，下半夜，来了。他们开始朝围子墙上用钩子——钩子连着绳索，他们要让钩子挂住墙，人拉着绳索爬上来——他们刚把钩子甩到墙上，围子墙里立刻点起了火把，敲起了锣，许许多多守夜的人都呐喊着站了出来，村里人也不愿意得罪

"仨儿"，怕报复，他们提前现身是告诉村子外面的"仨儿"：我们早有准备，你攻不上来，还是走吧。可是，可是那天，那股"捻仨儿"却并不理会，他们铁了心要打，红着眼要打——

村里人早早地准备了滚木和石块，准备了油锅和木棒，准备了——这么说吧，一切可用作武器的东西统统都拿到了围子墙上，甚至包括菜板和不用的门墩儿。铁匠铺里的三位刘铁匠昼夜不停，为村里人打造砍刀和长矛……可他们没有想到这群"捻仨儿"这么凶悍，这么无赖和不管不顾，脸上挂着血、嘴里咬着刀、衣服上带着火焰还径直向上冲——"俺那个娘啊！"准备扔出滚木的张越不过是一个鞋匠，哪见过这样的阵势和场面？他丢下木头转身就跑，而抱着另一头滚木的张纬伦来不及反应，木头已经重重地砸在自己的脚上（张越是张纬伦的叔。因为这件事，两家结下梁子，直到张越一家搬离我们村子）。围子墙上一片混乱，风声和呼号，刀剑相撞的声响，烟尘和溅起的血，以及黑色天空弥漫着的阴郁和不安——"不好啦，东墙快失守啦！"

千钧一发，就在千钧和一发发生碰撞、一发再难以支撑住千钧之际，村子外面突然火光冲天，一阵噼噼啪啪、轰轰隆隆的巨大声响——"不好，官兵来啦，风急！"已经攻上围子墙的仨儿们听到哨子，立刻虚晃着后退，带着还在燃烧的棉衣、脸上被油溅出的血泡和耳朵边上流下的血，退到墙的边角处，顺着铁钩和绳索滑了下去。"别别别别追！别别别砍绳子！"负责指挥的赵得生急忙制止住红眼珠的汉子们，"走走走了就就行！"

——其实没有官兵，有的只是我二爷爷，他一个人、一个丢失了腿的人变成了千军万马，他早早地在芦苇丛和野草中埋伏了引信，早早地拆开鞭炮放进了铁筒，并且用一种被村里人称作"开天雷"的花炮制作成武器，它既是迷惑也能攻击……在和"捻仨儿"打斗激烈的那刻，二爷爷用火钳点燃了引信和柴草，点燃了倒在那艘大船上的蓖麻油：于是，那些不顾一切向前的仨儿以为已经腹背受敌，他们不得不撤退，放弃已经快到手的肥肉。

我的二爷爷成了英雄，想想吧，村里的人得知他们的得救完全是我二爷爷的功劳……一时间，他处在荒郊的房屋如同闹市，而他的瘸腿也变成了传奇，是他"英雄"的一个部分，他之所以能够在关键时刻做出那样的举动、生出那样的智慧和勇气完全是得益于他的这一缺少，如果他还是常人则绝不可能如此，譬如我的大爷爷、我爷爷——二爷爷的故事也传遍周围的村落，他们络绎前来，携带了苹果、香梨、小米和别的什么，他们啧啧称赞，将我二爷爷看作是某位神仙的附体，对他的供奉自然也就是对神仙的供奉，他或许能够使用自己的多余权限给予邻村的人以特别的庇护……

那条被烧掉了一小半儿的船也成了遗迹，成为我二爷爷神力的见证：为了救全村，他竟然点燃了自家的船，而且是曾爷爷留下的、有着特别意义的船！为什么只烧了这一小半儿？当然是二爷爷的神力在作用，是上天庇护，若不然的话它肯定会全部被烧毁再也留不下什么……

事情轰轰烈烈将近半年。将"捻仁儿"的尸体送进大洼、和盘踞于刘家河、齐家务一带的"捻仁儿"讨价还价的赵雪明和刘庄带回传言，这传言七拐八拐、经历不同舌头的咀嚼之后沾染着不同的唾液，遮遮掩掩、躲躲闪闪，最终还是传到了我曾奶奶和大爷爷的耳朵。我二爷爷的断腿，应与他成为"捻仁儿"的经历有关：最初的时候他深获信任，并为"捻仁儿"们谋划了几票大案全身而退，其在"捻仁儿"中的地位也越来越高。然而，他却在这时惦记上了总瓢把子的女人，一来二去，他还真的得手了。纸里从来包不住火，何况这股火焰来得猛烈无比，遇到的还是干柴——"捻仁儿"的头领得到消息，将二人捉奸在床，女人的惩罚是挂上石头推下山崖，而我二爷爷也因此失掉了他的两条腿，若不是一个平日里与他交好的喽啰会些医术，他也根本活不下来。被驱逐出"捻仁儿"队伍的二爷爷怀恨在心，他无时无刻不试图报复，那个报复的念头如同一条不断吐着黑色信子的毒蛇盘绕在他的心上——二爷爷，最终和鞠官屯的守军取得了联系，成了他们的密探：曾在"捻仁儿"的大本营生活过两年的二爷爷自然清楚他们的每一处据点，清楚他们的暗号和出行规律……有了二爷爷的帮助，鞠官屯的守军自然是如虎添翼，他们很快就重创当地的"捻仁儿"，捕捉和杀掉了不少真正属于"捻仁儿"的人，一时间闹得剩余的"捻仁儿"和其他土匪人心惶惶，不可终日。后来，他们从收买的士兵那里得到消息，是某某村的一个瘸子在报信——于是，才有了那次深夜的攻打，若不是怀有巨大的仇恨，"捻仁儿"为什么要那么不管不顾地非要把村子打下来？

也就是说，我二爷爷其实是引火烧身的那个人，是他招来的灾祸，却让全村的人承受而且还要感激他……

"瞎说！这纯粹是……"曾奶奶虽然拒不承认这样的说法，但她拿不出别的证据，不只是她拿不出，二爷爷也拿不出。对于自己两年的失踪和如何丢失了腿，他依然守口如瓶，不肯说出所以然。既然不肯说，那，或许就是默认？我们被这个灾星欺骗太多啦！

二爷爷的门前立刻变得稀落，再没有那么多的大鞋子、小鞋子和裹了脚的绣花鞋走向他的房间，二爷爷从神仙的代言者身份直接摔落，一直坠入到……不，也不是没有人再去他的房间，这不，在那晚上的战斗中头部受伤的赵长亭就矮着身子钻了进去，然后骂骂咧咧地背了一袋小米出来：若不是我二爷爷的引火烧身他根本不会受伤，而这袋小米，只能是部分的补偿，更多的补偿应当还在后面。

几天后，二爷爷的房间里再次空空如也。

两年后，仲夏。连绵的雨水一下再下，它让人感觉，整个村子乃至整个世界都已经被泡在了雨水里，似乎也像一艘船那样摇晃，而天空越来越低，它把空气都压得沉闷阴郁，湿淋淋的不易呼吸……或许是受到传说的诱惑（在我们当地一直流传着海上有黄金的仙山和海上仙山长有长生果的传说），或许是受到冒险者经历的诱惑（在我们村子，曾出过一个明代的隶部尚书和一个极为传奇的渡海者，关于他的故事可比我曾爷爷的故事多多了，他曾经捕捉过龙，骑在一条鱼的背上潜进过龙宫，并将一条电鱼做成了武器，只要一挥手就会召唤出闪电，等等），或许是体内的荷尔蒙的缘故也或许是连绵的阴雨让他心烦，我爷爷，那个瘦小的、柔弱的、刚刚长出三五根胡须和小小喉结的小男人，突然决定，他要修好曾爷爷的船，沿着"没牛沟"湍急起来的水流下海。他穿好蓑衣，带好工具和木材，朝着船的方向走去。

很快，他就消失在雨水中。

半张脸

石一枫

"我仿佛在哪儿见过你。"

"真的是你?"

对话是这么开始的,既顺理成章又猝不及防。

夜晚明亮,但毕竟是夜,因而也有难得的、幽暗的角落。两人坐在一个过道里,头上缀满半街霓虹。滑不溜秋的台阶下,石板路通向熙攘的四方街。再往远处看,那个标志性的大水车遥遥在望,白天也不动,这时却似随着光的流溢而缓缓旋转。

发起这场对话时,单眼皮男人已经给自己留好了退路——一旦对方感到冒犯,那么他可以声称认错人了,随即全身而退。而这又是多么陈腐的路数,甚至带有某种怀旧色彩。在他生活的北方城市,类似的一幕曾在不同时空反复上演。就连单眼皮男人本人也尝试过不知多少次了,在酒店大堂,在夜店舞池,在停车场里进口跑车的车窗内外。每次都是同样的话,一字儿不差:我仿佛在哪儿见过你。说得多了,近乎箴言,更像咒语。但那往往是一句失效的咒语。大多数被搭讪的姑娘会翻个白眼儿唯恐避之不及,而他则自我安慰:这未见得说明她们讨厌他,毕竟都挺忙的。到了他这个年代,连拒绝也缺乏必要的仪式感。

哪儿像传说中的当年,"飒蜜"会啪啦抖开一柄扇子,上书两个大字:有主。

唯一有点儿意思的是在某所著名艺术院校的内部餐厅里,受其滋扰的姑娘立刻露出了八颗牙的标准微笑,转眼掏出一根签字笔来:

"我只能给你签个名，合影的话得问我经纪人。"

因此，对于这位搭讪爱好者来说，眼前双眼皮女青年的回答，不亚于一场意外收获。简直是对他锲而不舍的精神的奖励，天道酬勤啊。

单眼皮男人打了个激灵，至此才第一次认真打量起了对方。刚才，他只是晕头转向地溜到酒吧门外，找个公共厕所卸掉膀胱中的残留物。酒吧有卫生间，但和他一起的那些人正在排队，老家伙们的前列腺多半又不太好。所以他才差点儿踢到台阶上这个单薄的背影，进而腿一软坐了下来，又进而判断出对方的身份——女的、活的——随后便甩出了那句陈词滥调。那话脱口而出，滑溜得像嚼过无数遍的口香糖。即使放在单眼皮男人那并不漫长的搭讪史中加以考量，这也是少有的、未经踌躇的率性而为。

在某种意义上，也要感谢他们所处的这块地方。古镇里尽是陌生人，天南海北，虽然陌生却建立了熟悉的共识，因而同时具有陌生人的轻松和熟人的热络。记得刚下飞机时，他就看见了赫然写着"约吗"的广告牌。那时他就觉得类似的召唤过分直接了。

嗯，缺乏仪式感，是他这个年代的通病。

所以现在，单眼皮男人正在尽力补上那一课——郑重而不失谨慎地凝视着双眼皮女青年。对方眼神儿没躲，令他如受激励，愈战愈勇。除去长了一双明艳的大眼睛，这位女青年给人的整体印象是清瘦、镇定，脑门儿还幽幽映着微光。头发半长、略黄，在脑后随意扎了个辫子，像喜鹊的翘尾。在他的印象中，类似面貌经常属于学校的女田径队员，脸部造型或如鹿类般温婉，或带有肉食尖嘴小兽的狡黠。在他还是个孩子的时候，就曾对上述两种脸型的异性着迷，还拖着书包郁郁寡欢地在操场外围来回假装路过。

可惜他只看见了半张脸，脸的下半部分蒙在蓝色医用外科口罩里。

这当然也不奇怪，这是今天世界的常态。在来时的大巴上，一车人只有半张脸；在民宿的前台，茶几背后端坐着半张脸；在载歌载舞的表演现场，篝火照亮的都是披金戴银的半张脸。防疫举措不能停，佩戴口罩常洗手。已经有多久了？身边的人们习惯了除去吃和睡，仅以半张脸示人，尤其是面对陌生人。也正是在诸如此类的不懈努力下，他这样的异乡来客才有机会离开半张脸的城市，登上半张脸的飞机，降落在半张脸的古城。

没错儿，此刻他的脸上同样蒙着这玩意儿。而对面的半张脸也在盯着他，并声称认出了他的半张脸。这才是令单眼皮男青年倍感振奋的原因，同时还有些许诧异。他不确定自己的半张脸是否有那么特征突出，分明也没有刀疤或者少了条眉毛嘛。

于是单眼皮男人清了清喉咙："我可没跟你开玩笑……"

不料，双眼皮女青年也清了清喉咙："我像是在跟你开玩笑吗？"

听这话时，单眼皮男人忍不住竖起耳朵，试图辨别对方的口音。很可惜，那是一嘴纯正的、近乎播音腔的普通话，不带任何地域特征。经过又一轮的试探，对方的反问越发笃定，这倒令单眼皮男人有点儿心虚了。难不成他果然偶遇了一个故人，并且对方还先于他而认出了他？倘若如此，倒真是一件神奇的事儿，不过想来也不是没有可能。毕竟这些年来，他匆匆忙忙见过太多的人，却与其中的大多数再未发生什么交集。他们变成了通讯录上的一个号码，抽屉底部的一张名片，或者社交软件上永不互动的一个好友。这是他的生活状态所决定的，也可以说，与今天人们的普遍状态相关。我们活得兵荒马乱，天知道哪个回合就被取了首级。那么话说回来，眼前这姑娘是谁？他到底在哪儿碰到过她？还有，尽管他是发起对话的那一方，但凭什么她对他有印象而他对她没有，她的记性怎么就那么好呢？

还是说，他具有某种令人过目不忘的特殊气质——起码对她而言？

这么想着，单眼皮男人不禁稍微有些得意了。但想想又是多么可笑，他这个岁数的男人了，居然还不放过任何一个自我陶醉的机会。妈的，油腻。除去建立必要的仪式感，我们生活中的另一要义就是避免油腻。单眼皮男人纠正了他的"北京瘫"，改为正襟危坐，姿态略显谦恭。他还有意无意地把右手放在左腕上，遮住了伯爵手表和硕大的紫檀手串。与此同时，他继续打量并努力辨认着对面蓝色医用外科口罩上方露出的那半张脸。

无数人影从他眼前飘过，无数场景在他心里重组。他像个积极配合警方调查的目击者，正在尝试根据草图复原嫌疑人的长相——然而未果。

这又让他焦躁起来，与之伴随的还有惭愧。

终于，他抬起手来，伸向耳畔的口罩系带——如果他这样做了，那么对方也应报以同样的坦诚和互信。世界骤变之后，也只有真正的熟人之间才能裸脸相见。再打个夸张的比方，就像老夫老妻才敢不带避孕套去过性生活。

　　而按她的说法，他们不是早就认识了吗？都熟到仅凭半张脸就能彼此相认了。

　　但立刻，单眼皮男人听见双眼皮女青年说："别，千万别。"

　　他听出她话音打战，如同畏惧。难道她是一个防范意识极强的抗疫模范？这当然也不稀奇，他的生意伙伴里就有那种开门之前都要用酒精擦拭一遍把手的老大姐。只不过倘若如此，她又何必来到这个古镇，出现在摩肩接踵的酒吧街呢？

　　单眼皮男人站起身来，向后退了两步。他示意给对方留出了安全距离，并再次揪住了口罩。然而双眼皮女青年也警觉地站了起来，背手靠在墙上，眼光流向台阶之下，一副随时要逃之夭夭的模样。酒吧里的光换了个角度照在她的半张脸上，如同兵刃出鞘。突如其来地，单眼皮男人有了似曾相识之感——他的确认为自己"仿佛在哪儿见过她"了。但陡然，他又听见双眼皮女青年的口气软了下来，甚而是在哀求：

　　"……还是算了吧。"

　　"什么算了？"单眼皮男人愣了一愣，反问她。

　　"我们就戴着口罩聊会儿吧。"双眼皮女青年沉吟片刻，又说，"反正我们也早就知道对方长什么模样了……不是吗？"

　　单眼皮男人迟疑着点了点头，使得双眼皮女青年松懈下来，但她又像怕冷一样把外衣拉链往上提了提。这个动作其实没有必要，正是高原的春季，白天阳光肆无忌惮，留下的余温尚未退去。单眼皮男人自己只穿了一件松松垮垮、形同道袍的定制款亚麻衬衫，还热得微微冒汗呢。他也注意到她穿得挺"潮"，尽管是一身破洞牛仔裤配运动帽衫，但牌子相当讲究，做工也不像淘宝上买的冒牌货。而纵观他在与异性交往方面取得的成就，又有多久没被这种"痞帅范儿"的女青年另眼相看过了啊。

　　尤其这两年，在他彻底改头换面以后，贴上身来的就尽是些肉隐肉现的十八线网红，以及少数靠装疯卖傻来博取关注的女文青。没劲，俗。他一边和她们周旋却一边避免琢磨她们，他的周旋是套路，他却为她们的套路而感到乏味。

随即，双眼皮女青年的另一个动作又让单眼皮男人心里怦然一跳。何止是怦然，简直是轰然。只见她反手拽了拽运动衫背后的帽子，从里面掏出一包香烟与一只打火机。那动作灵巧而滑稽，让人想起猴子在挠痒痒。女孩身上兜少，如此这般携带不值钱的零碎物品也情有可原。不过，她干吗宁可不背包，倒把帽子当成了百宝囊呢？

双眼皮女青年从烟盒里掏出一支，两指夹住，另一只手正要点火时却扑哧一笑。她好像这时才想起自己也戴着口罩，而口罩除了防止病毒以外还可以防止吸烟。她耸了耸肩，把那盒混合型的"中南海"放在他们之间的台阶上。

单眼皮男人接手捡起烟来，也掏出一支。

他不抽烟，但他宁可夹起一支陪着对方，尽管对方同样有烟抽不了。经由那个反手从帽子里掏烟的动作，他开始回忆。

大概是七八年前了吧。地点是他所来的那个北方城市。二环里，金融街，两栋玻璃外墙的写字楼之间。人在这种地方会幻觉自己的影像被重叠倒映，一直反弹到天上去。那时单眼皮男青年已经在一家银行工作了若干年，刚从柜员转为大堂经理。

他总会在午休时间来到写字楼之间的小花坛。花坛没花，一圈儿水泥台子，对面的垃圾箱前放了两个半满水的可乐罐，权当吸烟处。写字楼里不让抽烟，因而此处人们络绎不绝。前面说过，他不抽烟，但他愿意过来透透气。

他相当累，但越累越得拿出振奋的模样。不仅人前如此，独处更不能松懈。他会脱了西装，小心地叠好装进塑料袋，然后蹦蹦跳跳，在没有花的花坛上压腿。午饭有时也在这里解决，吃的是从自助餐厅里拿出来的三明治。中午不要摄取过多的糖分和脂肪，那会造成下午犯困。饭后他还会打开手机播放广播体操的音乐，像个中学生一样做操。

这一天，身后恍然多了个人。当他停下来，扭头看见身后站着一位双眼皮女青年。不是半张脸而是一张脸，像即将上场比赛的女田径队员一样清瘦、镇定。对方从容地收拢胳膊，并起双腿。她刚跟他一起完成了一套"调整运动"。

做个操也有人凑热闹。单眼皮男人似乎这才从疲惫中醒过神来，话也滑了出来："我仿佛在哪儿见过你……"

在那时，他还没培养起和异性搭讪的勇气，更没有随时随地找点儿乐子的闲情逸致，因而这话仅仅是它字面的意思。他单纯地感到双眼皮女青年有些眼熟。

而对方朝一旁甩了甩头："没错，就那儿。"

顺着尖下巴的指向，他越过对方的肩头，往垃圾桶和可乐罐望去。那个角落簇拥着另外几个男女青年，岁数都比他小不少，虽然套着各式制服但一律衣冠不整，此外染着黄头发、打着耳钉，还有两个男孩胳膊上盘旋着大片文身。那些孩子抽着烟，嘻嘻哈哈地观望着他们。很显然，他们把双眼皮女青年的行为视为一场即兴的游戏。

很显然，那些孩子虽然和他同在一片写字楼里，但却属于另一个族群。他们不是金融机构的雇员，连公司前台都不是，而是些楼下商店的售货员、服务员和外卖员。通常情况下，单眼皮男人也只有在叫快餐、和客户喝咖啡或者结束加班后去便利店买夜宵的时候才会与他们发生简短的对话。在他的印象里，他们也是这片楼里活得最悠闲的一个族群了，所以有大把的时间溜到外面来厮混，也不知怎么就有那么大的烟瘾。他不仅会在每天中午的休息时间瞥见他们，有时呆立在银行大堂里，以肃穆的站姿两手捂裆茫然望向窗外，也会看见他们正凑在花坛旁边打闹——夸张的造型夸张的表情夸张的动作。

在那时，他又会做出经典的政治经济学判断：这些孩子活得如此悠闲，并不是因为有着悠闲的资本，而是因为注定无法获得"不悠闲"的资格。而为了不沦为这一族群中的一员，他又曾经付出过多么持久、勤奋的努力啊。

所以他再看回双眼皮女青年时，分明带有隔阂的冷漠，目光是俯视性的。

对于他的言外之意，双眼皮女青年当然有所察觉。对方本已露出了半个笑脸，突然眼里一凛，两颊也绷了起来。在对方看来，他这人起码"不太识逗"。

双眼皮女青年搪塞了一句："我看您天天做操，也想跟着动弹动弹……"

说完转身，走向她的同伴。她一定吐了吐舌头或撇了撇嘴，男孩女孩们哄笑了起来，还有人噗地喷出一口烟。这无疑让单眼皮男人不快，如果是在对方工作的店里——通过她罩在运动帽衫里的围裙，他已经知道她是一楼茶餐厅的服务员了——那么他很可能会发起一场投诉，就像那些银行里不耐烦的客户会不分青红皂白地投诉他一样。

也就在这时，啪啦一记声响打断了他的迁怒。

地上落着一枚打火机，它掉出来的地方，居然是运动衫的连体帽。单眼皮男人这才看清，双眼皮女青年正在做出一个灵巧而滑稽的动作，试图反手从帽子里往外掏香烟，好像一只猴子正在抓痒痒。不巧围裙绷得太紧，碍手碍脚，于是没拿稳。基于条件反射，单眼皮男人捡起了打火机，递回给对方。他在银行大堂里总这么做。

双眼皮女青年接过打火机，点了颗"中南海"："谢谢啊。"

单眼皮男人顺势问："东西干吗放这儿？"

"店里有规定，上班不让带包，身上兜儿又少。"

单眼皮男人又接口道："这是哪门子规定？"

"老板宣布的，怕我们往外'顺'吃的。"

双眼皮女青年好像在说一桩天经地义的事儿，单眼皮男人却忍不住替她委屈了起来，同时顾影自怜。他联想到了自己工作中的种种规定。有些当然是白纸黑字，还有些就是领导的潜规则了，旨在拢住优质客户，防止被他这样的小年轻"挖角"。因为犯过此类忌讳，他还遭受了排挤，否则也不会在此时孤零零地晃悠到写字楼外。而在那一瞬间，他甚而感到和这个打搅了他的女青年同病相怜了。他们都像贼似的被人防着。

所以他面无表情，牙缝里龇出一个"操"；气流很轻，听起来像"擦"。

一"擦"之下，双眼皮女青年眼里似有火苗晃动，两人之间的温度也提高了似的。在某些情况下，人们对于某些事情的态度会让他们拉近距离，好像突然认出了"自己人"。双眼皮女青年也"擦"了一声，然后把话头拽回去：

"你做的是第八套广播体操吧？"

"您"变成了"你"。单眼皮男人问："你也学过？"

"那当然。"她说："不过我上学的时候，已经改成第九套了。"

回忆着上述场景，单眼皮男人和双眼皮女青年正在古镇里踽踽而行。他们漫无方向，不时躲避着身穿纳西服或汉服或破洞乞丐服的游人。也不知是谁先走起来的，反正他们下了台阶，开始游荡，每人手上夹着一支无法点燃的香烟。除去吃喝以外，迎面飘来的满街男女也尽是半张脸，这是一座昼夜不分、今古不分、中外不分的半面之城。

对话是由单眼皮男人发起的，但换了个地方，就变成了双眼皮女青年喋喋不休，而他顶多在对方喘口气的时候"嗯""哦""啊"一声，像个滥竽充数的捧哏演员。但也怪了，双眼皮女青年所说的话却跟往事无关，她的注意力似乎尽被眼前的景象吸引了。当然也可以从眼下的特殊时期来理解：整个儿世界都在经历萧条，国内也刚复苏不久，因此仅仅是摩肩接踵的人群就足够令人兴奋的了。

她的话音缠绕在他耳边：

"这种'云腿'煲汤反而浪费，按伊比利亚的做法，切片配乳扇就挺好。

"国际友人寥寥无几了哈？民俗贩子们的生意不好做了。

"都什么时候了怎么还尽是敲鼓唱民谣？哼，千篇一律的时髦。还有那些门脸的装潢，用昆德拉的话说，这就叫脱俗也即媚俗吧？"

她似乎对这地方很熟，透着来过还不止一次的样子。而她又是什么时候开始对昆德拉感兴趣的？这就有点儿不像印象中的双眼皮女青年了。即使是他这个受过高等教育的人，也是近年来才开始恶补那些拗口的文化符号——主要目的是为了混进另一个圈子，同时也有提高搭讪品位的功效。但话说回来，毕竟时隔已久，或许在这些年里，双眼皮女青年也经历了一些变化。此外还可以猜测她过得不错：昆德拉、服装牌子以及来到古镇这个行为本身，都说明她八成不再是一个职高毕业、薪水日结的服务员了。

单眼皮男人一边走神，一边揣测，一边继续回忆。如果她果真过得不错，也就说明那件事情并没对他构成什么影响。这令他心安，甚而可以说是今晚的另一个惊喜。而那件事情又是怎么发生的呢？临时起意还是酝酿已久？他仿佛第一次有了反思的愿望。

在此之前，还得说说他们在那段日子的日常交往。还和广播体操有关。有了第一次，在日复一日的午休时刻，双眼皮女青年每每会不打招呼来到他身后，和他一起做操。可见她不仅以模仿他来取乐，她的确是一个广播体操的拥趸。这当然也没什么好奇怪的，现在的孩子总有些复古爱好，还有人在网上收集不同版本的《毛主席语录》呢。

不光是她，就连她的那些同伴也加入了进来。孩子们在他身后列成阵势，随着手机洪亮的功放，扩胸、踢腿、下腰。初时还是凑热闹，到后来居然一个比一个认真，打完收工，每人额上一层薄汗。这就构成了两栋写字楼之间引人注目的一景。人多势众，连他都觉得此时的做操又和往日不同，不再是宣泄，倒像示威了。

同事都问他："你怎么跳上广场舞了？"

还有人评价："没想到这哥们儿是个搞行为艺术的。"

说时用力挤眼，好像意在证明他是一个多么古怪的、不合群的人。

单眼皮男人无言以对。的确，他也知道自己在原来的群落里不受待见，同时意识到自己无意间开拓出了另一个群落。在新的群落里，他拥有发言权，可以决定是做第八套广播体操还是第九套广播体操；他展示了慷慨的气度，可以把留着招待客户用的"软中华"拆开两盒分给大伙儿；他还建立了不怒自威的仪态，现在那些孩子称呼他时，都是在姓氏后面加个"哥"了，透着亲热与敬重。令他稍感可悲，孩子头儿不都是那种甘愿自降身份的成年人吗？但这个角色又给他带来了一丝欣慰。他想起自己小时候，也爱跟在工厂宿舍区里的几个青工屁股后面转悠，人家多看他一眼就能让他激动不已。只可惜当他也到了可以培养一群狐假虎威的小跟班的年纪，宿舍就拆迁了，连他父母都一并搬到远郊去了。

他甚而还获得了行侠仗义的机会。做了约莫一个月的操，包括双眼皮女青年在内的几个孩子试用期满，拿到了劳务公司发下来的合同，围在花坛旁互相比对。而他扫了一眼就发现了纰漏：基本工资低于法定标准，没有节假日的加班费，更关键的是连保险都没上全。他把问题指出，引得众人一片"嚓嚓嚓"，但也表示没辙，还怕一有怨言就把他们换掉，连班儿都没得上。都是本地孩子，看着挺"野"，骨子里还是老实，既好管又好骗。单眼皮男青年笑了笑，给他们讲清形势：依照劳动法，这种情况一告一个准儿；再说打工的需要店，开店的需要人，说到底都是博弈，你以为现在低端劳动力就不紧缺吗？

又是"博弈"又是"紧缺",说得孩子们直犯愣,连那个戳人的"低端"都给忽略了。后来就决定,去找劳务公司闹一闹,有枣没枣打三竿子。他还给他们介绍了一家跟银行有业务关系的律所,那种地方为了扩大影响,会做点儿法律援助之类的公益事业。一竿子下去,果然打下来仨瓜俩枣,各人的合同条款纷纷得到了改善。一切反动派都是纸老虎,大家表示,他这个"哥"可真不是白当的。

有了战果就要庆祝,众人同去撸串,不过后来还是"哥"请的。那天他也没少喝,晕头转向地走进西二环里狭窄的胡同,身边只剩下双眼皮女青年。

前面还没说吧,这时他跟她已经很熟了。两人除了中午做操,还养成了晚上溜胡同的习惯。他们每天结束加班的时间刚好相似。溜的时候往往也没话,各怀心事。胡同其实不黑,头顶就是通体放光的写字楼,还有那些网红店的半街霓虹。他们踽踽而行,不时侧身避开迎面飘来的魑魅魍魉,就和多年以后单眼皮男人在古镇所经历的情形相仿。

往复几个来回,一个奔了地铁站,一个去赶末班公共汽车。

只是那天他没想到,双眼皮女青年会突然一拍他肩膀,接着就把脑袋拱到他胸前,在他的制服上发出了类似于擤鼻涕的声音。然后他才发现这姑娘哭了起来。不过这同样没什么好奇怪的,谁喝多了情绪都不稳定,哪个酒吧门口没坐着俩一把鼻涕一把泪的"果儿"?

接着,双眼皮女青年就说:"你有对象吗?没有我去你家。"

就连这也不奇怪。混得久了,他知道她那个族群在男女关系方面相当随意,身边没合适的还能网上约。这就和他所处的环境不一样,起码占了个磊落,不像他的前女朋友,在一家赫赫有名的公司做销售,自打好上就没让他碰过,有一天正逛着街突然血崩了,送到医院急救,才知道子宫都快被刮漏了。

单眼皮男青年反问:"我要有对象呢?"

双眼皮女青年就说:"那咱们去宾馆。"

说得单眼皮男人咯咯一乐,随即摊开一只手掌,按在双眼皮女青年的天灵盖上。她的脑袋在他手里像个小皮球,而按她那个岁数人的流行用语,这个动作被称为"摸头杀"。杀了一会儿,他把那只小皮球轻轻搦开:

"我看咱们还是聊点儿别的吧。"

也和多年以后的情况相仿，当他们走到古镇的另一端站定，单眼皮男人突然提议："我看咱们还是聊点儿别的吧。"只不过事先省略了那记"摸头杀"，这是因为对方不再是个可以让人随便胡撸脑袋的孩子了。唉，她也大了，而他都快老了。

对面的半张脸问："咱们不是一直都在聊吗？"

单眼皮男人说："但聊得太务虚了。我是说，可以聊点儿具体的，跟我们有关系的……"

"我们有什么关系？"双眼皮女青年突然怼了他一句，又带着十足的挑衅意味问道，"那你说吧，你想听点儿什么？"

单眼皮男人既搪塞又试探："可以聊聊你这些年……"

"我这些年？你还有工夫关心这个？"双眼皮女青年咄咄逼人地再次插嘴，俄而一笑，古怪而讽刺，头颅也随之微微转动，向他露出了侧脸弧线。刚才的一路上，单眼皮男人注意到，她总是乐于将侧脸朝向他，或许她对自己这个角度的视觉效果更有信心。根据他所了解的知识，这叫作"侧颜杀"。只不过印象里的双眼皮女青年是没有这个习惯的，此外如果从侧面看去，眼前的双眼皮女青年似乎也和过去不太一样了……怎么说呢，她的耳朵变尖了，腮部轮廓呈现出近乎西方人的棱角……不过他好像也记不住她以前侧面的长相，再说人都在变……单眼皮男人这么说服着自己，打消了蠢蠢欲动的疑虑。

"瞧你说的。我是挺忙的，但还是会时不常地想起你来，毕竟我们……"他继续搪塞并试探着，"对了，你后来去哪儿工作了？"

这时他听见双眼皮女青年说："去了深圳那家公司，做媒体运营。你给介绍的门路还挺地道，没忽悠人——所以我得谢谢你呀，师兄。"

单眼皮男人也正是在这时意识到事情不对的。他按住了口罩，也按住了口罩下面尚未合拢的嘴，近乎惊悚地瞪着双眼皮女青年。

跑偏了，两岔儿了。单眼皮男人仿佛看到两条缠绕在一处的曲线，原本越来越近几乎重叠，突然间却往相反的方向滑去。

比方说，他记得他们是在距今更为久远的年代认识的，那时银行还可以称为一个热门行业，苹果手机也刚出到第五代。但按照双眼皮女青年的说法，当他们开始"交往"之时，大批纸媒已经开始纷纷倒闭转型了，而他送了她一台 iphone 8 plus。再比方说，他们从没去过那座城市北部的上地和西二旗一带，可在双眼皮女青年的叙述中，两人的见面地点却总在"联想"总部斜对面的"孵化器"附近。所谓"孵化器"其实也是一栋写字楼，楼下恰巧也有一个吸烟处。还比方说，他明明记得是她先来招惹他的，如果不是她跟他有样学样，他们才不会结成一个做广播体操的小分队。然而双眼皮女青年却把他描述成了一个相当孟浪的形象——径直把手伸到她的帽子里，掏出烟来点上，然后眉飞色舞地等她相认。

更遑论他们压根儿就不是什么"师兄"和"师妹"。

一言以蔽之，认错人了。刚开始是她认错了他，后来他也认错了她。现在就像肥皂泡被戳破，留下一片真相大白的空洞。

至于认错的原因，首当其冲当然是口罩喽。他们所露出的半张脸一定与对方以为的"那个人"高度相似，无论是眉眼、年龄还是神色。其实自打习惯于戴着口罩出门，单眼皮男人就总在怀疑，如果只看半张脸的话，人与人之间的相似程度会陡然增加。你完全有可能把丑陋的认成俊俏的，把猥琐的认成端庄的，把晦暗的认成明艳的。除此之外，口罩也过滤了他们的声音，一律失真地发闷，都变成了老款收音机里的质地。他还有一个经验，在口罩的掩护下，碰上不想打招呼的人完全可以坦然地视若无睹。

可既然如此，他们又为何非要如此积极地"相认"呢？这就不能不涉及两人的另一个心态了——在某种意义上，他们也许同时渴望着他乡遇故知的戏剧性效果。

回看方才走过的那段路，也堪称一个小小的奇迹：他们不仅不明就里，而且还像真正的熟人一样相互鼓劲，已经远离了人烟稠密之处，顺着崎岖的台阶，直爬到一座半山腰上来了。朝远方望去，白天银装素裹的雪山成了一团暗影，漂浮在墨蓝色的云里。身边是一家新开的客栈，门可罗雀且散发着新木头和油漆的味道。到底氧气稀薄，双眼皮女青年两手撑膝喘了会儿气，而后走进那道门里。

临进门她说："师兄，我们坐会儿吧。"

客栈自带回廊露台，提供茶水饮料，他们相向坐在靠边的桌旁。

也奇怪了，在单眼皮男人的视线中，刚才怎么看怎么熟稔的半张脸，现在就怎么看怎么陌生了。可见在某种意义上，"认识"只是一个心理概念，要先"认"后"识"。不识庐山真面目，只认他乡作故乡。

更奇怪的是，他居然迟迟没向对方指出那个错误。现在的情形是他心知肚明，对方却还一派懵懂。这就有点儿成心了。难道他还指望着以"师兄"的身份和"师妹"发生点儿什么吗？当然，事情虽然略显诡异，但还不至于发展成一出拙劣的喜剧，"谁家师妹上错床"之类的。当双眼皮女青年喘息甫定，又开始继续她的讲述时，单眼皮男人便屡屡涌起冲动，想要结束眼下的尴尬场面了。看着对面的半张脸，他还隐隐担忧会不会陷入什么意想不到的麻烦。别人的事儿最好不要知道得太多，尤其是陌生人。只不过他又发现，局面已经变得骑虎难下——如果此刻贸然戳穿，对方又会怎么看他？会不会认为他实际上已经将错就错地窥探了自己的隐私，进而认定他是个居心叵测的变态呢？

尤其是在这样一个前提下：双眼皮女青年刚一落座就声称，当初她和"师兄"交往也并不是因为"喜欢上了对方"，而其实是"另有所图"。

"所以你大可不必自我感觉良好，至于我呢，说得损点儿跟'卖'也差不多。"说这话时，她的口吻变成了近乎恶毒的坦率。

这让单眼皮男人越发心悸。他又寄希望于外界因素能帮自己脱困，于是向吧台招了招手。什么都可以，看着上就行。上来的又是啤酒，对待仅有的一桌客人，服务员反而心不在焉。但这就够了，喝什么是其次，关键是"喝"这个动作所伴随的必要条件——单眼皮男人再次将手伸向口罩，并尽力装得像是个下意识的动作。

他又听见双眼皮女青年断然厉喝："打住——停。"

双眼皮女青年冷峻地盯着他，眸子像猫眼一样扩张放大。对于单眼皮男人的小把戏，她洞若观火。对于只能"戴着口罩聊会儿"的原则，她保持着毫不通融的坚守。单眼皮男人忍不住叫起屈来："这又何必呢？一定要蒙着脸吗？你要是不放心，我可以向你出示我的健康码，比绿帽子还绿……社区还要求我做过好几遍核酸，都没问题……"

双眼皮女青年说："你别装傻，我不摘口罩可不是因为这个。"

"那为了什么呢？这不是自己折腾自己吗？"单眼皮男人试图说服她，"你觉不觉得闷得慌？我都快喘不过气来啦——"

双眼皮女青年又说:"为了什么你还不知道?当初不是你答应,我们再不见面的吗?"

单眼皮男人恍惚道:"你是说——只要戴着口罩,那我们就不算见面?"

"是这个意思。"

"这就有点儿自欺欺人了——"

"自欺欺人就自欺欺人吧,反正我就是这么觉得的:说了不见就不见。"

"那你又干吗非说认出我来了呢?你明明可以掉头就走,像碰上一个臭流氓一样让我哪儿凉快哪儿待着去。如果你那么做,朗朗乾坤我也不敢造次吧?"

"你当然不敢。但我一直好奇,如今你对那件事是怎么看的?"

"哪件事?"

"你又装傻,该不会连那件事都想否认吧?"

两人语速越来越快,又在一瞬间定格,迷茫地看着对方。

那是半张脸与半张脸的面面相觑,单眼皮男人越发猜不透对面的口罩下藏着什么了——可能并不是一个鼻子一张嘴,而是空洞,是云团,是他从未到过也难以想象的未知之境。他还心惊胆战地意识到,原来他们的心里都藏着一个"那件事"。在这个异乡之夜,令他们互相吸引的与其说是误会、是寂寞,倒不如说是"那件事"。

与双眼皮女青年那半张脸上的锋芒毕露相反,单眼皮男人的半张脸上写满了无奈。不仅无奈,还有疲倦。事实上,他已经装不下去了。他缓缓站了起来,扫了双眼皮女青年一眼,然后迟疑地转身,朝客栈门外走了两步。既然他掉进了一场错乱而对方又不给他纠正错乱的权利,那么还是适时地抽身而出吧。再多说一句,他已经察觉到这个双眼皮女青年有点儿不正常了,他很后悔自己选错了搭讪对象。

临走前,他拿起啤酒,在另一瓶啤酒上碰了一记,权当是个告别。

但他又对自己失算了。当他听见背后传来一声"回来",立刻就回来了。对面的口罩里传来一声"坐下",他立刻就乖乖地坐下了。他怎么变得这么听话?像被慑住了一般。慑住他的是双眼皮女青年那偏执的、不容争辩的态度,还是古城之夜亦幻亦真的氛围?抑或仅仅是"那件事"——藏在他们心里但又呼之欲出的"那件事"?

正当单眼皮男人既战战兢兢又魂不守舍之时,双眼皮女青年便开始了新一轮的讲述。她的嗓音不再尖锐,语调也变得和缓。她眼里的光芒熄灭了,口罩上方的半张脸也好像暗了一层。与之相应,连她所说的话都不再没头没尾,而是逻辑清晰地串联在了一起,前后照应且环环相扣。就像一个醉酒的人忽然醒了,或者一个癫狂的、胡言乱语的家伙忽然意识到自己正在做报告。但也恰因如此,单眼皮男人心里又升起了一个疑虑:如果她是在对"师兄"讲述,而师兄又是"那件事"的当事人,她又何必事无巨细地从头讲起呢?是时隔久远因此她怕"师兄"忘了,还是说,她其实早已知道他并不是她的"师兄"?

念头划过,像触电一样,令单眼皮男人脑中嗡然一响。

但还没等再深想下去,他已经被裹挟进了一个与己无关的陌生故事。他半推半就,随波逐流。故事的内容,乍听起来不过是一场常见的男欢女爱,简直常见到了男不欢女不爱的地步。双眼皮女青年也是在写字楼下的吸烟处遇到了"师兄",她那时刚毕业,正在熬过如履薄冰的试用期,并不知道自己能否留下,此外还刚结束了一场旷日持久的异地恋。乘虚而入,当"师兄"认出了她,两人就此好上了。也按照她此前的说法,双眼皮女青年之所以会开始这场逢场作戏的办公室恋爱,图的无非是在公司里有个靠山罢了。他们那个新媒体公司是做"内容服务"的,写手采访热点事件,写成报道出售给网上的公号,再按照点击量从广告费里分成。谁的报道上头条,谁的报道动用更多资源去推,已经混成策划总监的"师兄"还是有发言权的。毕竟不是在学校里的时候了,游戏规则大家都明白。

这样的关系,两人谁也没真当回事儿。事实上,没过多久,双眼皮女青年就不再到"师兄"那儿去过夜了。相看两厌,连自己都讨厌。又然后,"师兄"替她介绍了一个薪水不错的新职位,地方在深圳。这说起来是"替她打算",当然更主要的还是免得为个"萌新"在公司里落人口舌。游戏规则大家都明白。

听到这里,单眼皮男人几乎在口罩后面打起哈欠来了。晚上第一场没少喝,又鬼使神差地出来溜了一圈儿,酒劲儿返上来了。对于那位"师兄"的做法,他不仅理解,而且还认为处理得相当得当呢。有那么两次，他也是如此这般摆脱麻烦的。

但他又听见双眼皮女青年说："你也别觉得我是想缠着你，我现在不用靠……男人过日子了。我想说的还是那件事。"

单眼皮男人机械地重复："那件事？"

"是啊。"双眼皮女青年再度无法压抑情绪，蓦地拖出哭腔，"咱们玩儿就玩儿，你让我走我就走，干吗逼我去害别人呢？"

话题终于绕回到了"那件事"上。而单眼皮男人意识到，他等的其实是这个。他叹了口气，任由双眼皮女青年疾风骤雨般地倾吐着言语。这时她就没有能力故作镇定了，话含在嗓子眼儿里像一口滚水，必须在最短的时间内排空，否则会把她烫伤。单眼皮男人也终于听明白了："师兄"还希望她做一件事，就是把她所在的微信"写手群"里的某些聊天记录截屏发给自己。群里有个老写手，姓岑，在报社做深度调查出身，爱发些不合时宜的牢骚。而那位老岑死盯着不放的两个案子，正好与深圳那家公司有些利益冲突，人家记恨他很久了。如果能找个由头敲打敲打老岑，让他收手，也算是双眼皮女青年带过去的投名状。

就连"师兄"也有好处：趁机整顿一下写手团队，将来做事更顺畅些。对于这一点，"师兄"未曾讳言。毕竟有此前的关系在，谁也不必遮掩什么了。

"所以你后来还不是……"听到这里，单眼皮男人插嘴道。这话几乎是替那位"师兄"说的了，他还想开导双眼皮女青年：做都做了，就别事后瞎琢磨了。

但双眼皮女青年说："对，我答应了你……我太需要一份工作了，毕业以后漂了两年，房租还得管家里要，我爸我妈唠叨得我脑袋都快炸了。那时我也没想到那么做会有多大后果，觉得顶多是内部警告老岑两句罢了。可谁想到你们把他的话断章取义放到网上去了呢？又谁想到正好赶上了一个网络风潮，那帖子会产生那么大的影响，还有那么多不相干的人旷日持久地声讨他人肉他，导致公司不得不开除了他——你知道他现在怎么样了吗？"

"怎么样了……"单眼皮男人只好再替"师兄"问道。

"你们没问过吧？我打听过。他没再找着工作，别处都不敢要他。他老婆本来就有抑郁症，后来崩溃了，从楼上跳了下去，脸都摔没了一半。去年他来到古城隐居，租了间房子住着，文章也不写了，靠在工艺品商店给人看摊儿糊口。也不瞒你说，我刚去看过他，都戴着口罩，半张脸也没被认出来……不过就算认出来也没意义，他到现在还不知道当初是谁把那些截屏传了出去，再说我也不敢承认……"

双眼皮女青年的语速慢了下来，音量渐小，但她的两眼又开始灼灼放光，死盯着单眼皮男人。她还做出了一个举动，划开手机找出一张照片，展示在单眼皮男人面前。照片上是一家古城常见的商店，做旧的木门脸，柜台旁坐着个黑瘦男人。单眼皮男人下意识地一闪。他与此事无关，尽管被迫听了但他与此事无关，他这么提醒着自己。而再回过头去，却看见双眼皮女青年面色潮红，太阳穴上凸出了淡蓝色的青筋。

她霍地起身，连手机也没拿，快步冲向一侧的卫生间。

木板门后传来断断续续的呕吐和冲水声，单眼皮男人这才意识到对方其实也早喝多了。两人身上的酒味儿混在一处，此前竟未留意。风一吹，她终于也上头了。而他刚刚经历了什么？酒后吐真言吗？她又希望"师兄"做何反应？忏悔？道歉？无地自容？此外还有，此刻在她眼里，他又是谁？到底是不是"师兄"？如果是的话，方才的问题又回来了，她何必把"那件事"画蛇添足地再讲一遍呢？

在酒与重重疑虑的共同发酵下，单眼皮男人几乎不知自己身在何处。然而他的手却做出了一个明确的动作：拿起双眼皮女青年落在桌上的手机，点亮屏幕。刚才他就看见了对方的解锁密码，只要再沿着那九个小圆点画出一个"Z"就行，也幸亏双眼皮女青年没给手机设置面部识别。这动作充满了冒险，也很不符合他现在的身份，此外他还觉得吧台后面那个半张脸的服务员正在鄙夷地审视着他。然而单眼皮男人不由自主。

微信里没什么好看的，她看起来没有男朋友，交际面也很窄，和他这种人恰好相反。关掉微信后，单眼皮男人又扫了一眼双眼皮女青年的常用软件，这才发现了那款他从没用过也没听说过的 APP。一个蓝色的小方格子，中间有片不规则的红色印记，看了一会儿他才辨别出那图案是一张嘴。软件的名称叫作"说出秘密的一百万种方法"，从商业推广的角度考虑，这恐怕不是一个好名字，太长了。

单眼皮男人的手指在屏幕上悬了几秒，正犹豫着是否点开那款软件，卫生间的木门吱扭响了一声。他迅速按灭了手机屏幕，重新放回桌上。完成了一场倾诉和呕吐，双眼皮女青年又复归了平静。她闭上眼睛，似乎养了会儿神才开口：

"事儿就是这么个事儿，我说完了。"

她也不管他叫"师兄"了。她吊起了他的胃口，但这时单眼皮男人才明白，她其实并不在意自己做何感想。她是一个毫无责任感的悬念制造者，说完了就完了。

果不其然，双眼皮女青年站起身来，其姿态不仅如释重负，简直身轻如燕。她拿起一瓶啤酒，在另一瓶啤酒上碰了碰。他们消耗了两支没抽的烟和两瓶没喝的酒，终于迎来了毫无仪式感的告别。但此时，他绝不能将双眼皮女青年视为一个没有仪式感的人了，相反，他认为她的仪式感有些太强了。他想劝告她，这其实不一定是个好习惯。

他还想问她：我是一百万分之一吧？

但连这也没说，他只是答道："是有点儿晚了，还有人等我。"

"……你不会怪我吧？"双眼皮女青年指了指半张脸下方的口罩。

单眼皮男人摇头："说好不见就不见，这不是大家都同意的吗？"

"谢谢你。"

"不客气。对了，还有件事……"

"您说。"

"当初你那位'师兄'……哦不，就是我……我跟你打招呼的时候，说了点儿什么呢？"

"就一句：我仿佛在哪儿见过你。"

两人点了点头，双眼皮女青年拿起手机，转身出门。她的身影缓缓飘向山下，逐渐融入黑暗之中，但在即将完全隐去之前又停下，亮起了一小团光。点烟的时候，她的口罩总算可以摘下去了吧，但单眼皮男人已经看不见她执意深藏的另外半张脸了。

坐了很久，单眼皮男人才结了账，从客栈里出去。

这才发现回去的路其实不远，十来分钟就走到了。这也与夜彻底深了下来有关，街上稀稀落落，道路变得畅通，半面之城正逐渐接近一座空城。

酒吧的包间里塞满了人，那场流动的盛宴仍在继续。朋友，朋友的朋友，天知道在这个千里之外的异乡还能遇到多少拐弯抹角的熟人。他那个圈子的人们每逢这种季节大都是要出国的，但今年特殊，假如你不想滞留在哪个海滩或者哪艘邮轮上有家不能回，那么最好把相对安全的国内景区当成备选方案。

也和他所来的那座城市一样，类似聚会上总少不了几个来路不明的"果儿"，而在人困马乏的下半场，老男人们的兴趣就只剩下了跟她们穷"撩"：

"别看我现在就一俗人，当年也算知识分子，还有教授职称呢。"

"您这身板儿，搁教授里绝对是比较壮硕的类型吧?"

"别听丫瞎扯，他是体育系的教授。"

"妹妹也读诗吗?"

"我特喜欢徐志摩。"

"你不必欢喜，更无须讶异——"

当单眼皮男人出现，酒桌上立时飞升起一串儿杯子：扎啤杯，红酒杯，威士忌方杯……单眼皮男人也捏起一只色彩斑斓的珐琅杯，与众人相碰后把白酒送到嘴边，这才发现隔着一层口罩。他惶然着半张脸，看着四周那片或通红或惨白，或浮肿或干枯，或涂粉或冒油但一律完整的脸，尴尬地把杯子放下，找了个溜边的沙发座，将自己缩了进去。

立时又有人大呼着"没劲"要把他揪起来，还有人咬定他不肯摘口罩是因为"在哪儿刷糨糊让人挠了"。单眼皮男人既客气又虚弱地应付着，叫来服务员添了轮酒，这才得以脱身。他点开自己的手机，下载了一个程序："说出秘密的一百万种方法"。

再次印证了单眼皮男人的判断，这绝对是个毫无市场前景的软件：注册人数极少，其内容也类似于过时的论坛，无非是几个或真或假的心理咨询师在对会员进行义务疏导。按照那些人的说法，秘密在心里存久了会影响身心健康，就像过期食物会在地窖里腐败发酵，最终把整栋房子搞得臭气熏天。因此他们建议，要尽可能地把秘密倾倒出去，但他们又提醒大家，尽可能地不要在网上尝试这种行为，那毕竟不安全——而这也就是那个软件存在的真正意义了，会员们集思广益，互相交流着"绝对不会造成麻烦"地向陌生人说出秘密的方法。这些方法又被统称为"找树洞"，这大概来源于一个童话，而在那些人看来，世界上行走着无数个活的、可靠的、可以随时发挥作用的"树洞",只看你能不能在恰当的时间以恰当的方式将他们激活了……

单眼皮男人瘫在沙发里,诡异地笑了一声。他刚刚经历了一场故弄玄虚的网上游戏。多幼稚啊,几乎不是他这个年龄的人所能理解的。但他确实被激活了。像个开关咔嗒响了一声,他的酒也醒了,脑子里一派澄明。

趁着酒桌上掀了新的混战,他抽了个空又溜了出去。夜凉如水,让他袒露的半张脸感到寒冷,但他隐藏的那半张脸却还闷得发热。营业场所纷纷关门,剩下的门脸就像嘴里寥寥无几的牙。在一条仿佛来过的街上,他看见了那家仿佛来过的商店。门脸不大,内里也不幽深,摆设的尽是一些"民族风"的手工艺品,东巴纸、刺绣或木雕之类的。

门口的方凳上坐一黑瘦男人,面目不清的半张脸,仿佛也是在哪里见过的。单眼皮男人走过去,累垮了似的坐在店门口的青石板台阶上。

黑瘦男人用普通话问:"要点儿什么?"

单眼皮男人说:"喘不上气,我歇会儿。"

黑瘦男人打量他一眼说:"你口罩该换了,戴一晚上又没少说话吧?都潮了,不透气。"

说完欠身,从柜台里拿出几只口罩递给他。当地作坊做的,缎面刺绣,并不符合防疫标准,但聊胜于无。口罩上绣着各色图案,有鸳鸯戏水,有东巴文的字句,单眼皮男人挑了一副格外显眼的换上。那图案是张血红的嘴,微微开启,似在言语。空气果然透亮了许多,单眼皮男人问了价,用手机扫了款。

然后他问:"你不是本地人?"

黑瘦男人一笑:"这儿就没什么本地人。"

一群外地人在外地接待外地人,构成了这座半面之城。这的确是一个适合吐露秘密的地方。黑瘦男人掏出一盒烟来,放在两人身边——对于半张脸,烟只是个摆设,但同时意味着一场对话的开始。

大家都有过往,此时恰巧又都没事可做,聊聊就聊聊。

然而单眼皮男人心里虽然涌起了一些话,却还是打消了把它们说出来的念头。和那位双眼皮女青年不一样,他已经过了吐露秘密的年龄。他的生活需要仪式感,但就像墓前的供品罢了,宣告着墓里的内容虽然永远存在但又被永远埋藏。

就像另一位双眼皮女青年，其实单眼皮男人已经记不清她的长相了。别说半张脸，就算看见了整张脸他也认不出她。然而他知道，和她相关的故事不是感伤，而是欺诈。当他还是个银行职员时，就清楚地判断出那份职业没有再做下去的价值了——网点正被大量清撤，未来的风口属于那些野蛮生长的新行当。他也早和写字楼里的一些机构的人接洽过，如果带着足够数量的客户投奔过去，可以在人家那里占据一席之地。包括双眼皮女青年在内的那些孩子都成了他的投名状。他们既缺钱又乐于相信他，是新风口新行当里难得的优质资源。至于此后那些孩子又会经历什么，却与他无关了。追债，威胁，"社死"，都是下游产业的勾当。在"金融科创公司"的账面上，他们都是报表上的漂亮数字。

单眼皮男人还记得当年，在那个同样明亮而又突然空旷下来的夜里，他们松松散散地说了几句话。被一记"摸头杀"推开，双眼皮女青年点了颗烟，随口问他想聊点儿什么。单眼皮男人说聊聊你吧，这份工作你还想一直做下去？双眼皮女青年说当然不想，她只是想攒点儿钱。单眼皮男人说，攒钱做什么？双眼皮女青年说了古城的名字。她想来，因为人家来过。单眼皮男人告诉她，何必攒钱呢，参加一个金融计划就可以，也不用抵押也不用证明。他还说如果能介绍更多的参与者，她的利率可以打折。但他从没告诉过她，在那份令人眼花缭乱的电子合同里，利率算法和人们通常以为的不一样。

在那以后，他就再没见过那个双眼皮女青年。他也从来不指望能见到她，直到今晚。而今晚实际已经结束，手表显示，已是第二天凌晨了。他度过了旧的一天，又换上了新的半张脸，和一个似曾相识的男人坐在一起，像古城的所有过客一样内心沉默。那两个双眼皮的女青年却早已离他们远去。

街边突然又嘈杂起来，一群夜归的游人经过，被单眼皮男人吸引了视线，旋即侧目而视着匆忙离开。那男人的半张脸上敞着一张血红的嘴，好像露出了秘密的一角。

（《野草》2021 年第 5 期）

事逢二月二十八日

朱　辉

1

时值正午，阳光灿烂，有风。东边房间的门开了，又重重地关上，一串清脆的足音，由近而远，款款而去。谛听中，足音的节奏变了，她是在下楼梯，细巧的高跟鞋踩出舒缓的顿挫，听不见了。李恒全走近窗户，轻轻地把窗户推开，看见那女人窈窕着身子，沿着楼前的小路渐渐远去了。

二月份，即使是正午，风也还凛冽，像挟了针。他关上窗，躺到了床上。她这是去上班，每天都是这个时间离开，后半夜才回来。他的眼前，晃动着她的影子。她是做什么的，他并不明确，但他住到这里已个把月，了解她的生活规律。她过年后就回来了，只拖着个小拖箱，他知道是老住客。他起身，拉开了自己的门，门外立即飘来了一香气。四顾张望，楼道顶头的窗户明晃晃的，破了玻璃的地方露着蓝天；地上亮得像是蒙尘的镜子。没有人。一只老鼠蹿到走道中间，停住了，歪歪头，嗖地没影子了。

这楼里只有香气是新鲜的，其余一切都破败陈旧。这是一栋老楼，所有的房间都朝南，门前是一条走廊，连接着盘旋的楼梯。走道的水泥地不知被多少人蹭了多少年，粗糙坑洼，只靠墙的地方还留有原来的地漆。墙大致还是白的，以白为主，墙皮脱落处是灰黑的，还遍布着更多奇形怪状的痕迹，鞋印当然一眼就能看出，可位置高得很奇怪；还有很多圆斑，顶上都有，李恒全上学不多，刚来时想了半天也没明白这是什么印子，直到他发现一只瘪气的篮球。它落在墙内的一个玻璃柜里。玻璃破了个洞，但还能看出"消防"两个字。

他喜欢眼前的香味。他似乎能看见香味，与阳光混合了，金粉一样弥漫。他深吸一口气，返身进房，从墙角的柜子底部拿出几样东西，拢在袖子里。

自己的门虚掩着，并不关上，他习惯性地给自己留好后路。女人的房间在他东边，隔一间空房。他步态正常地过去，贴近门。他看准了门锁，直起身子，双手配合着动作。没有声音，走道里没有声音，只有他的手能感觉到声音。吧嗒一颤，门开了。

他侧耳听一下，猫腰走了进去。他当然要轻手轻脚，却突然想起了什么，笑一下，坦然直起了身子。眼前的格局与他的那一间类似，一张床，一个立柜，一张桌子，但女人把桌子变成了梳妆台，一面镜子倚墙立着，前面随手摆着不少化妆品。大楼外风声呼啸，他看见这里的窗户下面，有一片水渍，跟他那里一样有点漏水，还有点漏风。

这是女人的住处，是她的房间。香味幽幽，奇怪的是，这源头的香味并没有走廊里浓。他这是第二次进来。他立即注意到，这里有了一些变化，窗户和门之间拉着的一根绳子，上次绳子上挂满了衣服，这次是空的。他拿眼一扫，看见那些衣服都已收在床上，还没有叠。衣服散乱着，红的、白的、淡黄的，还有一些难以形容的颜色，如半床的乱花。一只丝袜黑蛇般蜷曲着，另一只从衣服底下露着头。他忍不住要把它拽出来，手伸出去，又缩了回来。

他使劲地吸着房间的味道。上个月十五号，他呼吸到了久违的自由空气，在这里，他再一次嗅到了美好的人间气息。他的心脏狂跳，脸色绯红。如果可以，他真想把这些衣服叠叠好。曾经，他无数次钻到别人家里，带走一些东西，他不把别人家搞乱，只是为了不让别人发现，或者说晚一点发现。现在不同了，他可不想再回到那个肃杀的号子里。他绝不会再带走别人一件东西。他一进门就看见了床头的钱包，小巧可爱，镶着玻璃钻，鼓鼓囊囊的，他习惯性地拉开，不少钱；立即又拉上了，摆回原处。钱包就在枕头边，枕头上垫着花枕巾，中间有脑袋留下的印痕。他终于没忍住，脑袋对着枕上的凹痕，躺了下来。

很香。他的手不听话，摸向那堆衣服。他闭着眼，手划拉过去。丝绸的滑爽，针织的粗粝。他的脸更红了，热烘烘的，像被人抽过。他腾地起身，走向那张桌子。

瓶子，管子，小镊子，李恒全不太懂这些。女人好复杂。他能认出的只有口红，有好几管。忽然想起了什么似的，他右手伸进了自己的裤兜。就在这时，大风又加了一把劲，尖厉的呼啸中，走廊里传来砰的一声。他被枪打中了似的一颤。他飞步跑出去，呆住了：他的门，被风吸上了。推不开了。

他一时有点发蒙。怎么办？当然，他立即就想起了自己的专长，这对他来说不是问题。曾经那么多的门，只要他看中了，差不多都不是问题。工具是现成的，就在裤兜里。现在的问题是，他还从来没有面对过这种情况，就是说，他要用技术打开的，是自己的门。他晃晃脑袋，摆脱了暂时的恍惚。手伸进裤兜时，他触到了一个东西，他一愣，快步跑回了她的房间，走到"梳妆台"那里，把兜里的东西摆了上去。那是一管口红。每次见到她，她的嘴唇都油光锃亮，红里发黑，他觉得这不够好看，老气。应该红一点，但不要黑。

他知道他还会再进来。这个地方让他留恋。他有点舍不得走，把桌上的几管口红都旋开了，一个个在自己的左手背上划一下，一排颜色。他认出了她最常用的那个，毫无疑问，自己带来的口红最好看。他恨不得当面告诉她。

当然不能。他那么多次看见她，从来不敢开口。也曾点头打过招呼，还冲她笑笑，可是她戴着墨镜，面无表情，没搭理过他。他眼前总是浮现着她的墨镜，发黑的口红和她婀娜的身姿，这些是她的概括，通通被她的气味笼罩。

他仔细地关上她的门，回去，轻易地把自己的锁打开了。这栋楼所有的锁都差不多，A级锁，最容易打开的那种。他只需要不到十秒。上个月的那一天，在等待高大的铁门打开的那一刹那，他狠狠地在心里说：李恒全，你决不再干了！永远不要再进来！他确实做到了。在进入她的房间前，他犹豫，挣扎，但制备一套工具对他来说太简单了，稀里糊涂地就去弄齐了。事实是，他确实没有拿她的钱，还用口红对她提了一个隐秘的建议。他管住了自己的手，准确地说，他只是管住了自己手的某一类动作，却没有全管住。不偷窃，却送礼，想到这个，李恒全咧嘴笑了起来。

以他的技术，这城市一半以上的锁，他可以视若无物。一切房子，无论它们多么规整呆板，或是曲折复杂，在他眼里，都只看见锁：无数的锁，一行行，一列列，凌空悬置。他那时的目标，就是要挑出最容易开、最值得开的那一把。现在这栋楼，地处城郊，周边拥挤简陋，住着各式各样的人。租金很低，都是些身份不明的男人女人，跟他也差不多。他能看出身份的，就是几个大学生，还有几个人大概干着他熟悉的营生。他不说破，也不搭理。既然已经洗手，那就不再沾惹。

2

李恒全出门时太阳已经偏西。他把那套家什摆到柜子底，上了街，匆匆而行。他其实没有目的地，没有家等着他回去，也没有锁等待他搞开。他从前上街，搜索，踩点，都是碰碰运气。现在他还是碰运气，不同的是，他希望的运气是一份工作。

工作不好找。除了开锁以及相关活动，他别无专长。他身子骨本来就不算强，精瘦，在号子里待了两年，早晨六点半吹哨起床，七点出工；晚上五点半收工，八点半锁门收封，十点睡觉。作息规律，三餐有时，倒长胖了些，不过干重活还是不行，吃不消。出来后，除了过年那几天猫在屋里，他一直留意着工作，但高不成低不就，左不行右也不成，他心里揣着朦胧的希望，在街上瞎逛，至少，自己觉得是在努力，突然，他眼前一亮，心里说：怎么这么笨呢，这不现成的吗？

一个小摊子，架子上挂着无数钥匙，一个招牌："专业开锁"。不少街上都有这样的摊子，开锁的业务也肯定不少，因为并不是所有人都身怀绝技。那个专业开锁的汉子三十刚过就谢了顶，这会儿正在给人配钥匙。他把待配的钥匙和一个钥匙胚分别夹在台钳的两端，手一摁电门，两把钥匙同步动作，火花四溅，转眼间，钥匙就配好了。他迎着阳光瞄瞄，拿锉刀修修，说：好了。来配钥匙的是个少妇，她说：你要保用呀，不行还来找你。她掏出十块钱，接过钥匙走了。

他忍不住多看了那少妇一眼，又看看自己手背上的几道口红印子。这女的显然没有东边房间的那个女的好看，不过她的口红倒不黑。片刻就挣十块，不慢，而且可以光明正大地挂牌子。这老兄配钥匙要用电动工具，谈不上技术含量，不知他开锁是个什么架势。他的头顶在夕阳下亮晃晃的。李恒全脸上不禁漾出笑来。配钥匙的老兄问：你什么事？

他一怔。他刚才想的是：是不是每配一把钥匙，这人就会掉一根头发呢？立即换了请教的笑，说：我没事。我看看的。你手艺不错啊。

那人嗯了一声，看着他。

是这样的，我看你这营生不错，也想摆个摊子。来学习学习。

配钥匙的说：摆呗。就摆我边上，这儿还有个空。

他连忙摆手说：不不，不在这儿。你放心，不抢生意的。我懂规矩。

你懂规矩？配钥匙的手一指钥匙架上的招牌，这你就不懂了吧？配钥匙开锁是特种行业，要到公安局挂号的——"的"字拖得老长，有一种注册登记的自豪。果然那招牌上有一行小字"开锁登记第××号"。配钥匙的补一句：我们开锁，都是公安派下的任务，接私活是犯法的。

李恒全被噎得说不出话。他拿起一把钥匙，朝眼前一举，看看，扔下；又捏起一把钥匙胚，拿起锉刀直接开锉。他闭着眼，头扭向一边，盲锉。那配钥匙的眼看着他把钥匙往台子上一扔，走了。两把钥匙并起来，分毫不差。配钥匙的目瞪口呆。

事实上，李恒全可没敢显摆。这是他的想象，解气。他笑笑，摆摆手就走了。就他这个身份，才出来，又去公安局挂号？他有这个技术，可这技术有案底。他信得过自己，但别人信得过他吗？他早已决意不再碰这块记忆，但他有艺在身，管得住手，这回却没管住腿，讨了个没趣。惯性太大了。

也不全是惯性。如果刚才来配钥匙的不是个女人，他可能就不会停在摊子前。他又抬手看了看手背上的口红印。印子基本已经看不见了，但那个黑口红的女人，仍在他脑海中晃动。

他初中时的那个女同学，声音细细的，身条也细长，但胸前已有了起伏。她头发有点发黄，自来卷，这一点与那个黑口红黄头发的女人有一点相似。他早已离开了她的生活，当然知道这两个女人没有一点关系，但他很想有机会跟她搭话。但要说什么，他不知道。她很有规律，下午出去，半夜回来，不知道她在外的这大半天，具体做什么。可这是不能问的，你问了，人家要是反问：你做什么的？他一个才放出来的人，只能扯谎。这天半夜，她回来了，脚步声有点杂乱。他人在床上躺着，耳朵却在走道里。有轻轻的说话声，两个人，另一个也是女的。他松了一口气。两个女人在房间里弄出不少动静，间或还咯咯地笑。第二天一早，东边的门里有响动。他飞快地打开门，走了出去。

黑口红的女人在关门，边上站着一个胖胖的女子。他大方地说：你好。黑口红的女人扭头朝他看看，墨镜晃闪一下。胖女子向他咧嘴笑笑。他立即看见，她的嘴唇红艳艳的，显然，他摆在梳妆台上的口红被用了。却用在了一个外人的嘴上。他顿时瞪大眼睛呆在那里。转眼间她们已经走了。

他有点难过。她发现多了一支口红，就没有起疑心吗？可以想见，那胖女子一定狠狠地用过口红，像啃火腿肠那样；可以肯定，他的口红这会儿已经被胖女子摆在包里了。

李恒全忍不住想到她的房间去。他想验证一下，他摆的那支口红，还在不在。但他犹豫了，柜子底的家什已经拿在手上，不超过十秒他就可以进去。他想了一会儿，把家什又丢了回去。

兔子不吃窝边草，这句话，上点段位的人都知道；瓦罐不离井上破，常在河边走哪能不湿鞋，这里面更有切身的教训。站在她门前的那一会儿，恍惚中他面前的门，就是号子的门。这两个相伴出门的女人，说不定什么时候就会突然回来。

他确信自己那天没有进去。但他万万没想到，女人失窃了。门被撬了，乍一看完好无损，但他眼一扫就知道是怎么开的。那是中午，女人出门前才发现少了东西。她把楼下的门卫喊来，自己站在一边抽泣。她说，钱丢了，首饰也没了。她倒老实，自己说首饰不值钱，但是钱有三千多块哩。

门卫能干啥，他连疏于看门的责任都赖得精光。他指着完好的门锁说：你看，哪儿有人进来过？也就你自己说。女人哭出了声，她实在是太委屈了。她争辩着取下了自己的墨镜，这是第一次不戴墨镜，她泪眼婆娑，并没有朝他这里看一眼。

那门卫挺胸凸肚，穿着制服，胸前还有"特勤"两个字。他很精明，完好的门是他推卸责任的有力帮手。女人一迭声地强调她真的丢了东西。门卫打开手电筒，东照照，西扫扫，最后又把光圈对准了门锁。大白天的，这手电筒无疑只是个道具。李恒全看不下去，突然说：这门确实被开过。他声音很大，爆破音似的，自己都吓了一跳。门卫皱眉看着他，说，你怎么知道？你有什么证据？李恒全还是没管住自己的嘴：不撬锁就不能开了？门卫往前走几步，盯着他说：哟呵，和平进入，你懂得还挺多啊，我看你是个行家！他目光如炬。李恒全慌了，他结结巴巴地说：你盯着我干啥？我看人家一定是真的丢了东西。

有人帮腔，女人马上说你们不管，我就报警。门卫说：你以为警察吃饱了撑的要消食？你说丢了钱就要上门？你报呗。他一脸满不在乎。李恒全顿时紧张起来，他比门卫更不愿意警察过来。他走到门边上，装模作样地打量一番，对女人说：门还真是好好的。是不是你记错了，还是摆在别的什么地方了？

女人真是个没主见的。李恒全的话立即起了作用，她嘟嘟哝哝着在自己房间里翻找起来。门卫对李恒全很满意，点点头就挺着肚子走了。

李恒全心里不好受。说什么都显得心虚。悄悄走了。他那身形步态，像猫一样无声，像老鼠一样警觉，与他当年做事得手后撤离，十分相似。

3

这楼里有很多老鼠，他厌恶老鼠。曾经，他也是一只老鼠，老鼠当然一眼就能认出同类。那门卫下楼后，三个年轻人从那头的房间出来了，他们脚步轻松，有个还吹了一声口哨。李恒全狠狠瞪了那边一眼，不等对面的目光射过来，就转身进了自己房间。这几个小子的身份，他有九成把握，女人失窃八成也与他们有关。如果他们对她劫财劫色，哪怕他们拿着刀，他都不会装怂。但他们只是偷窃。一只老鼠指认另几只老鼠，其结果可能是一起被拍死。此后三天，他强忍住，没有再进女人的房间。女人的那个胖女伴没有再来过，她依旧独来独往。他突然想，说不定是那胖女人顺手牵羊呢？她可能也想到了这个，或许，她们已经吵翻了。这么一想，他没有挺身而出指认偷窃者的内疚倒减轻了。

那几天风雨交加。走道被鞋子们带了水，亮汪汪的。女人的行踪略有些不规律，有两天一大早就出门了；回来得也晚，有一天她居然第二天早晨才回来。这是不对的，女人这样不好。没有人管她，李恒全没资格管。他在走道上遇到女人，女人香味依旧，但混合了酒气。依然戴着墨镜，他看不见她眼睛的表情，但她朝他点了点头。这算是打招呼了。李恒全有点激动。无数的话往外涌，被他用嘴唇封住了。

他听见过她说话，有点口音，但肯定不是老乡。他不由又想起了初中时的女同学。他们那里结婚是要彩礼的，初中时他就盘点过，他家出不起。他手上的钱潮涨潮落时多时少，他却明白自己已经失去了娶她的资格。东边的女人身材妖娆，个子也高些，他无端觉得她们有一种相似。也许，只是她们的下巴都有点尖。波俏。

还有一个好。不论她是做什么的，却从来没有带男人来过。这真的好，不容易。她的房间是进过男人的，但她不知道。

风雨如晦，阴沉湿冷。风被大楼的尖角撕得呻吟，像报复似的，把雨水朝窗户里灌。雨一下，李恒全的窗户就开始渗水。雨稍一歇，他去街上买来了老粉和刮刀，调了胶，把窗户堵上了。他很细心，因为不是熟手又加上耐心，一寸一寸补好，批平。

剩下的腻子暂时没有扔掉，摆在墙角。他的眼前浮现出她的房间，那个窗户比他这边漏得还要厉害。他在床上躺了一会儿，侧耳听听，轻轻打开了自己的门。

他再一次进入了她的房间。

这是第三次，他记得很清楚。一进去就觉得暖和，暖和得不正常。他看见她的床前摆着一台取暖器，居然还是开着的。他吓了一跳，仿佛是自己的大意。他跑过去把取暖器关掉，摸摸床上的被褥，热，有点烫手。这东西也许一直没事，但说不定什么时候就会出事，出大事。他惊魂甫定，一时间竟忘了他为什么来。四处看看，窗户那里果然漏水，但情况倒比预料的要好一点。他愿意给她补墙，但不能当面跟她提。她如果反问：你怎么知道我这里漏水的？他跳进黄河也洗不清了。

房间里有点乱，比以前乱。香气和酒气带着热量弥漫着，简直把能见度都降低了。晦暗中，闻到的是她的鼻息。他想到了那支口红，但此刻已经没有兴趣。窗户漏下来的水汪在地上，像是小孩调皮撒的一泡尿。床上很凌乱，好女人不该这样的，但乱糟糟的被子和衣物，更家常了。他立即面红耳热，站在床前，身体直挺挺地倒了下去。这简直有点调皮，是她的床令他迷醉。他深深地呼吸，紧紧抱着她的被子，很暖和，超过了她的体温。枕头边有一只胸罩，他拿起来亲亲，抚摸着。

一时间他有些恍惚。心狂跳，手开始动作。半晌，他轻轻哼了一声，紧绷的身体断弦般松了下来。他腾地起身，看着自己的手上的胸罩，心跳难抑。

他闯祸了。他无数次进过别人的家，但像今天这样，还是第一次。这个房间注定要发生他的很多第一次。送口红也算是一次，后面说不定还会有。刚刚，躺在她床上，还没看到她胸罩的时候，他还想着或许有一天，他可以鼓起勇气说要帮她补窗户；如果她推辞，话又不太狠，他就以玩笑的口吻请她索性住到自己不漏水的那间去。现在，他觉得自己很脏。

这胸罩怎么办？正想着，一串巨大的声音鞭炮般炸响。他身上，手机。他吓坏了。这是一个疏忽，正因为他现在的目的与从前决然不同，他才轻忽了这个细节。以前他的手机绝对是静音的。他像是被打了一梭子，身体洞穿。他飞快地蹿了出去。

他疾如闪电。在铃声的短暂间隙中，他已跑进了自己的房门。电话是老西打来的，他刚要接，又把手机扔了，他想起，女人的门还没有关！

手机还在响，催命似的。他的床上，那只胸罩被他带过来了，他飞快地塞在被子底下。他拿起床上的手机接通，立即又扔在床上。他接通只是为了让它不再响铃。他出门探头看看，跑过去，把她的门关上了。他拿起手机嗯嗯地听着，手随着心脏颤动。老西是当年的大哥，是他把李恒全带入了行。他那时只会翻人家门前的地垫，翻到钥匙就试着开，是老西教给他全套手艺。他感谢过老西，也恨过，现在不想再搭理。反正，他出来后从不主动联系。神通广大的老西在他一出来时就找到了他，给他钱，老西说：这是你应得的，你没有乱咬。但李恒全只肯要一半，似乎全拿了，就意味着要全盘接受老西的安排。他说我想找个工作，正式的，你能帮就帮。老西来过几次电话，前几次都是劝他跟着干，这次不同了，真的有个工作。老西说：保安，你干不干？

李恒全愣了一下。他有点心不在焉。老西在那边嘻嘻怪笑起来，嘎嘎嘎，像个鹅。他这一笑，李恒全脑子清楚了。他说：不干。老西不笑了，说：可别说我没帮过你，是你自己不干的。

不干。

语气很坚决，理由并不明确。他眼前浮现出楼下的胖门卫，他不就是个保安吗，虽穿着件"特勤"制服，但他欺负女人。这还不是关键，厉害的保安也有的，他当年被弄进去，可能就是栽在一个瘦保安手里。不堪回首。他不想被往事纠缠。他是觉得，一个曾经的老鼠，现在要披挂上阵做猫，这特别怪异。他几乎一眼就能看出谁是老鼠，万一遇到以前的同行，那说不定就要惹麻烦。

4

他真的管住了自己的手，没有再开她的门；但他的腿也真的不太听话，老是要自动往女人的房间那边走几步。他很想给女人的房间放一点钱，可惜没有这个实力，反而带了人家的一个胸罩。他不承认这是偷，可不是偷又是什么？太恶心了！他鄙视自己。他把手狠狠地在墙上抽了两下，发誓绝不再到她房间去——除非，除非他有机会把她的胸罩送回去。

至少应该提醒她取暖器要及时关掉，但怎么提醒，却是个难题。显而易见，她的生活不如以往那么规律了。这才是傍晚，通常这时间她是不会回来的。自从她的房间失窃后，他只要在自己房间，就会留意着她那边的动静。这有点像个守门人了，很可笑，他宁愿自己是个等待妻子下班回家的男人。这其实更可笑。她由远而近，足音清脆。她开门，进去；门关上，再出来时，已是第二天早晨。

他们在楼梯上相遇了。他买早饭回来上楼，先听见了她节奏明朗的脚步声，一抬头，眼帘中是两条穿着黑丝袜的小腿。他在转弯处站住了。她戴着墨镜，似乎正在看他，其实不是，她视线向下，是盯着脚下湿漉漉的楼梯。他说：你好。

这是不得不说话的局面了，但她没开口，只点点头。她依然戴着墨镜，如果不是他曾看见她摘下墨镜抹眼泪，他一定认为她眼有残疾，或者是个吊疤眼。楼梯间的玻璃破了，寒风呜呜钻进来，他身上紧了一下。她衣服单薄，但是好看，他的目光不禁落在她胸部，胸罩，他眼睛立即像被溅进了火星子，躲闪开去。他的脸发热，突然说：你，你还没吃早饭吧？给你。她愣住了。看不出她墨镜里是什么意思，但她肯定错愕。他的话却顺溜了，说：我吃不下，正好，见面分一半。说着把手里的塑料袋一扯，又扯出一个袋子；鸡蛋正好是两个，煎饼隔着袋子对半一撕，早饭一分为二。他的动作麻利，很卫生，很巴结。她不得不接住了，笑笑说谢谢。她动了一下脚步，问：你上次说我的门，不撬锁也能进去，是真的吗？

　　他吓了一跳，脸煞白：我说过吗？哦，想起来了。我相信你是真的丢了东西，故意帮你说话。我瞎扯的。

　　她嗯了一声，迟疑地说：我真的丢了东西。肯定是被人偷了。连衣服都偷。

　　他的脸像被抽了一下，火辣辣的。这时，倒是墨镜帮了他的忙，她看不见他异常的脸色。他急中生智说：偷衣服，那肯定是女人，女人偷了自己穿。

　　她不见得没听说过有男人专偷女人内衣，但不愿多说。她鼻子嗤了一下：恶心！

　　李恒全连连点头。女人说：我最恨小偷了！我以前逛街，手机就被偷了。

　　他立即说：我也丢过手机。谁都丢过。这是小事，倒是你一个人，水啊，电啊，要注意。她嗤一声笑道：你倒大方，小事，好在有你这个大男人做我邻居，我还胆大些，不过我还是要早点搬走。她笑笑，笑意漾出了墨镜的范围，扬了扬手里的早饭，继续下楼了。

　　高跟鞋敲击着楼梯，一下一下，声声清晰。他呆在那里，半晌才想起上楼。他脚步沉重，她丰腴的胸已然离去，但那个胸罩还在他房间里。这东西肯定很贵，她并不富裕。他仔细把胸罩洗干净了，阴天里，胸罩又厚，他经常摸摸，一直都不干。她的生活目前有点捉摸不定，他能确认她在不在房间里，但她会不会突然回来，那可说不定。

　　他原谅自己了。他当面提到了水、电，不知她有没有领会；总不能每天等她出了门，立即进她房间检查取暖器。她那么讨厌小偷，他李恒全现在也讨厌，但他无法忘记她说这话时的表情和语气。很久以后，他才偶然听说，她的丈夫因为盗窃，那时间正在服刑。也许，他们还在号子里见过哩。

李恒全出来一个多月了。二月很冷，也很小，转眼就临近月底。出来的时候，他计划尽快找到工作，二月份一定要解决。他完全没有意识到，二月比别的月份要短——实在不行，就学着当个泥瓦匠吧，这活儿技术含量很低。

到目前为止，他是个不着实的人，飘着。且不谈他的过去，就现在，他的工作没着落，老婆只知道一定是个女的；就连身份也可疑，至少，他确实又去拿过别人的东西。这么一想，他心里很憋屈。细雨绵绵，时断时续，据说春雨贵如油，有利于庄稼，可他再找不到工作，庄稼丰收了他也没吃的。他打了几个招工电话，都是生产线的，有一个"零基础"，下午可以去试试；又到街上乱逛，餐馆也是个去向，不能掌勺，洗碗端盘子也行，只可惜所有的餐馆都还没有开门，他连点个盖浇饭的地方都没有。他目前只吃得起盖浇饭，幸亏天气总是在往暖里走，他忍一忍，可以不必再添置冬衣。

总算还有一家开门的水饺店。他要了一碗吃完，把汤也喝了。这里离住处很近。路很窄，倒是四通八达，怎么走都走得通，到处都是卖各式小商品的摊子。一辆小轿车使劲地按着喇叭，催促一辆卖棉拖鞋的三轮车让路。他伸手帮了一把劲，把三轮车推上了路牙。路牙边蹲着几个男人，面前摆了几个三夹板牌子，上面写着：泥瓦工，专业堵漏，水电工。几个男人蓬头垢面的，一见他停下来，马上站了起来。他本来还想打听打听行情，他们一站，他连忙摆摆手，继续往前了。不知道这几个男人，他们的老婆是做啥工作的？毫无缘由地，他突然想起了他的女邻居。

也就在这时，远处似乎乱了。有人在喊叫。他一下子没听懂，但他的眼睛立刻就明白了：南边一箭之遥的方位，腾起了烟雾。

他跑到街的另一边，仰头望去。阴雨天气，烟被压着，低低地和水汽混合了，宽大的楼面中间像被谁泼了黑墨水，慢慢地洇散。大概是四楼，正是他住的那一层！他的鼻子飘进了刺鼻的焦味。

着火啦！好多人喊了起来。他怔一下，拔腿跑了过去。很多人都往那边跑，他不是第一个启动的，但绝对是跑得最快的。地面湿滑，无数人呼啦啦跟在他身后。乱了，街上全乱了套，有个女的摔倒了，手里买的菜落了一地。她大呼小叫地保护她的菜，跑到路边捡滚得老远的西红柿，有个人一脚踩碎了一个，立即就起了纠纷。好些人不跑了，站住了围观。他们只是爱看个热闹，哪边的热闹都一样看。

5

大楼周边好多人，乌泱泱的，所有人都仰着头，指指点点。着火的确实是四楼，浓烟很黑，夹着火星子从一个窗户里往外窜，噼里啪啦的。那是她的窗户！李恒全踩着湿滑的草地，绕到大楼南面。好几个人从大楼往外跑，男的女的，衣冠不整，十分狼狈。有人上去打探情况，他们都不答，只咳。可能已经烧了一阵子了，但没有人救火。他们都不是专业人员，这里也没有水，乱哄哄的。不知谁叫了一声：快报警啊！那胖门卫站在远处草地上说：报啦！

李恒全跑到那门卫面前，大声问：她在不在里面？

胖门卫一愣，说：谁呀？

李恒全说：里面还有没有人？

那我可不知道，胖门卫嘟哝着，走到远处去了。一个小伙子裹着被子说：要不是呛醒，我就完了。小伙子面熟，贼头贼脑的，咳嗽得像只生病的大白熊。你命大呀！他边上一个穿着红马甲的女清洁工说，说不定还有人！我第一个报的警，刚冒烟我就看到了，我好像听到有个女的在那儿喊救命。她拿着扫把一指门卫：胖子！你应该一个门一个门地敲！

刹那间，李恒全脑子像是空了，又似乎塞得满满的。他拔脚窜出，朝大楼飞奔。

踏上楼梯他就摔了一跤，鞋底的烂泥太滑。好在楼梯上烟雾还轻，李恒全右手抓着栏杆，三步并两步，飞快地旋转上升。烟雾渐浓，李恒全气喘如牛，烟呛得他呼吸有点困难。他掀起衣服捂住嘴，拼命向前跑。虽然视线有点模糊，但他熟悉方位。一只老鼠撞到他脚上，他跑得更快。他扑过去，使劲敲打她的房门。咚咚咚！

没有反应。门缝里往外挤着烟。侧耳贴上去听听，脸上感到热，却没有声音。里面有人吗？他大喊，你在里面吗？

隐约听到轻微的火花爆裂声。门是铁的防盗门，他使劲踢。楼下隐约有人喊：你使点劲啊！李恒全脚疼，但门很坚固。暴力入室从来不是他的专长。他飞跑到自己的门前，打开。他的房里暂时还只有轻烟，他扑到柜子前，弯腰伸手，立即又起身。跑出房门时他趔趄了一下，差点摔倒。他手里攥着那套家什，再一次站在她门前。

他犹豫了。她在里面，还是不在？

南面传来了消防车的鸣笛声。楼下鼓噪起来。笛声由远而近，却在远处停住了。消防车使劲地鸣笛，车顶的喇叭也在喊话。道路太窄，肯定是车进不来了。

他摸出了家什。如果她在里面，他这是救命。他救的是她，也是他自己朦胧的希望。时间就是命。可她如果真在里面，却还有意识，他开门进去必将被她认出，那怎么办？不是小偷，怎么会开锁？以前的失窃，难道不是你？！

他略有些迟疑，还是举起了那根铁丝。这是第一步，烟雾遮眼，他一时瞄不准。

烟雾呛得他眼睛流泪，但身为一个老手，不该手抖成这样，是他的心里腾起了烟雾。铁丝只要伸进去，他几乎不再需要试探，马上就可以进钩子，然后，啪嗒，门就能开……可她如果被他救出来，即使她当时不知道具体情况，事后，她又怎能不知道救命的人是如何进去的？谁有义务帮他李恒全保密？

他的手还在动作，但脑子发昏，感觉完全不对。他似乎看见她头发焦黄，脸庞发黑地伸手向他道谢，但她眼睛里有鄙夷，嘴角在冷笑。他哆嗦了一下——可他必须救她！他定定神，加快了动作。

没想到他曾经的提醒还是起了作用：她的门今天反锁了。这显然增加了难度，但也不过再多花几分钟。手上原本运用如意的铁丝这时却像是细树枝，又钝又软，额上的汗水挂了下来。

楼下乱哄哄的，人声嘈杂。有个人突然冒了一嗓子：你个鸟人在听壁脚啊？！一片哄笑。人声最擅长的是传递秘闻隐私，不知道他们是否也在为消防车进不来而着急。黑压压的人群一齐注视着这里，众目所聚——火可能还没全熄灭，所有人都将知道，那个救人的英雄原来擅长开锁。烟雾遮挡不了众目睽睽。

楼梯上响起了杂沓的脚步声，两个消防员冲了过来。你在干什么？高个子消防员厉声喝道：你怎么还在这里?!

李恒全立即把家什拢到袖子里，后撤一步。他还没想好说辞，那消防员骂道：你要钱不要命啦！快撤！

李恒全转身慢慢往外走。虽然来的只是消防员而不是警察，不管闲事，但他从前的经验还是近乎本能地阻止了他乱开口。他此刻只能默认这是他自己的门。很可能，她本来就不在里面。果真如此，一切就是最美好的。她安然无恙，他在事后或将有勇气告诉她，我曾为你担心，为你冒险冲上去……可是他转回身，对消防员说：这房间可能有人。我踹不开。

话音未落，她的房间里轰隆一声巨响，房间的门被水柱冲得直颤。水终于接过来了，房间里不断传来玻璃掉落的声音。李恒全指着门，正要再重复一句，走道里咣当一声，矮个子消防员已砸破了墙上的消防柜。他骂了一句脏话，操起手里的消防斧，对准门锁位置，狠狠砸了下去。一下，两下，三下五除二，高个子抬腿一脚，门开了。两个消防员冲了进去。楼下传来一片掌声。

他跟了过去。到处是飞舞的水，浓重的烟雾。还有酒气。还没等他看清，两个消防员已把人从床上连被子抱起，朝外冲去。李恒全躲闪不及，脚下一滑，一屁股坐在水里。手一撑，很疼。

她真的在里面！他的头像是挨了一记重击，嗡嗡的。他爬起来，跟在他们后面。经过楼梯的时候，他扬手把袖子里的家什扔掉了。她怎么样了？她会不会死？如果他一上来就把门打开，她一定不会死。他跟着她跑出大楼，湿漉漉地蹲在地上。

她被暂时平放在草地上。人群围拢过去；另有几个人靠过来，一迭声地打听情况。李恒全捂着头，什么也不说。上衣里的手机响了，一直响，不屈不挠。他掏出手机，这才发现手被划破了。伤口不大，他不理会。是老西的来电。李恒全在屏幕上点一下，拒绝了。屏幕上染上了血。他抬起衣袖擦擦，看见了屏幕上模糊的日期：二月二十八日。他觉得这日子好像与自己有关，却又有点犯晕。远处传来了救护车的声音。担架下来了。他挤过去。救护人员把她往上抬，连着被子一起抬。他帮不上忙，只看见被子上有红色的血闪了一下。她的头发焦了，缩成破烂的黑布片；头侧着，微微晃动。她的眼睛似乎睁着，正朝向他。他心中一震——这是她唯一一次注视他，而没有戴墨镜。

手机又响。救护车鸣着笛开动了。李恒全摸出手机，再一次看见了这个日期：二月二十八日，因他的生日还有一天。有泪珠滴落在屏幕上，洇着手指的血，他以为是雨滴。他生于二月二十九日，那是好几年才会出现一次的日子，一个经常不存在的珍稀的日子。今年，就没有那个日期。

（《钟山》2021 年第 5 期）

杀 手

孙 频

　　我走进那座院子的时候，发现那里浮着一层厚厚的安静。院子已经有些破败，好像误入了一座荒寺。

　　因为很长时间没人住，红砖的缝隙里长满了半尺高的荒草，红砖上绣满了暗绿色的青苔，癞疮一样，几只光秃秃的花盆挤在一起，虽是初夏，里面却连一片绿色的叶子都看不到。我试着走了几步，没有一点人声，只能听见我自己的脚步声，以至于让我怀疑这座院子是空的。

　　我停住，看了看周围。院子里有三间正房，两间西房应该是厨房，正房前砌了一排水泥花池，有影壁的作用。我又往前走了几步，走过那排花池，忽然看到中间正房的门口居然坐着一个人。我吓了一跳。一个光头正坐在那里抽烟，光头没有脖子，一个圆滚滚的头直接扛在两只肩膀上，下面叠着一只大肚子，也是圆滚滚的。光头刚抽了一口烟，忽然看到了前面的我，他也愣住了，烟斜挂在嘴上，一截烟灰静静地飘落下去。

　　仰脸将我打量了半天，他才用手夹住烟，冷冷问了一句，找谁？我说，这是不是白志斌家？他盯着我手里提着的文件包看了几眼，又抽了一口烟，才不耐烦地问，找斌哥有事？我说，我和白志斌是发小，一起光屁股长大的，好多年没见他了，这次我回老家待几天，顺便过来看看他。

　　我话音刚落，就见光头背后的房门忽然无声地打开了，里面悄无声息地吐出了一个人，我一看，也是个陌生人，不是白志斌。在这人的背后又跟出一个人来，依然不是白志斌。这三个人一言不发地看着我。空气里有种奇怪的拥挤感，我忽然有种直觉，他们身后的那间正房里此时装满了密密匝匝的人，装满了一屋子的眼睛和耳朵，它们在这里生息繁衍已久，已经构成了一个可怕的家族。

这时候，其中那个瘦高个两手插兜，歪着头问了我一句，你是找斌哥的？我说，是。他说，找斌哥干甚了？我说，我们是发小，过来看看他。他把一只手掏出来摸了摸光秃秃的下巴，问，你叫了个啥？我说，许青。他又上下看了我几眼，进屋去了，片刻之后又出来了，对我宣召道，斌哥让你进来。

因为老式的窗户比较小，屋里光线昏暗，我适应了一下才看清楚，这应该是客厅，还连着两间卧室，两间卧室的门都紧紧关着。这屋里并非我想象的那样，挤满了眼睛和耳朵，相反，屋里空荡荡的，简直有些荒凉。靠墙摆着一套九十年代流行过的组合家具，一只旧式的被阁，一只过时的长沙发，一张已经掉漆的茶几，两把椅子。猛地一进来，感觉自己像是掉进了时间的洞穴里，不小心退回到了二十多年前。在逆向的时间隧道里，我看到沙发上歪着两个人，都在悄无声息地玩手机，看到我进来都没有说一句话，只看了我一眼，便低下头继续玩手机。两张脸上映着手机的光，看起来像面具一样悬浮在空中。这两个人也是陌生人，都不是白志斌。我心想，莫非这些人都是白志斌的保镖？我换了一只手提那只文件包，好像里面装着什么很沉的东西。

这时，一间卧室的门悄然打开了，一个薄薄的人影走出来，他先是看了看我，又看了看我手里的文件包。我一看，仍然不是白志斌，还是个陌生人。他捧着一只保温杯走到茶几前，拧开盖子，喝了一口，朝地上吐了片茶叶才说，找我们斌哥有事儿？我点点头，没说话。他又喝了一口，对着杯子说，找斌哥啥事？这回我没搭理他，扯着嗓子喊了一声，白志斌。

过了好一会儿，另一间卧室的门嘎吱一声，从里面打开了，一个人像团影子一样从里面飘了出来。只见他也剃着光头，穿着一身褪色的睡衣睡裤，睡衣上的扣子还系差了，脚上拖着两只塑料拖鞋，慢慢地飘到了我面前，目光空洞地打量着我。我一看，此人正是白志斌。虽然有很多年不见了，他比原来臃肿了一些，老了一些，但轮廓还没塌，一看就知道是他。

我上前一步，使劲拍着他的肩膀说，志斌，咱俩有多少年没见了？

我是许青啊。他有些迟钝有些畏惧地看着我，看了好半天，忽然神经质地笑了起来，许青啊，果然是你，都差点认不出来了，还真是许青，你这是从哪里冒出来的？

我们俩仍然站在原地，那五个人像卫星一样环绕在我们周围，默默看着我们俩，这使得我和白志斌的一言一行都有了些演话剧的味道。他说话的声音极大，好像不是在对着我一个人说话，而是正对着几十个人做演讲。他大声说，你小子现在是不是发大财了？肯定是发大财了，不然能想起看我？我说，发什么财啊，根本没那命，不过就是混口饭吃。我话还没说完，他就大声打断了我，很兴奋地说，小时候咱俩一起去五眼桥捉青蛙，你还记得不？捉了青蛙养在罐头瓶里。你爸手巧，拿钢条给你做了一把宝剑，我看着眼馋得不行，可是没人给我做，我就把你那把剑偷到了我家里藏了起来，这事怕是你还不晓得吧？我笑道，其实我也偷过你一本小人书，《哪吒闹海》，估计你也不晓得。他哈哈大笑起来，笑得浑身乱颤，边笑边说，小时候你一考得比我好，我爸就把我打一顿，我就盼着你考不好，哈哈哈，我以为你考个好大学是打包票的事，没承想连你都没考上，我就更不用说了，更不用说了。

我发现已经说了这半天的话了，我俩却依然杵在原地，他好像根本没想到要请我坐下，或者，他还顾不上请我坐下来，他只是忙着说话，忙着大笑，身上燃烧着一种炽烈的兴奋，以至于话语都有些颠三倒四。他看起来好像很久很久都没有和人说过话了，对说话近乎狂热，一句话还没说完就开始拼命搜罗下一句话。过一会儿会把刚才说过的话拿出来再说一遍，过会儿再说一遍，车轱辘一般。我看得出，他是不敢停下来。

白志斌确实是我的发小，我俩读小学和高中时都是一个班，当年也确实都没考上大学。高考完之后，我复读了三个月，就辍学去广东打工了，是后来才听说他在老家成了名人。他是全县第一个开洗车店的人，全县第一个开粤菜馆的人，后来又第一个开了焦煤厂，变成了日进斗金的煤老板，积累了大量财富。钱多了之后迷上了赌博，成了全县有名的赌王，可以几天几夜不下赌场，不吃不喝不睡，赌注都不是一张张数的，是拿尺子量的，一次厚厚一沓人民币。越赌越深，彻底收不住手了，赌了几年，把所有的财产都输了进去，把几套楼房也输了进去，又四处借债继续赌，一心要在赌场上翻身，最后却全部都输得精光。老婆和他离了婚，带着儿子走了，他又只身跑到澳门，日夜住在赌场里，做了两年专业赌徒，结果不但没有翻身，反而越输越多，到了最后，因为四处被逼债又走投无路，他索性去自首，躲进了监狱，被判了八年有期徒刑。如今八年已过，他想继续躲在监狱都不成了，出狱之后才知道父母都已离世，他母亲是得胃癌死的，死前不让人去狱中通知他，他父亲在他母亲去世的当天晚上，就拿一根绳子上吊自尽了。老两口死亡多日，尸体才被人发现，已经开始腐烂。他出狱后无处可去，幸好还有他父母留下的这座院子，他便又住回了自己家的老院子。

可能一时找不到可说的话了，我们之间忽然出现了短暂的冷场，这一冷场，整个屋里竟鸦雀无声，弥漫着一种可怖的寂静。空白过后，他忽然牢牢抓住了我的两只手，看起来好像要扑过来和我握手，我立刻感觉到，他那两只手正在微微发抖。他看着我的眼睛，使劲摇着我的手说，许青啊，你真是许青，见到你太高兴了，你看我光顾着说话了，都忘了给你倒杯水啦，快坐，快坐下说话，你能来看我，我真是想不到，等着啊，我这就给你倒水。

说着，我便被他使劲摁在了沙发上，他又扭头喊了一声，小红，给青哥倒点水来。话音落下之后，一个年轻的女孩子慢慢出现在了卧室门口，披散着一头长发，遮住了大半张脸，光着两条秸秆一样的细腿，身上胡乱穿着一件男人的长衬衫。她看起来好像刚刚睡醒的样子，捉住嘴打了个呵欠，提出来一只烧水壶。她走到我跟前，用那只没遮住的眼睛看了我一眼，给我倒了一杯水。然后便盘腿坐在椅子上开始看手机，长发垂下，她整个人都躲到了长发后面。我拿起杯子喝了一口，早烧好的水，已经凉了。

白志斌搓了搓手，忽然看了一眼我手边的文件包，又迅速把目光挪开，对站在旁边的那几颗"卫星"说，这是我发小，许青，啊，叫青哥，我俩可真是光屁股一起长大的，知根知底，人家从小学习就比我好，尤其是作文写得好，用的一些词都是我没见过的，每次写的作文都被老师贴墙上，青哥，是吧？

那几个男人有的对我点了点头，有的假装没听见，继续低头看手机，只有那个光头微微笑着，朝我递过一根烟来。我连忙摆了摆手，不会抽，没学会。但光头递烟的手并没有收回去，直直戳在我面前，他继续微笑着说，抽烟还用学？青哥有点意思嘛。我正不知道该说什么，白志斌把烟接过去了，说，他是不会抽烟，人家从小就是好学生，没学过这些。说罢把那根烟叼在了自己嘴角，也不点，光是叼在那里玩。光头笑眯眯地看了他一会儿，然后走过去，在离他只有一步之遥的时候，忽然一扬手，啪一声，手里跳出一团火苗，差点烧到白志斌的鼻子上。白志斌慌忙往后一躲，然后还是凑过头去把烟点着了。

白志斌坐在那里，一条腿搭在另一条腿上，深深吸了一口烟，像龙王一样，从鼻孔里喷出两股青烟，然后又吸了一大口，一根烟顿时下去了半根。光头笑道，斌哥在监狱里的时候抽的都是好烟，这种烂烟抽了会呛管子。白志斌也笑了笑，两三口就把一根烟抽成了烟头，像是硬吞了下去，然后又大声对我说，许青，青哥，说说嘛，你现在在哪儿发财呢？给我和我这些兄弟们也讲讲发财门路嘛，这年头哪里都不好混啊。光头抽了一口烟，依然微笑着看着我。我忙说，你快别拿我取笑了，我要是能发了财，谁都能发了财，看我腿上穿的裤子，八十块钱买的。白志斌哈哈大笑起来，边笑边凑过来拍着我的裤子说，听说在广东那边，有钱人穿的都是几十块钱的衣服，脚上就一双拖鞋，不会是说你吧？我也笑了笑，呷了一小口凉水，说，你是挣过大钱的人，就快别损我了吧。

白志斌又干笑了一声，笑声有些凄凉，大钱？哥们儿确实是见过大钱的人。停顿了一下，他又忙不迭地换了个话题，你记不记得小时候和咱们一起玩过的梁小军，就是那个眼睛小得都睁不开的，你见过比他眼睛还小的人吗？你见过吗？我猜你肯定没见过，我也没见过，哈哈，前几天他过来看我，我差点没认出来，你猜怎么？他把眼睛割大了，哈哈哈，他做了个手术把眼睛割大了，把我给吓得，你见过男人割眼皮吗，哈哈哈哈。

我说，他来看你啊，看来你人缘还真不错。他不再接话，只是坐在那里古怪地干笑。站在周围的几个男人可能觉得无聊，便相继都晃到了院子里，但并不离开，只在院子里或坐或站，彼此也懒得说话，抽烟的抽烟，看手机的看手机。最后连光头都慢慢踱出去了，我透过玻璃，看到他站在花池边上，把一条腿搭在花池上开始压腿，好像即将进行什么剧烈的体育运动。那叫小红的女孩从一堆长发里又露出一只细长的眼睛，瞥了我一眼，一声不吭地提起烧水壶，回到了那间卧室，卧室的门又悄悄关上了。

客厅里只剩下了我们两个人，这时候他的笑声戛然而止，整个客厅好像忽然被抽空了，有一种真空里才有的寂静。他一声不吭地坐到了我旁边，还抬头朝窗户外面张望了一下。因为他坐在了我右边，我就把那只文件包挪到了左边，他却像是吓了一大跳，连忙往边上挪了挪，有些畏惧地看着我那只文件包。

我正想着应该说点什么的时候，他先开口了。他低低地简短地问了一句，回来住几天？语气和刚才判若两人，好像他身上同时住着两个人。我说，在我哥家住几天吧，好久没回来了，爹妈都不在了，回来就觉得不是自己家了。他沉默了片刻，又语速很快地说，今晚就住这儿吧，有的是地方住。我犹豫了一下，说，住你家不太好吧，就这么小一个县城，又离得不远。他急切地重复了一遍，今晚就住这里，你住下来，我们好好说说话，好吧？

我为难地说，出来的时候都没和我哥说。他连忙把手伸进睡衣的口袋，使劲地掏，最后掏出一只旧手机，他说，我有手机，用我的手机给你哥打个电话，就说住我家了，他肯定放心，啊，快打吧。我说，我也带手机了。他眼巴巴地看着我说，那你快打啊。我坐着没动，他又忙说，和你哥说，就住一晚，啊，你不要怕没地方睡，我带你去看看，每间卧室里都有床，隔壁的房间里也有床，单人床双人床都有，最里面那间小屋里还有一盘炕，是我爸盘的，他们到了冬天还是喜欢睡炕。被子也有，我家的被阁里塞满了被子，都是我妈做的。我妈这个人啊，最大的爱好就是做被子，五斤的被子，八斤的被子，十斤的被子，夏天的薄被子，做的被子数数不清。我问过她，做这么多被子干什么，又盖不过来。你猜她怎么说，她说，她结婚的时候，婆家做的婚被薄得像纸一样，又短，连脚都盖不住，她受了委屈，以后就拼命做被子。你说我这老妈，我拿她有什么办法，也不能不让她做，是不是？我刚进监狱的时候，她都想着要给我送床被子，你说我这老妈。

说到这里，他忽然没声音了，好像把没说完的话猛地都咽了回去，我扭脸一看，他坐在那里，满脸都是泪水。一个光溜溜的脑袋上挂满了汹涌的泪水，他却连一点哭声都没有发出。我就在他身边默默坐着，一句话都没有劝他。忽然，他狠狠抹了一把脸，压着变粗大的嗓子说，我下辈子真不想做人了，我一点儿都不想做人了，我就想做头牛做匹马，每天驮着我爹妈每天伺候他们，最后让他们把我杀了吃肉，把我的骨头熬成汤，我就心满意足了，许青，我真的就心满意足了啊，你说我拿什么还他们。

我还是一句话都没说，只伸出手轻轻拍了拍他的肩膀，我的手刚一触到他，他就立刻弹开了，挪远了一点才扭脸看着我说，吃的也有，你不要担心，我昨天还挣了一百多块钱呢，我现在每天做直播教赌徒戒赌，都是粉丝打的赏，吃饭肯定是够了，我记得家里还有一袋平遥牛肉，晚上把牛肉切了，再让小红炒个花生米，拍个黄瓜，咱哥俩喝一杯，你想喝什么酒，让小红出去买，买得起，我买得起。

我想了想，说，好吧，那我和我哥说一声。然后我从包里掏出手机，踱到窗边打电话，我一边小声打电话一边观察着院子里的几个人。他们正围成一个松散的圈，有一句没一句地谈论着什么，说话的时候还不时朝屋里张望一眼。

我重新坐回到沙发上，白志斌看起来很高兴，帮我把文件包放到了沙发最里侧，又冲着卧室喊道，小红，过会儿把那袋牛肉切了，再给我们炒个花生米，拍个黄瓜。屋里静悄悄的，没有回应。我轻声问，是你的女朋友？他骄傲地笑了笑，人家跟了我很多年啦，我进去了，人家还等了我八年，不容易啊。我又指着外面的那几个人说，这些是什么人？他连看都没向窗外看一眼，只说，不用管他们。

说罢他看了看时间，匆匆进了卧室，再出来的时候已经换了一身衣服，衬衣的下摆插在裤子里，整整齐齐的，手里还拿着三脚架。他对我说，快到我做直播的时间了，我现在就靠这个赚点钱，你说我会不会哪天也变成了网红，有上千万的粉丝，光是粉丝们的打赏那就不得了啊，有人就靠这个，一年收入几千万，你说吓人不吓人？这时代变得真快哪，和咱们小时候比，都哪儿跟哪儿了，我觉得吧，这个事情，只要我好好做，还是有可能赚钱的，你说是不是？

我点点头，确实，这年头，什么都有可能。

听我这么一说，他有些高兴，忙把手机架在三脚架上，忽然又对我说，许青哪，你快帮我策划一下吧，你从小作文就写得好，是个做文人的料，快帮我想想今天的直播怎么策划，我白天黑夜就在想每天的策划，都快把头想破了，能说的都说了，能做的也都做了，教人怎么戒赌，教人怎么识破老千，教人怎么痛改前非，也就那么几下子，说着说着就没的说了，我就愁以后直播什么，真快愁死了，你快些帮我想想。

说着又赶紧跑进卧室，拿出一支笔和两张白纸，摆在我面前，恭敬地说，许青，你真的帮我想想吧，你从小能写会画，我敢保证，你肯定有好办法。我忙把纸笔推过去，说，你太抬举我了，对这些新鲜玩意儿我真是一窍不通。他又把纸笔推到我面前，用哀求的声调小声说，青哥，你就帮我想办法吧，你文笔那么好，我到现在都记得你写的那些作文，你用的一些词语，我连听都没听说过，你肯定有办法，我现在就只能靠这个挣点钱了，你说我还能干什么？不怕你笑话，不做直播我就连吃饭的钱都没了。

我也急了，摆手说，我对这些真的一窍不通，你看看我用的手机有多土，都不是智能手机。我俩正在推让之间，外面的那几个人陆续都进来了，光头对白志斌说，斌哥，该做直播了吧。白志斌对他喊道，快让你青哥想想办法，他文采好，在南方待的时间又长，肯定有好办法。

那五个人哗的一下便围到了我周围，纷纷对我点头哈腰地说，青哥，快给咱们想想办法，让斌哥多涨点粉丝，多挣点钱。有人要给我递烟，被光头拦回去了，他对那人使了个眼色，说，青哥不抽烟。我站了起来，提起我的文件包说，你们再这样我就真走了，我说我不懂就是不懂。说完便向门口走去，白志斌噌的一步就堵到了门口，他把那扇一直开着的门轻轻关上了，只是关上，并没有上锁，然后他挡在门口，眼睛直勾勾地看着我说，不许走，青哥，你说好的，要在我家住一晚的。我看着他的手，等着他锁上那扇门，但他一直没有，只是虚虚地用一副身体挡在那里。

这时候，过来两个人把他拉到了三脚架前，说，斌哥快开始吧，到时间了，不准时怕又要掉粉了。又过来两个人，一个人给他脖子里挂了条红色条纹领带，另一个人给他手里塞了一串麻将骰子，看起来应该是做直播用的道具，然后便开始直播了。白志斌在手机前呆呆地站了几秒钟，周围的人又开始催了，他才忽然对着手机说，今天我来向各位朋友讲述一下，一个人是怎么通过赌博失去了所有的亲人的。我父亲是退休老干部，母亲是退休老教师，他们本来可以安享晚年，但他们为了给我还债，掏光了所有的积蓄，变卖了家里所有值钱的东西。他们到死的时候都不想见我一面，我母亲死前都不让我知道，她死了以后，我父亲给她穿得干干净净体体面面的，给她洗了脸梳了头，然后就陪着我母亲去了，他是把自己吊死的，就在这间房间里，我每天晚上都能看见我父亲陪着我母亲在这房间里走动，所以我不会搬家的，搬走了我就再也见不到他们了。说到这里，他忽然对着手机开始号啕大哭起来，周围的几个人都像看戏一样看着他，没有人过去劝他，也没有人把手机挪开。

我没有再看下去，拉开门悄悄走了出去，那群人都紧紧盯着白志斌，没有人看到我出去了。我在院子里站了一会儿，直到夜色悄然降临，一切都笼罩在了大雾一般的黑暗中。我忽然想起了那对死在这房子里的老夫妻，不知他们是否真的会每晚相互搀扶着，在这院子里游走。我慢慢走出院子，走到外面的巷子里，巷子里没有一个人影，只在巷子尽头处站着一盏昏暗的路灯，路灯照不到的地方传来几声零星的犬吠声。我沿着巷子往前走了一段路，走到路口的时候，看到那里蹲着一家小超市，里面已经亮起了灯光，牛奶箱子和饼干盒一直垛到了窗口。

我走了进去，老板娘正一边看手机一边嗑瓜子，我进去了也没搭理我。我走过去一看，她怀里好像抱着个毛茸茸的婴儿，再一看，原来是一只穿着衣服的狗正钻在她怀里。她一边嗑瓜子，一边还不时地给狗嘴里喂粒瓜子仁，一边轻声细语地说，傻孩子，吃啊，吃点坚果对身体好呢。我在货架间徘徊了半天，买了几袋卤牛肉、卤鸡翅、豆腐干、五香花生米之类的熟食，又拎了四瓶52度的老白汾，然后慢慢朝白志斌家的院子走去。

我再次走进院子里的时候，屋里的灯已经亮了，就着灯光我看到房前的台阶上坐着一个人，一动不动，像座泥塑。他身边还游荡着几个人，看不清面目，魂魄一般包围着他，有的正抽着烟，有的烦躁不安地走来走去，有的卷起裤管慢慢挠着小腿。我朝着那个唯一坐着的人走了过去，都已经走到他面前了，他还是一动不动地坐着，目光空荡荡地看着我。这坐着的人正是白志斌。我把塑料袋往地上一放，说，志斌，今晚咱俩喝两杯吧，你酒量好就多喝几杯，我不如你，少喝几杯。他在我面前慢慢地慢慢地升了起来，盯着我的脸看了半天，却还是像不认识一样，眼睛里是空的。

我把一些熟食和三瓶老白汾分给了那几个人，然后拎着剩下的，拖着白志斌进了屋。我把门关上，把酒打开，用两只茶杯分完酒，然后把白志斌摁在了沙发上。我坐在他对面的椅子上看着他。他看起来已经没有了下午的恐惧和紧张，相反，看起来庄严肃穆，加上光头，竟如一座佛像静坐在那里。我把酒递给他，他虚虚地看了一眼，像是并没有认出那是什么，却还是接住了。

我和他碰杯，他便也喝下去一口，再碰杯，再喝一口，只是不说话。连碰了三杯之后，我先开口了。我小声说，志斌，这些人什么时候走？过了半天，他才平静地说，我出来两个月了，是他们去监狱门口接的我，开车把我送回来，他们不会走的，他们怎么会走呢，他们会一直守着我。我看着他，他终于抬起眼睛，看着我的眼睛说，自从被接回来以后，我就再没出过这院门，他们轮流看着我，怕我跑了，因为我欠了他们钱，我还不了他们。

我说，这么多人晚上睡哪儿？他忽然温柔地对我笑了一下，说，这院子里这么多床，这么多被子，哪里不能睡？连这沙发上晚上都有人睡，这些床都是我爸做的，被子都是我妈亲手做的，她就喜欢做被子，现在都派上用场了，多好，总算她没有白做一回，你今晚也住下，我给你找一床最好的缎面棉花被，啊？不走了，好不好？我说，不走了，今晚咱俩好好说说话。他感激地看着我，眼睛在灯光下忽然变得锃亮，一大滴泪水正包在里面，他仰面喝了一口酒，顺便擦掉了那滴泪。

我们面对面坐着，久久没有说话，这样的夜晚真是宁静，像极了我们小时候一起玩耍的那些夜晚。初夏的夜晚已经有了虫鸣声，有只蟋蟀正躲在哪个角落里寂寥地弹着琴，月亮好像出来了，我坐在屋里都能感觉到它就在窗外，看着我。这么多年里，月亮是我最重要的陪伴之一，它一旦又出现在夜空里，我就觉得没那么孤独了。我经常在晚上的时候，一个人去无人的僻静处，抬头看着月亮，看很久很久。

白志斌看上去也很享受这样的时光。他抿了一口酒，眯着眼睛，细细品着，过很久才拈起一粒花生米，送到嘴里慢慢嚼着。他的脸上平静极了，我只能看到他的太阳穴在灯光下一动一动。就这样坐了许久，我又向他举杯，他也举起杯来，放下酒杯之后，他忽然正色问我，你这么多年究竟去了哪里？我笑道，你不是知道嘛，就在广东瞎混，在佛山、江门、徐闻都待过，做点小生意，也赚不了什么大钱。他说，哦，这么多年都没你的音讯，以为你肯定去哪里发了大财，那老婆孩子呢，没和你一起回来？我说，他们没跟我回来。然后我又补充了一句，我老婆是广东人，她回来了也不习惯。他不吭声了，又拈起一粒花生米送到嘴里，慢慢嚼了半天才忽然说，那边离澳门很近，你去过澳门吗？我略略犹豫了一下，说，只去过一两次，没什么事也不会过去。他轻轻地点了点头，可怖地微笑着，又不说话了。

我趁这空隙站起来，走到窗前活动了一下腿脚，顺便观察了一下院子里喝酒的几个人，他们正围成一圈坐在院子里，其中一个还扭头与我对视了一下。我离开窗前，重新坐下，用手拿了一块牛肉吃起来。他什么都不吃，只静静地看着我，看了半天，忽然说，那年我刚去澳门的时候，在街上遇到过一个人，一个没有手也没有脚的人，像一只肉虫子，就那么在地上爬来爬去地乞讨，只求一口吃的，别人告诉我，他是因为欠的赌债太多还不了了，最后被人剁去了双手和双脚，我给了他十块钱，你知道他对我说了句什么，他说，他没有脚，连鞋都省得买了。我把手里的那块牛肉全部吃完，又拿卫生纸擦了擦手，才看着自己的手说，这世上怎么活的人都有。却听见他忽然打断了我，许青，你说实话，我到底还有没有翻身的可能了，你说实话。我还是没有抬头看他，只说，一切皆有可能，当年你敢开饭店开厂子的时候，别人都不敢，还是你有眼光。沉默了片刻，他忽然笑了起来，你说得对，我也是这么想的，一切皆有可能，一切皆有可能，说不定哪天我的粉丝就涨到几千万了，我就彻底翻身了，这不是没有可能。我说，对，不是没有可能。他又端起杯子，使劲和我碰杯，说，来，喝酒，咱弟兄俩喝酒，你说得对，什么都有可能，都有可能，有可能。

他一边喝酒一边喃喃自语，甚至连腰都挺起来了一点，看起来好像忽然间长高了。就这样他又喝下去几大口酒，眼看着一杯酒就要见底了，我递给他一块牛肉，说，又没人和你抢着喝，来，吃点下酒。他笑着摇了摇头，没有接我手里的牛肉，而是一仰脖子，把杯子里剩下的酒全倒进了喉咙里。然后他把杯子往桌上使劲一蹾，笑着说，许青，咱俩可是从小一起长大的，是不是？所以你得答应我一事。

我也放下杯子说，什么事？他笑呵呵地说，要是我哪天也变成了没手没脚的肉虫子，你就帮着一刀结果了我，因为我没有了手，就连刀子都拿不起来了。我训斥他道，你这都瞎想什么呢。他坐在那里哈哈大笑起来，笑了半天才说，许青啊，告诉你，我已经有两个月没睡过一个好觉了，你猜是为什么，因为我生怕自己哪天一醒来，发现自己已经没有手和脚了，我怕他们趁我睡着了剁了我的手和脚，所以我不敢睡啊。可是我又想，就是剁掉了我的手和脚又有什么用呢，我还是还不了他们的钱，要是拿我的手和脚能换来钱，那我就送给他们了，他们尽管拿去，可是，连我的手和脚都卖不了钱啊，我是真的没有什么能还他们了啊，就连我的命，也换不来一分钱啊，如果能换来钱，我就把我的尸体送给他们。许青啊，这世上已经没有人会保护我了，我爹妈就是这世界上最后保护我的人，他们也都丢下我走了。

我打断他，你喝多了。

他站了起来，边走边挥舞着手，近于手舞足蹈。他说，其实谁不可怜？这些讨债的也可怜啊，他们日夜守着我，他们生怕我跑了，我知道，其实他们是幻想着等我东山再起，等我再赚到钱就能还债了，所以他们每天催着我做直播，每天数我的粉丝涨了几个，他们其实比我还上心，可是，你知道今天打赏了多少钱？几十块钱，我已经把能说的都说了，我已经说干说尽了，我真的没话可说了，我每天都害怕我对着手机时没话可说，我真的连直播也做不下去了，如果有人愿意看我跳脱衣舞就好了，我就脱光了给他们看，可是，谁会来看我呢，一个没用的老男人，一个废物。

在我还来不及说话的时候，他忽然又蹿到我跟前，趴在我耳边悄悄说，其实他们都看出来了，但他们不会让我离开这个院子的，我知道他们都看出来了，他们看出来我永远都还不了他们的钱了，我已经没这个能力了，属于我的时代已经结束了，当年我也辉煌过，是不是？不可能了，已经不可能了，他们一旦发现我不可能了，他们就会对我这样。

他说着用手掌在自己脖子那里比画了一下，然后站直，用很端庄的手势指了指外面，平静地说，杀手就在他们中间，快了，我知道，就是这两天了。

我站起来把他摁在沙发上，我说，你不要想那么多。我刚把他摁下去，他就立刻又弹了起来。他走到窗前，仰脸对着窗外的月亮，像献诗一样，朗声说道，我发现了，其实什么都没有变，从前我有钱的时候，也是这样，一群人成天在我身边前呼后拥，赶都赶不走，等着我把钱撒给他们一些，我走在街上的时候，所有的人都认识我都盯着我看。现在有什么不一样呢，还是一群人围着我，赶都赶不走，我每天做直播，所有的人从手机上看着我，什么都没变，就连你也没变，话还是那么少，还是那么四平八稳，让人捉摸不透。我和你打个赌，现在我走到院子里，你猜我会看到什么，我会看到我爸正坐在椅子里抽烟，我妈正在厨房里烙葱油饼，我每天都能见到他们，你信不信？

他转过脸来使劲对我笑着，笑着，然后他打开门，就要跨进院子里，我把他拦住了。我拉着他坐到沙发上，先听了听院子里的动静，然后我小声对他说，我可以帮你离开这院子。他好像没听清，有些困惑地看着我。我在他耳边说，只要离开这院子就好办了，你可以找个地方先躲起来，让谁也找不到你。他呆呆看着我，还是一句话都不说。我拿过我的文件包，在里面翻找着什么，翻了两下，我干脆来了个底朝天，把里面的东西都倒了出来。包里的东西其实并不多，手机、钱包、充电器，还有两个小药瓶。完全可以不倒出来，我是故意的。我当着他的面拿起那两只药瓶说，这是泻药，这是多酶片，我最近肠胃不好，经常几天不上厕所，药就常备在身上，你吃点这个泻药，两三个小时以后就会开始拉肚子，一晚上会不停拉肚子，到时候我就说你吃东西吃坏了，得赶紧送急诊。只要到了医院，就好办了。

他静静地看着我，表情柔软而空洞，像一只小猫小狗正看着它的主人，好像我说什么他其实并没有听到，他也根本不想听到。就这么盯着我看了许久许久，他忽然咧开嘴笑了笑，冲着卧室喊了一声，小红，给我倒杯水来。片刻之后，那女孩又提着水壶慢慢走出来了，仍是用头发遮住大半张脸。她倒了一杯水放到他面前，忽然被他伸手捉住了手腕，她也不说话，只是扭来扭去地挣扎着，头发甩得到处都是。但他捉得死死的。他捉住那手腕，轻轻把她提到我面前说，兄弟，要是我死了，只有一件事情拜托你，给这姑娘找个去处，我想把她赶走，可怎么也赶不走。她没多没妈，孤人一条，十几岁就跟了我，我进去了八年，她就在外面等了我八年，我都不知道这八年她是怎么活过来的。等我出来了，她又给我饭里下药，想让我和她一起死，结果还没死成。她不懂，那帮人才不会让我死呢，死人怎么能还钱？

那女孩慢慢地不挣扎了，很顺从地被他握着手腕，靠在他腿上，甚至还微微笑了一下，一只眼睛从长发间打量着我。我注意到那只手腕细极了，像用玻璃做的，似乎只要轻轻一掰，就会折断。这时候，窗外忽然传来一声巨响，我立刻走到窗前，看了看外面。可能是有人喝多了，把酒瓶摔在了墙上，有人过去骂骂咧咧地推了他一把，他跟跄着后退了两步，又扑了回来，另外三个人也围了上去，五个人扭成了一团。

再回过头，只见白志斌已经一仰脖子，把药吃下去了。他站起来，女孩紧紧偎依在他身上，就像他的小女儿。他看起来心情很好，笑着说，兄弟，我喝多了，我们先去睡了，你看吧，你想睡哪儿睡哪儿，想睡卧室就睡卧室，想睡沙发就睡沙发，被子有的是。然后他转身朝那间卧室慢慢走去，女孩紧紧吊在他身上，也一起回了卧室。

我坐在椅子上想了想，从被阁里抱出一床被褥，就在地上打了个地铺。那几个人进来的时候，我假装已经睡着了。他们喷着酒气，也骂骂咧咧地各自睡觉去了，有一个就睡在了沙发上，几分钟后就响起了鼾声。

我清浅地打了个盹儿，很快就完全清醒了。我看了看夜光表，已是深夜两点，银色的月光从窗户里流进来，整个屋子像沉在水底，晶莹剔透，积水空明。

我只穿着袜子，无声无息地走到那间卧室门口，门虚掩着，只一推，就轻轻开了。我就着月光走到床前，只见床上静静地躺着两个人，看起来正在熟睡。我心中有些奇怪，现在离他吃完药也有两个多小时了。我轻轻推了推月光下的白志斌，他一动不动，我又用力推了推，他还是一动不动。我心里忽然一惊，赶紧摸了摸他的身体，是凉的，硬的。我又摸了摸躺在他身边的女孩，她也早已冰凉，蜷缩着细细的两条腿，紧紧偎依着那具尸体。

我在月光下呆呆站了一会儿，然后像想起了什么，拿过我的文件包，翻出那只装多酶片的小药瓶，果然，里面是空的。不知什么时候已经被他调了包。是啊，一双出过老千的手，这对他来说，太容易了。

我独自走到了院子里，任凭清凉的月光击打在我身上。在刚接到这个任务的时候，我曾犹豫过，但这对于我来说，毕竟只是工作。这瓶药确实是为他准备的，但，我递给他的那瓶却是真正的泻药。

我就那么一动不动地站着，站着，直到午夜的月光彻底把我淹没。

缓　步

班　宇

　　木木说，今天我在走廊里唱了首歌。我问，什么歌？木木闭上眼睛，没再说话，好像还轻轻吐了口气。在她面前，横着一块模糊的荧光屏，泛黯的塑料薄膜尚未揭去，上面鼓着不少气泡，像是里面那些企鹅、北极熊和独眼猫在水中各自的呼吸。没有声音。它们的嘴向前努着，短蹼状的前肢来回比画，不知到底在讲些什么，没过多久，便又坐着一艘墨绿色的灯笼鱼艇匆忙离去，像是要去办一件什么了不得的事情，只留下一长串气泡。大大小小的圆圈，与海水一起，从屏幕里奋力向外涌来。

　　很应景，木木正坐在一艘黄色的潜水艇里，毫无疑问，披头士专辑封面的造型，《黄色潜水艇》也是我最初会唱的几首英文歌之一，歌词简单，像童谣。很少有人知道，这首歌是保罗·麦卡特尼写的，鼓手林戈·斯塔尔演唱，跟列侬扯不上太大关系。我也是到了一定年龄才发现，他们乐队那些我喜欢的歌曲，基本上都不是列侬所作。但初听时不会想那么多，那阵子，我刚跟小林谈恋爱，她愿意听，我就循环播放，放着放着，她跟我说，以后要是结婚了，想把这张封面画在卧室的墙上，这样一来，每天就像睡在潜水艇里。我觉得有点俗。夜深人静，还要乘船去寻找神秘之海，十分颠簸，心力交瘁。我既没赞成，也不反对。当然，这个愿望最后也没能实现，装修把我们搞得心力交瘁，到了后期，基本是任人摆布，工程队的监理说什么样的吊顶好看，什么牌子的涂料合适，我们就起立鼓掌，完全服从。刚住进去时，家具很少，连窗帘都没有，室内空荡，说话都有回音，像在山洞里。夜间躺在床上，映着外面的光线，小林安慰自己说，还是白墙好，像一张画布，怎么想象都行，潜水艇里也应该有一面白墙。

理发器电机振动的声音时大时小，好像在闹情绪，李可皱着眉，向后使劲甩了几下，这下可好，完全没了动静，她反复推动几次开关，跟我说，哥，没电了，得充一会儿。我说，不急。她抱怨道，不扛用呢，下午刚充的。又转过头去，跟木木说，你继续看动画片，等会儿小姑再给你剪，行不。木木睁开眼睛，跟她说，今天我在走廊里唱了首歌呢。

商场里禁烟，我跟李可不敢远走，躲进休息间里偷着抽。休息间也是仓库，被杂物灌满，相当凌乱，地面上还有一摊没来得及收拾的碎发。我将一块巨大的红色凸形积木拖至门口，斜坐在上面，把烟点着，扭过身体盯紧外面的木木，她打了个哈欠，流出一小颗泪珠，似乎想去揉一揉眼睛，又伸不出手来，围布太长，只鼓出来两个拳头，上下蹿动，找不到出口，她看着乐，我也跟着乐。李可骑在一匹斑马身上，两腿蜷着，身体前后晃荡，问我说，哥，乐啥呢。我抖了抖烟灰，说，没事。李可说，哥，你的腰怎么样了。我说，不太好。李可说，医院怎么说的？我说，三四，四五，骶骨，三节突出，要么忍着，要么手术，别的都白扯。李可说，尽量别吧，听见手术俩字儿都害怕，现在什么症状啊？我说，走路或者站着时间一长，腰疼腿麻，必须得休息一会儿，间歇性跛行，有意思不，三十来岁，武功全废。李可说，那不至于，我有个朋友，家里祖传治疗腰脱，他爸是辽足的队医，我带你过去。我说，辽足都解散了，还队啥医，以后再说。李可说，小林最近怎么样啊？我说，我上哪儿知道去，应该挺好的。李可说，心真狠啊她。我说，不说这些，赶紧剪，完后我得带她回家做手工，后天万圣节，幼儿园有活动，一天天的，变着法折腾。

八点半，理发结束，李可垂着手臂，与木木同时扭过身子，一齐望向我，眼神期盼，像在征求意见。一颗蘑菇头，也像锅盖，倒扣在脑袋顶上，跃跃欲试地准备接收一些地表之外的信号。不错，这也是披头士的同款。两人的脸上都是头发茬子，眼眶盈着一圈泪水。太困了，我也不由自主地打了个哈欠，然后竖起大拇指，跟木木说，完美。木木说，南瓜。我说，什么？木木说，崔老师告诉我，明天我要演一个南瓜。我说，南瓜很可爱啊。木木说，不可爱。我说，那你想演什么？木木说，不可爱。我说，好的，不可爱。木木说，我什么都不想演。

李可送我们到电梯口，转身回到店里，把自己塞进转椅，盯着动画片愣神儿，跟个没家的小孩儿似的。理发店开了半年多，生意一般，会员卡没办出去几张，前几天又跟我借了一万五，没说做什么，我也不问。知道得越少越省心。我妈一直不同意李可做买卖，不让我拿钱，我都是偷着给。为此，小林当初还很不高兴，每次吵架都提，没完没了。不过现在无所谓了，家里只有我和木木。我们住在自己的小房子里。像歌里唱的，我们的生活如此美满，我们有着自己想要的一切，蓝色的天空，绿色的海洋，还有那艘黄色的潜水艇。听着浪漫，像一个童话。实际情况则难以描述，不过我正在一点点恢复秩序，让一切看起来尽量如常。在这一点上，木木比我做得更好些。

房子是十年前的回迁楼，现在已是弃管小区，大门四敞，任意进出。一二层是门市，开了两间小超市，一家面馆，一个按摩院，棋牌室倒是有四五家，彻夜不休，这会儿基本上是满员状态，正在酣战。有人站在玻璃窗外围观。我们绕到楼后，走上台阶，经过一条隧道似的缓步台，约有百米，平坦而狭长，我跟木木打过几次赌，比谁先跑到单元门口：总是她赢。后来我发现她对此并无兴趣，对胜负也没，只是为了陪我而已，我也就没什么心情。缓步台的左侧如悬崖，下面是无声的幽暗，另一侧是住户们的北窗，拉着厚厚的帘布，或用无数的废纸箱堆积遮挡。我时常幻想，里面住着一只等待解救的松鼠，而那些箱子是它的武器，举过头顶便能进攻，也可以作为防御，躲在里面过冬。我把这个想法跟木木讲过。木木说，不对，有一次见到了那个人，踩在箱子上，穿着厚厚的爪子拖鞋，是个女的，不过长得确实挺像松鼠，也许是花栗鼠吧，我感觉。她说，但是，我也想要一双那样的拖鞋。

太平洋上有一座不知名的岛屿，又长又窄，植物稀少，没有居民。这里不是任何一片陆地的支脉，而是直接从海底升起来的，像大海的一截脊骨。它的北面是温水，南面是冷水，走不多久，就能体会到两个不同的季节，一边是不歇的骤雨，一边是充沛的日光。山岩排成纵列，陡峭而锋利。1932年，一艘澳大利亚的科考船发现了这座小岛，刚一登陆，便被眼前的景象所震慑，到处都是船只的残骸，龙骨折成数截，柚木甲板被侵蚀风化，偶见细小的白骨，被风一吹，如在抽搐。总而言之，误入了一座孤零零的墓场。更可怕的是，这座岛屿自己还会说话，船员在岸边能听见有声音从内部传出来，一阵急促而空洞的声响，之后是另一阵，音阶无法分辨，但又极富韵律。有几个水手认为，这座岛是宇宙的窃听器，能听到天体之间的对话。这并不是一个好兆头，类似的说法总会在他们之间流传。夜晚安宁，待到次日，这种声响演变成巨大的噪音，铺天盖地，他们被迫醒了过来，放眼一看，舱外是数万只企鹅，密密麻麻，形成一道黑白相间的旷野，朝着海岸线不断涌来，将他们的船只团团围住，来回掀动。没人知道它们竟是这样危险，并且如此有力。企鹅的面色阴沉，振着前肢，伸开脖子，长喙一开一合，喉咙里发出叹气似的哀叫，要将不速之客驱逐出境。有位科学家准备仔细观察记录，刚一下船，便被叼住裤脚，几只企鹅甚至跳到了半空，好像会飞一样，不断啄咬着他的衣衫，直至撕烂。科学家大喊大叫，带着满身的伤口，狼狈地逃了回去。

听到这里，木木笑出声来，问我，他是怎么逃的。我龇起牙，一边扬着脑袋，一边夸张地挥动胳膊，高抬双腿，向前奔跑几步，然后蹲在地上，捂紧心脏，张大了嘴使劲呼吸。木木也学着我的样子，仿佛身后有企鹅追赶，小声尖叫着，来到我的身边。风将一部分变黄的树叶吹落在地，如遗失的海星。我拾起一片，抬头递给木木。她举着叶梗，挡住自己的脸，说了几句听不懂的怪话，便又扑在我的身上，大口地喘着气。我回望过去，数盏吸顶灯的倒影映在窗里，悬于上方，模糊的反光积聚着，照出大面积的灰白色的雾，在夜晚蔓延。空气很差。秋天总是这样，好在就要结束了，然后是冬天，木木出生的季节，像世纪一样漫长，无尽无休，骤然消逝。小林离开之后，我才意识到，原来我有了一个女儿，一个女儿，每一个时刻里，她都在为我反复出生。

睡觉之前，木木跟我妈通了个视频电话。我妈问她，你想奶奶不？木木说，我想爷爷。我妈赶紧喊我爸过来，说，气人不，说她想你呢。等我爸走到摄像头跟前，她又说，我想看一看奶奶。折腾了几回，她开始用手背揉着脸，我挂掉视频，热了牛奶，又带她去洗漱。收拾卫生间时，木木自己悄悄坐上便盆，半天没有动静，等我晾好衣物，她低声跟我说，爸爸，我尿不出来。我说，不要紧，我们去睡觉。木木说，我怕又要尿床。我说，没关系的，放松心情，尿了再洗，不怕。木木摇了摇头，看看我，又点了一下头。

我把她抱到小床上，装进睡袋，她试着跳了几下，噔，噔，噔，还给自己配了音，神态兴奋，看起来也像一只小企鹅。每天晚上我都会这么想，却没对她说起来过。穿上睡袋模仿企鹅是小林与她之间的睡前仪式。小林无论学什么都惟妙惟肖，还对我们进行过严格培训，比如，如何扮演一只企鹅：两只手放在腰部，掌心向下，指尖朝前平伸，左右手交替下降，身体随之左右摇摆。按此做法，一扭一晃，没个不像。事实上，小林的肢体语言极为丰富，不仅能模仿动物，还会表达情绪。她以前教过我，如果要表示愤怒，就将五指在胸前聚拢，瞬间向上抬动，同时伸开手掌，在心脏里放了一团烟花；如果你爱上了一个人，那就伸出一只手，用另一只手轻轻摩挲这只手的拇指指背。我照她说的做，动作不难，节奏不好把握，小林说我看着像一只正在数钱的狗熊。她的头发遮住半张脸，笑得很开心。很少有人知道，小林的一只耳朵听不到声音，先天性小耳畸形，她自学过很长一段时间的手语。

木木说，爸爸。我说，闭眼睛，睡觉。木木说，我有点睡不着。我假装打了几声呼噜。木木说，爸爸，爸爸。我说，嗯？她说，大喊大叫的一天。我说，什么？她顿了一下，说，你看过没，那本书。我说，没。她说，我好像看过。我说，家里有吗？她说，我记得有。我说，明天我找找，咱俩看一遍。她说，爸爸，明天，明天我不想迟到。我说，你现在睡觉，我们就不会迟到。她安静下来，但没睡着，在床上蹭了半天，才老实了。呼气声柔和而均匀，像钟表一样，将余下的时间一一剥落。我暗暗祈祷，希望她今晚不要尿床，之前洗过的床褥还没晒干。再去买一床的话，怕是也来不及。

我问过李可，如果你是小林的话，要怎么办，会做出跟她相同的选择么？当然，我很清楚，这种事情因人而异，不可能存在统一的标准答案，他人的结论只能作为一种参照，甚至起不到任何安慰效果。问题过于复杂，没人真正清楚你生活里的全部变量。选项却总是那么几种，每一个都简单得近乎残忍，无可理喻。中间的推导过程却是极为艰难的。如果要用手语表示，也许是以食指抵住太阳穴，来回钻动几下。

李可想了半天，不难看出来，她很想站在我的立场说话，最终不过是叹了口气，跟我说道，哥，你别问我了，我真不知道。我说，行。李可说，这事儿，有时候想想，觉得自己也有责任，我对嫂子的态度，实在谈不上多好。我说，但也没那么差，过得去，你别多想。李可说，咱家这些人你还不了解，都向着你，无论你说了啥，做了啥，都站在你这边儿，到了今天这地步，我也犯糊涂，不知道是不是害你。我说，这跟你们谁都没关系的。

我有一万种解释的方式，来印证我和小林的行为均无原则性的问题。比方说：既然我们公认的生活是那么正确并且一贯正确，那么，不甘心自己被此俘虏之人，只好通过伪装与冒犯来展示自己的存在。再比方说：这并不是我们个人情爱之事，无所谓奉献与亏欠、忠贞与背弃，而是生命本身存有的无可弥合的裂隙，凡途经此者，必然陷落于更大的痛苦、神秘与真实。但这些说法都没什么用。尤其在我跟木木单独面对生活的时候，一切仿佛进入一个科学的、可被计量的体系之中：早上六点五十分起床，七点半出门；周一、周三有英语课，四点半带着水壶和饼干去接她，再送到培训学校；周二、周五是跆拳道和表演课，五点半放学；周六上午学半天的舞蹈，前一天晚上，要根据上次的视频将那些动作复习一遍。黄色潜水艇永远消失在深海。客厅里萦绕的，只有《小铃铛》和《蚂蚁掉进河里边》。有只小蚂蚁呀，掉进河里边。它在哭，它在喊，谁也听不见。波里滚呀，浪里翻，眼看把命丧呀。嗨呀，嗨呀，多么渴望登上岸。

木木睡得很熟，喉咙里不时发出呼噜的声音，鼻腔也有点堵，我担心是不是今天洗澡时着了凉，毕竟还没到供暖的日子，她又很讨厌浴霸，觉得太过刺眼，不够友好。真没办法。我贴在她的床头上，仔细听了一会儿，直至声音逐渐平息，然后打开笔记本开始干活。一帧一帧地过，相当无奈，很多想法不写清楚，底下的工作人员就会把视频剪得一塌糊涂，毫无逻辑可言。我以前在台里干新闻，根据百姓提供的线索，每天到处跑一跑，也不觉得辛苦，还比较适应；年初时，家里有些变动，我就申请调去节目组，结果可好，时间虽相对可控，操的心却多出几倍，天天就是个改，上面也没有具体建议，反正就是不断调整，材料就那么多，东删西减，到后来自己都麻木了，看好几遍也不知道到底想表达啥。很长时间以来，台里的效益一直不行，工资方面就更别提，已经压了半年多，人家也不说不给，你管他要，答复就俩字儿：缓发。能挺住就挺着，挺不住就自谋出路。好像从小林走后，我就没往家里拿过什么钱。

有时候我想，小林辞职也有这方面的原因，不单是因为我。她在电视台上了九年的班，连个编制都没混上，确实没大意思。小林在2010年入的职，我比她早一年多，刚开始根本没注意过她，当时我在跟电台那边的一个主持人谈朋友，关系也不稳定，今天好明天分，打得不可开交，不打就更过不下去。那阵子我自己租房子住，隔三岔五，总有别的女孩过来，主持人刚发现时，完全不能接受，我一顿挽留，办法用尽，后来又有过几次，她发现了也不提，装没看见，态度冷漠。我妈比较喜欢她，毕竟嘴上能说，也很会来事儿。我妈有个关系不错的同学在台里当领导，那时还没退，费了挺大劲，好说歹说，给她弄了个台聘，然后我俩就彻底分手了。实话说，我一点儿都不怪她，主要是闹腾几个来回，也没什么热情了，办完这个编制，反而轻松一些，算有个交代。但那时的情绪确实比较差，全台都知道我俩的事情，她倒不太在意，工作照常，谈笑风生，我就不太行，不敢往大道儿上走，觉得特有压力，天天低着个脑袋抄近路，谁也不瞅，戴着耳机，放的都是死亡金属，在草坪上踩出一条荒芜的小径。不是怕谁笑话，也不是因为岁数不小了，连对象都处不明白，而是觉得年龄也不算大，精神却消耗殆尽，一切像是走到了尽头。

在此之后，有几天晚上，我在楼上加班，才开始留意到小林。每天晚上六点半左右，我在二楼的吸烟室里抽烟，看着其他部门的同事下班往外走，三五成群，有说有笑，小林每次都是自己一个人，背着双肩包，底下挂着一只戴墨镜的熊猫，摇来晃去，不断敲着她的屁股，像一条骄傲的小尾巴。她从不走大路，总是沿着我踩出来的那条小道儿，一步一步往前走，且很细心，谨慎躲避两侧的草丛，有时候还要跳一下，如遇礁石。从上面看去，很像是缓慢经过一片凶险的暗绿色深海。我觉得这人很无聊，侵占我的成果不说，内心戏还不少，下个班而已，当自己在打冒险岛。观察了四五回，有点改观，正好我有个新节目，需要跟她对接筹备事宜，就有了一些联系。只要我看到她下班，踏上那条小路，就拨一下她的电话，响一声就挂掉，然后发个信息，说点有的没的。这时，她往往会举着手机停在草坪中央，噼里啪啦地打字，措辞精确，颇有礼节。她回复过后，没等走几步，我迅速再发一条，她停下来，又开始打字，那条小路她经常要走上半个小时。我总是很恍惚，觉得自己正在控制一个游戏角色，个子小小的，脑袋瓜儿上飘着一顶白帽，胃口很好，爱吃草莓和香蕉，走路带风，前面是火焰、滚石、下沉的云彩与横着走路的饿鬼，我按一次键，她就可以顺利逃开一回，双臂摆动，继续前进，去解救被封印的恋人，而我却总想让她慢一点通关。

杰克拍着肚皮，打了个饱嗝，说道，今年的收成真不赖，我又可以快活地过冬啦。魔鬼说，好心人，你种了些什么？杰克说，土豆、白菜、西红柿。魔鬼说，能不能分我一些，我三天没吃过饭了，饿得走不动路。杰克说，那当然，当然啦。魔鬼说，我会保佑你的，亲爱的朋友。杰克说，但是，既然我们是朋友，能不能也帮我一个忙。魔鬼说，阁下，您说说看。杰克说，夏天时，我的皮球不小心卡在树杈上了，一直取不下来，而我又不会爬树。魔鬼说，乐意效劳。两人蹦跳着兜了一圈，来到一棵大树旁边，杰克指向上方，魔鬼望过去，大树忽然伸出双手，将魔鬼死死抱住。魔鬼来回扭动身体。

大树说，哈哈。杰克说，哈哈，中计了吧。魔鬼说，这是怎么一回事。杰克说，别以为我不知道你是谁。大树说，哈哈。魔鬼说，求求你，放开我吧，有什么条件，我都答应你。杰克说，我要吃不完的土豆、蛋糕，还有美味的烤肉，我要永远都过这样的好日子。魔鬼垂头丧气，点头允诺。大树说，哈哈。然后松开了手臂。魔鬼叉着腰，跺脚说道，杰克，咱们走着瞧。

大树仰面躺着，一动不动，如被伐倒。魔鬼立在后面，面目庄严，吸了两下鼻子。杰克蹲在地上，双手捂脸，眼睛在指缝间来回乱转。两个女巫走了过来，齐声问道，你怎么了？杰克抬起头，说道，为什么一直是夜晚，我什么都看不见。其中一个女巫伸出手指，对着空气画了个圈，二人若有所思。一个女巫说道，可怜的杰克。另一个说道，他真可怜。第一个说，原来这一切都是魔鬼的过错。第二个说，他真可恶。第一个说，我们来救救他吧。于是两个女巫原地转了一圈，挥了挥魔法棒，指向左右两侧。一段急促的音乐响了起来，几秒钟后，舞台后面冒出来两只胖墩墩的南瓜，叉起胳膊，横挪着步伐，来到中央。南瓜的扮相古怪，肚子上套了个橘色的救生圈，脑门儿还贴了几颗星星，闪闪发亮。女巫说，杰克，这是我们为你召唤的南瓜灯，请你把它们带在身边。南瓜们主动移向杰克，将他搀扶起来，三人围着女巫们转了一圈。杰克行了个礼，说道，谢谢，我又能看见啦，世界真美好，感谢你们。两个女巫手拉着手，跳着舞离去。倒在地上的大树忽然叫了一声，哈哈。然后滚了一圈。全剧终。

木木出了一脑袋汗，我用手帕沾了些温水，一点一点给她卸妆。木木问我，你看见我了吗？我说，看见了啊。木木说，我都化妆了，你怎么还能认得出来？我说，脱了马甲我照样认识你，今天表现不错，特别可爱。木木说，但是我什么也不想演。

出门之后，她看见了我妈，挣开我的手，直接奔了过去，贴在身上不放，非要抱着。我妈的腰也不好，就让我爸扛着她回家，走两步跑两步，一路乐得不行。我和我妈跟在后面。我妈说，今天吃饺子。我说，行，都爱吃。我妈说，没用。我说，什么？我妈说，学这些玩意儿，白花钱，我感觉没用。我说，现在都学，不能落后。我妈说，以后在社会上谁能当个南瓜啊？像你似的。我说，你也不懂，别管这些了。我妈说，小林咋没来？我说，没告诉她。我妈说，最近没联系？我说，很少。我妈说，可真够一说，这妈当的。我没说话。我妈又叹了口气，说，你这爸当的啊。

吃完饭后，外面下起雨来。木木开始流鼻涕，脸颊泛红，有点发蔫。我妈说，今天别折腾了，在这里住，我给她洗个热水澡，晚上跟我睡，得注意观察，这季节可别感冒了，不爱好。我躺在沙发上玩手机，我爸在看电视，里面放的是陈佩斯的小品。我想起许多年前，春节联欢晚会过后，总会放一部他演的电影，有时是《父子老爷车》，有时是《二子开店》，都很滑稽，每次我都下定熬夜的决心，却总是看个开头就睡着了，直到现在也没看全过。我们家已经很久没聚在一起过年了。前年是我妈生病，在医院里抢救，忙得人仰马翻，白天黑夜连轴儿转。去年是李可，被传销的骗到广东，好不容易逃出来，也没买上机票，大年三十，打电话就是个哭。今年轮到我跟小林，在家里待到正月初五，哪儿也没去，谁也没见，相互一句话也不说，只是盯着那面白色的墙壁。

木木身上裹着浴巾，脑袋上包着一条粉色的枕巾，被我妈从卫生间里拖出来，两只脚还没完全干，在地板上踩出一溜儿水印。孩子长得就是快，不知不觉，几个月前，一条浴巾也还勉强够长，现在就完全不行了。外面的雨声很大，伴随着隐隐的雷鸣，木木跑来我这边，撅着屁股，上半身趴在沙发上，很急促地喘着气，也不讲话，我伸过手背，摸了摸她的额头，又摸一下自己的，好像我的更烫。这时，手机震了一下，小林发来消息，问我：今天演节目了？我回道，是。小林说，录下来了吗？我说，没来得及。小林说，我跟她视频一下？我说，在我妈家。她就不再回复了。没记错的话，本月之内，这是她第二次跟我联系，上一次是提醒我拍生日照需要提前预约，以及记得去补一针流感疫苗。还有三个小时，这个月就要过去了。

我本来以为，向木木解释小林的离开是一件很困难的事情，确实不知怎么说为好。李可说，你可以跟她讲，爸爸妈妈虽然不住在一起了，但对你的爱是永远都不会变的。我心里说，你真是没有孩子，这种话讲不出口的。一个问题接下来就是许多个问题。为什么不在一起了，为什么别人的爸爸妈妈还在一起，为什么离开的人是妈妈，为什么对我的爱就永远不会变，你们之间的爱不是变了吗？自己答不上来，就别指望能说服得了任何人。小林刚走时，木木住在我妈家里，天天闹，使劲喊，嗓子都破了，哭得筋疲力尽才能睡着，到了后半夜，经常忽然自己在床上站起来，闭着眼睛说，妈妈呢，我要去找妈妈。我妈也心疼，一边哭，一边抱着她来回走圈，念经似的说着话，唱遍所有能想起来的歌谣，连灯也不敢开。到后来，我妈的身体实在吃不消了，住了次院，我就接回到自己这边。也是奇怪，木木跟我在一起，从没主动问过小林的事情，好像我们之间达成了某种默契。有时我觉得，我跟木木更像是一对恋人，对彼此的前任避而不谈，即便她的存在无法被抹去，像是一块坚冰，或者一座岛屿，从大海里升起来，横亘在我们中间，始终无法融化与跨越。

关灯许久，木木也不睡，一直在说着话，笑个不停，随后又下了床，跑来我的房间，跟奶奶说，我去看一眼爸爸。她在地上晃了一圈，发现我还没睡，便爬到床上来，躺在我的身边。我妈跟了过来，对木木说，快回屋，几点了都。木木说，但是我还是想跟爸爸一起睡。我跟我妈说，跟我吧，习惯了，让她在这儿睡，我看着她，没问题的。

窗外的雨声渐弱，风却刮起来了，凉飕飕的，从窗户缝儿里往屋里钻，发出一阵阵虚弱的颤声。我给木木又加了层毯子，她蹬掉，我再盖上，她又给踹开了。就是这样，在几乎所有事情上，我都犟不过她，不知道脾气随谁。木木说，爸爸，给我讲个故事。我说，没有故事，睡觉。她说，我睡不着。我想了一下，问她说，你想演女巫，是吗？她说，我不想演女巫。我又问她，那你害怕魔鬼吗？她说，不害怕。我说，其实我觉得，今天的那棵大树更像是魔鬼啊。木木说，不是。我说，为什么？她说，不像魔鬼，不是。我问，为什么呢？她说，大树是辰辰啊。

有一天下班时，刚好看见小林走去那条小路，我跟在身后，走到中间，喊了她一声，她左看看，右看看，又在原地转了一圈，终于发现了我。后来我才知道，单耳听不见的人，很难辨别声音的来源方向，所以在某些时刻，小林的动作显得有些迟缓。她的右耳健全，我们走在路上，她就总贴着我的左边，看起来像在保护我。无数车辆从她身边飞驰而去。我比较不适，总想拉过来一把。听我讲话时，她习惯性地将头侧过来，仿佛集中了全部的精神，极为虔诚，这样一来，我反而不知怎么说为好。

项目的进展并不顺畅，筹备尚未结束，就被上面喊停，我的心情却比从前好了一些。那段时间里，我跟小林相处得比较愉快，她很聪明，经常是我的话只讲一半，她就完全明白了，但会坚持着听完，确认全部细节，再去执行。到了后来，我对她的信任度逐日增加，无论遇到什么事情，都想听听她的看法。她很有耐心，一点一点为我拆解，却极少谈论自己，每次问起来时，她也只是摆摆手，对我说，实在是没什么可说的，人生履历就是这么简单——离家上学，顺利毕业，在台里实习，签合同转正，上班下班，被拖欠工资。我问她，有什么爱好。她说，也没什么，都不怎么逛街，只喜欢在家里听听歌。

我们就在她租的房子里面听歌。我带去了无数张唱片，各种风格都有，一听就是一个晚上，我喝着啤酒，她偶尔处理一些工作，或者准备公务员考试，反正总有些事情要做。她不爱听金属和朋克，觉得吵闹，喜欢古典，但听不太懂，版本复杂，没心思钻研，最喜欢的还是六七十年代的那些民谣，鲍勃·迪伦或者琼·贝兹的歌。小林问过我，如何看待他们二者之间的关系。我说，贝兹当时的名气更大一些，热衷社会运动，投身其中，迪伦很害羞的，对这些也不太感兴趣，在自传里写过，第一次看贝兹演出时，目光便久久不能移开，觉得她荣耀又圣洁，如花环一般，几乎无所不能，嗓音美妙无比，像是在为上帝献唱，能驱逐世上全部的厄运。小林又问，那你怎么看待我们之间呢？我说，我以前总在楼上抽烟，看着你自己走上那条小路，总会想起一位美国作家的诗句，他说，一片树林里分出两条路，而我选择人迹罕至的一条，从此决定了我一生的道路。小林说，你喝多了？我说，绝对没有。小林撇了撇嘴，没再讲话。我说，那你怎么看呢？小林想了想，说道，答案在风中飘，我的朋友，答案在风中飘。

木木捏了一下我的手，我以为在逗我，便回捏过去，她又用力拽紧了手指，我才反应过来，她是想让我注意到走在前面的那个人，穿着一件棕色的羽绒服，长及脚踝，在这个季节里，稍显夸张，半长的头发披在颈后，踩着一双高跟鞋，跶在地面，发出哒哒哒的响声，仿佛抬不起腿来，随时都会晕倒。我想了一下，说，松鼠？她先说，是。又说，不是，是花栗鼠。我问，有啥区别？她说，更小一点，但头很大，还演过动画片。我说，那你要不要过去打个招呼啊。她说，啊，我可不要。

木木对于命名特别严谨，我在手机里收藏了一篇很长的文章，是《小马宝莉》的角色介绍，数目近百，她总会要求翻看讲解，一遍又一遍，从不厌烦。我时常读得眼花缭乱，木木却几乎都能叫上名字来，也熟悉每一匹小马的秉性，甚至对会不会飞、在哪一集出场等细节都了若指掌。最开始她喜欢的是云宝，性格外向，热爱冒险，绝招儿是彩虹音爆。最近比较倾心于月亮公主，有点孤独，略带神秘，被放逐到月亮上一千年，曾对此很不满，企图让世界陷入永久的黑暗，后被感化，经常去解救那些噩梦里的小马。

我们走到单元门口时，长得像花栗鼠的那个女人还没进去，她的双手插在挎包里，像是在找些什么。我和木木停止对话，一起望向她，总觉得她要跟我们说点什么，她看着我们，眼睛瞪得很大，睫毛一闪一闪。我有点不好意思，微笑着对她点点头。她没回应我，而是蹲了下来，将衣服前襟拢在膝盖上，说道，木木？木木往我身后躲了躲。我很好奇，转头问木木，你认识这位阿姨吗？跟她问个好啊。木木摇了摇头。她继续问，记得我吗，我是辰辰妈妈，我们见过的呀。我说，辰辰？大树辰辰？她说，什么？我说，啊，木木有个同学，前几天演了一棵树，也叫辰辰。她勉强笑了一下，说道，应该不是。我说，不好意思，那是我弄错了。她说，木木，你还记得辰辰吗？辰辰很喜欢你呀，总提到你。木木继续往后面躲，背对过去。我问她，你记得吗？她也不说话。我解释道，她就这样，比较内向，遇见生人很害羞，话也少，有空带孩子来家里玩，真巧啊，住在一个楼里。她偏过头去，扮了个鬼脸，想逗一下，可木木压根不看她，一个劲儿地拉着我的衣角。她站起身来，朝着我点了点头，说道，好，好。

我们上楼之后，木木好像有点不高兴，脸也不洗，动画片也不看，拎着一只绒毛蜗牛在客厅里走来走去。我说，你今天的表现可不太好，见人也不打招呼，有点没礼貌。木木不吭声，只是看着我。我又说，不过我也不打算勉强你，这没什么的，对吧，不是跟谁都需要讲话，我能理解你。我企图讨好一下，可她还是不理我。

木木睡得很快，我也很困，但还得两个小时后才能休息。快洗模式半个小时，混合模式一个小时，婴儿服模式则是先加热到一定的温度，洗干甩净，再进行消毒，共计两小时，这是洗衣机的标准法则，不可侵犯。我在一本书里读到过，洗衣机的语法粗暴至极，无视差异性，所有的衣服在此都是平等的，没有尊卑贵贱之分，一旦被抛入其中，便被迅速地搅拌在一起，不可豁免地混作一团，其符号价值被无情吞噬。在滚筒里，没有幸存者可言。我打开阳台上的窗户，点了根烟，向外望去，觉得世界无非也是一个滚筒，重力作用，正向与反向的轮转，粗糙而强悍的旋律，不断在内部之间摔跌捶打，无可逃脱，也意味着无人生还。我将纱窗拉开，想将烟头灭在窗台外面，忽然发现有人还在单元门口，双手扒着缓步台的栏杆，探着脑袋，也刚抽完烟，与我的步调一致，正在踩着烟头，好像我们同时位于滚筒的某个位置。接下来，也许将一起接受上升或者下降。

我披了件衣服，轻带上门，又摸了摸钥匙，往楼下走，她见到我时，并不惊奇，笑着点点头，问我，木木睡着了？我说，是。她说，她好乖的。我说，今天玩累了。她说，小孩子嘛，还是比较好哄。我说，辰辰也是吧。她没讲话。我又说，不回家么，晚上凉了，钥匙没带？她说，没，想待会儿，还有烟吗？我帮她点了一根，给自己也点上。她说，你不会扎辫子吧？我说，什么？她说，所以木木总梳着个锅盖头。我笑着说，是这道理，学也不会，没这项技能。她朝着黑夜里吐了口烟，停下几秒，继续说道，你的故事都好听啊。我说，故事？她说，我就住这一层嘛，总能听到你给女儿讲故事，扭来扭去在散步的小蛇，小裁缝智斗巨人，岛屿上的科学家和企鹅，点头或者摇头的锡兵，只是个片段，没头没尾，你们边走边讲，等到了门口这边，我就什么都听不见了。我说，惭愧，乱编的，打扰到你。她说，刚才我知道你们走在后面，想着在这里等一等，兴许能听到个结局，但是也没。我说，不值一提。她说，没，我很喜欢，每天晚上，我都把窗户拉开一道缝儿，搬把椅子，守在阳台上等着，我就躲在箱子后面，有时等了很久，很担心是不是错过了，或者木木发生什么事情，但如果能得到，就很开心，睡得也好一些，我知道她叫木木，很早就知道，她不认识我，不要怪她。

我说，她认识你，但不认识辰辰，我们睡前聊了一会儿，她知道你一直在听我们讲话，我一点儿感觉都没有，有些话她故意要说给你听的，不管你信不信，反正就是这样。她说，木木最聪明了，你今天讲故事了吗？我一句都没听见。我说，没有，她给我讲了一个关于魔鬼的故事，很可怜的魔鬼，所有人都想尽办法要对付他，可他根本不知道自己犯了什么错，只是不停地被耍弄，不停地许诺，不停地满足他人的愿望，被钉在树上，被困在鼻烟壶里，被放逐到很远的地方，你知道，人们总是那么贪婪，魔鬼却那么软弱，无论躲在何处，最终都会被揭开真面目，无可逃脱，真是没办法啊，明明是人们先找到的他，非要来交易灵魂的，也许他唯一的错误就是扮演了一个魔鬼。她说，唯一的错误。我说，对，这也是木木说的。她说，我明天要搬走了，收拾了好几个月，终于把东西都装进箱子里，真沉啊，推都推不动。我说，祝你顺利，希望以后还有故事听，肯定比我讲得好。

我回到楼上时，洗衣机已经停止运转，我拉开舱门，将衣服一件一件抻开、铺平，晾在阳台上，窗户没关，夜风温柔，缓缓吹进来，像在为我披上一层薄薄的衣裳。木木睡得不太老实，嘟着嘴，皱紧眉头，一条小腿搭在床沿上，几要要挣脱出来，从后面看去，睡袋像是一件很威风的斗篷，我想，她是正准备去解救那些困在噩梦中的小马。手机上有两个未接来电，都是小林打的，时间太晚，我犹豫着是否要拨过去时，收到了一条她发的消息：不用回，没什么要紧，刚才只是想确认一件事情，现在我知道了。我的另一只耳朵也听不见了。我好像再也想不起来木木的声音了。

春天的末尾，我跟我妈带着木木去了一趟海边。原本这里是一片野海，在我很小的时候，也来过一次，但没什么印象了，只记得在沙滩上铺着一张张巨大的渔网，踩在上面，仿佛随时会被捕获，高高吊起来，放在集市上售卖。如今此处被开发成一个新的小镇，充斥着现代气息，生活便利，建筑设施一应俱全，甚至还有美术馆、剧院和礼堂，无论走在哪里，都能听见一阵轻快的音乐，沁人心扉。木木很喜欢这里，她很忙，每天上午要去海边捡贝壳，中午回来休息，下午去农场里看小花，或者在草坪上打滚，玩到筋疲力尽。我妈说，她自己很久没看过海了，上次来这里时，正怀着李可，行动不便，我也不太听话，我爸更是指望不上，成天跟她对着干，她每天都很累，没有盼头，万念俱灰，夜里偷偷哭上一会儿，也不敢出声，怕吵到我们，当时觉得快要活不下去了，可一晃就是这么多年，也都过来了。

我知道她是在劝我。我假装听不出来，每天尽量鼓足气势，拧紧发条，像一匹童话里的飞马，带着木木上天入地，奔跑不息，我想，只要她开心，我就快乐，只要她愿意，做什么我都值得。我像一株寄生的植物，无法自给养分，只是日夜低语，将命运与她紧紧相依。我再也不需要成为什么，没有愿望，也不想去拥有自我，一点儿也不想，人一旦有了这种意识，就很可怕，像岛屿上丛生的密林，沙沙生长，不止不歇，直至遮蔽全部的光芒与道路，长久困在噩梦之中。我不要这些。

旅程结束的前一夜，木木睡着之后，我自己一个人来到海边，走了很久，没有月光，星星也被隐去，只是一片深色的绿。我脱掉鞋子，踩着沙砾，一步一步迈入大海，温暖轻柔的水浸过我的脚踝，我站立于此，舒了口气，抖抖肩膀，伸出两条胳膊，想要画出一道从未有过的手势，却始终不得要领。波涛涌来，身后寂静，世界如在一侧呼喊。那是一首鸥鸟、海水、岛屿与天空的奏鸣曲，为我竖起一道光亮的墙，时远时近，无法逾越。赤色的暗云落在海面上，发出火焰熄灭的微弱声响，它一刻不停地沉入水底，给予短暂如幻的照亮。接着是引擎声与浪声，贮存许久的音阶，相互抵抗，向前或者退后，保护着的同时也在毁灭。最后是清澈的鸣叫声，如垂冰一般锋利，来自鸥鸟、松鼠或者小马，上古的山林，幽暗的房间，万无一失的梦境。而那些被忘却的声音不在其中，遥不可及，我无从追寻。它曾栖于我的体内，如同昔日的私语，远在此处，如今径自飞行，去往我需要行进的方向，接续不断，消逝于失落的耳畔。总要逝去，也必将逝去，尽管此时，它正如凌晨里悄然而至的白色帆船，掠过云雾，行于水上，将无声的黑暗遗落在后面。

（《收获》2021年第4期）

诗 人

林 森

忙，所有的时间都是别人的。在他看来，自己是很顾家的，可往往
又没办法顾家——晚上九点半接到小学三年级的女儿电话时，他只在心
里叹息，却不敢让声音随着嘴角的烟气漏出，他说："你先睡觉，爸爸
一会儿就回来了。"关键是，这种忙还无法埋怨、不能埋怨、没理由抱
怨，要知道，年初的新冠疫情蔓延以来，各行各业萧条，友人里失业者
不少，他能忙、可以忙、有资格忙……相对来说，已经是一种资本，不
能得了便宜还卖乖，不能让人把他的埋怨当成炫耀。把车停在散发霉味
的地下停车场，回到家里，不太敢开灯，洗澡也要静悄悄。女儿、儿子
都已经睡着，唯有妻子，双目像漆黑中的两只萤火虫。第二天，还得早
起，把女儿送到学校——送儿子到幼儿园的任务，是妻子的。无论多么
不愿睁眼，他还是得挣扎而起，把自己收拾得像个人样。手机嘛，主力
机当然是华为 Mate 系列的，摄像功能强大并不是主要理由，而是要匹
配其"商务风"，当然，iPhone 也得配一部，当备用——更多时候是用
来打击一些年轻人，若他们说"什么年代了还用华为"这一类的话，他
就把 iPhone 取出，堵住他们的嘴。上衣以 Polo 衫和衬衫为主，剪裁得
体、修身显型，下身自然得西裤皮鞋，运动鞋和牛仔裤不会在考虑之
列。既然抽烟，一个不锈钢的 Zippo 打火机自然得常备着。至于发型，
油光可鉴一丝不乱……从何年何月开始，他便一直朝着这么一个"成功
者"的目标而去？房子、妻子、女儿、儿子、车子……这些成功的配件
收齐之后，旁人看他的眼光都不一样了，可，配件再全，也装不满那空

239

荡荡，像前胸到后背直接穿透了一个拳头大小的洞穴，风一吹过，凉飕飕不说，也带着某种不易描述的刺痛与酸麻。他并不是没事就要斜眼看天空跨步越山丘的文艺男，没那么多莫名忧伤，可最近，这种空荡荡来势凶猛，他拙于言辞，只能暗地里一杯一杯灌冰啤——酒灌进去了，空并没填满，变成酸腐的空。

得怪这次疫情吗？随着国内疫情趋缓，起初的难熬已经过去，他现在的忙，也正说明业务有起色，收入并没有比去年少太多；可这情绪，确实是在疫情之后，才在他身上出现的——准确地说，这种情绪是第一次在他身上出现，是他这个理工男身上极为罕见的玩意儿。他有时考古般挖掘这情绪的起源，发现第一次出现，是春节后返城时。其时元宵没过，春节前开始的疫情，正是最严峻的时候，按说春节假期已完，往年早已是返岗日，可瞧这状况，尚不知何日才能开工。妻儿就都先留在乡下老家，他率先驱车回省城，看到了此前从未见过的城市：店铺紧闭门窗，车辆稀拉，行人绝迹，偶有一个人出现，口罩也未能遮挡住目光的空茫和脚步的混乱；最吓人的则是公交车，司机驾驶着一辆辆空车，好像上头坐着的，全是幽魂。他只在路边停靠了半分钟，便觉手脚发冷，压不住的颤抖从肌肉的深层冒出，这恐惧无边无际——他好像成了这场疫情中最后的幸存者。从中学起就只对数学、化学、生物等课程感兴趣的他，有某种想抒情的冲动涌出，千般情绪拥堵在心头，可他嘴巴轻颤，一个字也发不出。他对自己很失望，以往在电影电视上，看到那些长袍古人摇头晃脑地吟诗他就笑，有什么事情需要念这些鬼话来解决？可现在，他感觉自己特别需要这么一两句"鬼话"，才能把侵入体内的恐怖驱赶，让自己回归正常。可是，他唇动而无语、唇动而不能语，他没法不觉得自己无能——想不到，活到这个年纪，倒成了会说话却没法表达的哑巴。

疫情期间的真信息假消息如浪潮翻滚，天天刷着手机屏幕，那死寂街道的画面不断在他眼前重播……猛地发现，那空荡荡突兀地站在一旁冷笑，驱逐不散。他也是有自己秘密的，所谓秘密，是相对妻子而言——在最要好的那个朋友群里，他倒是没怎么避讳，有时甚至会发出一两张照片来炫耀。那是一个女子的照片，他含含糊糊说过，说是他的一个客户，赶工之时，会半夜给她备货——天晚了，不免多喝两杯，不免就……对了，他是一个印刷厂的副经理，专营各种包装纸箱的印制。那女子则经营水果批发的生意，荔枝上市卖荔枝，橙子上市卖橙子，用到的包装纸箱，全在他厂里印的。厂里的印刷油墨刺鼻得很，可印荔枝箱子时他觉得那女的身上有荔枝味，印橙子箱子时闻到她身上藏着橙子味。他发在群里的照片，从不出现正脸，在这点上，他还是有点防备之心，多是她侧脸喝饮料的照片，灯光暗淡，暧昧的气息翻滚，要清晰辨认却又不容易。照片一出现，群里的朋友们便开始泛起柠檬般酸涩的调侃，比如说："你还有力气站直？""你现在就是个破气球，漏气又发软……"他也不多说，他以保留悬念的方式，撩动那群人失控的想象，真正的细节，他是不会说的，那是独属于他的秘密。新冠疫情最肆虐之时，人人都闭门禁足，和她自然也没有了任何往来，有时憋不住，想起往日的相聚，他只能用眼下的现实来给自己浇灌冷水：酒店也还没法开门呢，真开了，是不是还得戴着口罩见面？真见着了，怎么证明她身上没有带着凶狠的病毒……这种种猜疑，会把他所有的激情，熄灭在与她联系的冲动之前，偶尔想起她身上的荔枝味、橙子味，记忆迷蒙千里外，面貌陌生万年前。

　　——倒是在和妻子的朝夕相对里，他觉察到了某种异样。和妻子是怎么相识的了？他有些迷糊。结婚，生女儿，生儿子，女儿上学……一切都被分割了，他和妻子好像变得可有可无，没事绝不联系，通了电话，十几秒把时间、地点、事件交代完，便立即挂掉。疫情防控最严厉那些时间里，在家里朝夕相对，等到女儿、儿子睡着，他和妻子大眼瞪小眼，两人便靠在一起——他们大半个月内，把以往一年的任务都完成了，这是他大学时代才可能有的体力和兴趣啊。他甚至在靠近她的时候重新找到了某种紧张，可问题是，当两人浓情蜜意，需要说点什么来抒情、感慨或玩笑一下时，他还是欲张口而忘言——又失语了。妻子感觉到了不对，却又不清楚这不对从哪儿而来——他的时间并没有变短啊，比起前几年，他这已经算是难得地骁勇少见的猛烈了吧，为什么他会有沮丧感？为什么她好像也有些挫败？他看过不少科幻片，作为一个学理工科出身的人，这是他最爱的片种，可他不是爱科幻片的故事，而是要在这些片子找硬伤——可真回想起来，他记住了几个所谓科学上的漏洞呢？他倒是常常想起那些片子里，大浩劫后的满眼废墟，那几乎毁尽的世界，让人唏嘘。他在春节后返城所见到的空荡荡，多么像那些电影上的画面啊，当时他就是一个被抛进影像世界的幸存者，是不是也有无数观众的目光，正在另外的银幕上注视着他，等待他重新让世界开启或陷入无望的挣扎？好吧，他认可了这个角色，可台词呢？命运剧本的背后，那把脸藏在深色口罩后、消失无踪的编剧，给他准备了一句什么样的台词？

　　疫情发生后，复工复产的行业里，印刷厂算是恢复得比较早的，尤其是那些印期刊的厂子，积压的刊期需要消化，反而会比往年要忙。而作为主要印刷包装纸箱的厂子，速度则没有那么快，别的产业只要停滞着，包装的纸箱需求量没那么大，他们就没活干。但总算是慢慢恢复了，他比往年更忙。有好几回，他把手机调成飞行模式，驱车离开市区，他想往中部的山区钻，准备在一个小旅馆里，睡个昏天暗地，直到时间尽头。其中一次，是傍晚，落日泛红，把云烧成浓烈的金黄色，他心想，在此时，确实是需要有诗人的，诗人才能用他们的鬼话，说出这鬼一般的景象。把车停下，他走入路边一片茂密的茅草丛中，他总算艰难地想起了某些画面，可以对应眼前的场景：在所有的古装剧里，人们都需要这么一片随风起伏的茅草，茅草起伏摆荡，萧瑟感、荒凉味就出来了。那些旧片子里的画面和眼前的画面重叠、重叠，好像随时还会从茅草的背后，闪动刀光和剑影——他有些兴奋，好像他在此时终于变成了一个可以说出"鬼话"的诗人，可以对着这莫可名状的世间万物，一一给予命名。这兴奋，让他没有沿着路一直把车往前开，而是到了下一个出口，往回拐，再次回到灯火辉煌的城市。眼前的喧闹，和带给他无限烦恼的空荡荡之城，是同一座？

　　各省派人、遣物支援疫情的中心武汉之时，他在朋友圈里看到，被他经常拿出来炫耀的女客户，正张罗着一卡车瓜菜，驰援武汉。她晒着瓜菜收购点的图片、农家田地里的图片、瓜菜装车的图片……他又开始恍惚了，她身上，除了荔枝味、橙子味，莫非还有辣椒味青瓜味芥菜味？他给她发了一句语音："你们送瓜菜去武汉，需不需要纸箱？需要的话，我个人赞助了。"并没有收到回复。她仍然在更新着朋友圈，她和几个一块儿上路的司机拉起横幅："琼鄂一家，武汉加油。"口罩遮脸，他只能从她的眼睛处，猜测她口罩下的表情：嘴角是上扬还是下压？唇线如何起伏？两腮是缩小还是胀起？照片放大，也看不太清，他只感觉到陌生，口罩让一切都太过遥远。这仅露出目光的脸，和他多次在昏暗中所见、所闻、所抚、所贴近、所摆弄、所沉迷的……真是同一个人？当妻子变成生活里的盲区后，那荔枝和橙子的气息，就成了他所有的惊喜。两天后，他收到了她的文字回复："纸箱有了。谢谢。太忙，没听语音，没注意到。"他为这句话也想了两个小时，想不到合适的话，最终也没回。那之后，她几乎消失在朋友圈里，一两个月没有更新，他有时会想象，会不会她驰援武汉后，却被病毒袭击，隔离治疗了？他装作若无其事，辗转通过一些认识的人，打听她的消息，被问到的人，都回说不知。也就是说，对他来讲，她从这个世界上忽然消失了。翻看手机相册里设密码来暗藏着的几张相片，怎么会那么陌生？真的有过这个人？他手指一抖，把那几张照片全删了。他拨打过她的电话，倒是通的，却从没接，好像是拨往茫茫夜空和辽远前世。

他的工作不外乎几件事，和客户谈纸箱的大小、设计、数量、价格、交货时间、付款时间、签署合同……一切谈定后，给厂里下单开工，然后就是安排送货。他是一个随波逐流的人，没有多大野心，更没有拯救世界的崇高理想高尚信念。高考填报志愿，随手填个服从，去了个"印刷工程"专业，毕业后在外省一个中专当过一段时间老师，后来因环境不熟匆匆辞掉，返回省内从事了印刷的工作。该结婚时结婚，该买房时买房，该二胎时二胎，到了最可能有外遇的年纪他闻到了荔枝味、橙子味……他害怕平缓河流下的溢出、害怕所有不期而遇的意外——比如那一次返城所遇到末世般的空荡荡。他讨厌艺术的乱涂，热爱数学的推演，可他没办法推演出，他怎么就被一次空荡荡的街景所改变，此前顺理成章的生活忽然全都位移、变形、坍塌——连抽一根烟，他也会疑惑，这烟怎么是这味道？它怎么变得这么酸苦？莫非，连味觉也被彻底篡改？

他是学技术出身，对纸张、油墨和印刷的精准度，都有自己的要求，几乎厂里所有出去的箱子，他都亲自核对每个环节。在他老板看来，这有点鸡蛋里挑骨头，毕竟，纸箱的印刷容错率高，不像书籍要求那么精细，客户也多是大老粗，不会拿着放大镜，盘算字体颜色和线条曲直。可他过不了自己那关，他晚上回家比较晚，多是因为在谈完业务后，他都会返回厂里，抽检今天的纸箱。这是独属于他一个人的快乐，他没法跟别人交流油墨调色中的细微变化会影响最终的呈现的技术问题，他只是在看出问题后，用印刷工人听得懂的话，交代他们做出调整。他的烟总是在此时抽得最猛。厂里满是纸张和油墨，严禁烟火，他得走出厂房，走到街边，听着厂里印刷机的鸣唱，灯光不歇——他在此时最安逸，所有心事全飞走的安逸。如果兴起，他会驱车五十公里，离开省城，在高速路上驰骋，回到以前上学的小镇，找到那家数十年从没变过的夜宵摊，在那里安静地吃一碗炒粉。疫情最严重的时候，小镇上的人好像也若无其事，口罩也没戴——因为实在买不到，只是逛街的人少了，店铺也不让开。疫情趋缓后，小镇回到了以前的生活，所有该摆到街边的都摆了出来。他安安静静地吃炒粉，喝两碗附送的酸菜汤，如果胃口好，他会再点一碗粉汤。那味道让他不断重返少年。他在省城寻不到这味道，还不能跟别人说，会被认为矫情，他只能在某些夜晚悄悄回来，心满意足后再悄然离开——如果说这个世界最后崩塌于新冠病毒，这小镇也仍能倔强地活着吧？这是世界之外的世界，是独立于那易碎花瓶般的世界之外的钢铁之乡，被记忆包裹多重，不会被摧毁。

接连三晚梦到那空荡荡的街头之后，他不得不正视自己身体的反应了。他得回想这三天到底去了哪儿：大前天，他从深圳返回，结束了两天的短暂差旅。这一趟，他去深圳的一个印刷厂考察，他们厂里准备购置下深圳那家厂的二手机器。新款的印刷机，价格高得吓死人，省内的厂子，往往只能到深圳去，购置那里升级换代后的二手机器。在机场经历了检查健康码和测体温，貌似严阵以待，其实却宽松得很，健康码所需要的选项都是自己填，真"不健康"了，恐怕也看不出来。那天飞机晚点，在飞机上多坐了一个小时，封闭的空间里，是不是有什么在悄悄地传播了？前天，跟老板汇报了考察结果，老板还在斟酌考虑，他便急匆匆去一家老茶馆见一个客户。那是一个品牌地瓜的老板，生意做得大，口碑却不好，地瓜老板开口要的箱子量很大，却明说要欠款一段时间，他还没立刻应承下这单生意。当时茶馆里人来人往，几乎有两百多人，那喧闹的场所里，无人佩戴口罩。昨天，一大早，他就跟着厂里的送货车，把三万个椰子汁的纸箱，送往省内一家生产椰子汁的大工厂。那厂里人也不少，进进出出，抢着把货卸下……这三个地方，哪里最有可能是传染源呢？目前，省内明明早就绝迹了啊，国内偶尔出现的病例，也全是国外输入的，不太可能会传到他身上啊。可这三个地方都没有出现任何感染者的新闻，连无症状感染者也没有，按道理来说，他是不可能染上的——可谁又能拍着胸脯保证呢？他会不会成为这些地方第一个被发现的感染者？谁能保证那些不可见、不可闻、不可听的病毒，不是早已在暗中张开獠牙，朝他扑来？更何况，发热、乏力、干咳等迹象已经在他身上出现——在家里，他只能极力忍着，实在憋不住了，就走到门口去咳嗽。他不断回想：不是在深圳机场逗留过嘛，他不是还在机场内把口罩拉下，挂在下巴上吗？会不会是那时，病毒已经发起攻势？在机场里上厕所，手倒是洗了，可那些厕所的门把上，谁敢保证是干净的？这些念头一冒出，他就后悔，自己在外头实在是太马大哈了，是不是还把病毒带回家里了？这三天来，家里人倒没有任何异样，可是……现在，浑身瘫软，干咳不断，却又是他身上实实在在的症状，不能再在家里待着了，他得立即隔离。

他查了一下核酸检测的流程，并不复杂，也准备明天去看看，今晚是不能待在家里了。他带上几套衣服，立即去地下室开车，驱车出去。他给妻子打了个电话，妻子说："你刚刚还在，去哪儿了？"

"我得躲躲？"

"躲？什么？有人追债？"

"我说了，你别害怕。你今晚带女儿、儿子到外面住一下酒店，家里别待了，我怕我这两天都在家里，已经不干净。我准备明天去做一下核酸检测，结果出来之前，你们别待家里了。"

"你是不是有妄想症了？现在国内状况这么好，你就是真想得，到哪去感染啊！你是不是今晚出去见小情人，找个借口躲我啊？"

"我没心思开玩笑。要笑我，等做核酸检测出来你再笑。你先带他们出去，安全第一。我今晚也不去哪儿了，万一真有了，祸害别人。我就开着车，在车上待待。"

"你真要做检测，人家今天晚上是不是也可以做？"

"晚上也可以？"他有些愣了，竟没想到这一点，只能说，"还是安全第一，你先把孩子们带出去。告知你结果前，先别回去了。"

隔着手机屏幕，他好像听到了妻子的苦笑。妻子沉默了好久，长叹一声："你别做什么检测了，关掉手机，找个地方，好好睡个安稳觉，明天起来，什么都好了。明天也刚好周末，不用急着上班，你好好睡。"后面夹杂着几声杂音，他挂了电话好一阵，才醒悟过来，那是妻子的抽泣声？他拍拍自己的脸，想让自己清醒过来。自己身上的发热、乏力和干咳，莫非只是身体对他多日忙乱提出的警告？叮咚一下，微信有语音信息过来，是妻子的，她说："你就是累的，别把车开太远。"他反复听，她就反复说，就像他所在的印刷厂，机器开着、油墨未完，不断塞纸，文字和图案就可以不断重复出现，一遍又一遍。

"你就是累的，别把车开太远。"

"你就是累的，别把车开太远。"

"你就是累的，别把车开太远。"

……

出了小区，可到哪儿去呢？先别管，第一件事是把口罩戴上，若真的自己有了病毒，不能让它传开去。车里还有几瓶矿泉水，撑到明天问题不大，吃的要不要买？可吃啥呢？干咳到嗓子冒火、撕裂，能灌进去的，也就稀粥了。他在家给自己测过体温，37.7摄氏度了，而此前他已经二十多年没有发烧了，无论感冒到什么程度，体温就是上不去。别说酒店大堂一般都会象征性地试试体温才让入住，就算不测，可以浑水摸鱼，万一真染上了，也不能住进去祸害别人吧！他想给老板打个电话，好歹知会一声，让他有点心理准备，可要怎么说呢？拨号后，他迅速掐断电话。像往日一样，回小镇上，再来一份炒粉两碗酸菜汤吗？那家夜宵摊上传开的香味，是多少夜归人的导航仪。不行，那个炒粉的老曾，快七十的人了，自己断断续续吃了他三十年的粉，怎么能回去害他？是不是要回老家村里？还是别了，传染不传染倒还好说，母亲若是听到这消息，估计得丢半条命。辗转一圈，哪儿都去不了，在此时，便体现出了第二套房的好处了——若是另有一个房子，把自己藏身进去，天下太平。可自己没有啊。算了，就把这辆车当自己的房子吧，还好，油箱还满，不然去加油站，会不会传给加油的小哥小妹？打电话总不会传染吧？他不自觉拨了那个消失已久的女客户的电话，响了二十秒之后，竟然通了。

"老板，发财啊！"是她的声音，熟悉，也陌生——声音熟悉，语调陌生。

"发财，发财。好久不见。"他试图把客套话扭到两人的私人领域。

"是啊，这大半年不见了，你业务还行？"

"倒还能活，就是没你照应了。这大半年你失踪了？生意也不做了？"

"唉，不能只顾赚钱嘛。你还记得我元宵节前送了一车瓜菜去武汉吗？"

"记得，我还准备赞助你纸箱。"

"那次看到武汉的街景，回来后，我就想通了，不能再这样了，整天忙得不像人。"

"然后呢……"

"然后？我结婚了，生意暂时搁一搁吧。对了，我这几个月也没去哪，就是烦了、腻了，手机都不拿了，在安胎呢，怀了五个月了……"

"……祝贺祝贺……祝贺……"他只能说出这一句，不然能说啥呢？他倒也没因为她的结婚和怀孕而有什么失落，像是奋力抱着的一块大石头落地了，而且并没有砸到脚上，他松了一口气。毕竟，和她在一块儿的若干次里，两人从来不谈生活上的事，除了生意上的照应，也给不了对方任何东西；他好奇的只是，那回驰援武汉，她到底见到了什么样的场景，瞬间改变了她的心性？在他的记忆里，除了两人忘情之时，其他时刻，她都是很强势的——甚至在两人干柴烈火之时，她也强势，她要主宰、要掌控，她比他更主动。每一回，都是她开好房间，让他过来，事后，她的逐客令也毫不委婉："就这样吧。"他便起身离开，像一团用过的卫生纸。可她终究被武汉的街景所改变，像他被省城的街景所改变一样。自己身体出现的染病的迹象，是不能和她说了——事实上她挂电话很干脆，总不能再拨回去强迫她听吧？

真的无处可去也无人聆听了。只能驱车出城，走到哪儿算哪儿，城市的灯光渐次落在身后，眼前越来越暗淡，不知不觉又上了高速。一上高速，到下一个可以驶出的路口之前，只能像水管里的水，被胁迫着往前开。那就往前开吧，眼前的路延伸到世界尽头，路上的车你追我赶，渐渐地，车少了些，好一会儿才有超车的，从左侧滑过去。喉咙发痒，咳嗽开始了就再也停不下，后一声咳嗽追赶前一声、拍死前一声，连绵不绝。力气像皮球里的气，从某个破孔里泻出，身上所剩无几。而额头，不用摸，也像此时车头的发动机，烫得头发都快卷了……不行，再开，肯定得出车祸。慢慢减速，把车停在应急车道内，打开了报警灯，一闪一闪，在黑夜里，让人紧张。

时已入秋，这热带岛屿上还没看到变凉的迹象，可这高速路所延伸至的旷野之处，呼啸的夜风里，还是带着夏日里不会出现的凉意。他昏昏沉沉，再次想到了那次入城时所见到的空荡荡，那空荡荡和眼前的空荡荡好像一样，又完全不一样。眼前星垂平野，天地辽远，他却被肉眼无法看到的病毒所侵扰——无论有没有正式攻击到他身上，这病毒都已经以某种方式，至少在他心里停驻了大半年。眼下，不过是它们开始肆虐的时刻。他知道，只要自己还没像一个诗人一样，说出一两句驱邪咒语般的鬼话，那空荡荡的梦魇便永远在他身上流连。好吧，今晚就停在这里吧，好好把这句话想一想，读书是少，说不出动人的话，可花一晚的时间，总想得出来吧？

手机响了，是妻子的号码，他知道，即将说话的，不是妻子，是女儿——这是女儿询问他的时间。他接了，女儿说："爸爸，你什么时候回来啊？"他像往常一样，说："你先睡觉，爸爸一会儿就回来了。"这话说完，他却恐惧得浑身发抖——因为他的嘴巴在动，气息流窜，可并没有任何声音出来。他竭力再说一遍，还是没有任何声音。他站在远远没到下一个出口的高速路应急车道上，不清楚在此时，消失的是自己的听力还是嗓音。路边的杂草荡漾不歇，被来历不明的夜风所驱逐，犹如潮汐被遥远而孤独的月亮所掌控。此时，有光无端而来、无端而逝，拥堵在他心口大半年的那句话终于突破言语的堤坝，从他的嘴角奔腾而出。

——这话，别人把耳朵凑近他唇边也听不到，可他自己，听到了。

（《长江文艺》2021 年第 3 期）

萨赫勒荒原

朱山坡

老郭一走，津德尔地区医疗队就缺少拿手术刀的医生了，而那里等待做手术的病人排起了长队。

抵达尼日尔首都尼亚美的那天晚上，是一个叫萨哈的尼日尔黑人来机场接我。因为天黑，我看不清他长得怎么样、面部有什么表情。从机场到宾馆，我和萨哈几乎没说什么话，他跟我想象中热情奔放、擅长胡侃的非洲人形象不太一样，一路上拘谨得略显尴尬。第二天，天还没有完全亮，萨哈便推开我的房门，将我从床上提起来，简单收拾一下便出发了。我无法弄明白我的房门为什么未经同意而被粗鲁地打开。这个时候我才发现，他的脸憨厚淳朴，身材中等，看上去很强壮。只是他的性子有点儿急，收拾东西，走楼梯，跨过路障，风风火火的，我的行李箱被扔进车里时我还来不及提醒他小心轻放。我有些不愉快，但不能怪他，因为我已经被告知，哪怕一路顺风，从尼亚美赶回津德尔中国援非医疗队驻地也要走完整个白天。总队领队反复叮嘱我们，一定不要走夜路。上个月，在卢旺达的一支中国援非医疗队就因为赶夜路出了车祸，虽然没有出现重大伤亡，但使馆一再强调：出门在外，安全第一。萨哈觉得他的责任十分重大，不仅要负责我的安全，还要保证车上的药品食品一件不少地送达驻地。

"日落之前必须赶到。因为夜幕降临，魔鬼也跟着降临。"萨哈对我说。非洲人习惯日出而作，日落而息，不习惯走夜路。夜路不是给人行走的。看得出来，他是一个经验丰富、值得信赖的老司机。

我们迅速出发。

按原计划安排，我本应在尼亚美法语强化班培训半个月，下个月初才赶往津德尔接替援非满两年的老郭，但老郭突然病倒，紧急送回尼亚美，抢救无效，前几天去世了。我和他的遗体在空中擦肩而过。老郭一走，津德尔地区医疗队就缺少拿手术刀的医生了，而那里等待做手术的病人排起了长队。我只好提前出发赶赴津德尔。

从市区出来，很快便走上了横跨尼日尔东西部全境的"铀矿之路"。此路全长有一千多公里，津德尔就在路的另一头。由于年久失修，路况很差，坑坑洼洼，像国内的乡村公路。车在路上走，像一艘驳船漂荡在风急浪高的海面上。我坐在副驾，双手牢牢抓住右侧顶上的扶手，时刻担心被抛出车窗之外。萨哈开车很专注，对我的狼狈和紧张熟视无睹，应该是习以为常了。我时不时提醒他"开慢一点儿"，但他把我的话当成了耳边风。为了安全，我还是忍不住一次又一次提醒他慢一点儿，但越是提醒，他开得越快，仿佛故意跟我较劲。越往前走，越辽阔、越荒凉、越凋败。村落和车辆越来越少，天色越来越明亮。已是深秋，满眼萧瑟，举目苍茫。

萨哈给中国援非医疗队当司机有三年多了，在尼亚美就看得出来，他对中国医生的信任和爱戴发自肺腑，源自骨髓。他比我年长十几岁，总是用父亲一般的目光看我，让我有些不自在，但又觉得很有安全感。我对非洲大陆的了解仅限于书本和影视，对这里的一切很陌生，所以很忐忑，尤其是两个人行进在如此辽阔的大地上，前路迢迢，我心里更加惶恐。萨哈话不多，不愿意跟我闲聊，但对我偶尔提出的疑虑，他总给我满意的解答。有时候，他还忍不住纠正我的法语发音。我按他纠正的发音再练习三遍，他满意地转过脸来朝我露出厚肥的嘴唇保护下的洁白整齐的牙齿。

萨哈话多起来是因为进入了一个一望无际、渺无人烟的荒凉之地。

"萨赫勒大荒原。"萨哈说，"穿过去就是我们的驻地了。"

我想象中的萨赫勒荒原跟看到的完全不一样。它太辽阔、太平坦、太荒凉！不像新疆的戈壁滩，也不像内蒙古的大草原，这里简直看不到人类活动的痕迹。路边全是荒凉的灌木、荆棘和草甸，并朝着四周蔓延开去。一堆堆，一丛丛，像是一个又一个部落。每一棵树、每一只鸟、每一根草，都仿佛相处了千年，早已经看腻了彼此，却又不得不互相为邻，紧挨着搀扶着度过漫长的岁月和亘古的孤独。开始时我对此等风景感觉很新鲜，甚至有些兴奋，仿佛处处有惊喜，但很快便审美疲劳。因为此景近处是，远处也是，比远处更远的地方还是，仿佛全世界都是，像懒惰而马虎的画家留下的巨型草图。画家来不及完成它，或压根儿不懂得如何完成它，便在被孤独折磨死之前赶紧逃之夭夭。路的前方偶尔有风刮起的黄土，黄土里偶尔有羊群和野牛乍现，以及空中盘旋的黑鹰和乌鸦。环顾四周，在荒野里只有我们这一辆车，渺小得像一只爬行的蚂蚁，此刻我觉得我们不应该闯进这个原始的寂静的世界。最让我绝望的是，无论头抬多高，也看不到路的尽头。毫无疑问，这是世界上最孤独的公路，从荒凉通往荒凉，从寂寞通往寂寞。

我问萨哈，穿过大荒原要多久。

"日落之前。"萨哈脸上的淡定让我惊讶。

何时才日落呀？这太阳似乎才刚刚升起，那么高迥无际的天空，太阳会落山吗？极目远眺，毫无尽头，山在哪里？

"山在我的心里。"萨哈说。

我刚想哂笑，萨哈突然肃然起来。

"老郭就是一座最高的山。"萨哈拍了拍方向盘，仿佛是刻意提醒我，不容我质疑。

怎么突然说到老郭了呢？

我故意对他隐瞒实情。"我不认识老郭，只知道他是天津市著名的外科医生，曾给非洲几位总统做过手术，医术很高明。"

"你怎么不认识老郭呢？"萨哈惊讶地质疑我，并朝我投来不满的目光。也许在萨哈的眼里，我只是乳臭未干的新手，他不相信我能取代老郭。

我说："中国有很多跟老郭一样技术高超的医生。"

萨哈说："我知道。但老郭不仅仅是一个医生……你竟然不认识老郭！"

因为我说我不认识老郭而惹萨哈不高兴了，因而又走了很长的路，他都不发一言。眼前令人忧伤的苍凉和不知道何时才走到尽头的绝望，让我也不想说话。

"我一共有过七个孩子。夭折了四个。"萨哈说。

不知道从什么时候、什么地方开始，萨哈突然开了口。他说"夭折了四个孩子"把我镇住了，我好久才反应过来，直了直身子："怎么啦？怎么会这样呢？"

我知道，在疾病和饥荒的多重打击下，尼日尔的死亡率很高，尤其是儿童。在国内培训时，看纪录片或听期满回国的同事讲述得知，在瘟疫流行的尼日尔一些地区，人命如草芥，尸体随处可见，人走着走着倒地就再也爬不起来。

萨哈没有回答我的疑惑。或许他觉得我压根儿就不应该有这样的疑惑。因为在这里，死亡不分年龄，是一个常识。他又陷入了无边无际的沉思。

我想打破尴尬的沉默，刚要向萨哈打听一下老郭的故事，萨哈突然一个急刹车，我的头狠狠地碰到了车窗上。当我抬起头来时，萨哈用手指了指车头前面，一条身材臃肿的蜥蜴正慢吞吞地摆着尾巴横穿公路，不慌不忙，霸道得像是大荒原的主人。我明白了，是萨哈给蜥蜴让路。

我感觉我的额头肿了。萨哈若无其事地说，还好吧？也不向我道歉什么的。我说，有点儿晕。但萨哈并不理会我，车子继续往前走，加快了速度，身后扬起的尘土遮住了公路。

"要不，我们聊聊老郭？"我说。

萨哈的脸上突然布满了悲伤，连皱纹的缝隙里都堆积着难过。好一会儿也不吭声，只是喉咙咳了咳，像是被什么卡住了。看到此等情景，我也不好再提老郭了。萨哈也没有了说话的兴趣，面包车像辽阔海面上的飞鱼跳跃着前进。我担心车子会散架，双手紧紧抓住车顶上的扶手。但萨哈的驾驶技术真不错，车子跃起落地都很平稳，没有左右摇晃得很厉害。我不再提醒他"开慢点儿"，因为我也希望他尽快带我走出这个寂寥的大荒原。

荒原越来越苍茫，阳光越来越刺眼。我看着干旱的土地，喉咙突然有冒烟的感觉。我拿起矿泉水吸了一大口，然后把头探出车窗，朝饱受干渴之苦的灌木、荆棘和草甸，以及那些可能隐匿其中的动物用力地喷洒过去，希望能滋润一下它们。

"你真是一个傻瓜！怪不得不认识老郭。"萨哈看了我一眼，摇头道。

"我后悔没有从国内带来足够多的水，否则我能把整个大荒原都浇灌一遍。"我说。

萨哈笑了，用力踩了油门。车像一叶扁舟跃过海面。

车子跳跃之间，我的肚子饿了。这个点，也是午饭时间，但萨哈没有停下来歇息片刻的意思。我可受不了饥饿，从挎包里掏出一包饼干。萨哈不吃我递给他的饼干，也不吃车上公家的食物，只吃自己随身携带的粟饼和水。我听说了，萨哈自尊心很强，从不贪小便宜，从不吃别人的口粮。他一边开车，一边啃了一半粟饼，喝了一小口水，算是午饭。剩下那半块粟饼，他不忍再啃，放回衣袋里。我不相信那么高大壮实的一个人吃那么点儿就饱了。我可不那么省，但在萨哈面前也不好意思吃得太奢侈，只吃了几块饼干和一瓶从北京带过来的八宝粥。饭后，我迅速有了睡意。尽管车子一路颠簸，我还是迷迷糊糊地睡着了。

不知道睡了多久。我是被萨哈又一个急刹车惊醒的。当我睁开眼睛时，看到车头前站着一个身材高瘦的黑男。他双手张开，拦住了车的去路。

我大吃一惊，以为碰到劫匪了。在尼亚美的时候已经被告知，近年来由于旱灾，尼日尔遭遇了大饥荒，疾病盛行，饿死、病死的人随处可见，人们求生的欲望超过了对法律和戒条的敬畏。有些地方并不太平，常有劫匪出没。去年法国一支医疗小分队在穿越萨赫勒荒原时便遭遇了悍匪，两个医生和一个司机被枪杀。我心里下意识地说了一声：完了！

萨哈倒很镇定，伸头出去，朝那个黑人质问说："尼可，你要干吗？"

原来萨哈认识他。我悬起来的心顿时放了下来。

那个叫尼可的男人走过来跟萨哈哗哗啦啦地说："我等你们两天了。三天前，有人看见你的车子往尼亚美走，我以为你昨天回来。如果今天等不到你，我会疯掉的。"

萨哈扭头对我解释说，一个熟人……郭医生给他的老祖母做过手术。

尼可朝我草草地瞧了一眼，对我说："他是我爸。"

他指的是萨哈。我仔细一对比，他们还真有几分像。尼可虽然长得很高，脸也黑得成熟，但仔细一看也就十五六岁的样子。萨哈知道无法隐瞒，耸耸肩对我说："是的，他是我儿子。"

此时的阳光已经变得很柔和，有了黄昏将近的意思了。

尼可穿着一件灰白相间的衬衣和一条白色的中裤，赤着的脚脏得黑乎乎的，是一张温顺老实的脸。

萨哈说："祖母还好吗？"

尼可说："情况很不好！本来她快要不行了，一听说郭医生得病，她又活过来了。"

萨哈说："你告诉她，还早呢，不要急着上天堂。"

"祖母要去津德尔看郭医生。"尼可焦急地说，"郭医生是被魔鬼缠上了，祖母说要给他驱魔。"

萨哈说："郭医生去了尼亚美……"

尼可说："祖母说了，只要魔鬼还缠着郭医生，即使郭医生回到了中国，她也要去找到他。"

萨哈说："没……没必要。"

尼可说："祖母说了，她必须救郭医生。"

萨哈说："郭医生能自己救自己。"

尼可说："祖母说了……"

父子两人争执起来，各不相让。

我大声地劝了一声："你们不要吵。"二人安静了一会儿。突然，尼可醒悟了似的，对父亲的话产生了疑虑："郭医生不可能去尼亚美的，他不会丢下津德尔不管。祖母的心比眼睛更明亮，你骗不了祖母……"

萨哈无可奈何，对尼可吼了一声："我没有骗她！魔鬼也没有死缠郭医生。什么事情也没有。你赶紧回家去。"

尼可偏不相信父亲，要把头伸进车里来看个究竟："说不定郭医生就在车里面。"

萨哈一把推开他说："车上什么也没有……"

其实车里堆满食品和药物。津德尔，乃至整个尼日尔都缺这些东西。在国内很平常的东西，在这里却十分稀缺，甚至比黄金还珍贵。萨哈对自己的儿子都如此警惕，不让他看到车里的东西。

"如果见不到郭医生，祖母是不会瞑目的。她只剩下最后一口气了。

她要我等到郭医生。她说如果等不到郭医生，我就不必回村里了，让我跟着魔鬼走。"看样子，尼可固执起来比父亲萨哈更倔。

我知道，在非洲部落中，祖母和母亲的地位很高，她们的命令和遗言是不能违抗的。

萨哈转过身来把嘴巴凑近我的耳边，轻声而严肃地说："不要告诉他郭医生已经去世了。"

我答应萨哈。尼可的目光越过萨哈落在我的脸上，他从我的帽子认出我的身份了："你是中国医生?"

我向他点头致意。他向我露出纯真而谦卑的笑容。

也许因为我的原因，父子二人冷静下来，不再争执。萨哈的脸上露出了慈祥的神色。

"你回去告诉祖母，郭医生的病已经好了。没事了。过段日子他又会回来的。"萨哈对尼可说。貌似老实的萨哈说起谎来竟然一气呵成，毫无障碍。

"真的吗?"尼可盯着父亲的脸问。

"是真的。尼亚美的中国医生很厉害，把他的病治好了。"萨哈说，"世界上没有中国医生治不好的病。"

萨哈看了我一眼，希望我出语相助。为了打消尼可的顾虑，我挤出笑容对尼可说："是真的。郭医生休息几天就回来。"

萨哈说："缠在郭医生身上的魔鬼也松手了，放过了他……"

我附和说："是真的。现在郭医生一天天好起来了。"

尼可很高兴，竟然手舞足蹈起来。萨哈突然变得有些悲伤，转过身来，不让尼可看到他的神色，朝着远方看了一眼，不经意地发出一声叹息。

"太好了，祖母可以放心了。"尼可兴奋地说。

尼可向后退了两步，让我们的车离开。萨哈说："回去照顾好祖母!你就告诉她说，郭医生现在很好，他很快就回到津德尔。"

尼可频频点头，像孩子一样向我们挥手告别。我也向他挥手说再见。

萨哈重新出发，但刚走出十几米，他又停了下来，跳下车，往回跑。我也看到了，身后的尼可瘫倒在路边!

职业的直觉和惯性让我赶紧跳下车，向尼可直奔过去。

萨哈扶着尼可坐起来，问他："怎么回事?"

"我饿。我感觉我快饿死了。"尼可说，"我在这里等你们两天两夜了。我以为天上会给我掉下一块粟饼，但连一滴露珠也没有。"

我摸了一下尼可的额头，好烫啊，而且他的身子在颤抖，还在流鼻涕。

"他没有什么问题，只是饿了。"萨哈轻轻推开我，轻描淡写地说。

我返回车上，从我的挎包里取出一块黑麦面包、一罐上海产的炼乳，跑到尼可跟前，塞给他。尼可端详着炼乳，双手震颤了几下。

"喝吧，是好东西。"我催促尼可。至少它能迅速补充能量。

但萨哈阻止了尼可打开炼乳，从自己的衣袋里掏出半块粟饼，正是午饭吃剩的那半块，送到尼可的嘴里。

尼可狼吞虎咽把粟饼吃完，喝了我递给他的半瓶水，很快便恢复过来，脸上慢慢绽放出生命的光彩，像一根快要枯死的草被甘露唤醒。

萨哈从尼可手里夺回我塞给他的炼乳和黑麦面包，还我。

"你不能送他任何东西。"萨哈说，"因为对其他人不公平。"

什么叫公平? 人都快饿死了，公平还那么重要吗?

"真主对每个人都是公平的。我们不能去破坏真主的旨意。"萨哈好像在给我普及常识。

我尊重常识。但尼可盯着我手里的炼乳，眼睛里充满了强烈的渴望，"能送给我吗?"尼可羞怯地问我。

他怕我拒绝，赶紧补充说："我想让祖母尝尝。我发誓，她一辈子也没见过这东西。我不会动它，我只给她尝。"

不顾萨哈严肃的反对，我答应尼可说，可以。

尼可似乎一下子恢复了力量，从萨哈怀里站起来，举着炼乳，向我表示感谢。

萨哈看到我态度坚决，也不作声，愧疚地闭上了嘴。尼可双手把炼乳紧紧地抱在胸前，生怕父亲把它抢回去还给我。

我和萨哈要走了。尼可突然有点儿舍不得，走近我拉住我的手，看了他父亲一眼，胆怯而害羞地对我说："我……我想跟你去津德尔……"

萨哈忍无可忍了，突然恼羞成怒，一把打掉尼可拉着我的手，厉声地命令他："你还想干什么？回家去！"

萨哈威严和凶狠起来连我都胆寒。

尼可喏喏地退回去，眼神里忽然塞满了绝望的神色。

我惊愕地看着不近人情的萨哈，有点儿意外，而且很尴尬。这让我想起了小时候父亲对我的样子。

萨哈推着我回到车上，继续前行。

为了把刚才耽误的时间抢回来，他把车开到了最快。

前面是一片绵延数十里的灌木黄叶，使世界变得金黄。我相信这是大荒原为了取悦我而变换的风景。当然，它也让萨哈的怒火迅速平息下去了。

也许为了缓解刚才的尴尬，萨哈把车速放慢下来，主动跟我聊老郭。

去年，郭医生，也就是老郭，给尼可祖母做过摘除白内障的手术，使她瞎了十五年的眼睛重见光明。你不知道，尼可祖母看见了亲人和草木的模样可高兴了，一连好几天都像小孩子一样又喊又叫，还像一只野鹿在荒原上撒欢儿。去年，我的两个儿子患脑膜炎，都快死了，也是老郭治好的。尼可祖母对老郭感恩戴德，视他为儿子。上个月，她就是沿着这条公路，一个人走了十二天。鬼才知道，她是怎样在这条公路上度过十二个日夜。当她突然出现在津德尔中国医疗队驻地时，衣衫不整，蓬头垢面，像一株干渴的树，让大家大吃一惊。我也吃惊不小，我还有点儿生气。我斥责她，你跑来这里干什么？你是怎样来到这里的……她是赤脚走路来的。靠吃野果和露珠走过了漫漫长路——穿越大荒原，路上差点儿被饿狼和野狗吃了。她是要去见老郭的。她说，十二天前的夜里她做了一个梦，梦见老郭被七只萨赫勒荒原恶魔缠住了，她看到老郭很难受、很危险，惊醒过来，从床上翻身下地，二话不说，谁也没有告诉，马上推开门，乘着星光和月色就出发了。她是来解救自己的儿子老郭的。在我们这里，萨赫勒荒原恶魔，专门对人世间最好的好人下手，死缠烂打，比毒蛇还恶毒，比鬣狗还可恨。尼可祖母要带老郭回我们的村子里做一场法事，替他驱魔。每个月的某一天，先人的魂灵都聚集在村子里，她要借助先人魂灵的力量才能将老郭身上的恶魔驱散。那时候老郭的身体没有什么问题，只是经常超负荷工作有点儿疲倦而已。而且，你们中国人不信邪，不把老太太的话当回事，都劝她不要胡思乱想。

"我能看见它们。它们像毒蛇一样折腾郭医生。"老太太固执地说，"我是萨赫勒荒原活得最长的人，它们也不害怕我。过去我在黑暗里活了十五年，它们不害怕我。现在我的眼睛看得见了，它们终于害怕了。但仅靠我一个人的力量赶不跑它们。先人的魂灵比活人固执，不愿意到津德尔……"

老郭不相信这些乱七八糟的东西，况且，他哪有时间去做无聊的事情？他太忙了。任凭老太太怎么说，他都无动于衷，坚决不肯跟老太太走。排队等他做手术的人都责备老太太，嫌她干扰了老郭工作。老太太蹲在手术室门外哭，哭得很伤心。老郭安慰她说："我没事，身体好得很，你不要把眼睛哭瞎了，瞎了便看不见那些恶魔了，它们就不怕你了。"

老太太听老郭劝，不哭了。她知道劝不动老郭，央求我把老郭送到她的村子里去。

"你是我的儿子，郭医生也是我的儿子。我们的先人围着火堆坐着等他。再不去他们就要散了。"老太太对我说。

我对她说："你看看，那么多病人要医治，郭医生哪走得开呀？"

"忙也得顾性命呀！荒原上的野兽还想方设法活下去呢。"老太太怒对我说。

老太太在驻地纠缠了大半天，大家都有些不耐烦了。我劝她离开，不要耽误大家工作。她不听我的，还要我把老郭强行"抢走"。我们僵持着。我快要跟她吵起来了。老太太比母牛还要固执，一辈子都是这样。那时候，我宁愿她的眼睛没有被治好，那样就不会打扰老郭他们了。

"我也不知道母亲什么时候离开驻地的。"萨哈说，"回去后便病倒了。尼可说她快不行了。"

我听说了，中国援非医疗队工作量很大，经常超负荷工作，生活环境恶劣，营养跟不上，常常有累倒在岗位上的，更大的危险来自疾病的侵袭。非洲有各种传染病，一不小心便会感染上，这给中国医护人员带来很大的威胁。萨哈说，老太太离开驻地后不久，老郭便出事了。那些天他每天都要做两三台手术，经常连续工作七八个小时，本来他身体就比较瘦弱，终于扛不住了。那天给一个病人做完手术后，他突然昏倒在手术台前……

太阳早已经开始西斜，我看见地平线上的霞光了。但我的视线模糊不清，因为泪水不知道什么时候溢出了出来。

萨哈突然把车停了下来，质问我："你认识老郭，对不对？如果你不说实话，我就把你扔在这里喂狼。"

我怔怔地看着萨哈。他是认真的。

我只好说："他是我的博士生导师。"

"你为什么要对我隐瞒？"萨哈说。

"老郭也对你们隐瞒了实情。他有心脏病，医学上比较罕见的心脏病，很危险，一般仪器检查不出来。除了他自己，这个秘密只有我知道，他要我替他隐瞒。他说哪怕他死了，也要替他隐瞒。"我说的都是实话，"两年前，本来是我来这里的，但老郭跟我抢。他说他一定要去援非，这是他最大的心愿。"

我哭了。老郭是我的恩师。平时他一副玩世不恭的样子，但他是省内最顶尖的医学权威，一说到医学，他比谁都严肃，对细节比谁都严苛。我们经常为学术上的事情争论不休。虽然我的业务能力在三百多名医生的单位里只输给他一个人，但他没少当众责怪我。在工作中我没少跟他顶撞，同事都说我和他是冤家师生，可是我内心对他无比崇敬。然而，在外面，我从不说我是他的学生，以此博得别人对我刮目相看。

"我担心我把老郭的秘密说出去，所以我干脆说我不认识他，这样你们就不会向我打听了。"我说。

萨哈满意地拍了拍我的肩头："我原谅你了。我们继续走吧。"

我没有替老郭永久地隐瞒秘密，有些自责。但把秘密说出来，这让我心里很舒坦。

我想起送老郭去机场的那天，阴雨连绵，春天的气息竟然让我们有些伤感。因为他放心不下身体不好的师母和准备高考的儿子。我最后一次问他：非得要去吗？他依然坚定地说，要去。此时，压在心底的悲伤突然翻滚起来，溢出我的胸膛，在大荒原弥漫开去。

萨哈好像有心灵感应一般，猛然拍了拍方向盘，发出一声重重的叹息。

"老郭到津德尔报到的那天，也是乘坐我开的车。就像今天这样，坐在你的位置。但他没有你那么木讷，他对大荒原的风光无比喜欢，不断用相机拍照。不过，那时候是春天，是大荒原最美丽的季节。"萨哈说。

是啊，一路上我竟然没拍一张照片。其实，秋天的萨赫勒大荒原也很漂亮。

车子朝着太阳滑落的方向飞驰。几只乌鸦盘旋在车的上空，不断发出饥饿的喊叫，不像是保驾护航。

我突然想起刚才尼可脸额发烫，身子发抖。我那时以为只是他在烈日下晒了那么久，饥渴到了极点才那样的。但职业的直觉和敏感让我醒悟过来，我猛叫了一声："停车！"

萨哈下意识地刹住了车，疑惑地看着我。

我说："掉头！"

"为什么？"萨哈对我命令式的语气有点儿不满。

"我们回去看看尼可。"我说，"我怀疑他患上了疟疾。"

萨哈没有马上掉头，脸上也没有震惊和焦急之色。

"疟疾很危险。会死人的。"我说。我第一次到非洲，经验还是不足，敏感性也不够，我为刚才自己的疏忽大意感到羞愧。如果老郭在，他肯定又会把我骂得狗血喷头。

萨哈重新启动了车。但他没有掉头，而是继续往前开。

医生的责任感让我对萨哈的麻木生气，大声命令他："掉头！"

萨哈没有听从我的命令。可能我不是领队，只是中国医疗队的一个新兵，没有资格命令他。

我提高嗓门再次要求他："尼可很危险，我是医生，我请你立即掉头救人！"

萨哈沉默了一会儿才平静地回答我说："我知道尼可很危险。经验已经告诉我，他就是患病了。他只是患病而已。但天黑之前我们必须赶到津德尔驻地！"

我明白。萨哈说的是对的，但我不能见死不救。掉头回去，我能给尼可治疗，给他打一针，给他几片药物，耽误不了多少时间。救人比按时抵达更重要吧？

我把语气放得柔软，恳请萨哈："尼可是你的儿子，他回村子里会传染其他人。"

萨哈说："也许是村子里的人传染给他的。这里到处都有疾病，每天都有人死去。在死亡面前人人是公平的，连老郭也不能例外。"

我说："你真冷血！我来尼日尔是治病救人的，不是来听你普及狗屁常识的。如果我错过了救尼可，我会内疚一辈子的。老郭在天堂看得一清二楚，他不会原谅我们。"

萨哈脸上依然没有什么表情，好像尼可是别人的儿子。他不打算回头。

"你已经送给他一罐炼乳。这对其他人已经不公平。你看看这个大荒原，每一棵树、每一棵草，都忍受着饥渴，每年都要枯死一次。你拿着几瓶水去救活几棵草，但救活不了整个大荒原。用不着担心，到了明年春天，荒原上的一切又会重生。"萨哈若无其事地说。也许他看见过太多的死亡，所以不再有惊讶和悲伤。

我乞求萨哈："回头吧，救救尼可。"

萨哈不为所动，淡淡地对我说："老郭，你们中国医疗队，已经救了我的两个儿子，治好了我的老母亲，如果我再让你们救尼可，村里的人会说我替你们开车是为了谋私利、得好处。我宁愿死也不能那样做。"

原来，萨哈不返回救儿子还有这样的一个理由！也许这才是真正的原因。

"在萨赫勒荒原，死并不可怕。好人死后能上天堂。"萨哈说，"你应该看得出来，尼可是一个好人。老郭也是。"

看萨哈的表情，他是认真的。没有商量的余地。他的脚没有松开油门。

"日落之前我们必须赶到驻地。"萨哈说，"他们等着药物救人。"

日落时分，荒原更加苍茫。天色慢慢暗淡下来。我忍不住回头看，但飞扬的尘土遮住了一切。

我总感觉尼可在我们的身后，一路追赶着，向我招手，乞求我救他。我仿佛听到了他奔跑的声音，他用最后的力气向我们冲刺。他快要追上来了，但萨哈加快了车速，似乎在故意摆脱尼可。

地平线在遥远的前方，太阳朝着地平线缓缓下坠。大荒原很快便要到尽头了。

我如坐针毡，几次要推开车门跳下去，但车速越来越快，车子像是要飞起来。我狠狠地瞪了几眼萨哈。最后一次瞪他时，意外地发现他已经泪流满面，泪水重重砸在方向盘上。我一下子便瘫软在座椅上。

夜幕降临前，我们终于穿越萨赫勒大荒原。抵达津德尔驻地时，已经是繁星满天，月牙挂在头顶上。

到了津德尔驻地的第二天，我便接替老郭开展工作。病人出乎意料地多，药品省着用。听说很多病人在送来驻地的途中便死了，亲人便将他们就地掩埋。我跟同事们每天都救治不少病人。我的手术水平得到了同事们和病人的认可，说我不愧是老郭的学生，这让我很高兴。但我时不时地想起尼可。他本应该是我到非洲后第一个救治的病人。我不知道他现在怎么样了。萨哈经常外出，大约是两周之后，我才再次见到萨哈。

我自然而然地问起尼可的情况。但他对尼可避而不谈，只说起尼可的祖母。

"当天晚上，她喝了一口尼可带回去的炼乳，半夜里便去世了。"萨哈说，"她说她喝到了世界上最好的东西，肯定是她的儿子老郭带给她的，圆满了，可以满嘴乳香去见祖先了。"

我听后很欣慰。不过，话说回来，炼乳真的好喝，那是师母在我出发前塞到我行囊里最好的东西。她说，老郭也喜欢喝这个牌子的炼乳。我本想到了弹尽粮绝之时才喝的。

"但是，请你不要见怪。"萨哈遗憾地告诉我，"尼可欺骗他祖母说，炼乳确实是郭医生送的。"

我耸耸肩，张开拿着手术刀的双手，向萨哈表示我并不在意。但我向萨哈提了一个要求：再次穿越萨赫勒荒原时，我想顺便到萨哈老家的村子里看看。

萨哈沉吟了一会儿才答应我：

"等到我们先人的魂灵聚集时，你也许能看到尼可的祖母。"

我很期待。到了那时候，我真的希望还能够见到尼可。

（《人民文学》2021 年第 5 期）

雪山大士

陈春成

我没有一眼认出 D 来也许是因为背景：淡季酒店空荡荡的餐厅，落地窗外连日灰蒙蒙的雨景，下午三四点钟的昏暗，他惬意地陷在角落的软椅中，而不像过去我所熟识的那样，置身于一片翠绿和山呼海啸间。十二三岁时，他的名字频繁地出现在我家餐桌上，连母亲都听得腻烦。父亲是拜仁球迷，而那时 D 刚在德甲中游球队不来梅崭露头角。父亲老说，这小子鬼得很，怎么有点像巴乔，要小心。结果那赛季德国杯决赛，不来梅爆了大冷门，三比一赢了拜仁。D 全场过人成功十次，送出两个助攻，还有一脚凌空劲射，可惜队友越位在前，进球不算。我们虽然失落，但彻底被他踢服了。拜仁的作风一贯是赢不了的就买，暑假结束前，父亲推开我房间的门，喜滋滋地宣布 D 加盟拜仁了。头几场他发挥出色，送出不少精妙传球，过人如麻。我们觉得他一定会成为巨星。后来我开始忙于学业，不怎么看球了，也很少听父亲提起，对 D 的后续一无所知。我算了一下，他今年应该四十多了。面容没怎么大改，增添的皱纹也恰到好处，头发全成了灰白色。下垂的眼角，年轻时显得不够英气，年纪大了反而有点儒雅。身体保持得挺好，着装也得体。反复端详，确定是他后，我没有立刻上前，而是先做了点功课，搜索了他的名字。关于他的退役有多种说法，伤病自然是一个，但三十岁也略早了些；还有说他得了抑郁症，在接受治疗。一则他昔日教练的采访中，教练提到如今谁也联系不到他。然后就是他多年前来中国任教和卸任的几则俱乐部通稿。我酝酿好开场白，终于向他走去。如我所料的，对于在此处能被认出，他感到诧异。我告诉他我和父亲对他的崇拜，稍稍有些添油加醋，他表示感谢。我说完有点难为情，就走开了。晚上，我又在餐厅旁的休闲区遇见他，他仍是临窗独坐，慢慢喝着威士忌，用毛豆下酒。他请我坐下喝一杯。那儿有个小吧台，酒类不少。我也点了威士忌。他问，我离开拜仁后，你们的新偶像是谁，克洛泽吗？我说，后来我不怎么看球了。那你父亲呢，他问，还是拜仁球迷吗？我说，我们现在不怎么说话了。他约我第二天一起游山，如果雨停的话。

第二天仍是绵绵的雨。这酒店在天星山景区周边，本来是个小景区，又逢梅雨季，客人不多。酒店带有室内温泉浴池，虽然瓷砖老旧，还算干净。我们一起泡澡，喝茶，消磨了一上午。泡澡时我忍住不去看他膝盖上可怖的疤痕。午餐时渐渐熟络起来，也聊开了。午后，我们又去休闲区，舒畅地喝了一会儿，谈了几句疫情和金球奖评选。我想听他讲讲球员生涯，可从搜到的结果来看，我不确定对他来说，那段经历是自豪更多，还是伤感更多，于是便不问。倒是说了自己是个写小说的，发表过几个幻想故事。他竟和我聊起了 H. G. 威尔斯，这可出乎我的意料。也许我对球员的文化素养存有偏见。他小口地抿着酒，静默了一会儿，忽然说，你愿意听的话，我倒是可以提供一则素材，一个充满了失败和古怪的故事。这时只有我们一桌客人，但周围太安静，他还是压低了嗓音。这简直像毛姆或茨威格笔下的场景。在那种旧时的疗养酒店，悠长的假日，或航海轮船上，渺渺烟波中，两个人相遇了，喝点酒，倾诉平生，然后分别。我当然说好。我们各往杯里添了两指深的酒。外面仍是凉雨潇潇，庭院中的松干横过窗前，针叶披纷，频频滴着水。后面是云山。他开始讲述：

我和中国有一点奇特的机缘。一九一九年，美国自然历史博物馆有个博物学家叫安德鲁斯，组织了一支亚洲考察队，到云南做动植物考察。我曾外祖父是随队的科学家之一，准确地说，是科学家的助手，负责剖制动物标本、压制植物标本，以及在旅途中管理这些标本。考察队先抵达福建，停留了两个月，期望捕猎到一只传说中的华南虎。他们在闽北深山的村落间奔走，追逐老虎出没的传闻；整夜趴在山坡上，盯着拴在峡谷里的山羊；雇用当地猎手在密林中搜捕。总之都徒劳无功。最后收集了一批动植物标本，离开了福建，转赴云南。曾外祖父自费出版的回忆录里，有两件事让我印象很深：一是他们曾闯进一个蝙蝠洞，混乱中杀死了上百头蝙蝠，我读那段描述时好像闻到了洞中的腥臭，看到岩壁上纷乱的影子；二就是这儿的天星山，风景清幽，山中有块石头，叫禅岩，石上刻着一句话："我曾这样听过。"传说石中有个声音，几百年来一直在念诵《金刚经》，明朝以来越念越慢，到我曾外祖父贴耳去听时，什么也没听见。当地的学者说，那几年正处在一个字与下一个字之间的寂静期。到这儿的第一天我就到山里转悠了一下午，没找到那块石头，跟着就来了这场大雨。

曾外祖父回国时带了几件纪念品：一盒檀香，总舍不得点，后来受潮了；一只黑色茶盏，摔碎在回程的船舱里；一尊小小的木雕，木雕是紫红色的，泛着隐隐的淡金色光泽，只有马克杯那么高。是一个瘦极了的老人，络腮胡子，半裸着，肋骨一道道很明显，坐姿，一腿盘着，一腿蜷立起来，双掌叠放在膝盖上，手背撑着下颔。眼皮低垂，像在沉思冥想，或在饥饿中弥留，也可能在瞌睡。它像是罗丹那尊思想者的老年版、消瘦版。曾外祖父在福清的古玩店里发现了它，对木质的兴趣大于造型，造型无非是表现贫苦老者的形象，但木材很稀罕，密度极大，色泽异常，便买下了。这尊木雕经历了半个一战和整个二战、德国分裂和统一，一直传到我母亲手上，放在我家电视柜边上。我从小把它看得很熟。老人的眉目须发，筋肉的线条，衣服的褶皱，那种独特的紫红色，若有若无的金光，现在仍历历在目。他们说，我还是个婴儿时，无论把我抱在客厅的哪个角落，我的眼睛总盯着它看，看得很入迷，还傻笑。

我们当时住在勃兰登堡的一个小城里，属于东德。柏林墙倒塌是我十一岁那年，这事对我生活的改变好像没那么大，可以喝可口可乐了，不再是少先队员了，教练说以后那边大俱乐部的球探会来队里看比赛，要我们提起精神，无非是这样。远不如几年后一场始于电熨斗、两小时就被扑灭的小火灾对我的影响重大。火从邻居家蔓延到我们家，烧掉了半层公寓。那尊木雕，我床头贴着的马拉多纳，九岁时拿的最佳射手奖杯，那间公寓里残留的一切东德记忆，全烧没了。后来我们搬到一栋带草坪的房子里，我可以在家门口练颠球了。

我父亲原来是国有啤酒厂的工人，后来被聘到私人办的酒坊里当技师。那酒坊生产威士忌。奇怪吧，其实勃兰登堡有顶级的威士忌，那里出产很好的麦子。那小酒坊有一片自己的麦地，员工就五人，忙的时候，老板也一起干活。他们做出了一款经典产品，几十年内卖出了很多，成了当地名产，此外还不断研发新的酒，在这上面亏了不少，总体还是赚的。我踢球挣到钱以后，把酒坊买下来送给父亲当礼物，原来的老板成了他的员工，可他们还是一起干活，关系很好，一起鼓捣新酒，兴致勃勃地分享第一杯酒心——就是二次蒸馏出来的精华。

　　开始说足球吧。我小学时弄到一盒录影带，是马拉多纳世纪进球的集锦，有十二个不同角度的镜头。我不想被解说员的嘶喊干扰，总是关掉声音，在睡前一遍遍地看。于是马拉多纳在寂静中舞蹈。轻盈，雄健，那是真正的即兴舞步，人类肢体的极致之美。有人能背莎士比亚的十四行诗，我能背出马拉多纳连过五人的动作。从拿球开始，迈了几步，从哪里开始变速，如何抬腿，摆臂，如何在倒地前将球打进，如何庆祝。如果能让我打进这样的一球，我愿意当场死去。这是许多球员暗中的誓词。

　　我的职业生涯你大概了解，算不上完全失败，但远远没达到人们的预期，我确实有个巨星式的开端。像许多横空出世的年轻球员一样，我被说成是天才。可你知道的哪个球员不是天才呢？从那么多孩子中脱颖而出，让远在中国的你在电视上看到并记住名字的，到底谁是真正的平庸之辈呢。许多球星刚成名时总是所向无前，因为他受到的是一般的防守，而他比那些人厉害一些；成名后就受到重点盯防，频繁侵犯，于是看上去表现还不如一般人。许多人就卡在这里。要成为巨星，就要比别人厉害很多。除了天分本身，还要有能实现天分的天分，比如心态好，球荒再久也不被自我怀疑摧毁；比如好胜心强，这没法后天养成，是成为顶级球员的禀赋；比如不易受伤的体质。众所周知我缺乏最后一种。我的盘带方式、惯用的加速和急停转向，注定了我的膝盖和脚踝是消耗品。

　　以后没人再踢古典前腰了。人们说我踢得富有观赏性，但对比赛结果没有决定性影响。炫技、粘球、对抗不强硬，说的都没错。可我就爱这样踢球，从小如此。现代足球追求的是快节奏和高强度，是一脚出球，高位逼抢，任何人都很难从容地拿球，剩不下多少优雅和细腻。防不住的，放倒就行。我不想踢那样的足球。我喜欢盘带，我享受球与脚的触感，在人群中游走，送出意想不到的妙传，或者后插上，打一脚凌空远射。马特乌斯有一次和我聊天，说我的踢法只适合在小俱乐部里当核心，任性地踢一些漂亮的比赛，拿不到什么奖杯，但赢得球迷的爱戴。那时我刚在拜仁失去首发位置，我不服气，生硬地敷衍了几句，和他喝了一杯啤酒，就走了。

我转会去拜仁时强行带走了赫尔曼，我在不来梅俱乐部的理疗师。我对这事一直怀有愧疚。那时他已经快六十了，儿子孙女都住在不来梅市，一开始他不同意去，最后还是放心不下我。也许他很早就预感到我会伤病频发。从青训起，他就是我的理疗师，我们彼此喜欢，尽管都不太表露。他不是正规体育大学毕业的理疗师，但经验丰富，也教会我不少东西。很多肌肉问题他用手摸一下就知道。他还有个绝活，把耳朵贴在膝关节上，让你慢慢活动，他能从声音里听出异状。果然，来拜仁踢了三个月我就伤了。我努力适应着拜仁的阵型，好容易渐入佳境，伤病就找上了我。有些球员热衷于罗列自己的荣誉纪录，几个奖杯，几次金靴，我则有一连串的伤病纪录，哪个部位，伤停几月。这就不提了。下面，我想聊聊文学。

我浅薄的文学爱好始于一次养伤期间。那是在拜仁的第二个赛季，又是膝盖。伤病本身很糟糕，更糟糕之处在于，它总在你认为一切正好转时骤然重返，这会让你今后顺利时也疑神疑鬼，觉得这好运是赊账。那次伤病前的半赛季，我踢出了很不错的表现，八球，七助攻，德甲过人王，然后，账单到了。我摔倒时听见嘭的一声，像旧家具在深夜诡秘地一响，那声音发生在体内，只有自己能听见。得知是十字韧带撕裂，左膝要动大手术时，我几乎崩溃了，在赫尔曼肩上痛哭流涕。

手术后是漫长的养伤。康复训练可以宣泄掉一部分情绪，可最难熬的是对自己的不耐烦。我开始渴望逃离自己，逃离这一塌糊涂的剧本，逃离这无休无止没日没夜的疼痛、焦灼、自怜自艾、自我鼓舞，逃离对失败的一再反刍和对胜利的求而不得。我渴望暂时投身于他人的故事里。有一天，我请赫尔曼找几本小说给我看。他给我弄了一堆书，阿加莎、奎因。我智商不高，总猜不出凶手，但一向喜欢侦探小说。我喜欢那种形式感，侦探在结尾召集众人，洋洋得意地说出真相。这套路我总看不腻。几天里，我专注于人物关系与时间线，忘记了自己悲惨的命运。可看到后来，没书可看了，我发现这堆书里夹了一本忘了是谁的诗集和黑塞的《悉达多》。我花一个午后翻看了后者。不知道你看过这书没有。要不是躺着无事可做，我永远也不会看。悉达多的原型就是释迦牟尼，讲的是他出身贵族，却投入空门苦修，又放弃了苦修，想参与这尘世，像孩童那样欢乐和愚蠢（读到这句时我觉得他在形容我们球员），从中获得彻悟，于是学习经商，敛财，享受欢爱，几年后又厌倦这一切，准备投河自杀。这时他听见一个声音，是一声"唵"，这音节代表圆满，是他过去说惯的祷辞的起始和收束。他在脱口而出这音节的刹那，得到了寻求已久的彻悟，领会了世间的全部真谛。后来又做了船夫，等等。就是这么一个故事，不好看，甚至算不上什么故事，说的尽是一个人怎么调理自己的内心，外在活动无非就是他走到这里，又走到那里。没有遗嘱、毒药，也没有密室。最吸引我的是悉达多和名妓用各种体位做爱，但也写得很蹩脚，都没让我产生反应。我把书抛到床尾，就睡着了。

可随后几天，我屡次想起这故事。它有种似曾相识的气味。木头的气味。我又看了一遍。睡前，我学着书里说的，试图排除种种情绪，达到所谓的空，结果酣然睡去。接下来，发生了一件无法用偶然来形容的事。慕尼黑美术博物馆举办了一场亚洲古代佛像展，为期三天。按理说，平时我是绝不会关注这类消息的，可那天我在电视上瞥见宣传海报，立刻瞪大了眼。上面有个黄金佛像，姿势竟然同我家过去那尊木雕小像一模一样：一腿盘着，一腿蜷立，双掌叠放在膝头，下巴垫在手背。也是络腮胡子，双目闭着，比一般的佛像瘦很多。那时我已经能拄拐行走了，就让女友陪我去看展览。她吓了一跳，以为我是闷坏了。我看遍了展柜，找到了海报上那尊佛像。介绍牌说这叫雪山大士像，是反映释迦牟尼修道时，在雪山中苦行坐禅，因此瘦骨嶙峋。旁边还有五尊同样造型的佛。我这才惊觉，原来我们家竟放了一尊佛像，几代人都不知道，以为是寻常工艺品。它和印象中胖墩墩的佛像确实差异过大。而我前阵子读到的悉达多，也就是释迦牟尼，也就是我家电视柜上那尊木雕。这事似乎已经超过了巧合的范畴。我细看那些佛像。每尊都很精美、静穆，有鎏金的，白瓷的，青玉的，但没一尊比得上我们家那尊。我合上眼，很认真地回想那木雕的样子，在脑中一点点描摹出来，那紫红色躯体，淡淡金光，那姿态和面容……像记忆马拉多纳的动作一样，我回想那尊释迦牟尼的样子。不知过去了多久，我居然分毫不爽地将它复原了出来。它抱膝而坐，悬浮在黑暗中。忽然我感到遍体清凉。也可能是展厅的冷气太足。

鬼使神差地，我竟对佛教那一套有了兴趣。那次养伤长达十一个月，白天复健，夜里没有事干。我买了几本佛学入门的书，但是根本看不懂。我就按小说里的法子，自己琢磨，打坐，冥想，清空情绪，清空"我"。我不敢说有什么长进，至少改善了睡眠。复健要做很多力量训练，肌肉贮满能量，又踢不了比赛，只有性爱能暂时排解，可没法排解那股焦躁和挫败感。而那天起，我涉足了一个完全异样的境界，和原来的生活简直是两极。作为一个球员，你天生要有对胜利无止境的饥渴，要有对失败的极度羞耻，咆哮庆祝和掩面痛哭可能发生在五分钟内，要惯于承受这剧烈的感情颠簸；而在闭目静坐的时刻，在回想那尊雪山大士的时刻，这一切暂时松开了我。我体验着这没有情绪的情绪，稀释着自我意识，抱膝而坐，往返于存在与消失的边缘。我不太会形容那感受。就像有一次，我玩一款射击类游戏，在雪地里迷路了，找不到敌营，就索性一直走下去，想看看究竟能走到哪儿。我抱着狙击枪在白茫茫雪原中走了很久，最后抵达了那个虚拟世界的尽头，摸到了那面透明的墙，再无法前移寸步。我感到无限空虚，弥漫天地的寂静，还有一点冷。

我日渐康复，可以参加日常训练了，只是还不能上场。那天我们去门兴格拉德巴赫市踢客场球。教练要求我随队去助威，其实是想让我保持参与感。坐在替补席上，看着球场两端不停地攻防转换，我喝了一口水，忽然觉得很没意思。我看到球场遮阳篷的钢构件上站着一只鸽子。我在心里说，鸽子啊鸽子，你是怎么看待我们这群人的？像傻瓜一样追着一个球，抢到了又把它踢飞，没命地嚷嚷。今晚你要在哪儿过夜？你知道吗，鸽子，我真羡慕你。这时我想起小说中，悉达多曾在入定时，把自我意识嵌入苍鹭的意识中，与它同飞，同食，同死，然后又回返自身。我也想试试。于是我出神凝视那鸽子，心中全无他物。恍然间，我正俯视着人头攒动的球场，在一阵喧腾中，鼓动双翼飞离了此处。晚风从喙两侧分流而过，带一点橡果气味。普鲁士公园球场像一个白色四方

269

形的巢。我飞越空地，飞越暮色中的林荫道，喷泉小广场，侍者端着一杯咖啡，如黑色的圆镜，走向门口的阳伞，我在镜中窥见夕阳和自己一掠而过的影子。再往北是密林，我像受了某种指引，又像恣意而飞，扎进那片墨绿中，拣一条枝头站定，用喙理理羽毛。这时我望见林中空地上有一丛野麦，麦粒小如草籽，其中一穗，蕴含淡淡金光。我发现动物的意识与人类的大不一样。它们脑中没有多少东西，饥饿感就占了大半，简陋的思维活动，像一只水龙头，单调地滴水，可背面是一条曲曲折折的管道，伸向一切的源头。它们，所有的动物，共享一个巨大的水库，那里鲜活，浩渺，贮存所有记忆，所有因果，也许就是宇宙的意识。人类的管道则被过多的自我给堵住了，不通往那里。我以鸽子的眼睛凝视那野麦时明白了一切，洞察了物质的变迁与轮回，以下事实，不是以逻辑而是以感官的方式注入我的意识：我看到我们家代代相传的那尊雪山大士，它化成风中扬起的一把灰烬，在土壤中流走不息，沿着根须上升，化作喷薄而出的色彩和香气，又成为落叶，成为将蝴蝶托举在空中的能量，成为甲虫背上的瑰丽光泽，成为燕子的呢喃，又成为泥土，成为这密林中的野麦，并在此静候着，成为 D。有人推我，我从枝头跌落，坠到替补席上，大汗淋漓。我们的前锋进球了，队友们都跳起来，教练和助教在我面前拥抱。

第二天清早，天一亮，我偷偷离开酒店，凭记忆找到那片林子。我缓步进去，徘徊了一会儿，有所期待，也有所提防，走入那块空地时，真的见到乱草中有一丛野麦，沾着凉露，朝阳之下，麦芒上如有光晕。仿佛在一种神秘意志的驱使下，我不假思索，采下那麦穗，扔进口中咀嚼。一阵清苦的香气。过了很久，什么也没发生。下午，我们返回了慕尼黑。

伤愈复出，踢了一个磕磕绊绊的赛季后，我被卖给那不勒斯。这一次，赫尔曼没法陪我去了。他说他已经老得学不动意大利语了。他退休了。我们偶尔联系。我不擅长在电话里表达什么，当面就更不擅长了。第一个赛季踢得不错，我挺适应这里的节奏和天气，拿到意甲助攻王。我们争到了联赛第四，明年将重返欧冠。休假时，我接到不来梅前队友的电话，说赫尔曼住院了，心脏情况不太好，我马上打电话过去，是他儿子接的，说赫尔曼已睡着，病情算稳定了。我们尴尬而凝重地聊了一会儿。我居然没有立马飞过去看他，而是选择用他儿子的话安慰自己。更主要的原因是，当时我交了新的女友，一个意大利模特，我们正在南边一个小岛上度假，如胶似漆。我正疯狂地迷恋她，也明白这迷恋难以持久，但当下无法自拔。我对佛教，或者说对黑塞那本小说的兴趣，已经告一段落。我像多数人一样，想要摆脱自我，但仅限于诸事不顺的时候。人在春风得意中最不成样子。新赛季开始了。赫尔曼给我发了短信，说会在电视那头给我加油。欧冠小组赛，我们侥幸突围，淘汰赛就对上巴萨。我已经好几年没在欧冠进球了。对方阵中有罗纳尔迪尼奥，当时锋芒不可一世。更可恶的是，他踢的正是我想踢的那种球，华丽，飘逸，可他比我强得多。第一回合，我们在主场打成零比零；第二回合前往诺坎普球场。赛前几次训练，我感觉自己状态很棒，充满了进球的预感，那可是在欧冠对巴萨，在诺坎普进球，我决定做点什么。我找人帮我定制了一件背心，印上几句话和照片，准备比赛时穿在里面，进球后脱掉球衣来庆祝。没想到那天巴塞罗那全市大堵车，也许正是因为比赛，人们都拥向球场。送背心的人比赛开始前还没赶到。我努力平复焦躁，全神贯注于比赛。上半场，我发挥很好，多次过人，送出一个很有威胁的直塞球，可惜队友没把握住机会。上半场伤停补时，我们得到一个任意球，我调整呼吸，助跑，踢出一道漂亮弧线，可惜稍稍偏出，打中门梁。中场休息，队长在更衣室喊话鼓气，这时背心送到了。我穿上它，外面套上球衣，重新上场，浑身烧灼着进球的欲望。我想，赫尔曼这会儿一定在屏幕前看着我。罗纳尔迪尼奥那天不知怎么了，状态低迷。六十分钟，我接到后场长传，连停带过，甩开了防守球员一个身位，又利落地过掉一个人，赢得了一个宝贵的单刀机会。我加速，向球门冲去。忽然间球场异常安静。好像有只无形的手，在某处按下了静音。于是我，像录影带中的马拉多纳那样，奔跑在这安静的、辽阔的绿色中，一往无前。我在心中祈祷，我说，神啊，无论你叫什么名字，保佑我吧，我从未好好祈祷，我从未同你做交易，但这一次，无论什么代价，让我进球吧；我愿意持斋，我愿意禁欲，我愿意牺牲掉今后许多世俗的幸福，来换得一个进球；让我进球吧，这一只小小的、圆圆的皮革制品，它滚向哪个角落对你毫无分别，但我真的太需要这个进球了；让我进球吧，让我进球吧，我就是为了这个而生的，如果进不了，就让我为这个而死去。这时我看清门将紧张的脸，准备扣过他，一个后卫赶上来（他一直紧跟在我身后），放倒了我。左膝半月板外侧断裂，六个月。比赛最后十分钟，哈维进球了，我们惨遭淘汰；那件背心不知被扔到哪儿去了，可能在医疗室里被人剪开了。上面写着："赫尔曼，一切归功于你。"背面是我十五岁刚进不来梅青训营时和赫尔曼的合影。我趴在理疗床上，他正给我按摩背部，我们冲着镜头比拇指。我至今不知道那场比赛他看了没有。希望没有。赛后我们都没给对方打电话。听到他去世的消息时，我刚能下地行走。

那段时间我开始酗酒。我一向不滥饮，我信奉我父亲的观念，滥饮是把喉咙当下水道，糟蹋身体，更糟蹋了酒。人喝到微醺时舌头已经不敏锐了，这时就不该再喝一滴。但那次我太难受了。我实在受够了，一次又一次。每当有点好转，再一次。报纸说我是玻璃人，球迷说俱乐部成了我的疗养院。我已经确信自己不可能成为什么巨星，退役几年后没人会记得我。我唯一赢得的奖杯是德国杯，那是世界上最好看的奖杯，金光闪闪，镶嵌碧绿的宝石，就是那一次，我率领不来梅，出乎所有人意料，赢下了拜仁。那就是我的巅峰时刻，已经过去。而我不会再赢得任何其他奖杯了。那几个月我过得昏天黑地，把气撒在理疗师身上，不配合复健。教练责骂，和女友也分手了，俱乐部高层警告，管他们呢。痛的人是我。

一天晚上我坐在床上，抱着左膝，额头贴着膝盖，不出声地哭了一会儿。我想，如果赫尔曼来听，不知里面是什么声音，一定一团糟。我又想到雪山大士像，我想这尊我从婴儿时起就看惯了的雕像简直是我生涯的预兆。你的膝盖也痛吗，悉达多，不然你干吗那样怜惜地捂着它？我百无聊赖，把耳朵贴到膝盖上去听。我想象会听到烂泥潭咕嘟冒泡的声音，岩浆蚀穿山体的声音。可是一片寂然。我没有抬起耳朵，就那样一动不动，脸上的泪也干了。过了很久，从骨节与骨节的深谷，从积液的湖底，从我半月板的颓垣断壁间，升起一个音节，像一粒星，越来越亮，悠长如一声钟响，是那声"唵"。这一声"唵"中包含了所有的声音。我听见远古的霹雳响彻荒野，群龙的哀啸，板块深处的吱嘎，花粉坠地的巨响，听见水的奔涌，分不清来自江河还是叶脉中的汁液，听见战阵中兵刃的斫击，也可能是酒杯里冰块的叮叮。全人类的话语化为巨大的嗡鸣，而我像一只承接瀑布的陶罐……众声在我意识中鼓荡，纷飞盘绕，最终又凝结为那一个音节："唵……"

我不知过程有多久，长得无法丈量，也许只有几秒钟。此后再没有过那样的体验。那不是欢乐也不是痛苦，而是脱离了这两者，也脱离了自我的东西。与其说是精神遭遇，不如说是生理体验。我并没从中学到什么道理，悟出什么法则，在那个瞬间，音节回荡，我只是被那种浩大无边的状态所浸没。这状态并未对我的肉身有所改变，我没有霍然而愈，也没在癫狂中死去。我只想再次体验。我也曾痛饮过胜利的滋味，在球场听数万人齐声喊我的名字，沐浴在狂喜中，但和那状态根本不是一回事，远不能比。前者像开游艇在海上逍遥自在，后者是成了大海本身。我戒了酒，好好复健，再次复出，踢了两年。没拿奖杯，也没受大伤，但我选择在三十岁时退役了。闲居了几年，中超一家俱乐部请我当青训教练。曾外祖父不会想到他的后代将以这种方式重返中国。薪资很丰厚，我履行完两年合同，加上我之前的存款和房产，继承的酒坊的收益，我详细地算了一笔账，如果省着点花，这些钱足够我较为舒适地过完下半生了。许多年里，我漫无目的地旅行。这次重来中国，是想起曾外祖父提过的石头，不妨来看看。

我渴望再度体验那状态。每晚都俯耳听半小时，等候那音节。像在冰面上开一个窟窿，等鱼跃起。至今还没听见，但我毫不着急。倾听那静默也让我心神安定。我时常注视自己的膝盖，那几条疤痕像闭合的拉链，仿佛有什么神秘的事物锁闭其中，栖居其中。我尽量调整好身体，节制地享受生活，保持平和的愉悦，静候着那状态再次降临。我将保持愉悦当成生活的主要任务，以运动员的毅力来执行，几乎无往而不利。一个人如果经了长久的磨难，唯一的补偿就是，之后很长一段时间，连无聊都成了一种享受。像这样，什么也不做，舒服地伸展双腿，看着窗外的雨，难道还有什么不满足吗？没有病痛，钱够用，有漫长的时间，一个人还能奢求什么呢。过去我一味潜心于足球，于胜负，你知道的，对球员来说，三十多岁，人生的精华部分已经结束了，很多人退役后无所适从。要么放肆地享受，要么仍苦行般地锻炼，因为无可排遣。我则惊讶于自己在许多方面的一无所知，并决定好好利用这优势。一切乐趣都是新鲜的，像孩童一样无知而欢乐。我请了老师，去大学旁听，学着欣赏绘画和音乐，按必读名著清单，一本本地读书。我尤其中意布鲁克纳，喝一点酒听，像是那种玄妙状态的稀释品。画我只喜欢宁静的风景画。你可能不信，我常读里尔克，介于懂和不懂之间，而且无端觉得他也听过那声"唵"。"美无非是我们恰好能承受的恐怖的开端"，说的就是那音节，不是吗？此外，我是《暗黑》的剧迷。我依然享受足球，作为一个观众，我能更彻底地享受了，因为观看时不再怀有竞争心和偏见。我如今是梅西的忠实粉丝。

谈话到这里结束。次日清晨，雨小了，成了濛濛的雨雾。我们撑伞进山，循石阶而上，在竹林中找到了那块大石。是我先发现的。上面刻着"如是我闻"。我们都贴上去听了一会儿，没有声音。天星山出名的是另一块石头，在山顶，据说是星，也就是陨石，被雨打湿了，铁黑色，看着有点凄凉。我们在那里站了一会儿。第二天，他就离开了酒店，飞往柏林。我们再也没见过。

（《收获》2021年第5期）

我父亲的奇想之屋

韩松落

那是我父亲失踪前一年的秋天。那个秋天，父亲和往常一样，每到黄昏就带我去散步。通常，他会走到我的房间门口，凝视我片刻，等我感觉到了他，转过头来，他就轻轻偏一偏头向我示意，我拉开椅子，穿上一件外套，和他一起走出门，走到大街上。

门洞里暗黑，门外落日金黄，出了门，迎着落日走过去，就像被裹上一层金色的蛛网。我们就披着这层金色蛛网，走过两条街，向右拐，穿过一条巷子，走上一条更僻静的河边小路。路的左边是一排房子，房子前面种植着金银木，叶子金黄，红果成串。路的右边就是那条河，河面有20米宽，河水的流速很慢，几乎感觉不到流动。河边有一种极度的安静，看到那条河的同时，心里就像被按下静音按钮。

往常，走到那里，在河边站一会儿，就该返回了。那天，父亲却从裤兜里掏出一串钥匙，对我说，来，我带你看个东西。他带我往前走了几步，停在一幢小楼前，说，你看看这房子。我抬头看了看那幢小楼，它很普通，米白色，方方正正，一共五层，每层有八个窗户，窗户都关着，没有灯光。一楼有门，门关着。然后，父亲示意我跟着他，到小楼的后面去。

楼后有一扇很小的铁门，父亲用钥匙打开门，眼前是一条极其狭窄和陡峭的楼梯，楼梯和门紧挨着，刚够把门打开，除此之外没有一点空地。父亲走在前面，登上几级楼梯，回身等我，等我迟疑着踩上楼梯，他就让我把门关上。我们两人立刻陷入黑暗中，父亲在黑暗中打开手电筒，引我沿着楼梯走上去。

走了20级楼梯后，拐上下一段楼梯，再走了20级楼梯后，一扇小门出现在楼梯旁。父亲伸手去拉那扇门，门很涩，用了很大力气才拉开。我紧跟着他走进去，一个小房间出现在我们前面，房间低矮，只有一扇小小的窗户，窗前摆了一把椅子，椅子正面向着窗户，背对着进屋的人，仿佛等人坐上去，窗外可以看见我们刚刚经过的那条河。

父亲在屋子里站了一会儿，什么都没说，然后带我走出屋子，沿着狭窄的楼梯继续往上走。20级楼梯之后拐个弯，又20级楼梯，旁边出现了又一扇小门，拉开门，第二个房间出现在我面前，房间的大小和格局，和第一个房间没有什么两样，同样有一把椅子，以同样的姿态，摆在窗前。

走出这间屋子，又是20级楼梯，这20级楼梯，和之前的楼梯，不在一个方向，仿佛一把折尺拧向了另一边。最后，第三扇门出现在楼梯的尽头，拉开门，第三个房间出现了，这个房间的形状极不规则，像是一个折纸玩具的内部，充满了凌厉的线条，屋顶像是被一个巨大的锥形刺了进来，而后凝固在一个极其不安全的状态，唯一的窗户也是"【"形的。父亲站在这间屋子里，露出了一种脆弱不安的表情，似乎在这间屋子里有非常不愉快的记忆发生。但他随即克服了自己，摸摸墙壁上那些突出的几何体，在窗前站了一会儿，带我走出屋子，走下楼梯，关好一扇又一扇窄门。

重新回到河边的那条路上后，他对我说了一段话。这些话超出我的理解力，所以我没能记下来，只记得大意。这幢房子，是他设计和建造的，他在这所房子里设计了另一幢隐秘的房子，从外到里，都发现不了这幢隐秘房子的存在。他描述这个房子的话，我倒是牢牢记住了：房子里套房子。最后，他笑着对我说，我把这幢秘密房子留给你。

在以后的散步中，他又带我去看过两幢房子，以及他藏在那些房子里的"另一幢房子"。那些房子，都有狭窄陡峭的楼梯，低矮的房间，以及正对窗户的一把椅子。我渐渐习以为常，觉得这是所有建筑师的小游戏，是一幢房子必然会有的配置。

第二年夏天，父亲留下一封信，从此消失。消失前毫无征兆。我还记得我母亲读那封信的情景，她站在桌子前，表情凝重地读了很久，然后，她用食指和中指，在额头上擦了又擦，那是她的习惯性动作，只有在极度紧张的时候才出现。但她也知道这个动作会显示出自己的紧张，所以马上停了下来，点了一支烟，在阳台上抽完，然后凝视了我一会儿，给祖父打了个电话。自始至终，她都没有给父亲打电话或者传呼。她的这种反应，影响了我很多年，直到现在，我都会在遇到事情的时候，冷却和隔离当事人，似乎他们只要把事交给了我们，就不再是这件事的一部分。

我丝毫没有意识到，那间房子和我父亲的失踪之间，可能有某种联系，所以我没有对母亲说起那些狭窄楼梯上的小房子。直到有一天，我和母亲散步，我习惯性地带着她走上那条河边小路，又一次看到那幢房子，我对母亲说，爸爸在这幢楼上有几间房子。母亲警觉地问，什么？什么房子？我带她绕到房子后面，没找到那扇小门，又转到正面去找那些房间的窗户，也没有找到。

我们试着敲了敲大门，因为那幢房子看上去像是没有人。没想到门却开了，一位看门的老人，满脸疑惑打开大门，上下打量着我们。母亲对他说，她的丈夫是这幢楼的设计师，我们想看看他设计的房子，老人迟疑一下，带我们进了那幢楼。我们从一楼走到四楼，每一间房子都有房号，秩序井然，根本没有那几间秘密房子的容身之地。

回去的路上，母亲没有责怪我。因为，我很小就显露出狂想家的潜质了。7岁那年，和父母亲坐火车南下，经过四川和西藏交界处，看到那些被云雾笼罩的高山，我对他们说，云雾里有一头巨大的鲸鱼缓缓飞过，飞过我们头顶的时候，我甚至看见了鲸鱼灰白色肚子上的纹路。父亲和母亲，当然没有看到这只鲸鱼。所以，父亲的小房子，经过我说出来，也带上了狂想的色彩。

母亲若有所思地走在路上，笼着双臂，像是把手笼在一件不存在的棉袄袖子里。对她来说，这就是一种失常状态了。每当她专注地思考某事，就会卸下一切防备，变回她最早的样子，民心市场卖鱼少女的样子。

是时候介绍一下我的外祖父和我的母亲了。我的外祖父，出生在一个商人家庭，但在很长时间里，他都不能做生意。有段时间，他已经无法忍受家里的贫穷，准备出去倒腾点什么了，一场抓捕投机倒把分子的行动或者那样的学习班，总是会及时出现。他就心惊胆战地缩回去了。一直到1980年，他才终于在民心市场开了一间小小的水产店，我母亲充当店员。也就是在那里，她认识了我的父亲，他就在市场附近的建筑设计院工作，住在设计院的单身宿舍，时常来市场买菜。

一年后，他们结婚，1982年，我出生，也是那一年，政策变宽松了，前几年因为"投机倒把"获罪的商贩得到平反。外祖父的生意也是在那一年开始扩张，一间店变成两间，很快变成五间；他又开设一间小小的工厂，生产暖气片，并不时打听别的赚钱机会。他听说有位大学老师，发明一种冷凝技术，立刻上门求购，以极其低廉的价格，获得这项技术，开始生产相应零部件。

这也奠定他之后的生意模式，他在大学和科研机构四下搜罗，寻找失意的、不被重视的技术人员，购买他们手里的专利技术，能够自己生产的，就自己生产，生产不了的，就加价卖出。他之所以赞同父亲和母亲的结合，有一部分原因就是，父亲是建筑设计师。外祖父在那时就认定，人们当时住的破房子都要被拆掉重新盖一遍，到那时，父亲肯定很有用武之地。

母亲不用再去市场亲自卖鱼了，她开始学习另一种生活，学习插花、茶艺、听音乐会，但每次学习，都以她耐心用尽而告终。她内心细腻，却不拘小节、举止粗鲁。她嘲笑插花班里的阔太太，绘声绘色地描述她们的举动。她们中的一位，稍有风吹草动，就背着全套心脏监护仪来学习插花，她时常大笑着模仿那位太太把装着监护仪的包背在身上并不停挪动，以显示其存在的样子，并且说"别人戴金项链，她是把监护器当金项链戴"，直中本质。全然忘了，她此时也能算得上一位阔太太。而她们一定也在背后嘲笑母亲，描绘她的举止，比如，她从卫生间出来，总是急匆匆地，边整理衣服边往外走，全然不顾身上穿的是什么牌子的衣服。

有一次，在一家插花学习班（因为她已经在上一家插花学习班，凭借大大咧咧的举止，把自己搞成了笑料，但她的说法却是"我又把那家插花班搞臭了"），她看到旁边的女人，认认真真地用一束红玫瑰，插出一个心形，终于忍无可忍了。她夺过那些玫瑰，嘟嘟囔囔地说，花长这么大可不是为了让你摆成一个柴死人的心的。她把那些花打散，加入白色粉色玫瑰、非洲菊、百合，最后编织成一个花圈。而那个女人在旁边哭起来了。晚上，她回家的时候告诉我们，她又搞臭一家插花班。总之，人类可以玩的东西不多，即便你有钱了。人类狂想中那种无边际的欢乐，和手头有限的玩具、有限的玩法之间，有着巨大的鸿沟，会让投入其中的人产生饥渴和失落。那时候是那样，现在还是这样。

我的父亲和她恰成对照，他们一静一动，一个戏剧化，一个极力抹杀自己的存在感，但他们却有一个共同点，就是常常若有所思。他们的相处很淡，但却总有一种抑制不住的笑意四处弥漫。他总是装作打击她，她总是装作被打击，他给她起了很多别名，并且根据她身上的新动向不断更换，她总是装作很生气，却又喜不自胜地接过来，例如其中一个别名，108，那是嘲笑她打碎了至少108个花瓶；还有一个，莫扎特，是因为她有个闺密，在女儿学钢琴之后盯上了她，莫名其妙地给她灌输"你也喜欢莫扎特但你自己不知道"这样的想法，她被迫买了很多张莫扎特的唱片。

他们在一起的那些年，是我的黄金时代。

基于这样的出身和个性，父亲的失踪虽然给她带来深重的打击，却并没有摧毁她的生活。她在报纸和电视台都打了寻人启事，却没有收到回音。她也设想过各种情形，被绑架，被谋杀；和某个女人甚至男人私奔；厌倦了现在的生活，想要换个地方重新开始；患有某种精神疾病，突然爆发了。她甚至还怀疑，父亲是参与了国家的保密工作，去西部建设秘密基地了。

一年过去了，两年过去了，我们没有接到勒索电话，没有收到收容所的通知，也没有政府工作人员前来慰问——在那时的都市传说里，参与保密工作者的家属，会得到政府的慰问，慰问者什么也不会说，只会郑重地告诉你，TA是去为国家工作了，并且留下一些礼物，临走的时候还会向家属敬礼。

一年以后，她已经从痛苦中挣脱出来了。一个偶然的机会，她认识了"摩托界"的朋友，从此爱上骑行。那些热爱摩托骑行的男人粗鲁地宠爱着她，一边照顾她，一边在话语上贬低她，他们打开酒壶，喝一口再递给她，在野外聚餐的时候，走开十米放着响屁撒尿，当着她的面讲述各种厌女的段子。

比如我曾听到的一个（他们认为我不懂得其中隐晦的意思所以会当着我的面说出来），一个商人想要抛弃他的情人，很久都不去他们共同居住的房子，也不肯付生活费。他的情人找到办公室来，他不肯见她，她于是托秘书带话："需要交房租了"，他让秘书替他回答："你的房子太大太冷了"。母亲却跟着他们一起大笑。

她骑着摩托，越走越远，最远去过哈萨克斯坦。

父亲失踪的时候，我只有9岁。母亲没有对我隐瞒，但也没有用"失踪""离家出走"来描述父亲的消失，她只是告诉我，父亲要离开我们一段时间，也许将来还会回来。这样的话语，在电视剧和电影里出现的时候，通常指向死亡，从母亲嘴里说出来，我却知道，那不是死亡，也不是失踪，是我现在还不明白的一种情形，它虽然没有那么容易被弄懂，却不一定是坏事。

因为我有一位这样的母亲，我并没有伤心和失落很久。但在一年一次选择课外兴趣班的时候，我放弃练习了两年的跆拳道，选了绘画。因为一次神秘的感受。那次神秘感受，出现在一节美术课上，当时的我，正在画板前画素描，却突然有了一种奇怪的感觉，似乎有人站在我身后，看我画画，并且慢慢躬下身子，握住我的手，教我画画，就像童年某天，我站在父亲的图纸面前，他所做的那样。那种温暖、安全、幸福的感觉，像电流一样通过我全身。我以为，选择画画，似乎就还会被父亲笼罩。

那种感觉再没来过，父亲也没有出现，没有任何消息。27年过去，我也到了父亲失踪时的年龄，做着和父亲相近的工作，在东京一家漫画公司里画画。我制作的漫画里，有一个是由我创意的，这是个名为《奇想建筑》的系列漫画，主人公是"香川教授"，他是一个三十多岁的男子，身高一米八四，浓眉大眼，精短黑发，喜欢穿正装，以及西裤和衬衣，风衣和短夹克，在户外会戴各种帽子，波洛的礼帽，福尔摩斯的猎鹿帽。

香川教授从小就被历史上一些人对信仰的忠诚打动，成年后，他以探访信仰之谜为由，奔向世界各地的奇异建筑，石柱上的小屋，悬崖上的城堡，朗香教堂，梅尼耶巧克力工厂，基日岛乡村教堂，上海的1933老场坊，陕西的塔云金顶观音殿，贵州的梵净山，山西的挂壁公路，东欧的未来建筑，以及安东尼·高迪的那些作品。

他负责解说这些建筑的设计方案、建造过程、建造者的故事，也负责抛出一个问题，那就是，人们为什么要修建这些建筑，甚至是在战乱年代，在人们食不果腹的时候修建这些建筑。他总会把这一切归结为某种信仰。在他看来，那些建筑是信仰激发的狂想，是向着宇宙的呐喊，是某种狞厉心绪的凝结物。所以，在每个奇想建筑背后，总有一个阴郁的故事。

香川教授有个伙伴。在这个系列进行到第二年的时候，他来到了中国，在西安遇到了一个当地的少年，这个少年叫李斌，是他临时找的助手，帮助他探寻秦王地宫之谜，并在关键时刻救了他。从那以后，少年李斌就成了香川教授的助手，和他一起冒险，并且解开各种信仰之谜。

这其实是两个过时的形象，不论浓眉大眼，还是黑色短发，或者西裤衬衣，都已经很久没有出现在漫画里了。甚至连少年的名字，都不是现在的中国人会用的名字。我却打着复古的幌子，固执地坚持了他的形象特质。但我当然知道我真实的想法：香川侦探的样子，就是我父亲的样子。至于少年李斌，就是我想象中的自己。

画《奇想建筑》那些年，我看过很多资料，也见过很多建筑师，我把父亲带我看那间房子的经历，假托为小说里的故事讲给建筑师们听，并且问他们，这在现实中有没有可能实现。一位英国设计师告诉我，伊丽莎白时期，有一位建筑师，用一系列建筑构想图，探讨过在一个建筑里藏下另一个建筑的可能。这些构想图起初叫"屋中之屋"，后来，建筑师用他喜欢的一位同时代诗人的名字，将这些图画中的屋子命名为"约翰·弗莱彻之屋"。

画面上充满了扭曲的建筑结构，神出鬼没的走廊，繁复的装饰，各种琐碎的细节。把目光落在不同的角落，会获得不同的结果。当你久久盯着其中的几根柱子，几条走廊，几面墙壁，你会慢慢地把它们组合起来，于是，一间房子就慢慢浮现出来了。搭建这间房子的逻辑，会在短时间里影响到你，当你挪开目光，还会依照这个逻辑搭建别的房子、别的走廊，最终，你会获得一个按照你的临时逻辑建起来的建筑。而那些雕刻着花纹的边角，在画面上浮动着，让这个过程充满趣味。

但如果你闭上眼睛，静默片刻，把之前的印象清除掉，让目光重新回到画面上，把视线落在一个新的角落里，盯上一会儿，又会有新的逻辑出现，走廊重新衔接，柱子开始颠倒，上一次的墙壁，这次也许变成了地板；上一次的地板，这次或许变成了走廊的一部分。最终，你会得到一个新的建筑，和此前完全不同。据说，有人在一张"约翰·弗莱彻之屋"构想图上，看到了15幢不一样的房子。

这位建筑师始终不得志，从没得到过重视，也没有得到机会主持建设一幢真正的房子。他在39岁的时候去世，那些被命名为"约翰·弗莱彻之屋"的图画，在50年后，被他的后代卖给了法国的收藏家，从没被展出过，也没有被制作成印刷品。回答我问题的英国设计师，曾在瑞士的一座私宅里，看到了其中的几幅原作。在他看来，构成"约翰·弗莱彻之屋"的，不过是一些视觉诡计，但他也承认，他本人没有能力创造这样的视觉诡计。

更多时候，建筑师们会告诉我，类似我那个故事里的房屋，在图画中有可能实现，但在现实中是不可能存在的。历史上有许多传说中的密室，和我的故事里描述的屋子相近，但在关键的地方有区别。人们说，狮身人面像里有一个密室，藏着足以改变世界的文件和器物，也有人说，慈禧太后的卧室里，有一个隐秘而曲折的通道，通向一间密室，密室里藏着她搜刮来的金银财宝，因为这间密室非常隐蔽，以至于八国联军攻打北京，她向西逃亡又再度返回后，密室都没有被人发现，财物也保存完好。

现实中的密室，除非是以屋子为入口，向着地下延伸，或者伸入屋后的山体，否则很难不被发现。在我的故事里，一个外形规整的房子中，藏着三间房子和楼梯，很难施工。何况，那是八九十年代，盖房子是大事，容不下任何游戏，减少房子的使用面积，做出三间不明用途的房子，在情理上是说不通的。任何有经验的施工员，都会发现这里面有问题。

还有建筑师告诉我"白城恶魔"亨利·霍华德·霍姆斯的故事。他生活在19世纪中后期的芝加哥，为了满足杀人欲望，他在芝加哥建起一幢大楼，大楼里有一百多个房间，遍布暗道、暗门、机关、陷阱和地下室，地下室里还有巨大的炉子，用来焚毁尸体。建造这座大楼的过程中，他不断更换建筑工人，以确保没有人能掌握较为完整的拼图，理清他的秘密。即便这样，当人们终于发现他的杀戮，冲进这座可怖的大楼时，房子的所有秘密立刻大白于天下，像一个被无情掀开的蚁巢。就是说，在一所地面上的房子里制造密室，并且永远不被人发现，是不可能的。

我父亲的房子，很可能只存在于他的讲述里，是他的讲述，为我建立起了某种幻觉。我可能被他的讲述催眠了。他讲给我的，是一个"奇想建筑"——这是我从一本建筑家的随笔集里看到的词语，在我看到这个词语的那个瞬间，我就决定画这套漫画。

《奇想建筑》连载了五年之后，我决定结束这个系列，因为我慢慢意识到，我恐怕再也见不到父亲了。2018 年 5 月 19 日，我画完当期的稿子，交给助手们去做后期，在那一期的结尾，我向读者做了预告，这个故事将在下一期迎来最终章。我用冷水洗了把脸，在窗前站了一会儿，然后，我意识到，我正像母亲那样笼着双臂。我立刻放下双臂，打开手机，打开微博，随后就看到那个帖子。

写微博的人名叫 stella2216，是个女性账号，加了 V，而且是金 V，微博认证的身份是"画家，《zoo》主编"。她开宗明义："有福利，转发者里抽出十位送最新款 iPad，符合要求的应征者送最新款 iPhone。"随后，她写了一个故事，说如果网友看到、听说或者经历过类似的故事，可以和她联络。

"我要写的事相当奇怪，你可以当成我的幻想，当成梦也可以。那时候我 8 岁，我父亲每天黄昏带我出去散步，他以前也每天散步的，不过都是一个人，从那一年开始，不知道为什么，他散步的时候会带上我。其实我小时候很宅的，不太爱出门的那种，但我父亲特别帅，可以当明星那么帅，我就很虚荣，很愿意跟他出去走路。他带着我散步的时候，会经过一个游乐场，游乐场入口的地方，有一个恐怖谷，恐怖谷是利用山里的旧防空洞改造的，就是灯光刷刷的特刺激，还有很多人戴着面具在里面装神弄鬼，还有小喇叭放鬼哭狼嚎的声音那种。起初呢，我们只是从那个恐怖谷前面走过去，根本不会停下来看。结果，那天父亲在恐怖谷前面站住了，说他要带我去看他在这里的一个房子。那时候游乐场已经下班了，恐怖谷的入口已经锁上了，游乐场一个人都没有。他带我绕到恐怖谷的一面墙边，那个墙快要和山连在一起了，墙上有个小门，他拿出一把钥匙把门打开，然后让我进去，里面是一条白色的小通道，墙壁特别光滑，像个管子那么光滑。我走在前面，他跟在我后面，拿出小电筒给我照亮，我们就在管子里走了一会儿。大概走了一百米这个样子，我感觉是他在我身后的墙上按了一个开关，前面突然亮了，我眼前出现一个特别大的大厅，就是维也纳金色大厅那种，但是没有座椅，也没有舞台，就是一个大厅，柱子半藏在墙壁里，墙壁和柱子都非常光滑，屋顶是穹顶形状的，有很多雕刻，所有这些都是金色的。大厅里有很多壁灯，还有一个大吊灯，垂在半空中，灯光也是金色的。怎么说，就像走进一个藏宝洞。站了一会儿，我父亲说走吧，就领我走了出去，出去后，又拿出钥匙锁了门。后来我跟父亲说，还想看那个金色大厅，但父亲再也没有带我去。第二年，他留下一封信，然后离家出走了。离家出走之前什么事都没发生，他跟我母亲感情很好，他们从来不吵架，他的情绪也很正常，没有抑郁症什么的。父亲出走之后，我还带我妈去游乐场那里找过那个小房子，没有找到，连那个小门都没有了。事实上，那个金色大厅，多半也是不存在的，因为，恐怖谷和游乐场，已经把山体里的防空洞全都占满了，不可能留出那么大的一块位置给金色大厅。我妈说我神经病。后来我父亲再也没回来，已经15年了，我很想他。当然我写这个不是寻人启事，我是想问问，你们有没有在书里看到，或者听到这样的故事，或者经历过，如果是在书里看到的，请把书页拍下来，和书名一起给我。有小礼物。微信、邮箱、微博私信都可以。半年内有效。"

那条微博是3个月前发出的，在我看到的时候，那条微博被转发了59731次，有32321条回复。回复千奇百怪，"你妈说得对，你的确是个神经病"，"有钱人发个胡思乱想出来的事也这么兴师动众"，"你去《聊斋志异》里看看"，"一个大主编文笔这么差"，"少女心有很多种，这也是一种"，"iPad是哪一种，可以说具体一点吗？""iPhone可以选颜色吗？"

我按照她留下的微信加了她，加完之后，觉得还不够，又写了一封邮件，把我的经历写下来发给她，并且告诉她，我不需要她送我iPhone，我只是想和她取得联系。但随即我又想到，那正是"me too"运动最激烈的时候，我的回答这样离奇，和她的经历如此相似，会不会被她视为骚扰，于是我又加上了一段自我介绍，附上了我的作品。总之，我毫不遮掩想要和她联络的愿望，竭尽全力表达我的诚意。

一分钟后，我收到了回邮：我需要尽快见到你，这非常非常重要。我又发了邮件：如何见？在哪儿见？一分钟后，我又一次收到回邮："你能在 5 月 20 日赶到湖北苍阳县吗？11 点 30 分，我在阳江路 91 号的 285 咖啡馆等你。"

我查了路线和航班，苍阳在襄阳附近，距离襄阳 130 公里，飞机和高铁不能直达。我决定坐当天下午的全日空出发，晚上到达武汉；第二天一早坐两小时动车到襄阳，在襄阳坐出租车到苍阳，在那里住下，然后第二天一早去咖啡馆。之所以这样安排，是担心任何一个环节的延误，会导致我不能按时赶到咖啡馆。订好机票和动车票之后，我给她发了邮件，告诉她我会按时到达。

行程很顺利，预想中的延误都没有发生。我按计划到达武汉，也按计划到了襄阳，约好的车也按时来接了我。不过，当我在后排坐稳的那一瞬间，司机转头说，苍阳这几天要地震，你是不是不知道？我反正没事，把你送到我就走，你要是去了，万一地震了，就算没事，也是住没得住，吃没得吃，走也走不掉，你好好想一哈，反正我不赚你这个钱也可以，不要说我没有告诉你，让你去地震的地方送死。

"送死"这两个字相当刺耳，但我沉浸在自己的各种念头里，并没有在意。我搜了苍阳的新闻，却只找到一条简单的消息，5 月 20 日，在苍阳有一场防震逃生演习，要求全城居民参加。我又查了一下这个县城的人口，全县 40 万人，县城 14.8 万人，把这 14.8 万人疏散到安全的地方，要耗费的金钱成本和时间成本，都是很难衡量的。显然，苍阳地震的消息，是防震演习演变而成的谣言，但这么大规模的防震演习，也的确非常少见。不过我毕竟生活在日本，已经被日本气象厅发布的地震警报搞得百毒不侵，对现有的科技水平能否预报地震，也非常怀疑。我还是决定去苍阳，为了安抚司机，我主动加了一倍车资。

我在 5 月 20 日早上 10 点，到达咖啡馆。咖啡馆里只有两桌客人，一桌是拖着行李的游客，正在吃早点，另一桌只坐着一个年轻女子，面前摆着电脑，电脑的光映照在她脸上。我看了她一眼，觉得她就是我要见的人，果断地向她走过去。她看到我，立刻放下手里的杯子，很快站起来，脸上浮现出一种看似动人的假笑：是你吗？是我。

她并没有马上坐下，在假笑迅速消失的同时，她开始仔细地打量着我，非常明显地，依次打量着我的五官，从眼睛、鼻子、嘴巴，到头发和发际线，甚至还微微侧了侧头，看了看我的耳朵。她的目光毫无表情，但却有一种难以掩饰的激动，是好战者听说战事即将开始的那种激动。就在我刚刚觉得不自在的时候，她就迅速挪开视线，垂下眼睛，用一种毫无感情的口吻说，你可能知道这里马上要有一场地震演习了，所以我们的时间不多了，我们要提高效率。我叫许丽虎。

她不算好看，但非常美。脸小，瘦削，线条很硬朗，波波头掩盖了她脸部线条的不完美，头发染过，非常黑，口红是浅紫罗兰色的，和黑发形成一种差异，看到她口红颜色的时候，我在心里试着换成了更亮的红色，但最终觉得，还是现在的颜色更适合她。她穿着一件很薄的黑色夹克，蟒蛇皮做领边，暗黑中透出银亮，夹克里面是一条玫瑰红色褶皱长裙，手上只系着一条细细的链子。这些衣服饰品，我都看不出来历，只有她领侧的胸针，是我认识的牌子，那是一款梵克雅宝的狮子胸针。

她示意我坐下，自己也急急忙忙坐下，落座之后，却沉默了片刻，脸上又出现了那种动人的假笑，嘴角弯着，眼睛也似乎也笑弯了，甚至笑出了一点点眼角纹，一切都和真的一样，但这种笑容，我实在太熟悉了，我微微笑着说，你也是电脑脸。

其实我真正想说的是，你也是电脑脸假笑。是的，电脑脸，就是那种久久对着电脑，失去了表情的脸，但脸的主人不甘心就这么丧失了表情，社交生活又督促他们要以笑脸示人。于是，他们练习出各种假笑，比真笑还像笑容，还动人，更能表达各种情绪的精髓，但它终归是假笑。这种假笑，只有同样练习过假笑的人才能识破。

她听懂了，迅速收起假笑，换上一种有点自嘲和倦意的真实微笑：你也是，但你不练着笑，社会对男人和女人的要求不一样。好了，我们的时间真的不多了，进入正题，我想听你的故事，你的父亲母亲，你的家族，你觉得能说的一切一切。重要的时间节点也给我。这很重要。给你一个半小时，然后是我的一个半小时。

我从外祖父一家开始讲起，外祖父的出身，外祖父的生意，民心市场的那间水产店，我母亲的性格，她在插花班的所作所为，她骑摩托车去哈萨克斯坦的经历。每段经历，都特意强调了时间，1980年，1981年，1984年；去哈萨克斯坦，是2005年的事。

在开始讲述父亲的故事之前，我拿出一本《奇想建筑》，翻到目录页上，指着香川教授穿着风衣的特写给她看，告诉她，这个人物是我按照父亲的样子画的。父亲没有留下照片和视频，在我画画的时候，父亲也已经离开了很久，所以未必能准确地反映他的相貌，只是个参考。

她拿过那本漫画，认真地看了很久，又往后翻了几页，说，画得不错，我还没有告诉你，我也是画画的。

我毫不意外，我说，我已经通过你的微博了解到了。我开始讲父亲的故事，他的生活细节，他散步的习惯，他带我去看的那所房子，说到这里的时候，她打断我，那间房子有多大？我想了想，对她说，当时我只有8岁，不能准确估算房子的面积，凭借记忆推断，应该有20多平方米，和一个标准间差不多，当然，这只是个参考。

我继续讲述父亲失踪那年的事。显然，那时的他，已经准备好了，要在那一年离开，但他并没有对我和母亲更温柔和更体贴，他像往常一样上班下班，在黄昏出去散步，像往常一样经常走神，喜欢站在阳台上，看着某个地方，一站就是很久。有个晚上，他站在阳台上的时候，我们这一片突然停电了，80年代，停电是很多的，但他并没有马上回屋，而是在阳台上站了很久，才推开阳台和屋子之间的那扇毛玻璃门走进来。

那天晚上，月亮非常亮，外面像白昼一样，亮到反常，他推开毛玻璃门的瞬间，地上立刻出现一块白色的方形，他就从屋外反常的白昼里，走进那一块白色，整个人就是个黑影，还带着户外的寒意，黑影没有说话，也没有任何声音，像是被脚下的一个传送带拉进来一样，猛然进了屋子。

那一刹那，我突然觉得，他不是我父亲，而是一个鬼怪或者外星人，至少也是个陌生人，那一瞬间，他借助黑暗，显露了原形。我转头跑进了另一间屋子，在我进屋的瞬间，来电了，我不知为什么，像昏了头一样，也有可能是想求证什么，又一次跑进父亲的屋子，灯已经亮了，他坐在沙发上，正在翻看什么。看到我进来的瞬间，眼睛里没有表情，但转瞬间，他就像是身体里有什么东西满格了一样，表情涌了上来，涌进了他的眼睛，他对我说，停电的时候，不要跑动，免得磕着。

我想起许丽虎对时间的要求，又补充了一句，那是1991年8月，一个月后，他留下一封信离家出走。随即看了下表，我整整讲了1小时20分钟，于是对她说，我讲得差不多了，现在是你的时间。

她拿出一册速写本，翻开第一页，推到我面前：这是我父亲，他也没有留下照片。从画像上看看，和你的父亲很像，但我不敢确定他们是不是同一个人。我拉过那个速写本，看到了一张在某些地方让我很熟悉的脸，浓眉，大眼，脸部线条非常硬朗，更难得的是，她画出了他的眼神，那是一种在苏美尔人留下的泥塑上很常见的眼神，泥塑的眼睛往往像失神一般，向着略高一点的地方望去，为了强调这种专注的失神，塑像的人会着力刻画眼睛周围的线条，让眼珠鼓出来一点，有些眼珠，鼓得像是患有甲亢。她画的她的父亲就有一双微微鼓出的眼睛和专注的失神。看到这个眼神，我有点失望，也有点庆幸，那不是我父亲的眼神。

她的外祖父是从做小电器生意起家的，后来改做印刷，在八九十年代，印刷还是个好生意，但这个生意有个缺陷，尤其在那个年代，这个缺陷就更加明显：印刷设备需要不断更新，永远会有新设备出现，新设备永远更好，更准确，在电脑普及以后，设备更新的速度越来越快，"赚的钱全换了设备了"，她外祖父无数次这样说。

这或许是真的，因为她外祖父最终换了行业，卖掉了设备，拆掉了厂房，在印刷厂的土地上盖起一个商场，并且发展成一个电器城。电器城商家林立，鱼龙混杂，经营和居住区域划分得不明确，于是接连出了几次小火灾；警方又长期在这里蹲守，抓黄碟贩子；电商兴起之后，电器生意也一落千丈。他于是痛下决心，调转方向，把电器城改成美食城。他吸取了电器城的种种教训，认真做了规划，重新做了装修，定期组织商户开会和联谊，美食城生意逐渐上了轨道，成了当地的品牌，一直经营到现在。

外祖父做印刷厂的时候，她的母亲在印刷厂制版，外祖父做电器城，她的母亲就在电器城里收租，外祖父做美食城，她的母亲就在美食城里开了一家串串店，起初每天去收一次账，后来一周才去一次。她的母亲，心安理得地享受着父亲的逐渐富有给自己带来的便利，一点都不焦虑，"幸亏我是女的，要是男的，就要出去做事证明我没有靠爸爸，我巴不得证明我要靠我爸"。

她有了充足的时间做自己喜欢的事，旅行，看电影（这是电器商城的 DVD 贩子帮她培养的爱好），在寺庙里帮助居士们做事（却从不皈依），在慈善团体做义工（却从不登记注册，理由很荒唐：没有像样的证件照）。她还加入了一个合唱团，在合唱团参加比赛却缺少服装经费的时候，匿名捐出一笔钱给每个人做了衣服。负责做衣服的领队，没想到捐助者就在合唱团里，吃了回扣，制作的西装"薄得像手帕，袖子短得哟连手腕都遮不住"，比赛之后，她退出了合唱团。

她就在印刷厂时代认识了自己的丈夫，他在建筑设计院工作，来厂里印刷一本建筑图片集，她给了他成本价，还给他加了塞，排在一本畅销的写真集前，工人不得不加班，为了安抚工人的怨声，她用自己的钱给工人发了补助。外祖父察觉了自己女儿的异样，要知道，他挂在嘴上的话是"生意可以不赚钱，但不能赔钱"，女儿一向执行得很好。第二个月，母亲就带父亲回家吃饭，回答了祖父的疑问。那是 1992 年。1993 年，他们结婚，1994 年，许丽虎出生，许丽虎 9 岁的时候，父亲留下一封信，离家出走。

母女两人，有身体硬朗头脑灵活的商人家长和一个生意火爆的美食城作为靠山，安全度过哀伤期，但许丽虎很久之后才知道，这种哀伤是内伤，要绵延很久，时时发作。其表现是，母亲再也没有结婚，而她先后暗恋上了外祖父最忠诚的合伙人、自己的中学老师、大学老师、画家老师、画家老师的朋友，她喜欢的演员是王庆祥、董勇、孙淳、尤勇和王志飞，她在社交软件上筛选网友的时候，也把年龄区间设定在 35 岁以上。她从没对朋友讲过自己对男性的偏好，因为她深知这意味着什么。

她从小学画，后来在一家网络杂志做美编，这是本小众潮流杂志，主打游戏和二次元。杂志很小，内部竞争没有那么激烈，她很快就成了主编，也延续了前任主编的很多做法，包括每年一次的主题征文。主题征文面向中小学生，可以是文也可以是漫画，文字篇幅在 5000 字以内，漫画在 100 幅以内。

3 个月前，他们发起了 2018 年度的征文，主题是"诺言"，两个月后，截稿期到来的时候，他们收到了 3436 份来稿，大部分是文字稿。

"3436，这个数字我记得非常清楚，后来我意识到，把它倒过来，就是我父亲告诉我们的出生年月，1963年4月3日。当然这只是个巧合，但我发现我一直在刻意寻找这种巧合。"

征文本来不需要她全部过目，他们把所有的文章分类打包上传到网盘，作为公共稿库，邀请了30位比较老练的作者来看稿和审稿。大部分稿子，在第一关的时候就被刷掉了，最后选出一百篇稿子，进入第二轮；这次是交叉审稿，每篇稿子要经过5个审稿者的审看和打分，最后缩小到20篇，这20个人是最终的获奖者。她只需要粗略地看一下第二轮的100篇稿子，再认真看一下最后的20篇稿子，给出最终意见就好。

他们拉了一个微信群，交流看稿子的心得，时常摘出滑稽的、荒唐的段落来，作为消遣。在评选已经进入第二轮的时候，一位审读者转了一篇文章进来。这篇文章没有通过第一轮筛选，他是偶然在稿库里看到的，觉得很有意思，就转了进来。文章的作者，是一位12岁的小学生，生活在安徽，他的文章叫《父亲的诺言》，图文并茂。

她把面前的电脑转过来，word文档页面上正是这篇文章。我调整一下电脑的角度，甚至没顾上跟她打招呼，就开始读下去。

"人们常说，不能轻易许诺，因为许下诺言就要实现，我希望这是真的，因为我的爸爸就给我许了诺，他说他将来还会回来看我。

"我的爸爸很帅，明星也比不上他，他去学校开家长会的时候，同学的妈妈总是跟他要电话。但我爱我的爸爸，不是因为他比明星还要帅，而是因为他很爱我，对我很有耐心，跟我说话总是很认真，愿意听我讲我胡思乱想出来的那些东西。每当我想出什么有意思的故事，首先想到的就是回家讲给爸爸听。在回家的车上，我复习着我的故事，希望它更有逻辑一点，先讲什么，后讲什么，大脑就像电脑一样忙碌着，因为爸爸总是说，一个故事最重要的是逻辑。

（这里有一张插图，是他给父亲画的肖像，针管笔线条画，上了淡彩。不出意外，这也是一个浓眉大眼的男人，这个男人，和我、和许丽虎的父亲都很像，但嘴的形状，眼神和表情，似乎又有差异。他画得非常好，笔触成熟，细节丰富，远远超过普通学画孩子的水平。）

"我的父亲，也不像别人的父亲那样，总是咋咋呼呼，总想着把别人的风头压下去。他很稳重，说话很稳重，走路也很稳重；他嘴里说出的每个字，似乎都很有分量；他走的每一步，好像都很爱惜脚下的路。自从我认识了我的爸爸，我就觉得别人的爸爸都很傻。我的姥爷和我妈妈也经常对我说，你爸爸是世界上最能给人安全感的男人。

（这里有插图，是一张他父亲的全身画像，针管笔线条画，上了淡彩。画中人是个高大的男人，穿着衬衣和西裤，站在一道墙壁前面，双手插在裤兜里。猛一看和我的父亲很像，细看又有差异。）

"但是谁也没有想到，我爸爸做了一件事，让妈妈和我都失去了安全感。在9岁那年，他写了一封信，放在桌子上，然后就悄悄离开了家，再也没有回来。

（这里也有插图，画面上是一张信笺，上面写着："清黎和小亮，我很爱你们，很爱很爱，但现在有很重要的事需要我去做，我要离开你们一段时间，希望你们好好生活，享受生命。"字体来自字体库，信笺上还画着一串泪珠。）

"爸爸的离去，让妈妈难过了很久，但妈妈还是振作了起来，她说，爸爸走了，她就既是爸爸，也是妈妈，她要学着像爸爸做爸爸那样做妈妈。她比以前更勤奋地工作，还培养了很多新的爱好，比方养鱼养花，她也有了很多新的朋友，他们也和她一样有相同的爱好。

"我也难过了很久，但似乎也不那么难过，因为父亲曾经告诉我，他将来还会回来的。一想到这句话，我就不那么难过了。

"这句话是他在我8岁的时候说的。那是一个黄昏，他带我去散步，经过我家附近的体育场，他突然停了下来，并且对我说，他在这个体育场里，藏了一个很大的机场。我说爸爸你真会开玩笑，这个体育场我进去过，里面就是一个体育场，没有别的东西，再说，体育场里为什么要藏飞机场呢？爸爸笑眯眯地看着我，然后拉开一扇小门，带我走了进去。

（两张插图，图一是体育场的内景，和任何体育场都没有什么两样，看台上没有人，足球场上有淡绿的草坪；图二是一个机场式的建筑，有巨大的通道，巨大的候机厅，所有这些都是银白色的，机场里一个人都没有。）

"眼前是一个很大的通道，有50米宽，墙壁和地面都是银白色的，很光亮，什么东西都没有，也没有休息椅。我们顺着这个通道走了很久，我都走累了，眼前出现一个候机厅，长和宽有四五百米，也是银白色的，空空荡荡的，什么东西都没有。

"通道和大厅都很亮，但是看不到灯在哪里。我和爸爸站在大厅里，根本看不到影子。在那里站了一会儿，我跟爸爸说，这个地方空空的，我很害怕，爸爸就带着我从原路回来了。在回去的路上，爸爸对我说，他以后还要回来，带我到这里来。

"但是他再也没有带我来过这里。第二年，爸爸就离开我们了。但是我有信心，爸爸说话是算数的，他肯定还会回来，带我去看银白色体育场。希望那一天快点到来，我等待着，等待着……"

（最后一张插图，依然是针管笔画的，画上是一个男孩子，眼睛很大，穿着卫衣，身后是夜晚的城市，一些屋子的窗口亮着灯。这张画的日漫趣味和他对自己的美化，显露了他天真的一面。）

看到我抬起了头，许丽虎问我，有什么读后感？我说，文字和画都比较早熟，例如第一句，他写的是"人们常说"，而孩子们会写"大人们常说"，还有一些表达很越轨，但很有趣，例如"自从我认识了我的爸爸"，"她要学着像爸爸做爸爸那样做妈妈"，画得也很好，这个你也看得出来，只要给他时间，他能画出来。当然，这不是重点，重点是……说到这里，我说不下去了。

是的，是的，重点是……重点是……所以我马上就按他留下的联系电话打过去了，从联系人的名字看，那应该是他妈妈，的确，电话也的确是他妈妈接的，那是一个很柔和、很明快的声音，而且……一点陌生感都没有……一点都没有……就像……我和我妈妈说话，那种感觉，既熟悉又恐怖。我跟他妈妈说明了来意，非常非常诚恳，生怕说错一个字。第二天，我就从成都飞去了他们所在的城市，和他们母子俩见了面……见了一面，在一起处了三天。许丽虎说。

我可以猜到一些了，我说。

是的，她说，在去之前我就猜到了一些……去之后就彻底证实了……也是一个生意人家庭，生意做得非常成功，但也没有成功到有皇位要继承那种程度，妈妈性格非常爽朗，是……不难从痛苦中走出来的那种人。

我说，我懂了。

她的眼睛灼灼地望着我，没有假笑，也没有痛苦的神色：如果只是我一个人经历了这些，我可能会以为那间金色大厅是我的幻觉，但我在3个月时间里找到了你们，我相信这不是幻觉。其实，在找到小亮的时候，我就有了更大胆的猜想，这个世界上，还有没有类似的人和类似的事情？所以我发了那个微博。

但那篇微博的文字不是你写的，我说。

是的，不是我写的，我太严肃了，严肃到写一条微博都要用半个小时，所以我请了一位作者替我写，我说，她写，她熟悉网络的口吻，知道怎么利用自己的性别。我还加上了抽奖，买了粉丝头条，请朋友转发。总之，我就希望它传播得更广，有更多人看到。然后，连回复带私信，我收到了5万条信息，大部分都是没有价值的，只有200条，符合我的要求。但这200条里，有些明显是编造的，筛掉，有些内容是重复的，我保留了叙述更完整更清楚的，把叙述不好的筛掉，就这样，剩下了31条。31条，有些来自唐宋传奇、明清小说、历代笔记，还有些来自民间传说、名人回忆录、口述史，还有一些，是《飞碟探索》和《奥秘》杂志上的神秘现象报告。

工作量一定很大，我说。是的，但好在，我有一个编辑部。她低头从身边的包里，拿出一个文件夹。"现在女人的包越来越荒唐，大得像是要从家里逃走一样"，旺达·塞克斯在脱口秀里这么说过，而她用来装文件夹的就是一只非常大的托特包。

她打开文件夹，推到我面前，我看到第一页是一篇古文，立刻面露难色，她马上觉察了，对我说，我也和你一样，我们这代人，遇到古文，和半文盲也差不多，所以后面有白话文翻译。

第一篇出自《聊斋志异》。

太原有个书生，姓王，才华在当地也是数一数二了，参加科举考试却屡屡不中，不免很受乡亲嘲笑。一天，王生出门散心，走在街上，迎面走来一个穿青色衣衫的汉子，看到王生，竟像是熟识一般，拊掌大笑，对王生说："你的事我听说过一些，听你的经历，再看你愁眉苦脸的样子，让人很是同情，不如你拜我为师，我教你作文，保证你能获取功名。"王生听到这句话，不免激起心中的怨气，就对那人说："我虽然没有什么才华，却也不能随随便便就拜人为师。看你轻狂的样子，也不像是能够为人师的。"那人大笑着说："我们是萍水相逢，也是很难获得对方信任的。不如这样吧，今天傍晚，你到城外仁寿山下的松林里来，我召集了一群爱读书的人，在那里清修和研读。你若有兴趣，也可以前来，和我们一起学习。"

王生回到家里，觉得这事很是离奇，但他又有几分好奇，不知道自己是不是遇到了异人。于是把事情经过告诉家人，并且表示出想要赴约的意图，家人大惊，极力阻止，王生的念头反而更加坚定。晚饭后就慢慢向着城外的仁寿山走去，走了大约二里地的样子，看到一片松林，隐隐有一点灯火，等到他走到跟前，才发现松林深处有一处小小的宅院，只有三五间房子的样子，两扇窄窄木头门，油漆已经剥落，看上去很是寒碜。王生犹豫着叩门，随即听得院内一阵响动，有人来开了门，正是白天所见的那个青衫汉子。

青衫汉子把王生迎进门，爽朗地笑着说："大家都已等候你多时了。"然后鼓掌三下，把王生拖进一道门，没想到其中别有天地，亭台楼阁一应俱全，不远处还有一座华丽的大厦，楼上楼下灯火通明，一股兰麝之香扑面而来。随后，几个汉子从各处走出，个个都是神采奕奕的样子，又有几个少女，簇拥着一个美若天仙的女子走出，她们身上的钗环衣服，都是宫中才有的东西。王生置身其中，竟然并不觉得局促。

众人拉着王生进入大厦，筵席已经摆好，王生也就泰然坐下，与众人举杯畅饮。酒过三巡，青衣汉子脸色微醺，谈到兴头上，就会拍打王生的大腿，王生虽然觉得古怪，但也能够接受。如此这般聊了一个时辰，青衣汉子突然收了脸上的笑意，也不再拍打王生大腿，郑重其事地说："你的文章虽美，可惜当世之人重官位，如果官位低下，文章也就不能传世了。阅卷的官员，都是靠八股文进身的，恐怕不能为着阅读你的文章，换一副眼睛和肠胃，倒不如你换了眼睛和肠胃再去作文。"

王生不明就里，喏喏应答，又饮下几杯酒，渐渐失去知觉，恍惚间，看见青衣汉子搁下酒杯，走到他面前，朗朗笑着说："我这就为你换一副肠胃。"说话间，伸手探进王生的肚腹，将王生的肠胃拽出，端详一番后，念念有词，并且用手指点环绕，仿佛在做法。

王生大骇，怎奈饮酒过多，动弹不得，只能眼睁睁看着众人围着他的肠胃，有的指指点点，有的拍掌叫好，有的咯咯笑，有的像是出着主意。过了一炷香的时间，青衣汉子停下动作，对着王生的肠胃端详了一会儿，点点头，露出满意的神色，又将肠胃塞回王生的腹中，动作就像闪电一样。王生瞬间清醒，身上也有了力气，低头看自己的腹部，并没有伤痕和血迹。

众人看到王生清醒了，一阵喧嚷，半推半搡地，把王生送出门去。到了门外，笑声、喧闹声瞬间就消失了，王生急忙回头，依然只能看见那处小小的宅院，转身拍门，却再也没有人回应。

王生回到家中，家人见他神色恍惚，关切地询问他的经历。王生不知说什么好，就随意应付了几句。等到睡倒在床上，就听见腹中肠鸣不止，一直到天亮才停止了。

过了一年，又到了乡试的日子，王生惴惴不安前去应试。到了考场中，坐在桌子前，心头空茫一片，手下写个不停，却不知自己写了些什么，等到写完掷笔，就立刻清醒过来，却已经是太阳落山的时候了。王生出了考场，想起考场中的经历，恍如一梦，竟然回忆不起来一星半点。没多久，发榜了，他中了乡试第一名。

知道消息以后，王生急忙出城，去仁寿山下松林间，寻访青衣汉子。那处宅院还在，窄门紧闭，他敲了很久的门，也没有人开门，于是翻墙进入，那三五间房子也都还在，只是空空荡荡没有人住。他走进每间房子查看，都只看见狭窄的小房子一间，四面墙壁也光秃秃的没有装饰，看不见当日那些亭台楼阁和大厦。他用手逐一叩击墙壁，也不见有什么异样。在小院里伫立了很久之后，他闷闷地翻墙出来，回家里，想起当日那场欢宴，笑声和语声似乎都在耳边。

乡邻渐渐知道了他的遭遇，都说他一定是遇到了狐仙，只是赞叹，狐仙竟有助人获取功名的举动，或许王生也有些仙骨吧。可叹这样的际遇，不是人人都能有的，像王生这样的幸运儿，世间也没有几个，而文章有官位担保，才能传世的现象，到现在也没有停止。

第二、第三篇出自《阅微草堂笔记·滦阳消夏录五》。

乌鲁木齐每年有5个月天气极寒，动辄积雪超过一尺，不能在户外活动，也不能在户外做生意。有个叫林霈言的生意人，不知道这里天气的厉害，在11月初，载了一车茶叶，从甘肃南部来到乌鲁木齐，准备送到昌吉去。有人劝他不要贸然上路，他却不听劝阻，出城而去。他出发时还是晴天，路上却遇到天气骤变，突然间风雪交加，他和两个伙计眼看性命不保。就在此时，茫茫风雪中，缓缓走出一个穿着羊皮袄，戴着羊皮帽子的老人，手里拎着一个木制的房子，只有狗窝那么大，虽然在风雪中，老人却丝毫没有瑟缩之态，似乎是刚从很暖和的屋子里走出来一样。老人走到林霈言面前，把手里的东西递给林霈言，让他把木头房子靠着路边的山坡放下，打开房门。林霈言浑身颤抖，依言照做，等到门打开以后，却发现自己已经置身于一间屋子里，屋里有炉子，炉火正在熊熊燃烧。转过头，老人已经不见了。林霈言和伙计在屋子里休息了一天，等到风雪停止才走出屋子，就在他们走出屋子的一瞬间，那间屋子又变成狗窝大小。林霈言带着这个木头房子，返回了乌鲁木齐，把房子珍藏在密室里。第二年春天，他载着茶叶再度上路，快到昌吉的时候，迎面走来一位老人，正是当初赠送木头屋子给他的那人。林霈言上前下跪道谢，老人微笑接受，等到他再次抬头，老人已经不见了，回到车上查看，那个木头房子也消失了。

乌鲁木齐这地方，曲折深巷，常有不可思议的事情发生。我曾听把总蔡良栋说，有人在城中开设"鬼市"，售卖各种违禁物品。他带人前去调查，却发现这"鬼市"神秘莫测，不断变换地点。后来，他们抓捕了参与"鬼市"交易的人，严加审问，才知道，那间"鬼市"是由一个来历不明的泉州人掌控，他在城里到处寻找空屋，以低廉价格租下，随后稍加改装，就变成了"鬼市"。在他改装前，那空屋就是一间陋室，七八尺见方，但他不知用了什么邪术，将屋子扩充成几十丈见方，容得下许多人在里面交易。一旦那"鬼市"被人发现，他就弃之不顾，转而去寻找下一间房子。那"鬼市"一旦被弃，就再度变回数尺见方的陋室。这是官府屡寻不获的原因。

第四篇，出自《关山寻路：陆仁棠回忆录》，陆仁棠口述，姚橹湘撰写。

听闻前方战事失利，黄世昌军行将赶至，医院里顿时慌乱起来。黄世昌系土匪出身，对待俘虏极为残忍，如果被黄军捕获，命运无疑十分可悲。我们简单整理装备，自医院出走，向郴州方向撤退。南峡口镇居民，此时也都知道兵败消息，携家带口，向郴州而去。

我与2名勤务兵，一名枪兵，二十几名伤兵及3名护士同行，另有50位南峡口镇居民跟随，行进速度极为缓慢，我不由心急如焚。戎旅生涯至此，前路茫茫，护国行动屡遭挫折，战争陷于胶着，不知何时才能看到局势明朗。

正在难受之际，天空又下起绵绵细雨，所幸此地多红砂土，并不十分泥泞，只是雨水浇透全身，加之饥肠辘辘，不免更添几分沮丧。就在此时，走在前面的镇民说，前面山谷里就有一间小庙，可供军民休息。我们顿时提振了一点精神，加力前行。果然在山谷深处，看见一座小庙，不知供奉何神。走近小庙，庭院里种植着几簇修竹，另有一左一右两棵桃树，墙壁干净整洁，屋瓦上不见杂草，显然有人打理。近前叩门，就有一位老者前来开门，表情动作与常人略有差异，细看才知是盲眼人。

我率先进了小庙，四下打量，见小庙只有十尺见方，青砖墁地，一座清简的莲台上，端坐一位观音，没有饰品，也无幔帐，除此之外，空余地面甚少，不知如何能容下近七十军民。

盲眼老者并不知我们人员众多，侧身让我们进入。其后发生的事算得上古怪，七十军民，挑筐背箱，陆续进入庙堂，庙堂竟不见挤迫。众人或席地而坐，或摊开铺盖躺睡，铺盖之间尚要留出容纳行走出入的空地，庙堂反而越显宽敞。我不免疑心，是否青田墟一役时的枪伤，影响了视力，加之天色阴沉，没有看清庙堂大小。虽然心中存疑，却不断说服自己，于是昏昏睡去。

本想第二天一早就离开此地，没想到雨越下越大，终于酿成洪水，将山道淹没，我们就在这间小庙里停留了5日。其间，盲眼老者拿出草药，帮助照料伤兵，伤兵伤势渐缓，连日疲顿也稍稍消退。5日后，我们告别老者，扶老携幼，再度上路。我仍然心中存疑，走出小院后，假装丢下东西，回身寻找，推开庙门，眼前仍然只得一间斗室，十尺见方。盲眼老者当庭打坐，听见开门身，也不回头，只缓缓道："去吧，去吧。"

沧海桑田，驹光如矢，中国也从旧社会来到新社会，许多事情不复以往，然而想起这件事，我仍然大惑不解，但也只能由它去了。

第五篇，出自《走近飞碟》，1988年第六期，《目击者》栏目。

1978年，在山西工作的时候，我有过一次近距离接触体验。那是8月的一个傍晚，天气很热，我在野外工作，突然看见眼前飞过一个发光的圆珠状物体，只有一颗花椒粒那么大。我以为是萤火虫，心想怎么会有这种形状的萤火虫，就随手捞了一下，很可能把那个物体抓了手里，手掌感到一阵刺痛，赶忙放开了它。就在这一瞬间，我感觉我整个人被吸进了一个管道里，管道两边都是耀眼的光柱，飞速掠过，然后眼前突然变得开阔了，我像是飘浮在太空里，地球就在我下方，我正在俯瞰我们蓝色的星球。只要我对什么地方多看一会儿，我就会出现在那个地方，一会儿是热带雨林，一会儿是沙漠戈壁，一会儿是高楼大厦，一会儿是大洋深处，周围有鱼群在游动。就这样飘浮了一会儿之后，眼前的一切都消失了，我仿佛置身于一个实验室里，实验室很大，有一些物件，都是蓝色透明的。就在我好奇地四下打量的时候，手掌又是一阵刺痛，我从那个管道里退了出来，身边还是有耀眼的光柱。再睁开眼的时候，我还是站在野外工作的地方，手心很痛。我张开手，看到手掌里有一块小小的灼痕，有点歪斜，边缘不很整齐，像是用一把牙刷头烙出来的。后来我把自己的经历告诉家人，家人说，我很可能是抓到了一只野蜂，被蜂刺到，中毒以后产生了幻觉。

第六篇，是"私历史FM"公号上的文章，题目是"三十五年前，我是昆仑山下的找油人"。

……每天完成作业之后，我们就聚在队长的帐篷里喝酒打扑克，当时也喝不起好酒，就喝当地人用苞谷酿的酒，一边喝酒一边谝闲传（闲聊，唠嗑），就那么听说了好多事。内蒙古来的勘探员巴特尔说，他以前跟过一个勘探队，在阿克苏附近的戈壁滩上找油的时候，看到一座山，拔地而起，就像埃菲尔铁塔一样，山脚下有一个房子，灰白色的，门洞都能看得见。那座山看着很近，走起来很远，差不多有5公里，他们几乎都以为那是海市蜃楼了，却终于走到了跟前。到了房子前面，才发现那是一个石头房子，也不知道是什么人修的，哪年哪月修的，有个门洞，没有门。他们好奇，就打了个手电筒进去看了，刚进去觉得里面很小，走了两步，乖乖不得了，眼前是一个特别大的走廊，有50米宽，三四十米高，看不到头，不知道到底有多长，墙壁都很整齐，像是用水泥糊过一样。最奇怪的是，走廊里看不到灯，但是有光，能看到很远的地方。他们走了一会儿，看不到人，心里直打鼓，又害怕里面氧气不够，把人放翻就麻烦了，就退出来了。出来之后，他们商量了一下，一致认为那是一个废弃的秘密工事，有可能是国民党修的，为了潜伏下来搞破坏。回去以后他们就向上级报告了，上级很重视，就组织了一些人到那个地方去找，结果再也找不到了。因为谎报情况，他们队长差点背上个处分。

看到这里，许丽虎从我手里拿走了那些文件，说：时间不够了，后面的那些故事也大致差不多，《拾遗记》里的，《子不语》里的，《云南民间故事选》《古代神话故事》里的，笔记里的，地方志里的，还有各种口述实录。看这么多也够了。其余的故事，我会发到你的信箱。我想知道的是，你看了这些故事，第一印象是什么？

我：须弥芥子。

她：似乎是这样，似乎也不是。现在，我们先关心一下和我们有关的部分吧。我们需要理一下父亲出现和失踪的每个时间点。你说话的时候，我记了一些，你的父亲，应该是1951年出生的，出生日期是？

我：6月5日。

她：好。你的父亲是1951年6月5日出生；1980年，你的父亲29岁的时候，和你的母亲在水产市场认识；1981年，你的父母结婚；1982年，你出生；1991年9月，你9岁，你的父亲40岁，他留下了一封信，离家出走。在我这里呢，时间线是这样的，我的父亲1963年4月3日出生；1992年，也是在他29岁的时候，和我母亲在印刷厂认识；1993年，他们结婚；1994年，我出生；2003年，我9岁，我的父亲40岁，他留下一封信，离家出走。好了，再来看看小亮父亲的时间线，他是1975年5月15日出生；2004年，和小亮的母亲在建筑工地认识；2005年，他们结婚；2006年，小亮出生；2015年，小亮9岁，小亮父亲40岁的时候，留下一封信，离家出走。看出来什么规律了吗？

我：时间线是平行的，平行相差12年，孩子9岁，父亲40岁的时候，必须要消失。

她侧脸看看窗外，说：在我遇到小亮的时候，就发现这个规律了，找到你，只是又一次验证了这个规律。在小亮那里发现这个规律之后，我想了很久，为什么是12年，为什么是40岁。然后，我想起一个电影……

我知道是什么电影了，我和她几乎同时说出来：《这个男人来自地球》。

她低下头：如果他只是在40岁失踪，如果只有这么一个特征，我不会这么联想。但还有那个房子……所以我想，他必须要在40岁的时候离开，因为，人在40岁之后，会老得快一点，而他肯定还是不到30

岁的样子，甚至在他应该 50 岁的时候，还是这个样子。

我：也有可能，他会定期对婚姻厌倦，和一家人守在一起不耐烦了。

她：也有可能是别的原因，但是，那肯定是一个我们想象不出来的原因。还有他为什么要在 28 岁的时候出现，或者说，以 28 岁的年龄出现，我还没有想明白。我也肯定，那是一个我们想象不出来的原因。

我：他也可以在我们 5 岁的时候离开……

她：所以我们想到的这些原因，都只是我们理解能力之内的原因。我们只能凭借 3 个个案归纳出一个规律，但不知道为什么会有这个规律，也不知道这个规律在第四、第五个案子上是不是同样适用。

我：那你觉得，我的父亲，你的父亲，小亮的父亲，是同一个人吗？他们似乎不是很像。

她：我想过，有可能是一个人，既然他能做出那个房子，那么，改变一下相貌的细节，应该不会太难，至少不会比在一个体育馆里，建起一个来历不明的机场更难。但后来，收集到的故事越来越多，我又想，他可能是一个人，但也可能是很多人，可能是同一个部落里的人，也可能是从……同一个飞船上下来的，或者是同一个地方生产的，类似于同一个批号的机器人。

说到这里，她沉默了一下，又说：这个假想太可怕了。好了，父亲的时间线有了，再理一下他选择对象的方式。

我：我们的母亲，都很相似。家庭富裕，性格爽朗，但也不是豌豆公主类型的，都穷过，做过很艰苦的工作。总之，抗压能力强，自愈能力也很强，不会因为丈夫失踪，就完全无法生活。

她：因为他知道自己有一天会离开，他在遇到她们之前，就在为离开做准备。

我：为即将到来的 40 岁做准备。

她：也有可能是别的东西。让他不得不离开的东西。

我：在离开前，还要把那个房子的事告诉孩子。

她：可能是让他们知道自己的存在，就像……立下一个纪念碑，但这个纪念碑又是不那么让人信服的，因为是从孩子嘴里说出来的。到最后，就连孩子自己，也不太相信自己看到的和听到的。他们只好忘掉，或者当作记忆里的异常事件，封存起来。

我：也有可能，他是为别的事情做准备。

她：也有可能，没有那么一个房子，我们的确是被植入了一段记忆。我们都那么爱幻想，那么爱创造，针对我们的特点，给我们植入一段记忆，应该不难。办法很多，一、反复说给我们听，洗脑；二、催眠；三、带我们去一个电影拍摄现场。

我：都有可能。随后，我们同时哈哈大笑。

她放慢了语速：但是，那个房子……那些房子不是毫无联系的，现在已经知道的3个房子是有关系的。第一个，你看到的那个，只有20平方米，20平方米的三间房子，加上楼梯。第二个，我看到的那个，是一个金色大厅，占满一座山的内部，有几千平方米大，几十米高。第三个，小亮看到的那个，是一个巨大的机场，几万平方米。这些房子，越来越大，指数级地扩大。就是说，不管他是一个人，还是一群人，他的能力都越来越大。从一间光秃秃的水泥房子，到金色大厅，到一个空旷的机场。下一个房子，或者说空间，应该更大，但是我不知道会有多大。

我愕然地看着她，我还没有想过这个问题。

她：我也概括了他制造这些房子的，或者说，空间的手法。你看到的那个房子，是"嵌入"，在一个大建筑里，嵌入一个小空间。我看到的房子，如果用一个词来概括他的手法，那应该是"占据"，一个空间，被另一个同样大小的空间占据。小亮看到的那个空间的制造手法，是"扩张"，在已有的空间里，开辟出一个更大的空间。嵌入，占据，扩张。那么，下一个词会是什么呢？当然，你不要被我用的这三个词语影响，还可以是另外三个词，撑开，填充，膨胀，但结果是差不多的。那么，下一个词会是什么？

还不等我回答，外面响起防空警报的声音，凄厉而广大，在整个城市上空回旋。一遍结束之后，另一遍又来了。和防空警报一起泛起来的，是某种嘈杂声，看不到来源，但却能感受到其存在的嘈杂声，像宏大的耳语。

好了，我们走吧，她说。她开始收拾桌上的笔记本和文件，把它们统统塞到那只大包里，然后站起来，停顿一下，迈出了步子。她走路的姿态非常夸张，大幅度地耸动着肩膀，像在笨拙地跳舞。

车祸，她说。她知道我在想什么，根本没有回头看我。

我们并肩走在街上，起初，我还要适应一下她的步伐，很快，我们就能达成一致了。街上人多起来了，有人背着包；有人拖着拉杆箱；有人推着轮椅，轮椅上坐着老人；有人牵着狗，还有人不断地从路两边的门洞里走出来。所有人的表情都很轻松，像是去参加一次远足，看一次焰火表演。我想起有一年去看音乐节，在开场前，人们默默走向入口，场内已经响起了音乐，我们不知道是不是已经开演了，有一点轻微的焦急，但更多的是释然，演出终于要开始的释然。

她走在我身边，耸动着肩膀，执着地看着前方。我想起佩索阿的句子："秘密的守护者都是残缺的人。"

但我知道她不是完全安静的，她思绪翻涌，好像要在沉默的间隙里，找到一个豁口，可以让她开口。终于，人群中传来一声尖叫，随后又是一阵哈哈大笑，有人笑着跑开，那些声音勾画出一场恶作剧。借着那阵骚动，她开口说话了：知道我为什么会来这里吗？

我：我刚刚想起来要问你。

她：一个月前，我发微博搜集故事的时候，看到了这里防震演习的消息。我觉得这个消息不太寻常。现在的科技，还预报不了地震，只能地震预警。预警是什么？预警发生的时候，只有几十秒可以逃生了。所以，没有人会做这样的防震演习，只会做逃生和疏散演习。你生活在日本，应该知道这些的吧。

我：所以？

她：所以，我用了很多时间，了解这个防震演习的背景、发起人、组织过程、耗费的金钱、防震演习的方式，一切一切。但所有的消息都告诉我，这真的只是一场防震演习。这个时候，你写来了邮件，我想，我们可以在这里见一面。我还邀请了小亮和他的母亲，但是小亮要考试，五月份，孩子们都要考试。

我：所以，你已经默认了，我们的父亲是同一个人，而不是来自同一个飞船的一群人。

我是这么期待的。她说。

体育馆就在路的尽头，从外面看上去很大，但很简陋，墙壁是灰色的，围绕着体育馆的水泥路，却像是新修的，在水泥路两边，种着银杏树。体育馆的入口很好找，在靠近入口的地方，开着几家售卖体育用品的小店。

进门，穿过黑暗的通道，进入体育馆的一瞬间，我以为会看到一个金色大厅，或者白色的机场，都没有，眼前出现的，就是一个体育场，草坪、跑道、看台，和任何一个标准的体育馆没有什么两样。我没有看许丽虎，我知道她也一定感到一种尖锐的失望。

汇集在场地里的人还不多，我们找了看台上的位置坐下，她毫不在意地把那只包放在身后充当靠垫，尽力让自己舒服一点。

那个下午的后半段，我们就在体育馆里度过。我们聊了各自的童年，父亲的琐事，聊了又聊。一种亲切感在我们中间蔓延。晚饭时间，我们分享了她带来的零食，每人半块脱脂蛋糕，几块巧克力，一种吃起来像水果的软糖。周围的人，也把他们的食物带给我们。一种游戏般的、共患难的感情，临时出现在我们中间。不过，遗憾的是，当我们想要加微信的时候，却发现那里面完全没有信号，只好存了彼此的电话号码。

体育馆里的人越来越多，但在志愿者的指引下，人们并没有过分慌乱，先到者上看台，看台坐满之后，其余的人就坐在场地中央。场地上有志愿者用木屑画出的方格，方格中间留出了通道，人们就坐在方格里。穿着黄色闪光马甲的志愿者，在格子之间奔走。

嘈杂声越来越宏大，像是一片海被引进了盆地之后感到拘束，要冲破盆地的狭窄，用浪潮的声音作为突破。但就在那宏大的嘈杂声里，开始有人唱歌，起初，是一个女孩子的声音，她悠悠地唱了一首慢歌，但在歌曲快要结束的时候，她越唱越快，越唱越调皮，像个玩笑。最后，她在笑声里停止唱歌。很快，有另一个声音接了下来。

一群老年人，在一个老人的指挥下，开始合唱，都是些过去年代的歌。他们的声音，很快盖过零星的歌声，并且吸引了更多人加入。嘈杂声渐渐变成了歌声，像一堆黑色的、密密麻麻的点变成了线条。

就在老人们的歌声还没结束的时候，看台上有人用喇叭讲话了："同志们，朋友们，今天我们在这里进行的，是一场防震演习，这次防震演习，动员了全县城的居民参与，是我县、我市乃至我省历史上，规模最大的一场防震演习。这次演习得到了全县所有人民的支持，我们向大家的支持表示感谢。大家知道，自然灾害的发生是不可抗拒的，但是人们可以通过有效的措施，有组织的预防，把自然灾害造成的损失降到最低限度。这是我们举办防震避险演习的初衷。我们希望，通过举办防震避险演习，能够使大家进一步了解应急避险常识，提高面对突发事件的应变能力，帮助全县人民提高自救、自护的能力，也能增强互帮互助、尊老爱幼的思想意识，促进家庭美德建设。

"为了达成这一目标，圆满完成这次地震避险演习，从4月中旬开始，我们就成立了由县委书记芮文斌同志担任组长，县委、县政府主要班子成员担任副组长的防震避险演习领导小组，从组织上为这次活动提供了保障。同时，我们召开了领导小组会议，确定了本次避险演习活动的指导思想、方针政策，明确了责任，并且落实到人。随后，我们在全县范围内，进行了广泛的动员宣传，通过层层落实，狠抓动员，我们让全县人民提高了对防震避险活动的思想认识，了解了这次活动的时间、地点和方式方法，并且建立了网格化的避险演习分管小组，层层传递，人对人传递，确保不落下一个人，不留下一个死角，不让一个人、一个家庭不被关注，不让一个人、一个家庭处于网格之外。"

我已经很久没有听过这样的讲话了，而且又是在那样一种特别的情形下，不知怎的，我竟然从这个讲话里感到一种暖意。它和中国人的所有讲话一样，有一种正统、笃定、达观，似乎怪力乱神不存在，崩溃流散不存在。它又有一种隐蔽的世界观，自给自足，不往宇宙深处望，也不往河海荒野深处望。我曾经以为，只有中国人的演讲是这样，后来发现，世界上的演讲大都如此，演讲本身，就是一种信心的表演。

就是用语言，临时建造一所房子。

讲话结束之后，专业演员上台，唱了几首歌，跳了几支舞，演了几段地方戏，大约历时一个小时。随后有人宣布，防震演习胜利结束，请大家按照志愿者的安排，有序退场。这个晚上，可能就这样结束了。我和许丽虎对视一眼，静静地坐在原位，等着人们散得差不多之后，才向着出口走过去。

是不是很失望？她说。

开始我没想到会产生期望，但现在有了失望。我说。

但现实没有让我失望，在那句话结束之后，在我们都以为故事结束的时候，故事才真正开始了。在我们走出体育馆的同时，她站住了，我们都听到她包里的手机在连续振动。她拿出手机，嘟囔着"这个时候来信息"，但在她看了一眼屏幕之后，她僵在了那里，很久很久，就在我已经不顾礼貌，准备凑过去看她的手机时，她把手机递过来了，手机屏幕上有一条来自新闻 APP 的信息：

"中国地震台网正式测定：05 月 20 日 21 时 29 分，在湖北省苍阳县（北纬 3×.××度，东经 1××.××度）发生 7.8 级地震，震源深度 12 千米。"

我们根本没有看懂这条信息是什么意思，随后我醒悟过来，拿出自己的手机，打开微博，微博上已经随处可见和这场地震有关的消息了："一个巧合是，在湖北苍阳的地震发生之前，当地政府组织了一场防震演习，全县居民，都在地震发生前，被有组织地疏散到了当地的体育馆、139 学校操场和公园，在地震发生时，他们正在紧急避难场所欣赏歌舞表演。目前没有房屋损毁和人员伤亡报告。"

我和她站在那里，呆立不动，各自心绪翻腾。那一瞬间，我们上空似乎出现一个旋涡，而旋涡的中心就是我们，我似乎能看见旋涡里的云雾翻卷，它们像一个巨大的黑灰色的冰淇淋筒，竖立在我们头上，并且缓缓转动。

就在那时，整个城市突然从慵懒的寂静中醒了过来，尖叫声、吼叫声、高声说话的声音和摔门声、汽车启动声慢慢泛起来，开始是隐隐约约的，不能确定的，随即变成尖锐的、明亮的，似乎有一根根刺，在整个城市的四面八方，从地下刺了出来。这些尖锐的声音，这些尖锐的，像是来自地下的刺，很快汇聚成一片。整个城市都被各种狂乱的惊呼、笑声给充满了。

体育馆对面的那些楼宇上，不断有人跑出来，有人站在单元口喊叫着什么，有人跑到离楼宇远一点的地方，仰着头看着他们的楼。有人从我们身旁的马路上跑过去，伴随着号叫和惊叫，我隐隐约约地听到他们喊的是："出鬼了！出鬼了！"

等到再有人从我身旁跑过去的时候，我拉住他的手臂，问他发生了什么，在被他奔跑带来的惯性拖着走了几步之后，他和我慢慢站住了，他喘着气告诉我："出大事了，我的家里什么都没有了，我们整个楼上的人家里头，什么都没有了。"说完这句话，他挣脱我，边跑边看着我，随后拧过头，加快了步伐，很快消失在马路的尽头。

我走回许丽虎的身边，把我听到的只言片语转告给她，尽管我也不知道这到底是什么意思。我于是拉着她，对她说，到对面的房子看看就明白了。

她跟我走了两步，又突然站住了，像在想什么，然后对我说：不对，银杏树没有了。

什么银杏树？我说。在我说出这句话的同时，我突然明白了她在说什么。体育馆外环形路上的银杏树不见了，一棵都没有了。

她拉着我，沿着那条水泥的环形路，向左走了30米，没有看到一棵银杏树。我们折返到原点，又向右走了大约30米，依然没有看到一棵银杏树。我们再次回到原点，她迷惑地问我：这条路上原来是有银杏树的吧？我没记错吧？

我：你没记错，我也有印象，很整齐的银杏树，大概有5米高。

她：现在一棵都没有了。

我们沉默下来，同时转身，向着对面的楼宇走过去，我已经隐隐约约想到，我们可能看到什么，一阵很久没有出现过的慌乱、燥热、恶心感开始浮起。

对面的小区院子里，已经站满了人，他们和自己居住过的房子，保持着一点距离，远远站着，观望着，议论着，似乎那是个凶案现场。我们从他们中间穿过去，听到他们正在激动地讨论，"见了鬼了，见了鬼了"，"地震把房子震成了毛坯房"，"我报警了！派出所说他们办公室也是空的"，"把命保住也算不错了"。

我们走进那幢楼。一楼左手的人家，房门大开着，月光从屋子里倾泻出来，幽蓝、淡白，铺展在地上，勾勒出里面房屋的门框形状。院子里人们说话的声音，被这幽蓝和淡白，瞬间推远了。他们的语声，像是被一道水的帘幕隔开了。这月光、空寂的房间和被隔离的声音，都让我感到一阵熟悉的恐惧，转头望望身边的许丽虎，她和我一样毫无表情，似乎用什么把自己凝固了。我们站在门口，仿佛那里有一道看不见的薄膜，无比脆薄又无比坚固，但冲破它，也许只需要一个小小的动作，甚至呼出一口气。终于，我重重呼出一口气，那道薄膜不存在了，我们迈步走了进去。

玄关、厨房、餐厅都空无一物，也没有经过任何装修，似乎是一间刚刚交付的空房，墙壁和地面都很光滑，有着未经装修的房子特有的阴冷。向右拐，是客厅，客厅很大，月光扑面而来，我像是和一个迎面而来的火车头相遇了。

我和许丽虎在那里又一次站住了，只是，那一瞬间，我突然有了种奇怪的感觉，似乎我正在变成一个漫画人物——变成我曾经画过的少年李斌，和同样变成漫画人物，变成波波头少女的许丽虎，站在一间画出来的房子里，我们面前是巨大的月光，月光也是画出来的，锯齿状的光芒，刺到我们身上。我们身边，似乎还有用黑色粗体的英文字，写出来的拟声词。

在漫画状态里停留了很久，我们同时转身，回到了有血有肉的状态，我们走出屋子，走到人群里，从人群中经过的时候，我还听到有人在向别人倾诉："演习之前房子还是好好的，演习回来就变成毛坯房了。"

我和许丽虎重新回到大路上，月光照着大路，路上空无一人。她说：我知道第四个词是什么了。嵌入、占据、扩张之后的第四个词是什么了。替换。

我静静地等着她说下去。

她：他的能力越来越大，这一次，他先用他制造的空间，占据了那些体育馆、操场和公园，然后让人们在地震快来的时候躲到这个空间里去。这个空间看起来没什么异样，但当我们走进体育馆的时候，可能已经在另一个维度的空间里了，地震不会震到那里，这个地球上发生的一切事可能都到不了那里，当然，手机信号也不会抵达那里。就在所有人躲在这个空间里的时候，他用他制造的城市，把震塌了的城市替换了，包括城市里的所有楼宇和房屋，他都给换了。当然，他不负责装修和置办家具，也不负责做绿化。

我和她同时笑了起来。

月亮已经升到了中天，月光异常明亮和透彻，一些鳞片状的云，被这光芒逼退，慢慢在天空中消失，我们像在海底世界，向着水面仰望，那些楼宇仿佛海底的沉积物，只要月光再亮一点，就能把它们涤荡干净。路上没有人，也没有车，被月光照着，显得无比宽敞平坦，宽敞的大路，就那么悍然地，向着一个方向伸展着，似乎是被月光推出去的。我们就那样，沿着那条月光大路走了下去，没有说话，也不想什么心事。她在我身边行走着，起伏和耸动着身体，但却没有之前那么剧烈了，我甚至怀疑，在这条路上继续走下去，她和我，都会恢复出厂设置，变成最初的样子。

楼宇渐渐稀少了，路边开始出现草地，渐渐地，草地连成了片，人的痕迹越来越少，路也越来越弱，慢慢没那么宽广，也不那么明亮了，似乎，它所代表的人的世界，到这里变弱了，不那么毋庸置疑了。路越来越窄，越来越薄，最终悄无声息地，消失在了浅浅的草地里。像是河回到了自己的源头。我们就在那里站住了，眼前是广大的月光，照着浅草的旷野，什么都被涤荡干净了。

在草地的中央，一个人站在那里，只留了背影给我们，他穿着大衣，戴着一顶平淡无奇的礼帽，他的穿着，和这季节不甚相合。他静静站在那里，沐浴在月光里，仿佛他就是在月光里生，月光里长的。

我和她对望一眼，向着那个背影，走了过去。

（《花城》2021 年第 2 期）

找信号

索南才让

　　玛曲才让从县上回来的那天晚上，民兵班长那日森在德州民兵微信群里面通知：明天早上，民兵集合去找人。要找的这人叫大成，是民兵更登加措的父亲。因为和妻子吵架，被这个儿子架在墙角抽了耳光，他羞愤欲绝，借酒消愁了一个星期，失踪了。他的小汽车停在乡上信用联社门口，最后一次有人在乡政府东南莲花湖方向的沙土路上见过他。所以他有可能进入沙窝了。当时他身穿黑色廉价人造皮衣，一顶儿子戴过的深蓝色棒球帽，一条牛仔裤，脚上是黑色旅游鞋。在他失踪之前，他给儿子发了二十几条微信语音，但除了前面寥寥三四条，余者含混不清，仿佛那时他已经陷入谵妄，胡言乱语。前面几条语音里最重要的信息是他交代了财务状况。他有五十万的高利贷在三个村的五个人手里，他说了这些人的名字，但他没说利息是多少。他欠银行二十万贷款。早就有传言，大成拿银行的钱放高利贷，确实如此。

　　莲花湖在沙漠边缘，一块湿地，天鹅和鸟儿的天堂。他们在硬化路的尽头聚集。因为是要找一个大有可能已经死去的人，民兵们很有兴趣，快乐地分配了行动任务。十个人，十辆越野摩托车，好像要进行一场越野摩托车拉力赛。他们首先要进入沙窝，这里是尕海片区，重点搜寻"三个沙山"一带和铁路沿途的各个桥洞，由熟悉这里地形的巴尔绍乙带领六个民兵前去搜寻。而与"三个沙山"平行排列的"三个绿洲"一带，则有那日森、玛曲才让和更登加措，还有一个叫格东的少年四人前往搜寻。那片地区相比要小一些，那日森也很熟悉那里，因为他每年都会有两个月时间偷偷游牧在那里。他背着食物和被褥，跟随羊群在"三个绿洲"之间游牧。他狡猾得很，人人都知道他偷吃沙窝绿洲，却从来没有被人逮住过。他否认时理直气壮，说你们只是怀疑，而怀疑不是证据。

在如此广阔的地区寻找一个消失多日，很可能已经沦为野兽饱腹之物的小个子男人，无疑大海捞针。但这是一种态度、一种志愿和心意。更登加措说，虽然我们十个人进入沙漠，就好像十个羊粪蛋蛋撒进大草山里，但我还是真谢谢你们！

这件事在他看来好像自欺欺人，事实也的确如此。但现在的生活状态不就是这样吗？这样的行动又让他觉得很有意思，他好像是最开心的人。玛曲才让认为，也许悲痛能使人释放快意，毕竟这两者像孪生出于同一个地方。

分工后六人的大队离开了，他们三个在等那个少年。玛曲才让将昨天去镇上时发生在车上的谈话描述了一遍。

玛曲才让有一套手艺，编织马具的技艺堪称一绝。他出手的马笼头、缰绳、肚带、鞍袃等，无一不是精品。他将这些东西放到镇上的民族手工艺产品专卖店里卖，只要他稳定出产，每个月都有一笔固定的收入，为此他很踏实。他牢记一句俗语：一技在手，吃穿不愁。

昨天专卖店店主民华打电话：有一个人订了一套马具。你下来我们详谈。

玛曲才让骑着摩托车到公路边，在天然的停车场停好车，把车钥匙压在一块石头底下。然后他走上 213 号国道，等候一班小客车。他等车时候脑子里一直在思考创新的问题。事实是玛曲才让从来不缺乏创造力，他一直觉得自己做得不错，时常有一些新的元素加入，他认为自己不是匠人，而是一位艺术家。但牧区的人，艺术的行为是有的，牧区却没有艺术家的位置。艺术家就是牧人，或者一个酒鬼。玛曲才让不喝酒，得益于身体的反抗，他三十年来一直清醒着，或者说是孤独地醒着，牧人眼中的糊涂人。他坚持创作，把内心经营得充实自然，但这还不够，他需要更加细微的雕琢，局部的、细节的、感官的和精神的。而且人们喜好的变化很有分析的必要，也很有意思。女性和男性的区别在马和马具这里分歧巨大，令人惊叹！他从这里找到一些为什么没有女人愿意当他老婆的原因——他过于强调一个男人和马的牢固而天然的关系，而将女性和马的关系比喻成猫和老鼠。这些话他说过，无形中肯定惹恼了一些女性，尤其是信息灵通的年轻女性。

但他是一个自命不凡的人，在没有遇到重大变故之前他维护自己的观点。他没有觉得这么说是瞧不起女性，而是很认真地认为，女性和马，还是存在一种无形的壁障。马天然拒绝女人的屁股，这是事实。

马具这一行本身的局限性控制他，如同套牢了马笼头，有一条看似松懈实则结实的缰绳拴住他。想要突破，难！对此他倒是不怕，反而激发了创作欲望。他进入实验阶段，又从具有想象力的牧人那里吸取点子，正如这次他要去见的那个客户，提出来的点子让他大受启发。这人居然想要把马辔子做成汽车的模样，而且这个"汽车"还要有银质的车标，车标他自己也设计好了，是一匹马奔跑的姿态。这一套马辔子上了马头，在视觉上会让马平白长一截，就好像人戴了一顶帽子，身高都不一样了。他觉得自己依然太过于保守，为什么马具就不能是惊世骇俗的，不能是颠覆常识的，甚至不能是疯狂的？而玛曲才让已经意识到，如果想要达到另外一种境界，他必须催眠自己，折磨自己，忘掉过去的模式和经验，忘掉马笼头、马镫、肚带，忘掉马鞍，忘掉马。

他招手拦一辆黑色小轿车。小客车晚点半个小时也没来，等于告知今日停班。小车停在他跟前，他没看见车牌号，但汽车的样子告诉了他这是谁。只有开黑车拉客的东珠加木措才有胆子将"穆勒—西海"的牌子竖在前挡风玻璃，堂而皇之地来回奔驶在公路上如入无人之境。他还没有驾照、没有任何有关的证件。但他一次也没有被抓住过，仿佛他和这辆破旧的黑色卡罗拉是一对幽灵。东珠加木措打开车窗打过招呼，他很有经验地安排后排的坐法。因为车里已经坐满了，玛曲才让必须加进去，挤出一个位置来。两个人的屁股和身子都要往前挪一挪，其中一个小姑娘，做得很轻松，另一个老一点的女人有些不高兴，说既然坐满了为什么还要停下拉人。"因为我们是朋友。"东珠加木措说，"你看看你的行李，那么多那么沉我一分钱没要。"女人再没有说话。玛曲才让成功挤进去，紧紧收屈双腿。他和小姑娘挤在一起，闻到胭脂味，很好闻。他迅速看了她一眼，长得一般，最显眼的是额头，异乎寻常地宽阔，完全不像是一个女性的面额。但他心里热乎乎的，仿佛爱上这面额。这使他感到吃惊，不好意思再去看她。但哪怕仅仅一瞬间的观察，他也从她宽阔、坚毅的眉间分析出这是一个性格硬朗的女孩。她体态放松地坐在他旁边，眼睛自然而又犀利地盯着东珠加木措放在挡杆上的手，或者是他手下的挡杆。他有换挡的动作时她的身子会微不可察地产生变化，她的眼睛里一定是神采飞扬。玛曲才让能够感觉得到。

东珠加木措开始和副驾驶的女人聊天，她很能说。他们在说最近闹得沸沸扬扬的杀人事件，那个杀妻逃走的男人，一个月过去毫无音信。死者家属请卦，说他就在附近，大概北方，和另一个男人在一起。北方很大，茫茫草原，一个人就跟一棵草一样渺小。

但他自己出现了，就出现在坐在姑娘那一边的这个藏民家的羊棚里面。前排女人费力扭过身看着他，于是他开始说了：我本来还在秋窝子，来看看房子漏水了没有，因为前天那场雨阵势大得很，我来了后感到没对，刚从羊棚门口过去，里面呜地飞出一大群苍蝇，一片黑盖盖。呜地又进去了一群。我还以为是一匹马，还是一头牛死在里面了，我想反正不是羊，要是羊的话不会有这么多苍蝇，我进去把一层一层的苍蝇看成牛皮了，往前走了几步，好像没对着，详细一看，吓着头皮麻掉了，好像头跌下来了。那个人，人都被晒烂了，脸肿得像气球一样……大腿只有一层皮，像个空皮袋……

副驾驶的女人"哎呀"一声，好像吓坏了。

"你害怕啥，你又没看见，那些见过的人都吓坏了，只有一个协警啥事没有。我猜他大概见过更吓人的东西。"

"死得冤枉又可怜，那个女人真他妈对不起他，三番几次搞事情，没有一个男人会装成不知道。"东珠加木措斩钉截铁地说。

"哎呀，话不可胡说，世界上的罪过多了去了，男女的这事也多了，要是不知道法律，没有良心，我们怎么活下去？他要是对自己的妻子好一点，不要有事没事就打，至于到这个地步吗？说来说去，还是男人的错。"

"你又没有亲眼看见就不必这样说了，再说了，你觉得给自己的男人戴绿帽子没有错？你这样想的？那你自己怎么说？而且……任何借口都不是养野男人的理由，用自己男人辛辛苦苦挣回来的钱养野男人，你觉得这没错？你是这样想的？"

女人很聪明，避重就轻地回击："哎哟，你又没有亲眼看见不要胡说，事情的真相我们谁也不知道，家里的事谁能一两句话说清的？一个巴掌拍不出个响声，我们就是遗憾一下。"

　　"我可没胡说，公安局的记录我见了，就是这么回事。"

　　玛曲才让好奇地听着，这件事他也有耳闻，但传言太多，难以分辨，不知道那种说法是真的，这让他想起大成，又一个消失了的男人。"我们也有一个人失踪了很长时间。"

　　"哦，我知道。"东珠加木措说，"大成也是一个可怜的男人。男人活得都不好啊。"

　　"他说不定过几天就回家了。"

　　"但他到现在都找不到。"东珠加木措换了一次挡。前面一连串大货车车速慢，马家垭口的上坡本来就陡，他不敢超车，嘴上不留德，咒骂货车司机。他从后视镜里看着玛曲才让。"你们应该找找，他是你们的人。"

　　"我们肯定会去找的。"

　　"那就好，公安局的人太少了，他们应该组织群众，人多了才有用。"

　　"算卦的说两个人在北方，是不是说的就是他俩？他们两个在全起？那我们村的城呢？"

　　"我看不用理会，卦嘛，算准了是卦，算不准是话，不必当真。公安局的说这些天他的身份证没有用过，他没有住过旅馆，没有任何刷过身份证的记录。"东珠加木措甚为惋惜，"要不是没有身份证的记录，找到他分分钟的事情。"

　　"那他去了哪里呢？"

　　"所以他去的就是没有人的地方，可我们这里到处都没有人。没有人的地方就有其他的东西，我觉得他已经很危险了，他真的死了吗？你们有多少人？"

　　最后等来的少年吊儿郎当。当那日森说看见可疑的东西小心一些，心里没有做好准备就不要好奇去看。他就说："我倒是非看不可，我很想看看死人是什么样子，难道死了后不像人了吗？"

　　那日森瞥一眼什么话都不说的更登加措，笑笑说："当然，这没什么，你这一辈子总会遇到死人的，只要你准备好了。但你要是一辈子都遇不到死人，那你的命是真的好。"

"你也许说得有道理，我不一定要去亲眼看到，我远远看一眼也是一样的。"少年说，"我想了想，死了的人和牛大概是不一样的。"

"我没说过不让你见。"

"可我确实不想看到了。"

"那也不行的，我们今天的目的就是找到一个失踪的或者已经死去的人，如果你运气不好你可能就会一头撞上去，看得明明白白、清清楚楚。所以我说如果你运气好就不会遇到死人，我们谁也不愿意碰上，对吧？"

少年人和那日森吵起来了，他们的对话充满嘲讽和玄机，话里有话。那日森遇到一个很会吵架而且很狂傲的对手，是初生牛犊不怕虎。那日森很生气，这让他很没有面子，可他又不能把少年怎么样。少年也知道这一点，所以他有恃无恐，越说越有理，他很成功地将自己从这个搜寻小队里摘了出去。然后潇洒地骑车离去。他们谁也没有挽留。"我早知道他没用，但我没想到他连进去的勇气都没有。"那日森转而问玛曲才让，"难道这就是现在的年轻人？"

"如果我也算是年轻人的话，那还是应该分开对待的。"

"我知道你是一个好青年。我只是不敢相信，身处险境才能看出一个人的本事，而本事大小是关乎一辈子的事情。"

玛曲才让很认同地点点头："我没有问题，你可以前面带路。"

"我当然知道你没有问题，因为有问题的或者没来，或者已经走了，留下来的都没有问题，都是有勇气的青年。"他看着更登加措，"希望你不要在意刚才我们说的话，我们的本意是好的。"

更登加措说："我有的全部是感谢，你们不要管我，就当我是一般的人。"

那日森点点头："事情发生了就解决事情，其他的都是乱七八糟。等事情全部结束了，我们约上，去好好喝一顿酒，

"我不会喝酒的。"玛曲才让说。

"你这人没意思，喝喝酒又不会死。男人到一定时候就必须把酒喝起来，难道你一辈子都不喝酒？男人一旦出门，或者就是坐在家里，家

里来客人了也是要喝喝酒的，因为客人要喝你也得喝。"

"是啊，我父亲就是那么做的，他十天里有八天在喝酒，还有一天难受。"

"还有一天呢？"更登加措好奇地问。

"还有一天在去喝酒的路上。"他带着肯定的语气问，"关于父亲的事，你们一定听说过？"

"有所耳闻，但传言我们也不会全信。我只是觉得你父亲喝酒出了事这是真的。"

"事情就是这样一个事情，难道还有别的说法吗？"

"也许有吧，我说了，传言不可信。"

"我不知道还有别的说法，但仔细一想又很正常。"

"不是别的说法，只是加上去一些别的东西。"

"什么东西？"

"我觉得你还是不知道的好。"

"作为儿子，我想我应该知道。"

"没错，但我不会说的。"那日森说。

远远看见一团黑乎乎的东西，在一簇沙漠中常见的植被旁边，有一半被植被挡住了。只看了一眼，玛曲才让立刻停下车，等待那日森和更登加措。那日森的摩托车出了问题，一路上抛锚好几次，他的脾气上来了，阴沉着脸胡乱猜测原因，但这解决不了问题。

他们并排站在沙丘，胯下夹着各自的摩托车，引擎没有熄火，双脚撑着沙地。他们高度重视那团可疑的东西。"其实这和找牛没有区别，我们应该带上望远镜。"那日森说，"不过我看那东西怎么都不像，你说呢？"他看着更登加措。

"我们要过去吗？"更登加措说，"我不过去。"

"再看一会儿，我们光顾着往前走，你四下里检查了吗？我没看。"

"我看了。"玛曲才让说，"但肯定没有仔细。"

"真奇怪，我们深入得差不多了，不知道他们到了哪里。"

"我打电话问问。"

玛曲才让说着拿出手机。"手机没有信号。"

"这儿当然不会有信号，但有的沙山头上却会有一点。"

"那座比这儿高，我们去试试。"

"你留在这里。"那日森对更登加措说："我们过去，然后我俩可能靠近去看看，你留在这里？"

"反正我不过去。"

其实他们没走多远，另一个更高的山在三百米外，也不陡，摩托车冲了上去，但这里也没有信号。从这里看那团东西，虽然远了一些，还是非常可疑。

"我们还是先要找信号，他们可能也在给我们打电话。我们先给他们发个信息。"那日森支好车，高高举着自己的手机，移动位置找信号。

"你认为那不是吗？"

"看形状不像，哪有那么大，我看是一头牛的尸体。"

"更登加措都吓坏了，你看见他的脸了吗？"

"那也不能怪他，他到时候还是要接近他父亲的。"

"那就应该带着他。"

"让他缓一缓，我都不忍心了。"

他们没有骑车，朝着有那东西的沙山走去。走到一半的距离，他们都确定这是一具尸体，但不是人，应该就是牛的尸体。他们步伐变得轻松地靠上前去，但很快捂着嘴鼻跑开。尸体已经彻底腐烂，支离破碎，恶臭冲天。他们脸色煞白地远远站着，不敢再朝那边看一眼。他们不明白，为什么他和牛的尸体搅和在一起了？而且身上那么多蛆……他都烂坏了，只剩下半张脸……

现在他们必须打电话。他们返回去骑车，向最近最高的沙山疾驰而去。在沙山半山腰，摩托车走不了的地方玛曲才让停下来，再次等那日森，用这点时间他平复情绪。玛曲才让不想让那日森看出他的恐惧。他觉得他其实早就发现了，但他选择不相信自己，然后果断否定自己。因为他也觉得那日森说得有道理，要是他觉得一定是，或许会变得不是了。而且他要是一直准备好，警惕着或许会好一点。但那一具牛的尸体将那点警觉和应付的决心卸得干干净净，让心情处于一种松弛懒散的状态时被突然一击。效果完美！他和那个少年其实没有一点区别，少年预知到了什么，退出了。而他高估了自己，也小看了一具尸体的威力。他有些尿急，但发现自己不能从车上下来了。

那日森来了后也没下车，仰头望沙山顶，若有所思。"这上面大概有信号吧。"过了一会儿，他从车上下来，咳嗽几声，以一种要开始长途跋涉的小心翼翼的步伐朝山上走。玛曲才让突然意识到他们忽略了一件事。他问那日森："你看清楚了吗？"

那日森喘着粗气，一言不发。

"你肯定是他吗？他穿的好像是皮夹克。"

"我们要先给派出所打个电话，让他们过来。"他说。他们都显得很疲惫，接着奋力往沙山上爬。

"刚才好像出现了一格信号，现在又没有了。"他甩了甩手机。

"是 119 还是 110？我忘了。"

"110——我想起来了，打报警电话不需要信号，直接打就可以了。"

"啊哈。"那日森自嘲道，"我什么时候愚蠢到连报警都不会了，我一直在看紧急呼叫这几个字但我没想到，好得很，遇到危险死定了。"

电话成功打通了。他说了情况。那边要求他们在原地等候，那边问具体在什么地方。"三个沙山。"那日森说。

"那是什么地方？"那边继续问。

"三个绿洲旁边。"那日森补充道："尕海边的三个沙山。"

"他们能找到吗？"挂了电话，他问玛曲才让。

"你打的是我们县的 110 吗？"

"我不知道，110 分地区吗？"

"我刚才说清楚了吗？"过了一会儿，那日森坐下来，开始怀疑自己。

"说得很清楚。三个绿洲旁的三个沙山。"

"尕海边的三个沙山。"他再次补充。

"对，说得很清楚。"

"他好像问什么多少公里。"

"我们怎么知道，这里是省道。"

"这个我没说。"

"他们会知道的。"

大概过了半个小时，他们都觉得特别无聊。这种感觉超出一般的理解和感受，因此尤其有力量。他们也不说话，因为即使说再多的话也无济于事，那些废话会更加凸显无聊的威力。那日森看了几次玛曲才让，想警告他不要说话，但玛曲才让比他更适合沉默，他甚至都好像忘记了身边还有一个人，好像是他一个人在某个地方，那不是沙漠，也没有太阳和人的尸体。因为他的表情很幸福，面部的肌肉松弛却不难看，眼睛看的是穿透物体的空虚。那日森嫉妒了，于是他说："我们应该再试试，他们应该回来。"

玛曲才让笑着说："好啊。"然后他们同时发现了沙漠平地上的异象。看了一会儿。

"他们在赛车。"那日森说。

"第一个是谁？技术真好！"

"我们招手吗？"

"他们看不见的。"那日森还是站起来，脱了上衣挥舞。

那一行人有七辆摩托车，在相对矮小平坦的沙丘中扬起沙子，朝西面疾驰，很快不见踪迹。那日森摔衣服在沙地上，他有一种被孤立的愤怒。因为事先他绝没有想到这些。他们的行动仿佛是对他的背叛。

"他们这么做，就相当于在扇更登加措的耳光。"他说，"我们走。"

"去哪里？"

"到公路上去。"

"更登加措还在那边呢。"

"难道他不应该守着他的父亲吗？"

四十分钟后，他们从沙漠出来，到了公路上。这里信号很好。但玛曲才让拨了几个号码都没有打通。他只好发信息，等他们的手机有信号了就会收到的。

"你知道他们去的是什么地方吗？"站在公路边的时候，那日森说。

"什么地方？"

"他们进去太深入了，那里很少有人进去，我敢肯定他们一个也没有进去过，他们没有在那里的经验。他们有可能迷路出不来。"

"他们可以跟着摩托的轱辘痕迹出来。"

那日森摇着头，却不说什么。他们不停地看公路尽头，一辆车也不来。他们等了快一个小时。从那日森的态度中，玛曲才让明白他们的处境绝不理想，他们很可能在那片沙漠中遇到危险。他适当地流露出必要的担心，但实际上他内心的担心是表面的十倍。

那日森蹲在摩托车旁，细致地检查着："很像是排气管的问题。"他自言自语，"还是说油箱里进水了？"

他们站在燥热难耐的公路上，尽量缩小自己的身体。最强烈的阳光处于行动最慢的时候，他们尽量背对着太阳，焦急等待。这么一大块时间在煎熬着他们，他们两个像两块酥油，正慢慢融化在大地之锅中。